ちくま学芸文庫

日本大空襲

本土制空基地隊員の日記

原田良次

筑摩書房

目次

まえがき

本書は、すぎし太平洋戦争において、本土航空戦を戦った名もなき一整備兵の綴った陣中日記である。当時私は、帝都防衛の任務をおびて陸軍飛行第五十三戦隊（B29邀撃《ようげき》夜間戦闘隊）の松戸基地（現千葉県松戸市松飛台）にあった。私はそこで昭和十九年十一月一日、B29の偵察機が本土にはじめて飛来した日から、敗戦にいたる日まで、その戦場の体験を、日々当時所持していた文庫本の余白に綴った。胸ポケットにいれていたそれは、整備の油がしみこんで汚れている。

昭和十三年、学業をおえた私は翌年社会の第一歩を軍隊におろした。その軍隊から戦場へ。そして爾来六年、私はそこで死を目前にして戦いながら、戦塵にまみれた多くの兵士たちの胸のうちをかいま見た。それは当時喧伝されていた勇戦記の中の軍人の姿ではなく、強いられた戦いを戦う平凡な市民兵の姿であった。私が日記を綴りつづけたのも、私自身その一市民の一人として、戦場での体験を素朴な形で残すことが戦争というものを考えていくうえで、後日なんらかの意味をもつであろうと考えたからである。

数年前、不慮の病で病床に呻吟し、生死の境をさまよってのち、療養のつれづれに私はこの日記を読みかえしてみた。そしてつたない記録ではあるが、ここに綴られた感懐・意見は、当時私だけがいだいた特別のものでなく、多くの市民兵に共通のものであったはずだと考えた。

時がたてば、ひとびとの記憶は忘却の彼方へおし流されてゆく。戦争の惨禍がたんなる昔の出来事の一つとして扱われかねない状況がきつつあるというのは、私一人の危惧であろうか。そのような現在の世情の中にあって、ふたたびあのような愚かな歴史をくりかえさないために、戦争とは何かを考えていくうえで、私のこの日記も、少しは役立つのではなかろうか。このような考えから、今回あえて、中公新書の一冊として刊行することを決意したのである。

しかし、なんといっても、この日記は私が、私自身のために書いた個人的なメモである。そこで私は、私自身の日記を客観視する意味もふくめて、読んでくださる方々のために、公刊の書籍や資料を参照し、日記に若干の注記を試みた。いささか蛇足のきらいもあるが、読者にすこしでもお役に立てば幸いである。

注記の作成にあたってはとくに次に掲げる諸資料を参照させていただいた。記して厚く感謝を申し述べるしだいである。

『本土防空作戦』（防衛庁戦史室、朝雲新聞社）
『米国戦略爆撃調査団報告』（航空自衛隊幹部学校）

『Ｂ29――日本本土の大爆撃』（カール・バーガー著　中野五郎・加登川幸太郎訳、サンケイ新聞社）
『東京都戦災誌』（東京都）
『太平洋戦争による我国の被害総合報告書』（経済安定本部）
なお、この日記は、十一月一日から始まっているが、米軍による日本空襲はこれ以前にすでに行なわれていた。
昭和十七年四月、ドウリットル中佐が洋上空母からＢ25を発進させ、東京をはじめ日本の五都市を奇襲した。
ついで昭和十八年十一月在中国米第一四航空軍がＢ25をもって台湾の新竹海軍基地攻撃、さらに翌年一月には台湾の高雄、塩水基地を爆撃した。
昭和十九年六月には、Ｂ29を保有する米第二〇爆撃集団が中国成都に進出し、六月十六日から数回にわたって主として北九州の八幡製鉄所を攻撃し、その後ほかに佐世保、長崎、大村、大牟田をも爆撃した。
本書の日記は、これらの日本爆撃ののち、マリアナの基地を手にいれた米軍が、日本本土壊滅のための作戦を展開しはじめた時期から始まるわけである。

一九七三年六月

原田良次

日本大空襲　本土制空基地隊員の日記

凡例

一、本文中の（　）内に※印のあるものは、著者の編纂時における補足・注釈であることを示す。
一、注記の文頭またはその小見出しの頭には＊を付した。
一、日付、時間は当時日本軍が使用した内地標準時を用いた。
一、時間は、当時の陸軍慣用による表現を用いた。
〔例〕〇一一〇（午前一時十分、「まるいちいちまる」と読む）
一、地名、都市名は昭和十九年当時の呼称を用いた。
一、日記の文章は、すべて現代かなづかいにあらためた。

I　東京の空敵一機

昭和十九年

十一月一日　晴　基地の飛行場を、かこむようにつらなる秋の草むらには、こぼれるような白い野菊が咲き乱れ、この下総台地の周辺の村々は今、収穫の秋をむかえて、秋酣《たけなわ》なり。

きわみなくひろがる秋空の下、透き通るような爽やかな空気が流れた。

兵隊は飛行場で、みな、さんさんの秋日を浴び、午後の飛行演習準備に忙殺。

昼食後、突如、「関東地区警戒警報」発令。

かねて、予期したものの、いざとなっては隊内騒然。

敵四発機一機、東京へ初の来襲。いよいよ来るものが来た。わが隊大いにあわてふためく。

初出動四機。午後三時警報解除。マリアナ基地より、B29一機偵察来襲とわかる。

薄暮より夜間飛行訓練。夜間も警戒警報発令。

不吉な予告　一三〇八（※午後一時八分）、東部軍管区警戒警報発令。これはわれわれが、本年六月のある日（※十六日）の払暁《ふつぎよう》、B29が北九州を襲ったとき、所沢飛行場で経験した警報以来、初の関東空襲なり。帝都防衛任務のわが戦隊は、ただちに「警戒戦備甲」下令。各機急ぎ燃料を補給し、弾薬をつみ、エンジンを始動し出撃準備。いまこそ百年兵を養い、一日これを用いるときがきた。

邀撃《ようげき》出動機は、警急中隊四機、風をけって離陸。つづく後続出動機はなし。

兵隊は、その後の状況不明のまま、空をあおいで機側に待機。どの兵隊の胸にもいい知れぬ緊張がたかまった。ほどなく突然の、「あそこだ」の声に、兵の指さす天空に一同の視線が釘づけされたまま、兵隊の表情はまったく動かない。一三二〇、見れば基地北東の青空に現われた四本の白い飛行雲が細く、まるで、生きもののように拡がり、弧を画いて、天空にのびた。その先端に、半透明に空の蒼にとけこみ、真珠のようにキラリと光り、整然たる四発機の爆音をあげる小さな機影は、あやしいまでの美しさを誇示していた。

「B29だ！」

「きれいだ！」

飛行場のすべての兵隊の目が、脅威と感嘆をこめて、その一点を追いつづける。この白く高い青空に描かれてゆく弧が大きく旋回して、ついに円となり、東京上空につながった。情報では、敵はいま川越上空をすぎたという。この青空の軌跡を追う高射砲弾は、「ゴツン」とひびくが、B29の高度にははるかに及ばないまま、空しい白い棉の華となって弾幕をつくった。

一五〇〇空襲警報解除。

目前では、わが邀撃機の接敵を見ないまま、B29はやがて悠々と洋上に消えた。今日はむしろ、戦いそのものの実感よりも、ただ茫然と、初見参の、目にもすばらしい敵機を見送る短い時間をもっとも長く感じた。

夜、この敵機は、マリアナ基地より飛来のものとわかると、私は一時の驚愕よりも、胸に重い未来への戦慄が走った。やがて東京は戦場となる。これは日本のための不吉な予告である。

＊東京の空敵一機

米国の従軍記者ロバート・シャーロッドが、「サイパン島は、東京をめざして、北方につき出されたピストルだ」といったのはうがっている。十九年八月、この危険なピストルの島に米第二〇航空軍に属するB29よりなる第二一爆撃集団が進出した。そしてこの爆撃集団は、十月一日、ワシントンの作戦分析委員会から東京偵察を命じられ、好天の機会をうかがって、待機していた。

十一月一日、絶好の飛行日和にめぐまれてサイパンを離陸したB29偵察機一機は、弦《つる》を放れた矢となって、東京空襲の第一目標、中島飛行機武蔵工場を目ざしていた。

この機は、写真偵察用の特殊装備をつんだB29改装の偵察機で「F13」とよばれ、垂直尾翼に「R」のマークがつけられ、一般爆撃用B29とは明らかに区別されていた。機内には、地図作成用の三面撮影装置一基および特定目標物撮影用カメラ三台を備え、一回の偵察飛行に五、〇〇〇枚もの写真を撮ることができた。

この日、この「F13」はラルフ・D・スチクレー大尉が操縦し、正規乗員以外に、写真技師二名が搭乗していた。一三〇八、機は、千葉県房総海岸勝浦に接近していた。勝浦接近以前には、わが軍の硫黄島、八丈島の電波警戒機はこれをとらえることができなかった。

ようやく、本土房総沿岸で、この侵入機を発見したわが対空監視哨員山口福雄（当時二十一歳）の警告に、一三一〇、東部軍は、「東部軍管区警戒警報」を発令し、吉田第十飛行師団長は、ただちに、隷下各防空部隊に、「各隊警戒戦備甲」の配備を命じ、当直戦隊である独立飛行第十七中隊（調布基地）の足の迅《はや》い高空性能にすぐれた武装司令部偵察機と、飛行第四十七戦隊（成増基地）の上昇性能にすぐれた二式戦闘機に出動を命じた。

その直後、四発機発見の確報に、「東部軍管区空襲警報」を発令し、同時に、司偵全力、そして、飛行第十八戦隊（柏基地）、飛行第五十三戦隊（松戸基地）、飛行第二百四十四戦隊（調布基地）の一部に出動を命じ、敵一機をむかえうつ司偵、三式戦、二式複戦がいっせいに飛び立った。

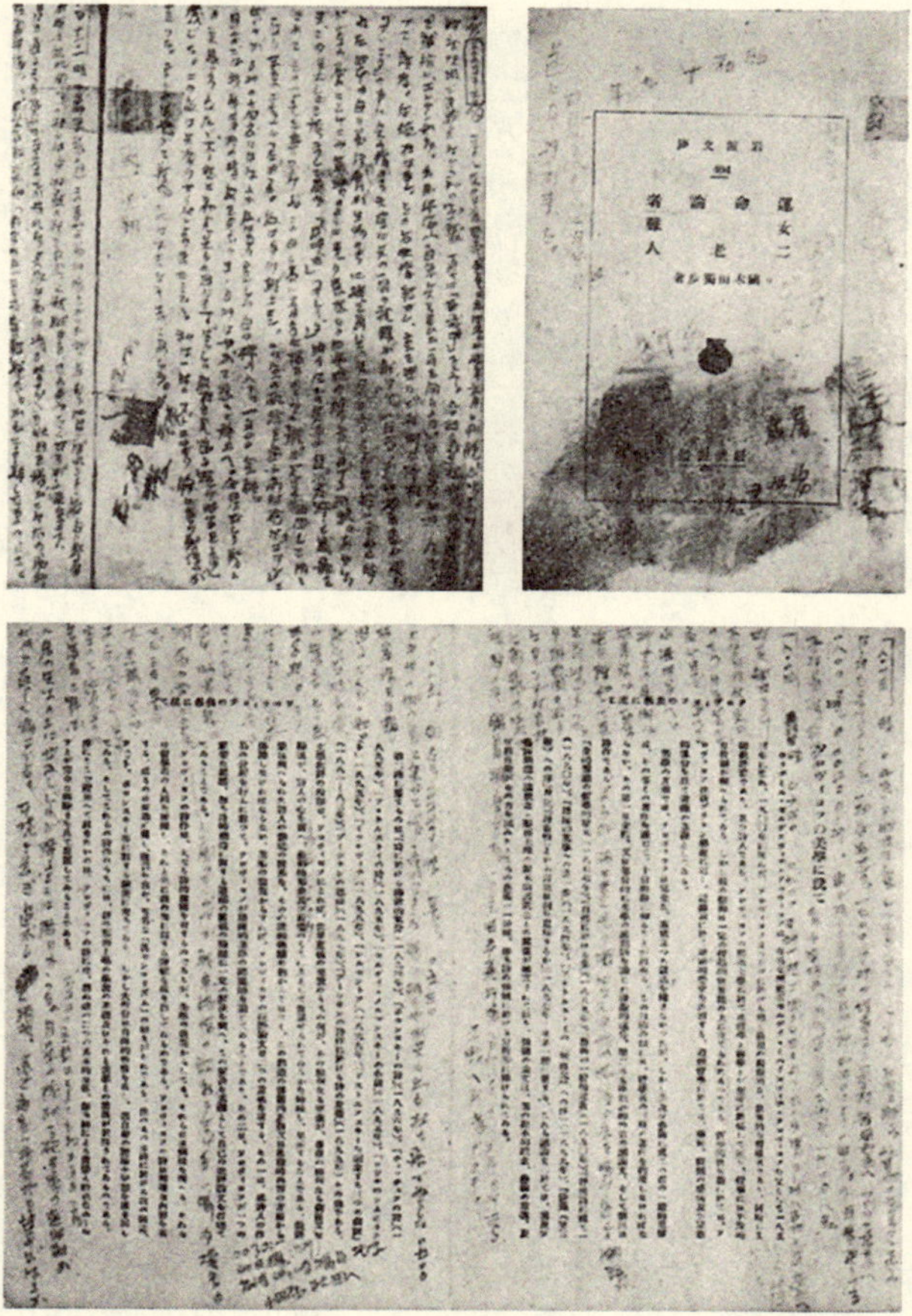

文庫本の行間に書かれた日記。上　昭和19年11月1日。下　昭和20年8月15日

しかし、敵の高度は一〇、〇〇〇メートル以上であり、この高度まで上昇した日本機はごく一部であった。しかもその上昇高度を長く維持することもむずかしく、ついには失速して、いっきょに数千メートルも落下する惨憺たる状況にあった。来襲機は、初め三機と判断されたが、実は一機だけで、勝浦―木更津―東京―立川、さらに変針して東京―千葉―勝浦のコースで飛行して洋上に脱去した。一五〇〇、空襲警報解除。出動機は全機着陸を命ぜられた。

この侵入機は、投弾することもなく、目標上空の一〇、五〇〇メートルから、すこぶる精密な航空写真を撮ることに成功した。

その後、この偵察は、十一月二十三日まで前後十回行なわれ、敵は東京の攻撃目標を航空写真で完全に把握した。

一方、この日、応戦したわが高射砲隊のうち、高度一〇、〇〇〇メートルのこのB29にとどく火砲の一二センチ砲の配備は、関東地区にただ一個中隊にすぎず、その他は無理を承知で発射した小口径の火砲部隊であった。B29にとうてい届かない高射砲の攻撃弾は、地上から見ると目標機の前後左右に離散し、「高射砲」はやぶにらみかと市民に冷笑された。

*超空の要塞B29

一九三七年四月、ヒットラーはスペインの古都ゲルニカに大空襲を行ない、徹底的な破壊力を誇示した。これを知ったルーズベルトは、ドイツが空軍を政治的恐喝の武器として使用したことに注目し、米空軍の力を強化する必要を痛感した。一九三九年一月ルーズベルトは議会に対し、空軍強化のため三億ドルの歳出予算を要請し、四月に議会の承認を得た。その予算には米陸軍の新型飛行機三、〇〇〇機の購入と、B29の設計製作の経費が含まれていた。米陸軍のアーノルド中佐は、十一月にはこの飛行機の試作をボーイング社と契約した。

翌年二月、米陸軍は、爆撃機としてはいままで考えられなかったほどの「貨車半分量の爆弾九、〇〇〇キロを戦闘機なみの時速六四〇キロで、八、五〇〇キロメートルの地点まで運ぶ性能の巨大機」を要求した。この開発計画は、プット陸軍大尉を計画担当主任将校として、アーノルドの厳命によって進められた。

当時、汎用された日本の重爆撃機、たとえば海軍の一式陸攻にくらべると、爆弾搭載量で九倍、飛行速度で一・五倍、しかもこれで航続距離は二・四倍という飛行機で、完成すればまさに、超空の要塞といえるものであった。

米国の決心と、持てる国の国家エネルギーの結集はすばらしかった。それから二年後の一九四二年九月上旬、ボーイング社は、これに応える試作機、「XB29」の第一号機を完成し、いまは大佐となっていたプットによって、その月の二十一日初飛行が行なわれた。その結果、このXB29は装備しているかんじんのエンジン、ライト三三五〇が開発熟成期をへていないためまだまだ不調で問題も多く、この飛行機の将来の信頼性と耐久性に多くの疑問をなげかけた。

いままで、全欧州の空を圧したヒットラーの空軍力におびえてこの巨人機の開発促進に拍車をかけてきた米国は、今度はこれをいち早く第一線機として使わねばならない忙しい事情に見舞われていた。それは依然南太平洋を制圧して急進して来る日本軍に反攻するためであり、そのことはかつて一九四一年（昭和十六年）九月六日、まだ試験飛行もしていないこの幻の飛行機に第一回目の発注契約をし、当時〝三〇億ドルの大ばくち〟といわれたときよりも、もっと気ぜわしい問題であった。そのためこのエンジン不調の欠陥機は強引な試験飛行の繰返しでエンジンの改修が行なわれ、なお未完のまま一九四三年（昭和十八年）春には一、六六四機の量産が始められ、早くも一九四四年（昭和十九年）の春には中国にその機影をあらわし、六月十六日には北九州を初空襲し、ついでマリアナに進出して日本本格空襲に投入された。

XB29はのちに「B29」と正式名でよばれるほか、「スーパーフォートレス」「空飛ぶ要塞」「夢の飛行機」「こうのとり」「大きな兄貴」などの通称でよばれた。

一九四二年より一九四六年五月まで、「B29」のほか「B29A」と「B29B」の三機種、合計して三、九七〇機が生産された。そしてそのほとんど全部が対日戦に本土空襲のために使われたことは、われわれ日本人として忘れることのできない事実である。

十一月二日　晴　午後、警戒警報あり。昨日の敵一機の侵入から、わが隊特に高々度飛行のための酸素装備の点検を厳重にする。

少なくとも、高度五、〇〇〇メートル以上の飛行には、この装備は不可欠で、高度一〇、〇〇〇メートルの飛行では、空気密度は地上の五分の一、温度はマイナス摂氏四〇度ともなり、そのうえ、搭乗員の視力低下も起きるといわれる。しかしわが隊のこの装備のうち、酸素の減圧弁の作動は悪く致命的なり。来る敵はどうしても撃たねばならない。今日も、昨日の来襲機B29が兵隊の話題の中心なり。

あのとき調布基地の司偵一機が、わずかに、洋上でB29の退路を捕捉したが、有効弾はなかった由。しかし、接敵できたことが、何か明るい希望となった。

司偵の搭乗員によると、B29は燃料節約のためであろうか、東京上空を、高々度飛行で矢のようにすぎると、洋上では高度を急にさげ、低速の巡航速度で脱去したという。他の戦隊は、いずれも敵の高度までの上昇に手間どり、B29を追及出来なかった。わが隊の搭乗員の話では、驚くべきことには、B29は巨大な爆撃機でありながら、わが司偵よりも迅く、しかもより高空を飛翔するということを初めて知った。

昨日の来襲機は、この基地から見ると、翼長で二〇センチ余に思われたので、飛行高度は約一〇、〇〇〇メートルくらいであろうと察せられた。侵入機は投弾がなかったので、基地の兵隊はその恐怖よりも、ただ唖然として手の届かないものへのすばらしい美しさだけに感じいった。これは「兵器」であるよりもむしろ「芸術」だ。私は「武装した芸術」という古い吉川英治の言葉を思い出した。

＊B29の性能

空飛ぶB29の機体は一見、なんの変哲もないシンプルな外観に見えるが、実は航空力学的には細心の注意が払われた設計から成り立っている。B29の胴体は細長いバットのような単純な形態で、これを支える長大な主翼と同様に、その外板をとめるためには沈頭鋲を用い、つぎ目は熔接して重ね合せをさけ、空気抵抗を最小限にとどめるなど、目には見えないところにまで注意がはらわれている。また胴体断面は、量産に適する円断面を採用して、その部分は五個のブロックから成っている。そして高々度飛行のため機首、中央部、尾部の三つの気密室が設けられ、前の二室は乗員が一人通過するに足りる径八五センチのチューブ状の連絡通路で結ばれ、尾部気密室は独立していた。

この気密室には、空気を圧縮して注入し、飛行高度一〇、〇〇〇メートルでも機内の酸素量は飛行高度二、〇〇〇メートルと同じ状態を保ち、乗員は酸素マスクなしに快適に行動をとることができた。空気の注入は飛行高度二、〇〇〇メートルから自動的に作動し、高度に応じて注入量を加減した。

飛行中最も視界の広い胴体トップの高めの位置に設けた前部気密室の機首にあたる中央部には、爆撃手、その左には正操縦士、右に副操縦士が位置し、正操縦士の後には航空士、その次には射手二名とレーダー手がおり、副操縦士の後方には、機関士、通信士、射手が位置し、尾部には射手一名、計一一名のクルーが搭乗した。もしも、この気密室が敵弾で撃ち抜かれたとき、乗員は酸素マスクの使用に切り換えるため、機内にはつねに酸素ボンベが十本程度用意されていた。

前部気密室の下部空間には、離陸直後、前車輪を引き上げ収納して空気抵抗を少なくした。前部と中央部気密室をつなぐ連絡筒の下の空間には、二つに分けられた前部、後部二カ所の爆弾倉があり、爆弾投下のときは機のバランスをとるため、前後交互の投下を行なった。

左右四三メートルにのびる主翼は、細長いバットの胴体を四分六に分けた機の重心点に中翼式に支えられ、総翼面積は一六〇平方メートルと巨大で、また構造上最も重要な翼断面は、ボーイング一一七とよばれる空気力学の壁を突破した新設計から成り立っていた。主翼の後縁は一直線であるが、前縁は七度の後退角をもってその外観に空飛ぶ精悍さを加え、高い翼面荷重に耐えるため、翼面積が一九パーセントも増す長さ一〇メートルもの巨大なフラップ（下げ翼）を備え、重い巨人機の着陸速度を緩和した。

尾翼はシングル式の垂直安定板一枚で、B29の来襲の初期には、日本軍はこの特徴ある一枚尾翼で二枚あるB24と区別した。降着装置はダブルの三車輪方式で尾部下面にはソリを設けてある。

武装は、銃塔上下二個ずつ計四個で、三六〇度の全周旋回銃の一二・七ミリ銃各二丁を装備し、尾部には一二・七ミリ銃二丁（のちに四丁に改装）と二〇ミリ機関砲一門が装備された。一二・七ミリ銃計一二丁が発射する携行弾は、徹甲弾二、炸裂弾二、曳光弾一の割合で一門あて各一、〇〇〇発を搭載していた。各銃座は、接敵五〇〇メートルの距離から、射撃管制装置より遠隔操作で自由に発射することができた。尾部一門の機関砲は一二五発から一五〇発の砲弾を携行し、日本軍の高射砲陣地の破壊に猛威をふるった。

この機銃と機関砲は、敵状により削減し、特に本土空襲末期の日本機の邀撃能力の低下や、戦闘機P51の掩護下の来襲には尾部以外の銃座ははずし、つとめて爆弾搭載量を増大した。

爆弾の搭載量は最大で九、〇〇〇キロで、このとき五、二〇〇キロの距離を飛び、七、二五〇キロのときには六、六〇〇キロを飛行したので、これは初めB29に要求された目標性能にほぼ近いものであった。また、この爆弾を敵地に投下する照準器は、特殊眼鏡を使用するか、またはレーダーによってなされた。このレーダーは主翼と尾翼の中間の機体内にある暗視装置で、陸や海面や、また平地と山地の判別は鋭敏であったが、市街地の区別は相当に不正確であった。

問題のエンジンは四基装備され、ライト三三五〇シリーズの十八気筒の空冷式で、ガソリンの燃焼をよくするため、空気中の酸素を強制的にエンジン内に送り込む過給器をそなえた。このエンジンは直径五メートルの巨大な四翅のハミルトン式プロペラを駆動し、毎分二、三〇〇から二、六〇〇回転してもたらされる離昇出力は、エンジン一基について二、二〇〇馬力ともなった。これは日本の戦闘機一機のエンジン出力を上回ったほどで、この強力なプロペラの起こす風圧は、日本戦闘機を巻き込み、その自由を失わせるほどであった。

この強力なエンジンと万全の機体性能とあいまって、B29は最大時速五七六キロ（高度七、六二五メートル）、実用上昇限度九、六〇〇メートルの恐るべき性能の爆撃機となった。しかしこの装備エンジンは、飛行中、気筒温度が上がりやすく、燃圧、油圧が下がり、そのうえこの気筒はよく火を吹いて、多くの事故につながった。

燃料タンクは左右両翼内の三カ所にあり、五、四〇〇ガロンを収容し、さらに弾倉内に一〇〇ガロンの増槽をつけると、日本とマリアナ間を悠々と往復できる一五時間の飛行が可能であった。しかし、一方、この巨大機は全幅四三メートル、全長三〇・一メートル、総重量六二・

九トンから六四・〇トンもあり、その滑走路は長さ三、〇〇〇メートル前後、幅一〇〇メートル、厚さ五〇センチのコンクリート滑走路を必要とし、そのうえ技術中程度の操縦者はなおこれより長い滑走距離を必要としたため、B29が初め、インドや中国に進出したときの飛行場設営は悩みの種となった。

B29がその軽合金の地肌そのままの、銀白にかがやく機体で飛翔した姿は、あやしいまでの美しさを見せたが、いったんこれに近づいた日本機は、その巨大さと、その高速や防禦火器の物凄さに一驚した。

また、その機首一面に往々にして、みごとな戦場の芸術が自由奔放な筆致でえがかれていた。それはたとえば、裸像の美女とともに"Shady Lady"(さわっちゃいやよ)とかかれているといったぐあいである。初めてB29に近接した日本のパイロットは、これを見て仰天した。

*マリアナ基地

一九四三年(昭和十八年)の末期、太平洋艦隊長官ニミッツは「マリアナ諸島を占領して、ここをB29の基地にせよ」という意見をワシントンに送った。このころ米国は、インドや中国の成都にB29基地を設けて日本を攻撃しようとしたが、日本まで六、四〇〇キロもあって遠すぎた。

この意見は海軍の参謀をはじめ、あくまで個人の面目で比島進軍をめざすマッカーサー大将のはげしい反対にあったが、ニミッツはだんことしてこの意見を主張したので、ついにワシントンの海軍作戦部長キング大将も彼の熱意をとりあげ、またアーノルド将軍も賛成するようになった。

またこの年の十二月、カイロ会議でもこの案は承認され、十二月十二日、米統合参謀本部は、「日本打倒の全般計画」の中で、マリアナ攻撃の意味は、「日本に強力な航空攻撃をくわえ、日本を空と海から封鎖することができ、必要なら、米軍の日本本土へ侵入できる基地とする」と、その目的を明らかにした。

この決定から、翌年の三月十二日、ニミッツは秘密電報命令第五一三七号で、「サイパンを攻撃せよ」と指令した。

その命令にもとづき、彼は米第五艦隊司令長官スプルーアンス大将に命じ、そのひきいる第五八機動部隊に、六月十一日からこの島に猛烈な砲爆撃を加えさせ、その四日後に海兵隊はこの島の海岸に殺到した。日本軍は必死に、最後まで戦い、七月六日夜から七日夜にかけて、最後の「バンザイ突撃」を行なって全員玉砕した。このとき日本軍は二四、〇〇〇の戦死者を出し、米軍も戦死者三、四〇〇、負傷者一三、〇〇〇の損害を出したが、この高価な勝利に対して、ルーズベルト大統領はこの作戦を、「偉大な成功」といって満足した。

その余勢を駆った米軍は、次にグアム、テニヤンの両島をも完全に占領した。

サイパンでは七月七日から、グアム、テニヤンでは九月二十九日から、飛行場建設工事に拍車をかけ、全部で六カ所の永久基地を完成した。そしてサイパン島には十月十二日B29の先陣が到着し、以後、この基地は、一日三隻の輸送船でたえまない補給がつづけられた。

このころ、日本の海軍偵察機は下志津からサイパンに飛び、十一月上旬、この島にはB29の一五から三〇機の在地を認めた。

『米陸軍航空隊公刊戦史』「第五巻」によれば、マリアナ諸島に造成したB29基地は、サイパンに一カ所、グアム、テニヤンに各二カ所あり、第二一爆撃集団（コマンド）の軍司令官ハンセル准将は十月中旬、現地に着任した。各基地には爆撃飛行団（ウイング）一個を配置し、敵B29はこのときから日本本土を指向した。

第二一爆撃集団は次表のように展開した。

飛行基地	部隊名	進出の時期
サイパン（イスレイ）	第七三爆撃ウイング	昭一九・八中国より進出
グアム	第二一爆撃コマンド司令部	その先遣隊は昭一九・八サイパン着
テニヤン（北）	第三一三爆撃ウイング	昭一九・十二（昭二〇・三月より活動）
グアム（北）	第三一四爆撃ウイング	昭二〇・一
テニヤン（西）	第五八爆撃ウイング	昭二〇・三中国より進出
グアム（西）	第三一五爆撃ウイング	昭二〇・四

この五個の爆撃ウイングは、第二一爆撃コマンドの隷下にあり、このコマンドはワシントンの第二〇航空軍《エア・フォース》（軍司令官アーノルド大将）に隷属した。

第二一爆撃コマンド司令官のハンセルは、十月末、「第一回サンアントニオ計画」という第一回目の東京爆撃案をアーノルドに提出した。

それは一〇—一二スコードロン（各スコードロンはB29九—一一機装備）すなわちB29一〇〇—一三〇機で、昼間の目視爆撃を三〇、〇〇〇フィートの上空から加えようとし、各機は爆弾五、〇〇〇ポンド（焼夷弾三〇パーセント、爆弾七〇パーセント）の搭載を予定していた。

このころマリアナ進出のB29は第七三爆撃ウイングだけで、その保有機は十一月十五日九〇機、十一月二十二日一一八機であった。

十一月三日　雨　明治節なり。この日にしては、珍しくも雨。夕方よりひどく時化《しけ》、ついに大雨となる。

夜九時ころ、飛行機を繋留《けいりゅう》して、全員兵舎に引き揚げる。たれしも、十一月三日の雨をうらみながらも、昔の菊かおる今日の佳節のことどもに想いふけり、語りあった。

私は、少年の日、城下町の故郷で見たこの日の朝の霜の清冽な白さを想い出し、この日、恒例の小学校の音楽会で、ひとの清麗な独唱をきいて、胸をあつくしたことを想い出しなつかしんだ。

浜松基地から、重爆九機がサイパン攻撃に飛び立ち、未帰還四機という。

十一月四日　曇のち晴　B29初来襲以来、隊内は騒然。なんといっても、わが隊の飛行機の整備は実戦には不備が多く、まして、今までは、搭乗員の練度向上のための飛行演習だけに重点がおかれたせいか、実戦上の、特に武装関係の改装整備と、酸素装備の手おくれは致命的なり。

今日は二〇ミリ砲と、三七ミリ砲の高々度耐寒装備改修に、武装班深更までかかる。

＊本土決戦準備

昭和十九年三月八日、関東には、第十飛行師団が新編され、後述のように東京を中心に、各基地に専任防空戦隊としての飛行七個戦隊が展開した。その兵力は、各種戦闘機、陸軍一三一機（夜間出動可能機四一機）、ほかに海軍一三六機（夜間出動可能機七九機）で、合計二六七機（夜間出動可能機一二〇機）であった。これらの飛行機はすべて、胴体や主翼に帝都防空任務を示す白帯《はくたい》をえがき、その中に鮮かな日の丸をかいて目印とした。

ワシントンは東京の日本戦闘機数は十月中旬で一、一一四機、十一月初旬で、六〇八機と過大に評価していた。ところが、日本はがんらい敵機の本土侵攻前にこれを撃破してしまうという思想が作戦を支配していたため、抜群の上昇力と高速で敵機に迫る「防空専用機」すなわち「局地戦闘機」の配備はきわめて少なかった。

このころの世界の空戦常識では、局地戦闘機は一〇、〇〇〇メートルの敵機に一五分から二〇分くらいの短時間で上昇接近できる性能が具わっているべきだとされていた。しかしながら、このとき日本本土を護る戦闘機の九五パーセントまでは、野戦進攻用機を多少改造したものであり、一〇、〇〇〇メートルの高度をとるのに六〇—八〇分もかかり、そのうえ高空性能も六、〇〇〇メートル限度の設計が普通とされていた。B29の邀撃戦では、まったく問題にならない性能で、わずかに訓練と闘志で米軍の軍事科学に立ち向かうきびしい戦いに明け暮れねばならない宿命は、もうこの時から明白であった。そのため、やがてすべての日本の基地戦闘隊員は暗い武器なき空の戦いにのぞまねばならないこととなる。

昭和十九年七月二十四日、いよいよ敵軍本土来攻を予知した軍は、国軍決戦準備について、「大本営の企図は、本年後半期米軍主力の進攻に対し決戦を指導し、其の企図を撃摧《げきさい》するに在り」と大本営命令を発した。またこの命令にもとづき、さすがいままで犬猿の仲の陸海軍も一応手をにぎり、ひとまず「陸海軍協定」がなされた。

陸軍は本土を、北東部、東部、中部、西部の四方面に分けて、それぞれ五個、七個、四個、三個の飛行戦隊の兵力を配置し、海軍は本土用として第三航空艦隊、第三艦隊の隷下、各九個、十個飛行隊を擁していた。

軍部はこの本土方面の決戦期は昭和十九年十一月末と想定し、同年春よりその諸準備に忙殺されていた。特にB29を本土に迎える対策準備にはいちじるしい遅れがあり、したがって軍官民協力のもとに飛行機、電波兵器あるいは高射砲の開発研究を急速に推しすすめる必要があった。しかし、時すでに遅かった。

十一月五日　晴　朝、一〇〇〇空襲警報あり。少数機侵入、ピスト（※控所）にかけつけたが、詳細は不明なり。

警急中隊のみ出動。

新聞で、わが軍はマリアナ基地のB29をたたいたとの発表を見る。

大本営発表（昭和十九年十一月三日十五時三十分）

我航空部隊は十一月三日未明「サイパン」島並に「テニヤン」島の敵飛行場を急襲し十五カ所を爆砕炎上せしめ飛行場一帯を火の海と化せしめたり

＊東京防空戦隊の展開

陸軍戦闘機部隊の配置（昭和十九年五月以降）

調布基地

上空からは、緑の芝草の中に、あざやかに白くクロスした二本の滑走路が見られるこの基地は、調布の町から数キロはなれた地にあり、ここには「百式司令部偵察機」一二機を有する「独立飛行第十七中隊」と、陸軍単座戦闘機で液冷エンジンを搭載した「三式戦闘機」四〇機を有する「飛行第二百四十四戦隊」が同居していた。

独立飛行第十七中隊の任務は、はじめ、足の速い偵察哨戒《しょうかい》であったが、B29の本土進攻を目前にした昭和十九年春ごろより、その邀撃の任務をおびることとなった。そのため百式司偵に二〇ミリと三七ミリの上向機関砲を装備し、「タ弾」という特殊爆弾装備も加えた改造戦闘機とした。

百式司令部偵察機は昭和十五年に生まれた三菱航空機の名機で、日本機としては時速、高空性能にすぐれていた。一型から四型まであり、二型以下の改造機はエンジン換装で六三〇キロの高速も可能となり、B29のスピードにも対応できるようになった。昭和十八年、ラバウル戦線では純白の機体で大空を飛び、米兵から一時、「リリー」のニックネームでよばれたが、後に「ダイナ」というコードネームがつけられた。

飛行第二百四十四戦隊は搭乗員に熟練者をそろえ、皇居守護を主任務としており、「近衛戦闘隊」の別名でよばれた。四〇機中夜間出動可能機は一五機あった。

三式戦闘機は、ドイツの液冷式エンジンDB601Aを国産化して出来た川崎航空機の名機である。一撃離脱を主戦法とする速度第一主義の飛行機で、昭和十六年十二月に試作を終わり、ドイツのこのエンジンを使ったメッサーシュミット機より速度で二〇キロもすぐれ、邀撃戦闘はもちろん、対戦闘機格闘戦にも当時最もすぐれた性能であった。

以下に各基地に展開した防空戦闘機の諸元についてのべるが、その資料は主として『第二次大戦戦闘機および攻撃機・練習機』（K・マンソン著、湯浅謙三訳、野沢正監修）によった。

百式司令部偵察機諸元　「三菱陸軍百式司令部偵察機キ-46Ⅲ型」はエンジンはハ-一一二-Ⅱ一、五〇〇馬力二基、最高時速六三〇キロ（高度六、〇〇〇メートル）、八、〇〇〇メートルまでの上昇時間二〇分一五秒、実用上昇限度一〇、八〇〇メートル、自重三、八三一キロ、全備重量五、七二二キロ、全幅一四・七〇メートル、全長一一・〇メートル。昭和十五年に採用され、のち機首に二〇ミリ砲二門、胴体中央部に三七ミリ砲一門を装備して、防空戦闘機に改造された。敵はこの飛行機を「ダイナ」とコードネームでよんだ。

三式戦闘機諸元　正式名「三式戦闘機（飛燕《ひえん》）川崎キ-六一-Ⅰ型乙」はエンジン川崎ハ-四〇、

一、一七五馬力、ホ‐五 二〇ミリ機関砲二、一式一二・七ミリ機銃二、最高時速五九二キロ（高度四、八六〇メートル）、実用上昇限度一一、六〇〇メートル、自重二、二四〇キロ、全備重量二、九五〇キロ、全幅一二・〇メートル、全長八・七五メートル。敵はこの「飛燕」を「トニー」とよんだ。

成増基地

L字型の飛行場の長辺に滑走路をもつこの基地は、都心より二〇キロにあった。ここに「飛行第四十七戦隊」が展開し、陸軍戦闘機のうち、最高馬力のエンジンを装備し、格闘戦闘性能よりも、上昇力と速度に重点をおいた二式戦闘機「鍾馗《しょうき》」三〇機を保有し、うち一〇機が夜間出動機であった。十九年夏、九州に来襲したB29に高度七、〇〇〇メートルで立ち向かったこの二式戦は、低ピッチ全開でようやく追いついたが、B29がさらに高度を増すと簡単にふり切られた。米軍はこの機を「トージョー」とよんだ。

二式戦闘機諸元 正式名「陸軍二式戦闘機（鍾馗）中島キ‐四四」として試作は昭和十五年四月、十七年に実用機となる。その一型八番機は、中島ハ‐四一空冷複列星型一四気筒一、二〇〇馬力、武装一二・七ミリ機銃二、最高時速五八〇キロ（高度五、二〇〇メートル）、実用上昇限度一〇、八二〇メートル、航続距離九二六キロ、自重二、一〇五キロ、全備重量二、五〇〇キロ、全幅九・四五メートル、全長八・七五メートル。

松戸基地

飛行第五十三戦隊は、昭和十九年五月、所沢飛行場で新編され、九月、松戸市東方三キロの下総台地に移動し、本格展開した。関東地区唯一の夜間戦闘隊で、一名「フクロウ部隊」とよばれた。二等辺三角形のこの飛行場は、一本の滑走路が斜めに走り、ここに二式複座戦闘機「屠龍《とりゆう》」を装備した飛行第五十三戦隊が位置した。主任務の夜間戦闘機二五機で、このうち一二機が夜間戦力であった。二十年六月近傍の藤ヶ谷基地にふたたび移動し、そのころは出動可能機数は三四機に増強されていた。

二式複座戦闘機 昭和十二年ごろ、陸軍は、単座戦闘機の格闘空戦性能を重視していた。しかし日本軍の長距離進攻作戦に掩護任務の戦闘機の必要にせまられ、この機種が開発され、昭和十七年以降の大陸、南方戦線で活躍した。その後、情勢の変化により夜間戦闘機が必要となり、この機種の夜間戦闘機第一号機が、キ-四五改として川崎航空明石工場で完成された。世界の趨勢として爆撃機の時速や飛行高度が上がり、従来の単戦では問題が多かったため、この二式複座戦に二〇ミリ上向砲や、三七ミリ機関砲を装備し、さらに後方銃座もそなえて対B29戦闘用に改装した。そして単戦と違って地上高射砲との電波連合装備をもち、その協同作戦で夜間攻撃の成果を期待された。

また重戦（重装備の戦闘機）として、両翼下に「タ弾」を装備し、敵機編隊群五〇〇メートル上方から、すれちがいざまに投弾し、空中で花火のように炸裂させ、いっきょにB29数機を降墜する作戦も考えられた。この爆弾はドイツの軍事技術を導入したもので、爆弾の外殻が破裂し中から大型手榴弾のような三七ミリの小型爆弾が、五〇キロ爆弾では七五発、三〇キロ爆弾では三九発が分散落下し、敵機にあたると瞬発信管で炸裂し、その威力はきわめて大きかった。また一発必中の三七ミリ砲は、B29の進行直前下方から敵の腹部にもぐり込み、すぐれた攻撃効果を発揮した。

二式複座双発戦闘機諸元　「屠龍」とよばれ、川崎キ-四五の二式改丙型は、エンジン　ハ-一〇二、一、〇八〇馬力二基、ホ-二〇三　三七ミリ機関砲一、ホ-五　二〇ミリ機関砲（後方上向銃）二、七・九二ミリ機銃一、最高時速五七〇キロ（高度六、五〇〇メートル）、上昇力五、〇〇〇メートルまで八分、実用上昇限度一〇、〇〇〇メートル、自重四、〇〇〇キロ、全備重量五、五〇〇キロ、全幅一五・〇二メートル、全長一一メートル。敵はこれを「ニック」とよんだ。

なお、この基地には、のちに飛行第十八戦隊が三式戦、五式戦をもって展開し、出動可能数は二五機であった。

五式戦闘機　三式戦の液冷エンジンの不調を改修して、さらにB29攻撃性能を上昇したもので、十九年十一月より研究され、二十年一月完成してみると、特に対戦闘機性能にすぐれていることがわかった。

なお、このII型改修機は排気タービン装着のもので、その試作機は五月完成し、一〇、〇〇〇メートルまで一八分の上昇性能を有しながら、陸軍唯一の局地戦闘機としての実戦に活躍することなく敗戦をむかえた。

印旛基地

印旛沼のほとりに、ほぼ円形に近い形の基地があり、昭和十九年十月編成されたばかりの「飛行第二十三戦隊」が位置し、一式戦一二機で、夜間出動機は四機であった。二十年七月、さらに四式戦を加えて出動可能二〇機となった。

一式戦闘機 中島飛行機によって製作され、昭和十四年一月初飛行した。その後、空戦フラップをつけ、翼面荷重を増すことで高性能を発揮し、太平洋戦争全期に五、七五一機も生産された。その後さらにエンジンあるいは武装を強化し、昭和十九年十二月はⅢ型に進み、レイテ、千島、東南アジア、本土に活躍したが、惜しいことには、武装の弱体が欠点であった。

一式戦闘機中島 隼《はやぶさ》 キ-43Ⅲ型甲諸元 三菱ハ-一一二Ⅱ 一、一九〇馬力エンジン、一式一二・七ミリ機銃二、五〇キロまたは一〇〇キロ爆弾二、最高時速五五〇キロ（高度五、八五〇メートル）、実用上昇限度一一、四〇〇メートル、全備重量三、〇六〇キロ、全幅一〇・八四メートル、全長八・九二メートル。「オスカー」のニックネームでよばれた。

四式戦闘機 「疾風《はやて》」とよばれ、中島飛行機は昭和十八年に試作を終わり、昭和十九年四月から陸軍に採用された。この飛行機は従来の戦闘機より頑丈に作られ、そのうえ防弾鈑、燃料タンクの自動漏洩防止装置がつけられ、高度九、〇〇〇メートルまでは米軍最優秀機と互角に戦えた。そのほか急降下爆撃、地上攻撃用としても使われた。ただエンジンと降着装置に故障の多いのが欠点であった。

昭和二十年にエンジンに酸素を強制的に供給する過給器を付加したキ－84－Ⅲ型またはR型がある。また翼面積も増し、ハ－二一九（二、五〇〇馬力）のエンジンを換装したP型は、期待された日本の幻の名機であった。

終戦時まで三、四七〇機が陸軍に納入された。敵はこの飛行機を「フランク」とよんだ。

四式戦闘機中島疾風キ－84Ⅰ型甲諸元　エンジンは中島ハ－四五－二一、一、九九〇馬力、ホ－五　二〇ミリ機関砲二、ホ－一〇三　一二・七ミリ機銃二、二五〇キロ爆弾二、最高時速六八七キロ（六、一〇〇メートル）、実用上昇限度一一、五八〇メートル、全備重量三、六〇二キロ、全幅一一・二三八メートル、全長九・九二メートル。

柏基地

この基地は柏市の西北五キロに位置し、太い滑走路が半円形の飛行場からはみだした異様な形の飛行場である。

昭和十九年十一月、満州から帰還した飛行第七十戦隊の二式戦三七機と、これと入れ違いに比島へ進出した飛行第十八戦隊残置隊の三式戦一二機が同居したが、これは未熟な搭乗員だけであった。その後、昭和二十年七月ごろにかけて、二式戦を四式戦に取りかえた。七月現在の出動可能機数は二九機であった。

東金基地

最も九十九里浜に近接したこの飛行場は三角形の地形で、その頂点に、一本の滑走路をつき出したもので、昭和十九年十二月、飛行第二十八戦隊が展開した。

この部隊は満州や比島で活躍した、高々度戦闘をよくした飛行隊で、このころ本土空襲の激化のため内地移動を命ぜられた。

高速と高々度性能のよい百式司令部偵察機を二〇ミリ上向機関砲をもって武装強化し、さらに飛行第五十三戦隊の航空戦技のベテラン上田少佐を隊長にむかえて戦闘隊に生まれ変わり、「高戦隊」とよばれた。

昭和二十年初頭、部隊は七機にすぎなかったが、のちに二〇機に増強した。なおこの部隊は夜間の出動はなかった。

以上の七個戦隊の配置は、敗戦時まで多少の改編があったが総兵力には大差がなかった。なお、昭和二十年七月の決戦末期には、高萩基地に飛行第一、第十一戦隊（四式戦）、下館基地には第一、第十一、第五十一、第五十二戦隊（四式戦）を増強したが、時期を失して、この優秀機も、ものの役には立たなかった。

そのほか、補助部隊として、「東二号部隊」および関東地区にある「第一航空軍の戦闘機部隊」があり、必要に応じてB29邀撃戦に参加した。これらは総数四七機（夜間出動可能機一二機）で、主として飛行学校などの教育部隊のものであった。

＊海軍戦闘部隊の配置

厚木基地

海軍の「三〇二空」と一般に親しまれた海軍防空専任部隊で、「第三〇二海軍航空隊」の呼称で、敗戦の八月十五日の再起反逆（詔勅に反抗して戦争継続のために蹶起《けっき》したこと）により、一躍〝勇名〟をはせた部隊である。

初め、横須賀地区の海軍要地防衛のため、昭和十九年小薗大佐を司令として誕生し、のち厚木飛行場に展開し、東部軍司令官の指揮下で海軍唯一の防空戦隊として、関東地区で活躍した。

この基地は、完成に三カ月を要するといわれていたが、戦局の窮迫から小薗司令の命令一下、ツルハシとシャベルだけで兵員三、〇〇〇名の大動員によって、わずか一週間で完成した〝海軍魂〟の基地であった。また小薗司令は、ラバウル時代の経験から、B29を最も的確に撃墜した効果ある「斜銃戦法」をあみ出した航空戦技のベテランでもあった。

この戦闘隊は陸軍と異なり、戦闘、偵察、爆撃の三機種を一基地に展開した特徴あるもので、昭和十九年十二月の兵力は次のようであった。

一飛行隊　零式艦上戦闘機（零戦）四一機（うち可動二五機）、零式練習機一機（可動一機）、局地戦闘機（雷電）四三機（うち可動二一機）

二飛行隊　夜間戦闘機（月光）一九機（うち可動一四機）、夜間戦闘機（極光）二機（うち可動一機）

三飛行隊　艦上爆撃機（彗星）一六機（うち可動七機）、九九式艦上爆撃機六機（うち可動四機）、九六式陸上攻撃機一機（可動一機）、艦上偵察機（彩雲）一機（可動一機）、陸上爆撃機（銀河）六機（うち可動一機）、各種練習機一八機（うち可動一一機）、合計一五四機（うち可動八七機）

この混成部隊はほとんどの機種に斜銃を装備するものが多かった。なお横須賀航空隊も必要に応じて防空任務についた。

海軍局地戦闘機（雷電）　これは海軍のたった一つの局地戦闘機で、対B29戦に最も戦果をあげている。

わが本土は四囲を海洋でかこまれているが、しだいに八丈島や硫黄島の情報網源が敵手におちたことを考えると、敵機はなんの予告もなしに日本本土に来襲するため、空の護りには、すばらしい上昇力でできるかぎりの短時間で戦闘空域に到達し、敵機に勝るとも劣らない高速で目標に迫るのが絶対に必要な手段であることは、だれの目にも明らかなことである。

右の想定から海軍は陸軍にさきだって昭和十三年、この局地戦闘機試作にふみきり、昭和十七年三月一番機が初飛行した。

この一番機から「雷電」とよばれたが、惜しいことにはエンジンの出力不足と、降着装置に問題が多く、また機体の構造が着陸時の視界をひどくさまたげる欠点があった。これを改修して昭和十八年、一五九機の量産に踏み切り、その後もエンジン武装等もさらに改修され、戦後米軍から「すばらしい上昇力」とその操縦性を評価されたほどの日本唯一の「局地戦闘機」となり、その後約三〇〇機が生産されて、主として本土防衛に使用された。

この飛行機は、一見高馬力のエンジンで頭デッカチのずんぐりしたドングリに翼をつけたような武骨ないでたちで、特有なうなりのような爆音を残して離陸すると、ほとんど垂直に近く上昇し、六、〇〇〇メートルまで六分で到達するさまは、怒れる猛牛の突進するに似ていた。時速はB29の五七六キロを上回る六一二キロを出し、しかも両翼に二〇ミリ機銃四、ほかに独特の二〇ミリ斜銃一あるいは二をもち、火力も旺盛であった。

こうした性能の雷電は、B29の防禦火器の死角から、直上方攻撃をかけてみごとな撃墜ぶりを見せた。しかし、この戦闘機は大型エンジン装備の過大な重量のため失速しやすく、着地に危険も多かった。またこの空飛ぶドングリ機は旋回半径が大きく、空戦格闘には不向きの欠点があった。

海軍局地戦闘機（雷電）三菱J2M3諸元　エンジン三菱「火星」二三型甲、一、八二〇馬力、武装九九式二号二〇ミリ機銃二、最高時速六一二キロ（高度六、〇〇〇メートル）、上昇力三、〇〇〇メートルまで二分五四秒、一〇、〇〇〇メートルまで二八分、実用上昇限度一一、五二〇メートル、自重二、四九〇キロ、全備重量三、四三五キロ、全幅一〇・八メートル、全長九・七〇メートル。米軍は「ジャック」のニックネームでこの飛行機をよんだ。

海軍夜間戦闘機（月光）　海軍は初め、護衛戦闘機または攻撃機として中島飛行機に試作を依頼し、昭和十六年一号機が飛び、翌年いったん二式陸上偵察機として採用したが、ラバウルの前線の要求から、夜間戦闘機として改装し、胴体に上向きと、斜下向の二〇ミリ機銃を装備して敵編隊の後下方から目標と同速で飛行しながら、やぶにらみ射撃を加え、よく米軍の夜間来襲機を撃墜し、昭和十八年から正式に夜戦機として採用され「月光」とよばれた。ただし速度と高々度性能が不足であった。

海軍夜間戦闘機中島J1N1-S（月光）諸元　エンジン中島NK―F二一型、一、一三〇馬力二基、武装二〇ミリ斜銃四、最高時速五〇七キロ（高度五、八四〇メートル）、上昇力三、〇〇〇メートルまで五分一秒、五、〇〇〇メートルまで九分三五秒、実用上昇限度九、三二〇メートル、自重四、八五二キロ、全備重量六、九〇〇キロ、全幅一六・九八メートル、全長一二・一八メートル。敵はこの「月光」を「アービング」とよんだ。

海軍零式艦上戦闘機　戦後までその名声をうたわれた「ゼロ」戦で、海軍の至宝とうたわれた時代があった。初め、三菱が昭和十四年に試作し、翌年から量産した。艦上戦闘機として、緒戦半年間の進攻作戦の主力機に使用されて活躍したが、昭和十八年のガダルカナルの空戦ではもはや米軍機に対し優越性は失われはじめ、これにたよりすぎたばかりに日本軍の敗勢の一原因ともなった悲劇の名機である。

本土防空戦では、時速においても劣り、特に一〇、〇〇〇メートルの高々度性能に劣り、その高度では機のふらつきも出るほどで、この飛行機の最適空戦高度は六、〇〇〇メートルという時代遅れのものであった。しかし、敗戦まで一〇、九三七機が生産された実績からすれば、かつての日本海軍の栄光の名機であることに違いはない。

海軍零式艦上戦闘機（三菱A6M8C五四型丙）諸元　後期型の五四型丙は、エンジン三菱金星六二型一、五〇〇馬力、武装九九式二〇ミリ機銃二、一三・七ミリ機銃二、最高時速五七〇キロ（高度六、〇〇〇メートル）、上昇力六、〇〇〇メートルまで六分五〇秒、実用上昇限度一一、二〇〇メートル、自重二、一五〇キロ、全備重量三、一五〇キロ、全幅一一・〇メートル、全長九・一二メートル。

十一月六日　曇　朝警戒警報あり。敵影もなく、わが軍のレーダーの誤認ともいわれた。レーダーの単機捕捉は依然困難なり。連日のB29偵察来襲に、私はひしひしと本土空襲の緊迫を感じはじめた。

がんらい爆撃機は、戦闘機にきわめて弱いはずなのに、B29の捕捉のできないのはどういうことであろうか——の兵隊の疑問も、もっとものことなり。

敵機の高性能に、ただ啞然。

＊敵機発見と邀撃

マリアナ基地からB29が大挙出撃するときは、B29のラジオ・チェックのため交信状態が活発化し、これを受信して察知できた。また海上に電波警戒器を搭載した船舶を配置し、北上中の敵機をいち早く捕捉し、また八丈島警戒機はその上空で彼我の識別を確認し、これを本土の各制空部隊に通信連絡し、警戒戦備甲を下令するまで三―五分を要し、また師団が出動命令をくだすまで約七分を要し、その後の戦隊の離陸まで一五分が必要であった。それから出撃機が一〇、〇〇〇メートルまで上昇するためには六〇分かかり、したがって、八丈島で発見してから接敵するまでには約八五分から八七分かかった。

一方、B29の飛翔速度からして、八丈島と東京間の飛行時間は約六〇分と考えられたので、日本軍の邀撃機の発進はつねに緊急に行なわれねばならない困難がともなった。

＊第十飛行師団（東京）の対B29作戦計画

昭和十九年十一月ごろ、東部軍は、関東地区に早晩B29の来襲があるだろうと予想し、この地区の最重要防空地区は京浜地区と考え、この飛行師団の全力と、東部軍高射砲集団のほとんど全部をこの地区に配備した。そのほか、防空情報隊と照空聯隊一もこの師団に配属された。なお軍需生産の重要地として太田、日立、釜石には地上防空部隊の一部を配置し、その掩護に当たった。

このとき、この飛行師団の隷下飛行戦隊の兵力は、昭和十九年七月より十一月までは、外地とくに満州や死闘の比島方面第一線への兵力派遣のため、本土防空はかならずしも十分といえるものではなかった。

さて、いざ敵来襲のときの東部軍の作戦計画の概要は、本土太平洋沿岸の各所（久慈、銚子、白浜、生田、下田、御前崎、雄踏、波切、潮岬、白浜、六甲、室戸、足摺、八丈島、硫黄島と東京から大阪までの沿岸重要地点）に配置した電波警戒機乙から得た情報から、飛行師団主力をもって、本土進攻要地の前方で捕捉し撃滅しようとした。また皇居はその兵力の一部をもって直衛に当たった。

昭和十九年十一月上旬ごろの第十飛行師団の対B29作戦計画は、元同師団長吉田喜八郎中将の手記をかりるときわめて明らかとなるので次に記載する。（『本土防空作戦』防衛庁戦史室朝雲新聞社）

㈠作戦方針

師団の任務は皇居を守護し、京浜地区、立川、太田等の要衝を掩護するにあり。これがため、敵を遠く洋上に求めて、これを要地侵入前に捕捉撃滅す。

㈡戦備　戦備の度を次のごとく定む。

①常時戦備　平常の態勢にて教育訓練す。

②警戒戦備乙　飛行機は燃料、弾薬を搭載し、空中勤務者は、空中勤務者控所にて待機す。

③警戒戦備甲　飛行機は始動の態勢にあり、空中勤務者は機側に待機す。

㈢戦闘配備

①昼間戦闘基本配備

司偵隊　御前崎―大島―房総東岸の線を数個の哨戒区に区分し、その哨戒を実施す。

戦闘隊　皇居直衛　飛行第二百四十四戦隊の一部。高度一〇、〇〇〇メートル以上、八、〇〇〇メートル以上、六、〇〇〇メートル以上の三層に配備。

京浜地区掩護　一個戦隊。立川、荻窪要地掩護　飛行第二百四十四戦隊主力。
推進邀撃
富士山又は千葉　一個戦隊。小田原又は印旛　一個戦隊。平塚又は千葉　一個戦隊。
待機高度は別命がなければ八、〇〇〇メートル以上とし、一〇、〇〇〇メートル以上の時は「高々度」と命令す。
②夜間戦闘基本配備
皇居直衛　飛行第二百四十四戦隊一部。川崎　同右の主力。田無　一個戦隊。江戸川　一個戦隊。松戸　一個戦隊。川口　一個戦隊。
各隊は、四機を高度八、〇〇〇メートル以上に配備。

十一月七日　曇　早朝より、当隊警戒戦備乙で待機。明け放たれた飛行場が、晩秋の冷気を漂わせて冷い。秋も深く、今朝の朝焼けには、鰯雲の流れるのを見た。美しき朝なり。

一三〇〇警戒警報発令。すでに飛行機の点検始動を終わった各隊、ただちに全機出動。

一三一五空襲警報発令。

出撃の戦力は、わが隊一八機。出撃機は風をけってつぎつぎと離陸、まさに勇壮豪快なり。飛行場の空と地に身のひきしまるような緊張がみなぎった。情報は「房総方面にB29数目標」とつたえた。

わが飛行第五十三戦隊は、いま川崎上空より江戸川上空へ。一四二〇すぎ状況は混沌。そのころ、東京上空は高射砲弾の炸裂が所々に見られた。一四五〇空襲警報解除。ほどなく、各隊在空機逐次帰投。飛行場の兵隊は「○号機大陸」(※○号機着陸の意)、「×号機大陸」のピストの声に、燃料や滑油の補給や弾薬の補充準備に大童。兵隊は自機の爆音をききわけ、着陸地点を凝視しつづけた。戦果は不詳。

B29は今日も、単機で侵入し、硫黄島や八丈島電探もその捕捉困難と聞く。敵が本土上空に達してからの情報では、わが隊の出撃は、とうてい間に合わない、高度一〇、〇〇〇メートルのB29の空域まで、わが屠龍の上昇時間は数十分もかかる。夕闇のせまるころまで、飛行場の夕焼け空には、赤トンボが高くとんでいた。

比島戦況は激烈、神風特攻隊の出撃しきり、空母を擁する敵機動部隊に突入。

＊邀撃戦

この日、第十飛行師団は、B29の来襲を予期し、払暁と〇九〇〇から一三〇〇の間、司偵隊と戦闘隊の一部で、関東海岸線を哨戒し、B29の来襲を待伏せていた。一二四八その偵察機から敵機発見の報をうけた師団長は、ただちに飛行第二百四十四戦隊、飛行第十八戦隊をもってさらに哨戒を厳重にし、一三〇〇東部軍(管区)警戒警報発令し、出動兵力を増し、各戦隊全力出動を命じた。この出撃で飛び立った日本軍の三〇〇機は高度一一、〇〇〇メートルのB29に接敵したのはわずか数機だけで、しかも残念なことには、有効弾を与えたものは一機もないみじめな結末となった。

一方、海軍の三〇二空の零戦二機は、高度一〇、〇〇〇メートルを哨戒中、富士山上空でこのB29を発見し、全速でせまり、二〇ミリ銃の全弾を浴びせたが、案に相違して、B29はビクともしないままに終わって落胆した。

戦後発表の米軍のこの日の記録では、来襲機はF13の偵察機一機で、しかもこのとき、日本機でF13に近接攻撃を加えて来たものは、わずか二機で、F13の搭乗員はむしろあきれ果てながらも悠々と偵察した。

このような敵を捕捉する電探も、むかえうつ戦闘機もB29の前にはまったく無力で、業をにやした陸海軍は、この日から東京上空一〇、〇〇〇メートルで一時間交代で、不断の哨戒を行なうこととなる。東京上空の一〇、〇〇〇メートルの空は想像を絶するほどの蒼い空がひろがり、上空の強い風に機首をむけて、自分の飛行機の爆音だけの、深い孤独と静寂の零下数十度の冷気の中を、パイロットたちはかすかに遠く眼下に横たわる日本列島を見おろしながら、人間の世界から抜け出たような荒涼たる哨戒の空の時間に耐えた。


十一月八日　曇のち小雨　朝まだき、兵舎の私の個室の扉が荒々しく音をたてたのに気がついたのは、まだ夢の中であった。

「起きろ!」

頭の上からどなる声に、目をこすると、枕頭に、横山少尉と荒木見習士官が、怒ったように立っていた。ひさしぶりの兵舎の熟睡の夢が破られて、毛布をはねのけたとき、肌に初冬の冷気がさすような冷い朝に気がついた。今日は立冬の日なり。

「一機、至急整備たのむ」

「ただいま、四時一五分」「午前中準備完了」

とはき出すような早口に、

「特攻機だ！」「征く者の気持を察して起きてくれ」

とやつぎ早である。

首を上げた窓外には、まだ明けない朝のしじまが重く沈んでいた。

昨夜の師団命令で決まった「特攻機」という。〝なんとしてもやろう〟という決心の反面、〝ついに来るものがきた〟と思う悲壮感が胸の中におこり、悲痛であった。

兵五名とあけ切らない霜烈の飛行場で、緊急作業。機の銃も、機関砲も、弾薬もつぎつぎと取りはずし、飛行場の白い霜のかがやく芝草の上におろした。重い黒い三本の酸素ボンベも棄てた。これで身軽に高々度を飛べる。後方座席も操縦席も、空屋のように空虚になったとき、朝があけ、今日の飛行場は暗い雲がひくくたれこめ、一帯に荒涼の気がみなぎった。

軽量の酸素発生器をつけかえ、無線係の兵隊が同乗者席の無線機を外し、操縦席では対空無線機を入念に調整しているころ、岡田一等兵が、ペンキで胴体いっぱいに大きく赤い矢印を描いて、特攻機の目印を与えた。

私はにぶい朝日の昇った東の空を仰いで、この私の手で改装された凄絶な「特攻機」の死装束の意味を想い、愕然として目を伏せた。ここにも国家の意志の絶対の重みがある。

飛行場の芝草に霜雫がみられ、朝をむかえた。しかしその雫はやがて降り出した小雨に消えていった。ほどなく、胸と双腕に目にしみ入るような鮮血の赤い日の丸をつけた飛行服で、私の前に立ったこの機の搭乗者今井軍曹が、その姿をあらわしたのは午前十時をすぎていた。

いつもより心なしか、彼の瞳が血走って、けわしく、静かに、ただ一言「頼む」とだけいって、私の掌をにぎった。無限の感動をこめて、にぎり返した今井の右手に力がこもり、思わず私は、この決死の十九歳の若者を飛行服の上から抱きしめていた。

そして二人は、ものを想って、小雨のけぶる飛行場にたたずんだ。いま、私はなんという飛行機を造ってしまったのであろうか、今日からこの飛行機のために、彼の運命はまっすぐに「死」に向かって進んでゆく。

この戦いに勝たねばならないと念じている私であるが、表面、自発的意志でとはいうものの、当然志願せねばならない状況下にこの特攻を志願した彼の心情を想い、戦いの非情さが胸をよぎって哀しかった。

私は、いま個人の意志ではどうにもならない、この軍隊の最も悪い面を見せつけられて、暗然とした。

＊特別攻撃機

十一月一日以来のB29の来襲高度は九、五〇〇メートル以上で、師団のどの現用機でもこの高度には及ばなかった。また高射砲の射程も七、〇〇〇メートル限度では、このB29はどうにも歯のたつ相手ではなかった。そのうえ、熱望される新鋭機の急速の開発は見透しも暗かった。そして、この嘲笑に値する白昼の帝都上空のB29との対決は国民環視の中で行なわれ、国民感情のうえでも許せなかった。軍当局は切歯扼腕して、来襲機必墜のためには、百死にせめて一生を残さねばならない人間の戦いのおきてを破り、吉田師団長は「特攻機」出撃の非常手段を採ることを決意した。

十一月七日の苦戦を顧みた師団長はこの夜、隷下各戦隊に特攻機四機からなる特攻隊の新編を命じた。のち、十二月五日防衛総司令官東久邇宮稔彦王大将により、この特攻隊は「震天隊」と名づけられた。またほどなく、日本の西の空を護る第十二飛行師団も、やがてまったく同じ目的のために特攻隊を編成し、これは「回天隊」とよばれた。両特攻隊の使命は、B29に対する体当り攻撃であった。

戦後二十数年をへたいま、この軍の企図した特攻の本質を考えてみたい。当時狂った国家の重みのひずみもあろうが、時の一部要人の間に「特攻は統率の外道」とささやかれた軍事技術思想の退廃のなげき以上に、これは命じた指揮官の心の荒廃とエゴイズムをあらわにしたものである。このことは太平洋戦争で人の心に残した最大の汚点と思われる。だれが、たとえ神でもこれを命ずる権利があったであろうかと悔まれる。私は近世一〇〇年の世界戦史の中に、外国軍隊の特攻攻撃のためしをきいたことはない。特攻は戦術として最も程度の低いうえ、この発案は軍人の堕落を意味する。

十一月九日　曇　敵来襲と日ごとにつのる冷気が、兵隊に、ひときわの緊迫感を与えている。

日ごろ、われわれの間で好感をもたれていた今井の特攻選出に、「なぜあんないい男を」と兵たちはいささか不満顔なり。だれかが「特攻は勤務成績の思わしくない順に決められる」とデマを飛ばした。K中隊のN軍曹は、その点では自信なく、日ごろ戦々兢々の噂まであり。

あの一日のB29来襲以来、もはや、この国開闢《かいびゃく》以来の新戦場と化すであろう、この東京の運命に、私はただならぬものを感じ、あの日からのことを、メモとして書きつけておこうと決心した。

これから、めまぐるしく日本の運命が翻弄される歴史の第一ページは、もうすでに目前に開かれている。

七日未明、わが航空隊はサイパン、テニヤンに二度目の攻撃をかけたと情報あるも戦果は不明。

十一月十日

十一月十一日　曇

一日曇りにて、夕方より特に寒気つのる。このところ、わが隊は本格夜間警戒態勢に移行。各隊警急配備となっての四日目。わが小隊は今日の薄暮よりその任務につく。風の強い日の夜、もう凍るような飛行場の西端の緊急離陸出発線上に、三機を列線につけたとき初冬の日が暮れた。

各機いっせいに始動し暖機運転、次いで点検。終わって兵二名を機側に残置し引き上げる。兵隊の待機の控所は、飛行場の出発線から、目と鼻の梨畑につづく地下壕で、天井は頭のつかえるように低く、この中には湿った土の匂いの空気がみち、油臭い男の臭気がただよい、黒く布でおおわれた灯一つのわびしい暗がりであった。

兵隊は、小さなストーブを囲むように、はじめ、めしを食い、タバコを喫い語り合うにぎやかな夜がふけると、やがて話声が一つ一つとだえて、言いようもない寂寥の夜半が訪れた。

壕内は、まん中にストーブを置いた土間にせまい通路を残し、それをはさんで、壕の両側に切り立ったむき出しの土壁の方に少し高く傾斜して張りつめたかたい板張りの床があり、その上に兵隊は通路にひくく足を投げ出して一枚の毛布にくるまり、みな軍衣のままの姿で寝た。それはちょうど汀《みぎわ》に並べられた雑魚《ざこ》のようにひしめいた。うす暗い闇に、眠ってはいない二十数名の兵隊は、もう語る声もないまま、何かを想う。彼らはいま、何を考えているのだろうか。私には解る。

この兵隊は心の中では、みな戦いを厭《いと》い、好きこのんでこの戦争に出て来た者は一人もいない。兵隊は軍隊の強制や屈辱にたえかねて、その胸の中はつねにうつろである。その証拠にむかし自分たちの住んだしゃばに帰って行くことだけをいつも最も重要な話題にし、彼らは、かげではあの哀調をおびた軍隊エレジーを口にしている。

御国のためとはいいながら
人の嫌がる軍隊へ
志願で出てくる馬鹿もある……

兵隊は、死ぬのはごめんだが、国のために戦うのは仕方がないとあきらめている。

雲の切れ目が見えてきた夜半、凍った空に風が鳴る。壕を出て、足元を照す懐中電燈をたよりに機に近づき、交代警戒につく。私も一機の機上にかけ上がると、飛行機の主翼一面は雪かとまごう霜でおおわれていた。きびしい霜夜《しもさ》なり。

暗い操縦席にはいり、天蓋を締めると、身を切るような寒風はさえぎられたが、氷室のように冷え切った操縦席の室内をとりまくすべての金属の冷気が身にしみ、はく息だけが白くわずかに暖かった。

三機いつ出撃してもいいための暖機運転で、いっせいに寒風をけって爆音をあげた。闇に浮かぶ各機の赤と緑の翼燈が、かすかな機の振動をつたえてゆれ、エンジンの排気筒が青い炎の奔流を吹き上げた。プロペラの閃光も見えない闇の中の運転は十分間でも長い。全機いっせいにエンジンを閉止すると、あたりはいままで経験したこともないような、淋しいもとの闇にもどった。いまこの基地は死んでいる。飛行時計が午前一時四〇分を指した。

そのあと、このまま一時間の機上待機。軍衣の上から皮膚を伝わってくる寒気は、脂を通し肉につきささり、手や足先が痛いようにふるえた。室内燈を消すと、数多くの目の前の飛行計器が、夜光虫のように青白い光を放って闇にうごめいた。

目をあげると、天蓋を透して冬の高いすきとおるような空にかすかに星さえ見える。周辺の村々は、黒く沈んだように闇の中に音一つない。〝戦い〟〝人よ山河よ〟〝星の運命よ〟

この夜半、軍隊という集団の中のきびしいこの私の孤愁を、故郷のたれが想像してくれようか。いま私はもう引き返すことのない戦争というけわしいみちのりを歩んでいる。いままで高く凍てついて輝いた星の一つが、北の空に尾を引いて流れ、流星となり、いま天空に果てた。こんな夜は、私は兵隊でなくなる。

敵はまだ来ない。

米国のルーズベルトが大統領に四選したと聞いた。

＊B29と対決した日本戦闘機

B29の巨大な機体には迷彩一つなく、目に輝くばかりの銀白の真珠のような地肌で、その蒼空にとけ込むように飛翔するさまは、まさに完成された「武装した空の芸術」のようにわれわれの目にうつったことはまえに述べた。しかしいざとなったいま、この「芸術」を邀《むか》えうつ日本戦闘機も、高射砲も、容易にこれを撃墜することはもちろん、これに近づくことさえむずかしく、たび重なる日本本土への来襲に、東京の市民は底知れぬ恐怖を感じ始め、そしてまた軍はその対策に焦慮した。

敵初来襲このかた、日本軍は、これを撃ち墜とすためには、まず高々度飛行や、夜間戦闘能力に優れた新鋭機の開発が必要であった。そればかりでなく大口径高射砲や電波兵器性能の遅れもめだち、その研究を急ぐ必要があった。かつて、真珠湾上空に殺到したわが海軍の艦上戦闘機「零戦」（皇紀二六〇〇年――昭和十五年――に採用され、年号の末尾の〇を呼び名とした）は、当時世界の奇跡の戦闘機とうたわれ、緒戦以来どの主戦場にもその姿を現わし、よく米英機を駆逐した。したがって、この飛行機は開戦以来、日本が南方や太平洋地域を制圧する進攻作戦の立役者であった。

この戦闘機は、空戦の格闘戦闘能力第一主義で設計され、他のすべての機能を犠牲にして造られた。

これは、義をみて猪突猛進する日本軍人のような、いわば〝空飛ぶ裸の機関銃〟であった。しかし、この奇跡の戦闘機を裏返すと、日本軍人の精神構造を代弁したような狂気の飛行機であった。それは、油槽や操縦席に必要な防弾装備を故意に欠除し、全備重量を軽減し、また機体の空気抵抗を最小とするための構造に徹底し、与えられたエンジン能力を最大限に発揮させる悲壮な設計から成り立っていた。

そのため、この身をけずるような軽量化は、むしろ飛行機を造ることよりも、その養成がより困難な搭乗者の人命を軽視する羽目におちいった。これに対し、米国の科学のオーソドックスな配慮から生まれた飛行機の増馬力や火器強化策の前には、零戦の運命はあえないものであった。

これまでの前近代的な〝空飛ぶ大和魂〟のみに頼った誤りに気がついた日本軍は、すでに手遅れながらも、従来機の改造や、他に新型機の製造を急ごうとしたが、その開発のための国内事情はすでに切迫し、ままならなかった。

昭和十九年以降、東京の空を護るために、急いで新編された第十飛行師団の保有機を中心として、その性能を米軍来襲機に比較すると次の表のようになる。とうてい勝負にならないこのみじめなデーターから知られるように、日本航空部隊は、敵と対決するに価しない、科学を拒否した大和魂の飛行機と劣弱な兵力とで苦戦したことは、哀しいことであるばかりか、そのためにもたらされた市民の惨禍と兵士の辛酸を想うと、いまもその想出は、胸にいたく、ことに、そのために死んでいった人々や兵士の意味はなんであったろうかと考えると、その哀しみはさらに深まるばかりである。このように、自らの不明から部下の兵隊を殺すことになんのためらいも感じていなかった高級軍人の多かったことは、一つの奇異である。

日米戦闘機の性能

機種	型式	発動機馬力(HP)	全備重量(kg)	最高時速(km/h)	上昇限度(m)	航続距離(km)	武装
戦闘機(陸軍)	一式戦 I (隼)	970	1,950	495/4,000	約 10,000	約 2,000 (落下タンク付)	12.7 ミリ × 2 丁
	一式戦 II (〃)	1,130	2,590	515/6,000	10,500	約 2,000 (〃)	12.7 × 2
	二式戦 (鍾馗)	1,320	2,715	605/4,000	10,500	1,200	7.7 × 2 12.7 × 2
	二式複戦 (屠龍)	1,080 × 2	5,276	547/7,000	10,000	約 1,500 (落下タンク付)	7.7 × 1 12.7 × 2 20.0 × 2 又は 20.0 × 2 37.0 × 1
	三式戦 (飛燕)	1,100	3,265	591/6,000	10,500	約 2,000 (〃)	12.7 × 2 20.0 × 2
	四式戦 (疾風)	1,990	3,602	687/6,100	11,580	1,255	12.7 × 2 20.0 × 2
戦闘機(海軍)	零戦	1,130	2,700	565/6,000	11,000	2,050	7.7 × 2 20.0 × 2
	J－2M (雷電)	1,820	3,440	595/6,000	11,700	1,055	20.0 × 4
戦闘機(米軍)	グラマン６ＦＦ５ (ヘルキャット)	2,100	5,780	594/	11,370	1,750	12.7 × 6
	ノースアメリカン P51 (ムスタング)	1,490	4,581	703/7,620	12,770	1,529	12.7 × 6
爆撃機(〃)	B29	2,200 × 4	47,500	585/7,600	11,400	3,350	12.7 × 16 20.0 × 1

私はいまから本格的に展開される本土上空の日米空の攻防戦を、勇ましい戦記としてものがたる意志は毛頭なく、むしろ、最初から無謀なまでのこの〝武器なき惨めな〟日本の空の戦いに挑み、そのために果てた兵士や市民の人間そのものにふれ、〝戦争と平和〟の確かな意味を手にしたいという意図がある。

前の表から、日本上空に現われたB29は、われわれの予想をはるかにしのぐ高性能で、悠々と進攻して来たことが明らかである。またこれを迎える日本戦闘機は、飛行最適高度六、〇〇〇メートルに設計された外征進攻作戦用の飛行機で、したがって、目前に敵機を見て、いち早くスクランブルできるような局地戦闘機の資質にはまったく欠けていたことがわかる。

しかし、十九年ごろ、この急迫した戦局から軍はやむなく、改造機に頼るという泥縄対策しかもたず、そののち、高々度急上昇性能にすぐれたプロペラ機やロケット機の開発に、陸海協同研究も進められたが、その試作完成にこぎつけたのは二十年七月ごろであり、これはついに実用機とならず、対B29用の幻の邀撃戦闘機の第一号機に終わったのは、あわれであった。

＊高射砲の開発

軍の主兵である日本の歩兵が、旧式な明治三十八年制定のいわゆる「三八式歩兵銃」を肩に、開戦以来全線に展開し世界の列強と対決していたころ、陸軍の高射砲隊も昭和三年から十五年に制定された口径七―八センチの旧式砲で戦った。その性能は、初速七二〇メートル、最大射高九、〇〇〇メートル、有効威力はせいぜい高度六、〇〇〇メートルまでの野戦用の高射砲で、その後敵機の高々度、高速化に対処するため、一二センチ砲の開発とさらに七センチ砲の改良を研究し、昭和十八年ごろ陸軍は、これを要地防空用に制定した。だがその後のB29情報から、有効射高一一、〇〇〇メートル以上のものが必要と考えられた。しかし実際には、前記の一二センチ砲でも最大射高一四、〇〇〇メートルで、したがってその八割の有効射高ではまだ不十分であった。そこで陸軍は急いで高射砲の大口径化を進め、一五センチ砲完成をめざし、十九年末には完成したが、わずか二門で威力を発揮することもないままに戦いは終わった。

がんらい陸軍の高射砲隊は、進攻作戦用として国防軍より外征軍の強化に力をそそいだため、このとき、B29を迎えて多少の改良はなされたが、ほとんどが旧式砲のままこの空戦にのぞんだことになる。いまこの近代戦感覚にとぼしい東京の戦備をみると、次のようになる。

東部高射砲集団（昭和十九年十一月）

高射砲聯隊　八個、独立高射砲大隊　二個、機関砲大隊　二個、照空聯隊　一個。

この高射砲集団は、高射砲五三六門、機関砲一二門、照空灯二五一を装備し、そのほか電波標定機六三を有した。その配置は主として東京横浜周辺としてその後太田、立川、所沢、大宮、野田、藤代、千葉と拡大されていった。（『本土防空作戦』前掲書）

B29来襲以来、敵機の高々度、大航速目標に対する射撃と夜間戦闘訓練に重点をおいたが、非常にこまったことは、当時この訓練用の高速、高々度の目標機さえ日本にはなかった。なお、夜間は飛行師団との協同で聴測や電波射撃の訓練を重視した。

東京の空に敵を見て以来、軍は急いで前記の高射砲集団を改編して高射砲師団として、次のように展開した。

高射第一師団（昭和十九年十二月二十二日）

高射砲聯隊　七個、野戦高射砲大隊　二個、独立高射砲大隊　四個、独立高射砲中隊　一個、照空聯隊　一個、機関砲大隊　二個、要地気球隊　一個。

この部隊は、帝都ではその東正面を敵侵入の最重点として、高射砲は、品川、月島、洲崎、葛飾橋、下平井、四ツ木、玉ノ井、梅島、芝川、十二月田、赤羽、尾久、前野、茂呂、戸山、代々木、後楽園、碑文谷、池上、穴守、川崎、子安、野毛川などに配置し、照空隊はそれぞれその外周に展開した。（『本土防空作戦』前掲書）

しかし、これはすでに述べた飛行部隊の現有兵備と同じように、日本の空の防衛にははなはだ不満足のもので、だれもが高性能の十二センチ砲を渇望した。これは日本軍の二つながらの立ち遅れであった。開戦前山下中将は、「この時代遅れの兵備」では米英との開戦などおぼつかなしといい、また山本海軍大将は「開戦しても一年の後」はこの戦いになんの保証もできないといったが、ともに両将星の懸念が的中したもので、日本にとっては最悪の事態となった。

こんな状態のもとで、わが国がついにこの大戦に敗れねばならなかった理由は、事前からはっきりしていた。いまならばだれ一人これを疑わないが、当時このような軍事感覚で、この近代戦に踏み切った日本の〝英断〟の奇怪さは、世界の歴史家に嗤《わら》われてもいい永遠の謎ではなかろうか。

II マリアナ基地からのB29渡洋爆撃

十一月十二日　曇　日中は曇天。終日待機。若い兵隊はこの待機のあいだが最も救われる時間であろう。それは日常の苛酷な訓練や、陰惨な内務から解放されるせいである。早朝の各機の出動点検整備を終わると、事故機以外は、文字通りの待機。

新兵の彼らは、どこでどうするのか、洗濯をしたり、掃除をしたりの余裕に喜ぶ。ある兵隊は飛行機の同乗者席の日だまりの中に、糸と針をもって男のつくろいをやっているのがほほえましかった。この飛行機の胴体には小さい文字でも、明らかに「軍事機密」と書かれているが、こうなるとこの戦闘機もいやに世帯じみてきた。

十一月十三日　曇　名古屋地区にB29少数機偵察来襲の中部軍の情報あり。

十一月十四日　晴　正午起床、さえわたる初冬の青空に雲が光った。午後各機の整備を完了。一八三〇より二二〇〇まで夜間飛行訓練。夜が更《ふ》けると、冬の冷気が身にしみ、満天に星が輝いた。この星空はすきとおるように美しすぎる。やがて厳冬がくる。二四〇〇すぎ全員兵舎にもどる。

日ごろ、私の日記の中で、空や星のことがしきりと気になり書かれている。それは航空隊であるからよりも、私の心の孤独のせいだと思った。空はこのかぎられた基地の兵隊の生活の上にきわみなくひろがっており、そして故郷の空にもつながっている。ここだけにわれわれ兵隊の無限の自由があるからだろうと思った。そしてそれは獄窓に仰ぐ青空にも似ていると思った。

兵隊が外出禁止になって二カ月余、兵隊の地獄耳は早い。他の部隊はいまでも外出があり、休暇さえあることを知っているため喧々囂々《けんけんごうごう》なり。先日、当隊の見習士官が父が危篤でも、その郷里の岡山に帰れなかった。

むかしから、隊内の兵隊の唯一の希《ねが》いは「休暇」と「進級」にだけあった。彼らにとって休暇や外出は、日ごろ人間の自由を失った軍隊生活の息苦しさに、たとえようもない貴重な人間解放の一日であり、その短い時間にも、彼らは「生命《いのち》の洗濯をする」といった。また進級には、安っぽい子供のような、権威への憧れがあり、自己満足の無邪気な興奮と自慰があった。

今日の新聞の大本営発表では、わが陸軍の特別攻撃隊「万朶《ばんだ》飛行隊」が海軍の「神風《しんぷう》特別攻撃隊」とともに十二日レイテ湾に突入した。またルソン海域でも特攻隊が出撃した。

十一月十五日　晴　午後から、この基地は敵機来襲と厳寒の越冬にそなえて、各隊それぞれに、飛行場で自分の飛行機に最も近い掩体《えんたい》のそばに、地下壕舎の構築にかかる。円匙《えんぴ》五丁で兵二〇名。

壕は縦三メートルに横四メートルの四角の大穴で、これを掘るのに兵隊は汗を流した。地を深く掘り下げると、すがすがしいばかりの土の香があたり一面にひろがり、湿り気を含んだ黒っぽい土の色がその深さにつれて、たいしゃ色に変わり、ついに赤く、その色が目にしみいるように美しかった。

われわれ老兵は手を出すより口ばかり多く、この作業を見守った。

飛行場の西の空があかね色にたそがれるころ、壕の深さは三メートルにも掘られて日が暮れた。そして夕闇に、掘り返した土の香だけが鮮かに残った。そのとき私はむかしから穴を掘らない戦争はないと思った。

夜間飛行訓練二三〇〇まで。

十一月十六日　雨　雨に濡れ、昨日から引き続きの壕舎工事。深く掘り下げた壕の上に、森から兵隊の手で切り出した生の丸太をならべ、その上に青い葉のついたままの杉の枝を厚くならべるようにつみ重ね、残土をかけて屋根ができた。切り立ったせまい土の階段を降りると、しめり気を含んだ土の香と、天井の生木の臭いが壕一面にひろがり、今日からここが戦場のわが住家となった。

夜、ほの暗い裸の電球を一つつけ、無線係が、この天井に戦闘指揮所からつないだスピーカーを取り付け、ここにわが家は完成した。われわれ仲間の歴戦の兵隊はかつての野戦を想起し、いま東京に近づいてくる新たなる戦雲を肌で感じた。

闇のせまるころ、丸太を地面にうちこんだ上に板を張り、テーブルができた。

この食卓をかこんでめしを食った。それは、このわびしいくらがりの中でも、ほのぼのとした兵二〇名の一家団欒のように思えて心なごんだ。そしてこの兵隊の故郷には、かつてどんな団欒と生活があったろうかと考えた。

十一月十七日　晴　風強く寒し。午後からの高々度飛行演習で、二四号機の同乗者が一人呼吸困難で殉職した。酸素ボンベの流出弁の故障のためなり。

着陸し、すぐ軍医の少佐が駆けつけたとき、同乗者席いっぱいに茶色の飛行服の巨体がのめるようにうつ伏し、口からは泡のようなものを吹いてこと切れ、すでに、彼は英霊となって変わりはてていた。そのとき空には白い雲が無心に流れていた。

まだ軍隊にきて一年余の学徒兵の少尉なり。しかも、その死をだれにも見とどけられなかったことは、私には耐えられない哀しみと思えた。その非運に合掌。
夜、「故陸軍中尉」に栄進した彼の戦死公報が故郷につたえられた。兵隊は死ななければ故郷には帰ってゆけない。私は群馬に住む彼の母を想って哀感が胸にせまった。戦争がなかったら、彼の才能はもっと別に生かされ、この母を喜ばせたに違いないと思った。

十一月十八日　寒雨　飛行演習にもならない悪天候なり。寒気がつのると、エンジンの潤滑系統の故障が続発。これはこの夜間戦闘機「屠龍《とりゆう》」の最大の泣きどころなり。エンジンが冷気の中でスタートすると、冷え切って粘度の高まった潤滑油の急激な内圧増加による蜂巣《はちす》型クーラーのパンクをおこすためなり。これでは、まるで飛行機の中風症状だ。

十一月十九日　曇　今日は日曜日と、だれかが珍しいものを発見したようにいった。いままで兵隊の曜日の観念は、外出のためにあった。それがなくなると、こまったことには日曜日はおろか、〝今日は何曜日だろう〟と日ごろ日記をつけていることを知って、私のところに聞きにくるうかつな兵隊もいる。
日付のない日の繰返しは生活の虚脱であり、精神の荒廃であろうか、兵隊は自らの意志ではどうすることもできない、目には見えない巨大な力で引きずられるまま、その日が無為に過ぎてゆく。それは、人間が絶望にならされてゆく空しい時間の経過であるかもしれない。そしてやがて、兵隊は自らの人間性を放棄する。〝運命は流れるものを潮にのせ、逆らうものを引いてゆく〟と、むかし学生のころ見た「商船テナシチー」の映画の哀愁の一こまを思った。

十一月二十日　曇　〝都鳥でも一羽じゃ飛ばぬ〟の鼻歌まじりの岡田一等兵の手で、夕方ストーブが壕舎にできた。ドラム罐を半截し、煙突を取り付けた殺風景な地獄の釜のようなものなり。たそがれて、今井に知らせると、彼は一本さげてやってくる。ニッキの匂いの強い〝航空元気酒〟というレッテルをはった酒は甘すぎて、私のとっておきの〝武道酒〟という勇ましい名のカラ口の酒を交えて、二人はストーブを囲んで痛飲した。

ほの暗い裸の電燈の下で、やがて今井の破顔が急に脂ぎって赤く、目の奥にはあやしい輝きを増し、二人はたがいにこの酒に酔いしれ、鬼のように哄笑した。そして、彼はくどいほどに幼い日の郷愁をくり返しくり返し私に語った。

この穴蔵のような地下壕の片すみで、初めての火が燃え、語りつづけるうちに、ふと、私は彼の飛行服の首のマフラーのいつもにない絹の白さに気がつき、慄然として、そのあとは哀しかった。それは、いま彼のいつでも特攻とし死地に飛び込む覚悟の、せめてもの晴姿のしるしであろうか。思わず彼の目をのぞきこみ、「褌《ふんどし》はいいのか」と聞いた私の問いに、「毎日サラデスネン」の酔った大阪弁で返った答は、強く私の胸をしめつけた。

男が「生命をかける」ということは、あまりに強烈で美しすぎて哀しい。

彼が敵機に体当りする瞬間よりも、むしろ、その日を待つまでのいまの焦躁の時間に耐える人間の残酷さを最も無残と考えた。彼は決定的な死を予期し、その恐怖と焦躁にいま狂気している。

十一月二十一日

十一月二十二日　曇　夜、飛行場にたった一つの赤い着陸燈が消えると、そこはまたもとの闇に返り、冷い夜気の香りだけが残った。二二四〇夜間飛行終わる。深更壕舎でめしを食いながら金沢兵長が大きく出た。「世界の三大誤謬作戦を知ってるかい？」と。「ヒットラーはスターリンをなめすぎたし、日本は蔣介石を甘く見た、そしていま、ルーズベルトはこの日本に手を焼いている」

そこで私は、「オイ、それじゃ、地球上の悪循環じゃないか」といった。

十八日タクロバン沖へ神風特攻隊出撃、未帰還機多し。

十一月二十三日　晴　新嘗祭なり。新兵には回りかねるほどの雀の涙の祝酒が出た。頭割り〇・二合ほどなり。

「わが陸軍も衰えたり」から始まって、もう四、五年このかたこの軍隊に巣喰っている古兵は、「そり返った尾頭付にキントン、油揚げ、ごぼうの煮しめと赤飯、むろん酒は三合もあったぞ」との古きよき時代の軍隊のむかし語りに、新兵顔色もなく、思わず生つばをのむ。

名古屋へB29一機偵察来襲。いまは三菱航空機がねらわれている。

十一月二十四日　晴　B29大編隊東京へ。ひさしぶりでさわやかな晴れの朝があけて、飛行場の芝草の上に、朝日で一面に白い霜が光った。

〇七三〇全機点検試運転完了。一一〇〇すぎ、突然戦闘指揮所のスピーカーが鳴った。

「情報！　情報！　B29大編隊小笠原上空通過、北上中」に、この基地はわいた。

「各隊警戒戦備甲に転移すべし」「おーい来たぞ」と兵隊が飛行場の列線にどなった。

大編隊がついに来た。そのとき、なぜか私の胸は硬く、そして血がさわいだ。飛行場の列機は、いままでの点検整備に、その周囲にまき散らしたようにはずした飛行機のカバーや、機材や銃弾を急ぎ取り片づけ、緊急始動。

「情報！　彼我不明機八丈島上空通過」

一一一五「東部軍管区警戒警報発令」。おそらく、二十数機あろうか、飛行場周辺をかこむように分散配置された各隊列線の屠龍のプロペラが冬の陽ざしを切って、いっせいに咆哮《ほうこう》した。

出撃命令寸前、すべての兵隊の瞳は異常な緊張にかがやいた。

一一三〇「命令！　飛行第五十三戦隊全力出動、下田上空」

各隊は、出発線上に殺到し、つぎつぎと油くさい砂塵を上げて離陸した。特攻機四機も出撃。ほどなく、在空のわが戦闘機は、いっせいに中島飛行機武蔵工場の上空に殺到して、敵Ｂ29八〇機と交戦した。

一四一〇警報解除。わが隊全機帰還、戦果、撃墜一機。わが帰投したパイロットの顔は、みな、まだ初陣の興奮に青白い緊張をたたえていた。

大本営発表（昭和十九年十一月二十四日十七時）

本十一月二十四日十二時過ぎより約二時間に亘りマリアナ諸島より敵機七〇機内外数梯団となり高々度を以て帝都附近に侵入せり　我方の損害は軽微にして戦果中現在迄に確認せるもの撃墜三機なり（「朝日新聞」より）

＊Ｂ29本格来襲

十一月一日以来、前後一〇回の東京偵察を試みた米第二〇航空軍は、ワシントンの命令で、第一回東京爆撃目標は中島飛行機工場と決めていた。その実行は十一月十七日と予定したが、ままならない天候回復を待ち、七日をすぎた二十四日これを決行した。その日、マリアナにはこの壮挙を全世界に報道する二四人のニュースカメラマンや新聞記者が集まった。

第七三爆撃飛行団のオドンネル将軍の操縦する一番機を含めて一一一機が離陸した。うち一七機が途中故障のため脱落し、残余はいっせいに日本本土をめざし飛来した。一一〇〇ごろ、小笠原の日本軍対空監視哨はこの大編隊を認め、つづいて、伊豆諸島警戒器もB29一〇機七個梯団約八〇機の北上を認めた。

この急報に、東部軍はただちに、第十飛行師団をもって邀撃《ようげき》態勢をとり、吉田師団長は各戦隊に警戒戦備甲を下令し、調布基地の独立飛行第十七中隊の、高々度性能にすぐれた武装司偵と、柏基地の上昇力と飛行速度にすぐれた二式戦「鍾馗《しょうき》」に出動を命じ、御前崎―大島―白浜―勝浦海岸を哨戒《しょうかい》させた。

その直後、師団長は各種情報から米軍機の本格来襲と判断し、師団全力の出動を下令し、昼間の基本配備をとり、東部軍は一二〇〇空襲警報を発令した。

このころ、オドンネル将軍のひきいるこのB29大編隊は、秋晴の空を富士山を目標に、本土海岸に近づき、高度八、〇〇〇メートルから一〇、〇〇〇メートルで飛翔した。編隊は日本に近づくに従って、秒速六〇メートルの追風をうけ、対地速度は七一〇キロにも及んだ。

このとき、哨戒中の日本軍司偵は、伊豆半島南端の高度一〇、〇〇〇メートルにB29を発見して夕弾攻撃を企図したが、敵の上位に占位することができないままに、敵編隊はそのまま伊豆半島上空を北上し、富士山付近より中央線沿いに東進し、一三〇〇ごろ三鷹付近上空に達した。

ここでB29機上の百余名の敵搭乗員が、日本空襲の初陣の緊張に高鳴る胸をおさえながら見たものは、一面の低空の雲海であり、めざす中島飛行機工場は、完全に雲におおいつくされて、わずか二四機だけが五〇発の爆弾と焼夷弾を目標に投下し、他の六四機は、東京の市街地や港湾に二、七〇〇キロの爆弾を投下し、六機は爆撃不能に終わった。

この爆撃に、東京の民防空に従事する人々や、警察官、消防隊はいままで教えられた通り敢然と挑戦したが、油脂、黄燐の大型焼夷弾に多くの爆弾を交えたこの初攻撃に、初期防火ははかどらず、各所にいっせいに発生した火災は、ついに合流火災となってひろがった。そしてこの初日から国民は、モンペやバケツリレーの無力さをさとらねばならなかった。

一方、わが陸軍制空部隊はこの一〇、〇〇〇メートルの高度で来襲したB29に、一部の技倆優秀の少数機がようやく敵と同高度をとって攻撃したが、いずれも効果は少なかった。また海軍厚木基地の発進もおくれて成果はなかった。

米軍の発表によれば、この日一二五機の日本機が出動し、B29の火砲で撃墜七機、同不確実一八機、撃破九機を出したとされている。

これに対し、日本軍はB29に対して六五機の戦闘機が出動し、撃墜五機、撃破九機と発表したが、その実態はいまも正確に知る由もない。ただし飛行第四十七戦隊見田伍長の特攻機「鍾馗」は、明らかにB29に体当りし、その事実は彼我ともに認めている。

この日の第一爆撃目標の中島飛行機工場は、死者五七名、重軽傷者七五名を出し、工場建物の一七棟が倒壊した。また江戸川、荏原、品川、杉並、練馬、中野の各区と東京港、保谷、小金井、東久留米が爆撃され、被害家屋三三二戸、死者五〇五名を出した。しかし、米軍にとってはこの初出撃の効果は思ったより少なく、完全に失敗に終わった。

十一月二十五日　晴　〇一〇四警戒警報あるも侵入機はなし。全員待機。特に高々度飛行用酸素装備の完璧を期すよう、隊長より重ねて要望あり。

夜はなにごともなし。

＊吉田飛行師団長は、昨日の戦闘の経過から、現用の日本機による通常の邀撃では、とうていB29の撃墜はむずかしく、この日ふたたび最後の切り札である特攻機を各戦隊四機から九機にふやすことを命令し、そのうえ現状の通常攻撃のためには、各隊はますます訓練を強化するよう要望した。また東京の高射砲集団も旧式の七センチ、八センチ砲をにわかに一二センチ砲に機種改変を急ぎ、数少ない虎の子の一五センチ砲を新設する陣地の選定を急ぎ、のちにその陣地は久我山に決まった。

十一月二十六日　晴　一三二〇警戒警報発令、B29一機偵察来襲。夜間は待機。

二十四日から二十六日まで、神風特攻隊はルソン島沖へ、陸軍の靖国隊はレイテ湾に突入と知る。

十一月二十七日　曇午後より雨　空は低く雲がたれこめ、基地上空をおおい、重く鉛色にとざされた感じなり。

一〇〇〇ごろ、父島対空監視哨より、「B29北上中」の情報あり。つづいて母島、硫黄島より敵機来襲確認の警報あり。つぎつぎとピストのスピーカーの流す情報のあいだに、ほどなく、一一一五各隊警戒戦備甲に転移。一一四〇、わが隊一〇機暗雲をついて出動。一二三〇空襲警報発令。敵B29四〇機伊豆半島より東京へ侵入。投弾のたびに、東京の地が重苦しく地ひびきにゆれ、黒い煙の中に紅の焔がひろがってゆくのが見られた。

雲層深く、彼我の機影は見られない。すこぶる不気味に腹にしみいるような爆音だけを残して、房総海岸に脱去する敵はわが基地上空をゆく。

新宿、原宿、本所が雲上より爆撃された。

一五〇〇空襲警報解除。帰投した出撃機は雲層にはばまれ接敵不能という。今日は東京駅がひどくやられた。戦果も不明。敵の爆撃は雲上からのレーダー爆撃と考えられる。兵隊はこの恐るべきレーダーの威力を語りあい、なにか胸を抜ける戦慄のようなものを感じた。

今日は浜松や近畿地方にもB29が来襲したという。

大本営発表（昭和十九年十一月二十七日十九時）

本十一月二十七日マリアナ諸島よりB29四十機内外十三時頃より約一時間に亘り関東東海道及び近畿南部に分散来襲密雲上より盲爆せり　我方の損害軽微にして重要施設に被害な

し

今日、レイテ島にわが空挺隊強行着陸。

＊雲上爆撃

今日第二回東京爆撃のB29八一機がマリアナを発進し、途中たちまち一九機が故障のため脱落し、残った六二機が日本に向かったが、あいにく日本本土上空は、前第一回爆撃のときよりもさらに厚い雲におおわれているのを見て米飛行士は落胆した。

一方、父島、母島、硫黄島のわが対空監視哨は、一〇一三から一一〇三ごろ、北上するこの編隊を発見した。

この監視哨の急報に第十飛行師団長は一一一五、各戦隊に警戒戦備甲を下令し、一一二六、調布基地の独立飛行第十七中隊の武装司偵と、一一三三には成増基地の飛行第四十七戦隊の二式戦「鍾馗」を発進させ、その後大編隊来襲とさとった師団長は一一五〇、全戦隊に全力出動を命じた。各隊はこの雲低高五、〇〇〇メートルの密雲でおおいつくされた暗い空に向かって離陸した。

また海軍三〇二空は、「月光」「彗星」が出動したが、雲層を突破できないばかりか、この悪天候下に多くの不時着機をだした。

このころ、北上中のB29は伊豆半島上空にあらわれ、二十四日とまったく同じコースで中島飛行機武蔵工場上空に達したが、この攻撃はまたも雲のため失敗し、むしろ、東京の市街地を雲上一〇、〇〇〇メートルからレーダー爆撃したB29が多く、一四三〇主力は銚子から、また一部は茅ヶ崎より洋上に脱去した。一五〇四、空襲警報が解除された。

この日の日本機は雲層突破もできず、高射砲の射撃もまったく不可能に終わった。東京駅、新宿、原宿、千駄ヶ谷、穏田、青山南町、北砂町、大島町、葛西妙見町、桑川町、竹下町、小松川、東船堀町が爆撃され、一四三戸が被害をうけ、死傷一五六人を出した。この爆撃の三時間は東京の町のすべての機能は停止し麻痺した。

また別にB29の七機は、浜松の発動機工場を攻撃した。

この日の米軍の電波兵器の威力を知った日本軍は、今後当然敵の夜間爆撃もありうるだろうと予期した。

またこの日日本機は、報復攻撃のためサイパンを襲い、在地機B29四機を破壊し、六機を大破したが、一機を除いて全部米軍に撃墜されたとの米側発表がある。また日本側では、二十七日〇〇一〇ごろ、浜松から重爆撃機三機をもってサイパンのアスリート飛行場を襲い、在地の一二機以上を撃破し、二カ所に火災を発生せしめ、全機帰還したと発表している。

十一月二十八日

十一月二十九日　雨　夜半より、氷雨、寒いわびしい夜。やがて雨脚がひとしきり激しくなった。

十一月三十日　雨　終日寒雨やまず、雪をよぶような暗澹の空に敵を待つ。壕舎のストーブが赤々ともえる。

△△△△（※日記記載文字不明瞭）ころより、情報活発となり、わが飛行師団の予期した夜間初来襲。

二三〇〇、戦隊警戒戦備甲下令。B29夜間初来襲に思わず息をのむ。二三三〇、雨をついて全機出動。凄愴なり。二三二五、空襲警報発令。わが隊出動機はいま月島上空にあり。

二三四〇より〇一一二まで、B29第一目標（※三機）九十九里浜よりまた第二目標（※同じく三機）伊豆半島よりそれぞれ東京へ侵入。さらに別の三目標大島方向よりこれまた東京へ。

また払暁《ふつぎょう》の〇三四〇より〇五五〇まで房総方面より侵入の三目標あり。結局今夜はB29四〇機の波状攻撃をうける。

たえまなくピストにはいる情報と在空機の戦闘状況が混沌としているうちに、高射砲が炸裂し、これを合図に、東京の夜空は赤く赤くもえ、その後の情報はいま日本橋方面の火災を報じた。その爆撃音に混じって、この基地上空を洋上に脱去するB29の爆音だけが無気味に雲上遥かからひびいた。

各隊機続々帰投。東京の夜空はなおさかんに燃えつづける。ああ初の夜間爆撃悲惨なり。地上に降り立った桜井少尉は、この夜の出撃は密雲突破しての接敵も不能といって面を伏せた。

終夜、警戒と待機の中で、またも惨敗の今夜の出動に、兵隊の胸中は暗然。この戦闘機の夜間上昇性能や高空性能の不足が悔まれ、そのうえ機上レーダーの装備のないことはまったく致命的なる問題なり。

二十九日未明、日本航空隊はサイパンを爆撃したニュースあり。

＊東京夜間初爆撃

この夜の東京は、美土代町、鎌倉町、司町、小川町、錦町、室町、本石町、本町、小舟町、茅場町、江戸町、兜町、芝公園、浜松町、宮本町、栄町、八幡町、横川橋、平井、小松川、逆井、亀戸町、富岡町、中洲町、六本木、東駒形、厩橋、吾妻橋、砂町、平川町、永代橋、飯倉町が爆撃され、九、一一二戸が被害をうけ、死傷者一五八人に及んだ。とくに火災の被害は、日本橋白木屋周辺と三越本店付近がひどく、また神田橋から美土代町の通りが丸焼けで、大地に灰燼だけが残った。

米軍は戦後、この夜B29二九機をもって東京の港湾地区と工業地区に、夜間レーダー爆撃により焼夷弾三、〇〇〇発、爆弾五〇発を投下し、B29の一機を失ったと発表している。この日から米軍の企図は変更され、いままで行なった三回の東京の軍事目標の精密爆撃とは異なった市街地爆撃に転じたのである。

この夜、初の夜間B29邀撃戦に失敗した吉田第十飛行師団長は、彼の日誌の中で、「夜間雨中九、〇〇〇メートル以上の雲上の敵に対しては、雲上突破もできず、高射砲射撃も奏功せず、敵は自信を以て高々度レーダー爆撃をもって我に迫る。その邀撃の責任を痛感するとともに之が報復は一死必殺の外なきを肝銘する」という趣旨のことをのべている。

また、防衛総司令官東久邇宮稔彦王大将は、「この日の我方の飛行機、高射砲の性能格差を明らかに認め、電波兵器と共にこれらの改造又は新造の対策を参謀に命じた」という意味のことを十一月三十日の日記にのべている。(『本土防空作戦』防衛庁戦史室　朝雲新聞社)

十一月一日のB29一機の初来襲以来、東京は、この月中に三回の空襲でB29一三〇機に襲われ、爆弾三五〇発、焼夷弾三、〇九五発を投下され、死者二九七名、負傷者五〇〇名、家屋三、四二七戸の大半は全焼し、罹災者一〇、九二三名に達した(警視庁調べ)。なお少数機の来襲は六回であった。

十二月一日　雨　日ごろから、季節感にとぼしい飛行場も、いまは一面の芝草が枯れ、明らかに冬めく。つのる朝夕の寒気の厳しさと冴えた夜空の天の高さ。

周辺の農家の庭で、朝のけぶるような小雨の中で、落葉焚《た》くうす紫の煙の香が、風にたなびき、目にしみるような初冬の感覚が心地よかった。

やがて兵隊の身に辛酸の凩《こがらし》の冬がくる。

雨のため一日無為。情報もなく、闇のはれ間をぬって、夜九時すぎより戦隊本部前に部隊全員集合、戦隊長の切々の訓示。

「本日より我戦隊は、夜間専任戦闘隊として夜間勤務に完全転移す。戦隊は機に投じ夜間帝都侵入の敵機を捕捉殲滅《せんめつ》せんとす。

驕敵B29の渡洋爆撃たる、彼にしても至難の術なり。これが企図破摧《はさい》は、諸子の旺盛なる責任感と尽忠の至誠に俟《ま》つこと多し。戦局日に苛烈を加うとも、我に必勝の信念あり、今や皇土死守の任、ますます重きを銘肝《めいかん》せよ。諸子の一層の奮起を望む」

夜空に暗雲ひくく、いならぶ兵の感銘も、この言葉に耳をかたむける顔色も、この暗い闇の中にはさだかでなかった。

＊B29の渡洋爆撃

マリアナと東京の距離は二、二五〇キロもあり、B29でもこの往復に十五時間もかかった。そのうえ、この熱帯の島から寒冷な日本に向かうとき、エンジンも乗員も大なる温度差に悩まされ、また本土に近づくと、その高空には「ジェットストリーム」とよばれたあらしの不連続線が横たわり、さらに一〇、〇〇〇メートルまで上昇すると、時速二〇〇マイル以上の強風が吹きあれ、この高空からの精密爆撃はひどく困難であった。しかも秋から春にかけてはこの高空の偏西風は強烈で、日本本土爆撃のためのチャンスは正確には月に二、三日しかなく、それも午後の時間だけであった。

十二月二日　快晴　昨夜、三時まで飛行場に勤務。今日より全員このせまい壕舎の中で、暁の四時より就寝。兵士はみな毛布一枚で地べたのむしろ一枚の上に、着のみ着のままでみの虫のようにして、重なるように眠る。

私はしめっぽい寒気と水筒の枕がとかく気になって、終夜まんじりともしない眠りからさめた。冬の穴ごもりの陶枕《とうちん》はいささか無粋なり。

朝、壕舎を出ると空が染まるように青かった。その空を仰ぐように水筒の水で口をすすいだ。

今日から昼間の作業は一般に禁止され、初日から小さな夜の懐中電灯一つの夜間動作にはあらためて閉口した。もう帰る望みもない兵舎を「あれは別荘だよ」とある兵隊が憮然《ぶぜん》としていった。

夕方伊藤二等兵にたのんで、私の数少ない書籍と辞書を、その別荘から取り寄せ、図嚢《ずのう》に入れた。

われわれは今日から、この飛行場の待機壕に永住せねばならない。この終わることを知らない戦争のために。

夜にかけ次第に曇る。飛行演習なし。

十二月三日　晴　きわめてよくはれた日本晴。船橋の高い無線塔が手のとどくような近さに見えた。

寝苦しい壕舎の起床時刻の少し前、一〇一三ごろより情報。敵機の来襲は先月の二十四日、二十七日、三十日と三日目ごとにある。今日はその三日目の厄日なり。ただちに起床。「敵数編隊母島上空を北進中」

兵隊は飛び起きると壕舎を後に、各隊いっせいに部署につき、出撃準備。出撃前の列機の前で飯を食う。敵襲に追いたてられての飯はまずい。

一二四〇「一一五〇父島北東敵大型機数編隊北上中」。一二五三「一一五五硫黄島二六〇度六〇キロB29十数機北上中」。一三一〇「八丈島南方一〇〇キロ三目標北進中」。一三二五「飛行第五十三戦隊警急中隊出動せよ、八王子上空」。一三五〇「警戒警報発令」。一三五四「飛行第五十三戦隊全力出動せよ」。一五五〇「空襲警報解除」。(ピスト勤務新井兵長の記録より)

敵B29約七〇機は一〇個梯団をもって伊豆諸島西側より侵入。一四三〇より約一時間、相模湾をへて本土に侵入、高々度より三鷹付近を爆撃し、のち銚子付近より脱去。

わが隊撃墜二機、撃破三機。

沢本軍曹未帰還、彼は痛烈な体当りによりB29一機を屠《ほふ》る。他隊の特攻出撃機も、体当り三機撃墜と聞く。

＊この日の邀撃戦に日本軍の制空部隊は、撃墜二〇機、不確実六機の戦果を発表した。その中に海軍の雷電隊の二機撃墜と高射砲隊の二機撃墜も含まれ、初めてB29撃墜の可能性

を知って日本軍の基地はわいた。

一方米軍はこの日B29八六機が出撃し、その六機を失い、また体当りも確認し、逆にB29は日本戦闘機一〇機を撃墜したと発表している。

この攻撃で、中島飛行機武蔵工場は半径五キロにわたって二六発の爆弾にみまわれ、建物は破壊されて鉄骨の残骸だけが残った。吉祥寺、保谷町、田無町、小金井町、石神井、大泉町、練馬南町、土支田、練馬向山町、武蔵関町、豊玉、谷原町、大宮前、住吉町、天沼、西荻窪、西高井戸、久我山、井荻、柿木町、矢頭町、鷺宮、滝野川、茂呂町、上板橋も約五〇〇発の爆弾と焼夷弾で爆撃され、二〇六戸の家屋に被害をうけ、死傷者四二四名、罹災者六八七名に達した。

都民は今日の空襲で、初めて晴れた空にB29の大編隊をはっきり見た。


十二月四日　午後より晴　昨日のB29の空襲で、先月以来、敵の本格空襲はこれで四回を数えた。この日に備えて、わが隊は昨春五月から猛訓練を重ねてきたが、その邀撃は思うようにゆかないはがゆさあり。

出撃のたび、搭乗員はB29のあの巨体でも、わが戦闘機よりもより高く、より速く飛ぶとなげいた。これは明らかにわが方の劣勢をものがたる事実なり。

私はこのことから、国の未来の苦難の運命を予期し、身を硬くし、ひそかに戦《おのの》いた。日本はいまは不幸な転機につき進んでいるのかもしれない。われわれの運命はそのまま日本の運命につながっている。

日本の軍隊では、いままで、当然ながら「勝つこと」だけを教えられているためか、一見兵士は平静に見えるようだが、内心この私の感じている疑惑を、だれもが感じてはいないだろうかと疑ってみた。

十一月二十六日夜、陸軍特攻隊がレイテ島の飛行場に強行着陸し敵陣に切りこんだ。薫空挺隊という。この無惨なはなれ業よ。

十二月五日　晴　連日の晴天つづき、この分では近くまた敵襲があるだろう。鬼の来ないまのひととき、各機は次の出撃準備に熱中した。だれかが「B公が来ないとよい小春日和なんだがナ」といった。私もなにか郷愁をさそうような青空を眺めて、しばし、戦場にある身を忘れた。しかし、もうこの基地の夜には、厳しい冬が迫っている。

アメリカ兵の捕虜　この三日来襲の千葉上空で撃墜された、B29から落下傘降下した敵搭乗員一名が、付近の地上部隊に捕えられた。

くわしくはわからないが、地上軍に包囲されるとそのまま手をあげたが、いきり立った村民も加わって散々の目にあわせたらしいと聞く。捕えられた敵兵は年若く、雄偉な体軀でも、青い目がおびえ、飛行場大隊に連行された。

そのアメリカの兵隊は右手に豪華な指環を二つもはめ、われわれのいまの常識では考えられないほどの、戦場にのぞむ余裕と、その異質の習俗を知って仰天し、そして圧倒された。

十二月六日　晴のち曇　起床直後の一一三〇、敵機侵入の情報あり。警戒警報発令。起きぬけの兵隊が壕舎の中から蝗虫《ばった》のように飛び出して、いっせいに各機に向かって走り、息を切らした。昨日から十二月八日（※開戦記念日）を境に敵大挙来襲を考慮し、分散配置した機は、飛行場端から二キロ余の畑道を縫ってはいる秘匿掩体内にある。警急隊発進のみで一三三〇空襲警報解除となる。B29単機の侵入なり。爾後そのまま待機。

私は警報が去ると、近所の農家で、つるべで汲んだ水をもらって、起きぬけの渇をいやした。雲の切れ目の空の青さ。夕方、一八二〇ふたたびB29一機の来襲、出動五機。

大本営発表（昭和十九年十二月五日十六時）

帝都付近に於て十一月二十四日B29を体当りにより撃墜壮烈なる戦死を遂げたるは陸軍伍長見田義雄にして十二月三日体当りせる陸軍中尉四之宮徹陸軍軍曹沢本政美陸軍伍長板垣政雄と共に特別攻撃隊震天制空隊員なり。

十二月七日　曇　氷雨の中、夜半〇一二〇より情報あり。ただちに空襲警報となるも、飛行不能。出動中止。

いったん飛行場の列線につけた飛行機を、ふたたび長い誘導路から掩体まで移動。多くの兵隊が泥濘の途に深くタイヤをとられながらの暗夜の運搬作業は、懐中電灯一つで難渋をきわめた。ときどき爆弾投下の地響が遠くで聞こえた。雨がはれ、雲の切れ目から残月がのぞいた。

まだあけ切らない午前六時すぎから、全員壕舎に引き揚げて一〇時まで仮眠。兵隊はつかれ、泥にまみれた冷い体で、むしろの上で引きずりこまれるようにして寝た。

昨夜来、特に敵機動部隊の来襲も予期され、作業中の兵隊はみな鉄帽着用の命が出たが、だれもこれをかぶろうとはしない。これをかぶると、ものの一時間もたたないうちに、ズキンとその重みが頭の芯にのしかかり、たまらない苦痛なり。これをかぶって三〇キロもの装備で一日何十里も進軍する歩兵はえらいし、またその地上戦の残酷さも思われた。夕方、一八二〇B29不明機数で来襲、出動せず。

昨夜の爆撃は江戸川付近（※平井、小松川）とわかった。

十二月八日　晴　昨日浜松付近を震源地として強震ありと聞く。ただし秘密軍情報なり。

昨夜は午後十二時より休務、就寝。空に三日月が輝いて厳寒がせまり、熟睡のないままの夜半、壕舎の闇に、突然スピーカーから情報が流れる。

その直後、壕外から兵隊の草を踏む足音が聞こえ「当隊はそのままの姿勢で待機」と伝えてきた。少数機来襲の模様なり。

〇二二〇空襲警報、警急中隊の出動する爆音を耳にしながら、また兵隊は寝入った。

正午起床。連日の出動に各機の整備多忙。

昨七日早暁、サイパンを強襲したわが航空部隊は、あのなじみ深い浜松の飛行第百十戦隊の重爆機であることがわかった。

十二月九日　晴　昨夜一七〇〇より当隊五機をもって警急に服務。夜が更け、二十余名の兵隊が待機壕のストーブをかこみ、芋を焼いて分けあった。満天の降るような星空は冴え、午前三時すぎの寒暁から敵来襲の情報はいる。ただちに出動。やがて東京の海寄りの空がポッンと赤く燃えた。全機帰投は午前四時をすぎた。

無線と武装班が帰還機の整備中、私は壕舎の中で、熱いお茶をしたたか飲んで空腹の寒気をしのぐと、やがて生気を取りもどし、夜が白々とあけた。

今夜は伊藤二等兵の作ってくれた、ボロに包んだ拳ほどの焼石をふところにして、寒風の飛行場に立ったが快適なり。初めは「ヘソがやけどしないかナ」と笑ったら、「山の炭焼はみなこれであります」と、彼は東北訛で実直に答えた。

「とうとう炭焼か」と苦笑したが、この岩手の農民兵の知恵は卓抜であり、それ以上に、彼の素朴な人間のぬくもりが胸にしみてうれしかった。これこそ俳句で見た「温石《おんじゃく》」であろうか。

休む間もなく、〇九四〇敵再度の来襲。わが隊出動、いずれも少数機なり。夜二〇〇〇すぎ、B29一機長野方面へ向かう。

レイテ方面、特攻出撃しきりなり。新聞でみると、八日の出撃は二一機で近来にないはげしさ。比島戦局はもはや、末期症状と思った。

ひさしぶりの新聞入手。八日付の「読売報知」の開戦三周年記念日の特輯なり。活字に飢えていた私は、これをむさぼるように壕舎の暗い灯の下で読んだ。
○まず「開戦の詔書」第一ページ上段、いまさらこれを読むと、われわれ兵隊の胸中にはいささか複雑の想い浮かぶ。
○「聖戦第四年を迎う」の四度目の十二月八日の社説は「敵の比島反攻とB29本土来襲の熾烈、戦局今日より重大なるはなし。この悽惨苛烈な重大戦局下一億の憤激いよいよ高く云々」
○「神兵レイテに猛威」として、高千穂降下部隊と特攻石腸隊の奮戦を報ずる。
○「悠々巨体に馬乗り　傷つく愛機で鮮かに生還」として、調布〇〇〇制空部隊の中野伍長のB29馬乗り体当り撃墜を詳報す。曰ク
「単機〇〇メートル高度で索敵中、千葉県印旛沼上空で、鹿島灘方面に脱出のB29一二機編隊を発見、その一機に追尾、覚悟を決めて突込むと、速度不足のためB29の尾翼の水平

安定板をけ散らし、このままでは到底駄目だと思って高度をとると、ヒョイと愛機はＢ29の上に馬乗りになってしまい敵機と共に進んだ。

両翼が目の前に一杯ひろがり下方が見えない位大きい。馬乗りのまま、一、〇〇〇メートルばかり進んだところで、右に変転したところ、乗っていた敵機も急降下の姿勢でぐんぐん高度を下げた……」

○昨暁アスリート飛行場を痛撃し、「Ｂ29十数機（施設十カ所）を炎上」

○荘厳、崇高、この日見るべき映画「陸軍」

聖涙全巻をおおう不朽の名作。

陸軍省報道部委嘱作品、松竹株式会社製作　原作　火野葦平

田中絹代、上原謙、笠智衆出演。

○「銀を買上げます」

レイテの敵を粉砕し、サイパンを奪還するために、もっともっと飛行機を。

その飛行機を造るために一刻も早く銀を。

――伊勢丹、三越、白木屋

○「日東紅茶」――三井物産

十二月十日　晴　午後六時すぎの情報のざわめきで起こされる。すでに用意された冷いめ

しを食いながら聞いた壕舎のスピーカーが「一八四六八丈島二〇〇度付近不明目標北上中」

さあ、B29今夜もお早ばやのご入来なり。東京上空まであと三時間なり。

ドラム罐の肌が赤くなるまで焼けたストーブの周りに、最近めっきり汚くなった黒い兵隊の髭面が、みな赤々と並んで手をかざした。まるで一仕事前の山賊のように見えた。今夜も寒い。

一九五〇より出撃機発進、わが隊二〇〇〇まで逐次離陸。城東地区がやられ、その焼夷弾の炸裂音がこの基地までとどいた。

全機帰還せるも、戦果は不明。

＊B29二機が城東地区に投弾し、六戸を焼き、死傷五名。

十二月十一日　晴　連日の敵機来襲の激化に兵隊の起居ははなはだ不規則となる。したがって当隊は「適時適切な起居をもって敵襲に対処すべし」ということになる。むかしから陸軍の航空隊は、戦いのさなかでも好んで訓練をやったが、いまはその余裕も燃料もなし。〇二二五警報、飛行場端の梢に弦月がかかり、寒気は手足や鼻の先に痛く、零下五度ぐらいかと思われた。

B29少数機来襲、一〇機出動。夜があけ、抜けるような晴天となる。

この日の夜二三五〇ごろまたB29一機来襲ありというも識らず。大森、品川方面に被害あり。

夜中沢上等兵と語る――

空戦は、はるか彼方のことゆえ、とかく勝負感が稀薄なり。しかし「こうB29が墜とせないんじゃ……」といっては二人は口をつぐんだ。

「ソロモンやレイテやニューギニヤの劣勢を考えても、この本土だけは軍もこのままにしてはおかないだろう」と自らを慰めあうように語りあった。

すべてこの戦況は、いまわれわれの手のとどかないことながら、戦いの底辺をささえる兵隊としても、このやるせない気持には胸がせつなく、二人はたがいに眼を伏せて語ることをやめると、胸にわびしさがつきささった。

＊この日B29一機が来襲し、大森、品川地区を焼き、四五戸と死傷一七人の被害が出た。

十二月十二日　晴　〇一三〇より〇四〇〇ごろまで警報、出動せず。

兵隊は鴨をまつ雲助のように待機。午後、飛行場の枯草の上に腰をおろし、車座の新兵を前に、南方還りの金沢兵長が大気焰なり。

「いったい空襲ってものは、こんな手ぬるいものではないぞ。かのロンドンやハンブルグの惨を見よ」というわけである。彼はまだ兵士の感動を持ったままの古兵である。しかし、私もたしかにそう思うし、いまの敵襲は足ならし程度のウォーミングアップと断じた。

夜、一九二〇警戒警報、五機出動。解除二〇〇〇。

東京の空に火が上がった。再度二一三〇より空襲となり、炸裂する爆弾の閃光が東京の空に見られた。今日は来襲四回あり。

＊B29二機が豊島、小石川、東京港を爆撃し五四戸に被害を与え、死傷二一を出した。

十二月十三日　雨　昨夜二四〇〇すぎ仮眠についてまもなく、〇四三〇東部軍情報あり。壕舎を出ると、夜目にも白いものが飛行場をおおいつくしていた。

初雪なり。まもなく警報を解除されて、早暁のあまりの寒気に「炭焼の伝の焼石のカイロ」を急造し、これを懐中に朝の八時すぎまで寝る。朝があけると、空はくもっても雪はやんだ。またまたB29今朝さっそくのご入来。

「一〇二〇小笠原列島上空敵大型機北進中」

急いで機に給油し、めしを食って待つ。

「おい、たれる暇があるかな」と穢《きたな》い急用の奴もいた。

「一二五〇飛行第五十三戦隊全力出動せよ、伊豆半島上空」

出撃機は滑走路の初雪を花吹雪のように吹き上げ、全機離陸。

「一三五五敵は伊豆半島上空はるか北西方に向かいつつあり」

「飛行第五十三戦隊在空機御前崎西側に推進すべし」
「敵編隊は約九〇機名古屋上空に達する見込」
「一五〇五空襲警報解除」
全機帰還。戦果なし。

＊名古屋初空襲

マリアナの第二一爆撃集団は、この日まで、Ｂ29による十二回の日本本土攻撃を試みたが、その成果はまだまだ期待されたほどのこともなく、この日の名古屋攻撃に賭けるものが多かった。それは、当時名古屋市の総生産額の四九パーセントが航空機工業、一二パーセントがその他の兵器工業であり、この軍需産業を壊滅することはマリアナにとっては魅力あるテーマであった。

十二月十三日、第七三爆撃飛行団約九〇機のＢ29が名古屋に向かったが、途中故障の一七機が脱落した。一〇二〇小笠原を通過した七四機のＢ29は、五〇〇ポンドの爆弾を腹一杯にかかえこみ、伊豆半島をめざし飛翔した。このころすでに東京ではこの敵機来襲の情報を得て、第十飛行師団は一二四〇より各戦隊を出動させ、伊豆半島空域に推進中のところ、敵は伊豆半島を目前に、洋上遠く北西に変針した。

このころから日本軍は、敵は中部地区をめざすものと判断した。そのため東京の第十飛行師団の三個戦隊は、御前崎―浜松―静岡の新空域に急いだ。

一方中部地区を守る中部軍の制空部隊は、阪神―名古屋上空に三個戦隊を前進して、その空に待機した。ほどなく、敵Ｂ29は編隊を単縦陣で快晴の名古屋上空に侵入し、投下爆弾の一六パーセントを、三菱発動機工場の目標三〇〇メートル以内に正しく命中させた。

これを邀撃した日本戦闘機はＢ29に近接するまでの上昇ができず、また高射砲は二、七二八発を発射したが、撃墜することはできなかった。その無抵抗のなかをＢ29は三菱工場の一七・八パーセントを破壊し、死者二四六名を出し、発動機の生産が一、六〇〇台から一、二〇〇台に減少するほどの被害を与えた。

この攻撃でＢ29のうけた損害は四機であり、この戦果はマリアナを満足させた。

この日Ｂ29を邀撃した中部軍の飛行第五十六戦隊長古川少佐は、肝心の戦闘機の機関砲の故障の多いことを指摘し、また上昇性能の向上のためには、「翼砲や防盾の取除きが必要である」となげいた。

＊中部軍および西部軍のＢ29邀撃態勢

東京を防衛する第十飛行師団は昭和十九年二月二十三日編成された。これはそのころマリアナ諸島が空襲され、やがて米爆撃機が東京に来攻するであろうという判断のもとになされたものである。

しかし、中部、西部地区の組織だった防空態勢は、東京より一年も遅れていた。

中部地区のうち、阪神、名古屋地区には航空機工業やその他の軍需工場があり、そのうえ軍司令部、飛行基地などの重要施設があり、以前から飛行戦隊二、高射砲隊一が配置されていたが、この兵力はもはやB29来襲の危急のためには無力弱体であった。そのため昭和十九年七月以降、兵力は増強され、次の編成部隊が配置され、防衛総司令官の隷下にはいった。

○中部地区（昭和十九年七月以降）

第十一飛行師団司令部（大阪）（師団長心得　北島熊男少将）

独立飛行第十六中隊（司令部偵察機）　飛行第五戦隊（二式複戦のちに五式戦に改変）二二機（名古屋地区）　飛行第五十五戦隊（三式戦）二〇機（名古屋地区）　飛行第五十六戦隊（三式戦）二二機（阪神地区）　飛行第二百四十六戦隊（二式戦のちに四式戦に改変）一八機（阪神地区）　計八二機　第八航空通信隊一個　第十三対空無線隊一個　飛行場大隊四個　教導航空部隊若干

中部高射砲集団は主として京阪神地区に、高射砲聯隊三個、独立高射砲大隊三個を、名古屋地区には、高射砲聯隊一個、機関砲大隊一個を配置し、なお各務原、小牧にも若干の兵力を配備した。

西部地区の防空は、第十二飛行師団および西部高射砲集団によって行なわれ、主として、八幡製鉄の位置する倉幡地区（関門を含む）をその制空部隊の主力をもって掩護した。また広島、長崎、福岡、大牟田にもその兵力の一部を割愛し、それらの地区の生産および重要施設を掩護しようとした。西部地区に来襲する敵機は、主として中国の成都から飛来するB29であった。

○西部地区（昭和十九年七月以降）

第十二飛行師団司令部（小月）（師団長心得　古屋健三少将）

独立飛行第十九中隊（司令部偵察機）飛行第四戦隊（二式複戦）二八機　飛行第五十九戦隊（三式戦のちに五式戦に改変）二一機　飛行場大隊六個　第二十七野戦飛行場設定隊　第十九航空通信聯隊　第十四対空無線隊

その他第十六飛行団の飛行第五十一戦隊（四式戦）一八機、飛行第五十二戦隊（四式戦）一四機は師団直轄となり邀撃戦に参加した。

また敵来襲の情況により、十九年八月には第十飛行および第十一飛行師団より応援し、そのため飛行第五十六戦隊（伊丹）は三式戦一七機を、また飛行第一戦隊（柏）よりは四式戦（機数不詳）を分遣した。あるいはまた、九月には飛行第七十一戦隊（亀山）が四式戦四機をもってこの地区に移動し、任務についた。

西部高射砲集団は高射砲聯隊四個、機関砲大隊一個、要地気球隊一個を北九州地区に配し、その他の四都市には高射砲聯隊二個、独立高射砲中隊三個を分割配置した。

十二月十四日　晴　〇二四九警戒警報。B29少数機来襲。日中はなにごともなし。

夜、兵隊は空腹と寒気に耐えかねて、食糧や薪を部落に探しにいった。今夜は情報なく、めずらしく午後十一時に就寝となる。

十二月十五日　曇　昨夜はひさしぶりの熟睡もつかのま、〇二五五より警戒警報となる。

雪もよいの低い雲におおわれている空に、警急中隊出撃。来襲機B29五機なり。〇五一五で空襲警報解除。

東京の海よりの寒空が今日も燃えた。江戸川方面とのことなり。このごろ、B29の来襲は決まって寒空の夜半となった。私は、このことは夜間本格来襲のまえぶれかとも考えた。レイテ戦熾烈なり。連日特攻隊の出撃あり。十二日、陸軍の特攻出撃は一〇機という。

＊B29二機が江戸川を襲い三戸を焼き、死傷二名。

十二月十六日　晴　一日情報なき平穏の日なり。日ましにつのるこの寒気、夜、東京出身の兵隊の〝お酉《とり》さま〟の話題に急に、寒ざむとした冬を感じた。

正午すぎ起床すると、兵隊がニヤリと笑って意味ありげなり。当分、壕舎住いの暖は大丈夫なりという。なるほど、驚いたことには、掩体壕の裏手に横たわる巨大な二本の丸太。近来にない大収穫なり。しかしよくこれを見ると、このものはまごうことなき鳥居の残骸なり。

聞けば深夜、十余名の兵が隊伍を組んで村落に進み、近所の神域で押し倒して捕獲した戦利品という。

この径二〇センチで長さ五メートル余におよぶ、かつて神前に神々しくそびえ立ったであろう代物の見るも無残な姿なり。まさに驚嘆のことなり。「さわらぬ神にたたりなし」の語はこの戦場ではすでに死語。

平静な個人の常識ではとうてい考えられないことを敢行する兵隊の戦場心理の哀しさを思っても、いまはどうすることもできない。戦争は人間を、あまりに人間でなくする。

陣中、薪割りもないまま、兵隊が目の前で、この丸太につるはしの一撃を加えると、その裂目は、匂うような檜の鮮やかな柾目《まさめ》がなまなましく大きく口をひらき、私の目を射た。

夜半雪ちらつく。

十二月十七日　**快晴**　敵の来ない日、青い空を眺めると、兵隊であることを忘れるような幻想の世界に引き入れられ、ものを想った。情報なし。

米軍ミンドロ島に上陸と知る。わが軍の劣勢おおうべくもなし。ドイツの欧州戦場での大反攻も成果少なし。

夜おそくまで、本を読み、ものを書いてわずかに精神の飢餓が満たされる。

十二月十八日　**晴**　「一二〇〇敵大型機五目標八丈島上空を北進中」の情報。ただちに、各隊警戒戦備甲下令。

壕舎の地べたのむしろの上の、毛布一枚をはね除《の》けるだけの、乞食のような着たなりの兵隊ががばと飛び起きた。気がついたときには、もう警急中隊が発進し、東の空に爆音を残して消えていった。つづいて、また五機離陸。情報まちのところ、敵はB29七〇機で、西進の模様。東京侵入の気配なし。

一四一〇関東地区警戒警報解除。ピストからの情報ではわが隊の在空機は、中部地区に推進し、いま浜松上空にある。

敵は名古屋に侵入し、これを攻撃の当師団は撃墜破一〇機という。

夜、二二五〇警報あるも、東京へB29一機のみ。

＊米軍の発表によると、この日マリアナの第二一爆撃集団の攻撃目標は、名古屋の三菱重工業の機体工場であった。これを攻撃するB29は八丈島上空を七編隊で北進し、その一隊は伊勢湾、他は御前崎、天龍川河口をへて、別々に名古屋に侵入し、その六三機が、高度一〇、〇〇〇メートルの雲上からレーダー爆撃し、工場施設の一七パーセントを破壊した。また市街地では港区、南区、瑞穂区を爆弾、焼夷弾で爆撃し、死者三三四名、負傷者二五三名、罹災戸数三三六戸に及んだ。

米軍はこの出撃では、B29四機が失われ、日本戦闘機二五機に損害を与えたと伝えている。わが軍の発表によれば、日本戦闘機はB29撃墜九機、損害を与えたもの一一機の戦果をあげ、名古屋高射砲隊は撃墜一機、撃破五機といわれている。

大本営発表（昭和十九年十二月十八日十七時二十分）

一、本十二月十八日午後マリアナ諸島よりB29約七〇機名古屋付近に来襲せり　我方の損害軽微なり

十二月十九日　曇　今日は、終日情報もなく平穏の一日なり。めずらしくも、開店休業の日。

日ごろ工面のいい古川曹長が、宝物のようにしていた、とっておきの煙草の一本を、カミソリで四つ切りにして、私もその一片にあずかり、手製の竹パイプで喫ったあの最後の日から、禁煙四日目の日なり。

多くの兵隊が、経理部に催促しても、ただ、「補給がない」のにべない返答に悄然たり。いまは周辺の民家にも、煙草などあろうはずもない。

ニコチンを禁断した兵隊は、やたらにいらだち、そしてすこぶる生気を失った。私もついに、壕舎に敷きつめた筵《むしろ》のわらの一本を引きちぎり、これを口にし火を点《つ》けると、臭い枯草のひどい苦い煙にむせ返った。

午後、飛行隊の一機が、熊谷飛行場まで、内密で煙草調達に行く噂あり。私も応分の軍用金をたくす。有望なり。夜ほうれん草を大量に仕入れてきて、ストーブの火でうでてみなで食った。あまりの火力に、ほうれん草のアルミの飯盒の一つが、あっけなく熾《おき》の中に熔け、一つの金属のかたまりと化した。

十二月二十日　晴　昨夜は、壕舎の中でも、水筒の水が凍てつく寒気。今夜も作業がないが、就寝は許されず。夜半となると兵隊は口をきくのもおっくうとなり居眠りが出る。

〇〇四〇警報、Ｂ29単機侵入の様子。東京の寒空を、まさぐるように、照空隊の光芒だけが数条見えた。

一〇五〇Ｂ29偵察一機来襲。また二一五〇警報あり、いずれも出動せず。

正午すぎ、熊谷からの煙草三箱来る。「頂好《てんはお》の甲」なり。
＊この日来襲のＢ29一機は、世田谷に投弾し、八戸が被害をうけ死者一名。

十二月二十一日　晴　久しぶりで午後三時より、飛行演習。

今日は機上レーダーを装備しての試験飛行なり。これは数日来、航研の技術将校が数名来隊してテスト中のもので、わが隊が初めて採用のものという。この夜間索敵用のレーダー、まだ好感度とはいえない結果に終わる。

二一〇〇警戒警報、Ｂ29一機。投弾せり。高射砲とどろき、照空隊の光芒のみが空に輝いた。

最近の敵単機の来襲は、市民の心理効果をねらったもので、しかもＢ29の訓練機ともいわれる。その後続機なき場合は、特に一般の空襲警報は発令を行なわないとのこと。

敵機は二一五〇ごろ去る。
＊Ｂ29一機が江戸川区の一七戸を焼き、死傷二五名の被害があった。

十二月二十二日　晴　兵隊の夜食の最中、〇〇〇五B29単機来襲。そそくさと、まずしい食事をすませたが、その後は敵陽動の報はなし。

このごろの単機東京侵入には、われわれはあまり気にならないほど空襲に対して慢性症状になってきた。ただ、警報ごとに壕舎のストーブの煙突から見える火焔を、ブリキの板でふさぐため、壕内には青白い煙が充満して、どの兵隊もみなタオルで口をおおって、目からやたらと涙を流す。

今夜はこの陣中の正月をいかに迎えるか（実はいかに喰うか）に話題が集中。日ごろの兵隊の関心はただ食うことだけに集中するのもやむをえないことなり。それには、各人手分けのうえ、食糧調達の衆議一決。

タマゴ二〇個以上、ニワトリ二羽、南京豆一升、トーフ少々、豚肉できるだけ。野菜はねぎ、人参、じゃが芋。あさましいほどの食意地なり。酒三升くらい。

鍋二個は農家より借用。各人階級別に五円から十五円まで醵出《きょしゅつ》のこと。設営責任者は鈴木兵長。

私も三十四円也の軍曹の給与のなかから、食うためには十五円を出さねばなるまい。日ごろ望めることの少ない兵隊たちは、この正月の夢に胸をふくらませ、今日もこの冷い壕舎の地べたに寝て夢をわけあった。

夢の中の一一三五、「八丈島上空二〇〇度付近敵数目標北進中」のスピーカーに起こされる。寝起きの、だらしなく首にタオルを巻いたままの兵隊が壕舎から飛行場に飛び出し、目をこすって戦備につく。すでに敵機は中部地区に侵入中。またも名古屋を狙う。司偵隊が同方面に推進。

＊この日八丈島の日本哨戒機は、一一三〇Ｂ29大編隊の北上を認めた。このＢ29は七八機が三縦隊に分かれ、三方向から名古屋上空に侵入し、一三〇〇より約二時間、三菱重工業名古屋工場を爆撃した。これは名古屋の軍事目標爆撃の三回目であった。

米側の発表によると、この日マリアナは、ワシントンから名古屋の無差別焼夷弾攻撃を命じられていたが、実施爆撃隊では、その全面焼夷攻撃の効果を疑ってまだ躊躇《ちゅうちょ》していた。しかしワシントンのアーノルドのつよい要請に屈したハンセルは、心ならずもこの焼夷攻撃を決意した。

この焼夷弾だけをもつ七八機の攻撃隊は、名古屋三菱発動機工場の上空に達したとき、上空は一面の雲におおわれており、その四八機がレーダー爆撃を試みたが戦果は少なかった。その反面、日本機五〇〇機の猛攻の前に、Ｂ29三機を失い、Ｂ29の火器は日本戦闘機九機を撃墜したにすぎなかった。

日本軍はこの日の邀撃は第十、第十一飛行師団の協同作戦で行なわれ、Ｂ29撃墜二機、同確実二機、損害を与えたもの二九機、さらに高射砲隊は、三三二発を発射し、撃破三機の戦果と発表している。

Ⅲ　本土空襲本格化

十二月二十三日　晴　〇〇四五、二〇五〇警戒警報あり。いずれもB29単機で来襲。今夜は無数の照空の光芒が星空をまさぐるように走り回り、空にひしめいた。

出動命令なく、この夜半の来襲は、壕舎の中で居眠りのうちにすぎた。わが隊もこのごろは、敵単機の来襲は無視することが多い。兵隊は出動がないと、いささか無気力となる傾向あり。

今日飛行場の北端の森で見た、冬枯の雑木林の中の真赤なからすうりが蔓にからまって垂れ、冬の陽を浴びているのが目に美しかった。終日寒冷はなはだし。

ミンドロ島やレイテ島に特攻機続々と進撃。

十二月二十四日　曇　午後一時起床、「本日は年末の清掃と内務実施（※身辺整理）」の命あり。

クリスマス前後にはB29は来襲しないだろうと、兵隊の噂まことしやかなり。

兵隊の半数で、松林の中のいまは帰ることもない別荘の兵舎の大掃除。その他の人員は本宅のこの飛行場の壕舎の内外の清掃。春を待つ煤払《すすはら》いというところなり。まず夜ごとの褥《しとね》のむしろを縄で外に張ってつるすと寒風にはためいた。飛行場の枯れた芝草の上には毛布を曝乾する。

私と上野伍長が、飛行場端の一面の銀の枯すすきの穂をかきわける小路をまがった丘の上の、日ごろ親しい農家に行く。石鹼二個のおみやげで鶏二羽無心、じょさいない上野がさらにポケットの煙草一箱を進呈して交渉は決着した。対価は六〇円なり。ほかに卵二〇個、一個一円二〇銭とのことなり。

この農家のおそい午後の日だまりの庭先には、籾《もみ》や大豆を展《ひろ》げたむしろの周りに、鶏が餌をついばんで、私の食欲をそそった。目の前の生物《いきもの》にさえ食欲を感ずることに、私は思わず驚き、そして哀しかった。満目荒涼たる木枯の中で、この農家の軒先に赤い干柿の列が並び、そのそばにはおびただしい数の大根が白くつるされていた。

この庭先から、はるか、もう暮色の近いわれわれの飛行場が見渡せた。さらに遠くの農家の屋根には夕餉《ゆうげ》の紫色の煙が漂いながらのぼり始めて、やがて、西の空が茜《あかね》をさして夕焼けとなった。この景観に、しばらく兵隊である身を忘れ、私は、今年も戦いの中に暮れてゆく感慨にふけった。

二〇〇〇より〇五〇三までB29各一機くる。

＊B29一機は江戸川区の二七戸に被害を与えた。

十二月二十五日　曇　〇二四五B29来襲、少数機ならん。昨夜はクリスマスイブでもB29は二機来襲した。

午後起床、今日は飛行機を掩体《えんたい》に入れたままでの大整備。特に気化器と点火系統や滑油系統の点検。連日、夜間の外気は零度以下で、わが隊の機の故障も続出。寒冷時の始動時の無理か、エンジンのプラグが真黒に油で汚れ、そのためか、運転すると、かすかにも機体の震動発生の機多し。飛行場に陽がかげると、手袋をはずしての作業の兵隊の手先がみな赤くかじかんだ。

夕方から兵が適当に脱柵して正月用品の調達に出かける。堀内上等兵が南京豆を一升ほど仕入れてきたのがいちばん早く、彼はすぐ手製で、鉄板でフライパンのようなものを造った。まもなく、次の野菜調達の一隊が、はく息も白く、壕舎にもどった。

ふくらんだカーキ色の携帯天幕の大風呂敷に、兵隊の目がいっせいにそそがれた。中身を地べたに並べると、ねぎや人参や大根の青や赤や輝く白が、みずみずしく、そしてうす暗い壕舎の中に、強烈なねぎの香がただよって、ほのかな正月への期待が兵隊の胸をふくらまし、だれもがそれぞれの故郷の正月を想った。

肉と酒を探しに行った兵隊はなかなか帰らなかったが、ほどなくバケツ一杯の種芋のようなヒネたさつま芋と、目にもさやかな緑の葉をつけた一把のしょうがをかかえ、悄然と、「肉はどうにもならないよ」とはき出すようにいった。暗闇の中から声あり、「それじゃしょうがないぞ」に兵隊は思わず爆笑。

夜がふけると、土臭い壕内の闇の中に、さすような鮮烈なしょうがの香気が広がった。ぽつんと「サイパンの敵さん、クリスマスのご馳走でご機嫌だろうにナ」とだれかがいったが、それに答える者は一人もいなかった。夜気がしんしんと冷えて兵隊の身をさす夜である。

今日はやはり敵襲はなし。敵はいまごろ「聖《きよ》しこの夜」か。「サイパンに七面鳥はいるのかな」――。

この師走のころ、レイテ戦もはや絶望なり。同じ仲間の兵隊がいま比島で生命をかけて戦っている。

十二月二十六日　曇　午後一時より飛行演習。終わってその後の出撃準備が完了して日が暮れた。

今日の飛行射撃訓練で、機銃や機関砲の機能良好と桜井少尉がいった。とかく故障の多かった火器が、ようやくこのところ正常となってきた。

夜二一四五警報あるも、出動せず。B29単機の模様なり。

わが軍は昨二十五日夜、サイパン島の敵飛行場を強襲して、五カ所以上を炎上、二カ所に大爆発を生ぜしめたという。

十二月二十七日　曇　就寝中の〇〇一〇情報あり、遠くに高射砲がなったが解除はしらず。

起床まぢかの一一三〇より「八丈島上空三目標通過」の情報あり、直後、「警戒戦備乙」と、ピストの方から横山少尉のどなる声が聞こえた。それおいでなすった。B29は静岡付近を北進、一二三〇空襲警報発令。また名古屋方面侵入かと思ったところ、静岡―富士山―大月―八王子をへて東京へ。他戦隊は全力出動したが、わが隊この昼間邀撃《ようげき》には出動せず。

一二四〇東京の空に高射砲の迎撃音がしきりととどろいた。東京の海側と遠い山手に爆撃音が聞こえ黒煙がもうもうと立ち上がった。B29は今日も中島飛行機武蔵工場を爆撃した。

一五一〇空襲警報解除。今日、敵の二機は黒煙をはいて高度を落としながら海上に去った。夜になると、月がのぼって空ははれた。そして寒気がひどい。

二〇一〇再度B29銚子方向より侵入、二目標。二〇四〇当隊警急中隊出動。東京上空へ。その中に手を振って離陸した今井軍曹の、私の手塩にかけた特攻一機もふくまれた。

Ｂ29三機銚子―土浦―日立をへて海上へ。

二二三〇ごろより各機帰投。戦果はなし。寒気きびしく、飛行場のすべての兵隊の肩が白く霜でぬれた。

二三〇〇近く、ピストの新井兵長が今井機の連絡杜絶を伝えた。「ついにやった！」、このとき私の体の血が凍った。急ぎかけつけた暗いピストの幕舎の中では、今井によびかける基地対空無線の兵隊の必死の声をかこんで、沈痛な男の顔が重なりあっていた。

土浦―日立とへて、海上脱去のＢ29を月明の洋上遠く追いつめた彼の無鉄砲さをいまさらながら悲しんで、私は満月の空をあおいだ。

いまこの基地に近づく爆音は一つもない。やがて腕時計に目をおとし、「今井機、搭載燃料あと十五分」の向井整備中隊長の声に、夜気が粛然と迫って、やがてそれは鬼気に変わった。いそがしく懐中電灯に照し出された机上の航空地図をさす彼の右手は、敵を追尾した今井の在空地点日立洋上一五〇キロをさした。

……………。

燃料切れの二三三〇をすぎても、彼は還らなかった。一つの人間の生命が、月明のこの夜空に果てた。このころ、わが基地は声一つない、墓場のようなしずけさと変わっていった。

追撃戦のさなか、戦いの心理のたかまりが彼を狂気にしたことはわかるが、それにしても、その瞬間、彼は「何を考え、何を想い、何を決し」死んでいったかは知る由もない。とにかくも、自らの人生を恐らく、「納得しがたいままに納得させて」死んでいった年若い彼の心情に、哀しい尊いものを感じた。反面、命ある限りの今日の日まで、悩み抜いて死んでいった彼の人間としての宿命に涙が出た。

これから、彼の死は歴史のどこに位置づけられるというのだろうか。今井よ、天国にゆけ、さよなら、さよなら。私はこの十二月の月明の夜空を生涯忘れまい。

二十五日の夜、わが軍はふたたびサイパン飛行場を攻撃という。

*この日正午をすぎたころ、中島飛行機武蔵工場をめざしてマリアナを発進したB29七三機が、目標上空に達するころ、第十飛行師団長は、六個戦隊を伊豆上空に配置し、同時に別に二個戦隊を太田上空にも配備していた。

本土に近づいたB29三目標のうち目標上空から三九機がこの工場を爆撃し、残余は市街地を攻撃し、その三機を失った。投下弾は爆弾二八五発、焼夷弾一九六発。

日本軍の発表は、戦闘機により撃墜五うち体当り二、撃墜不確実五、撃破二五。高射砲による撃墜一、撃破七。わが方の損害は体当り自爆二、未帰還二を報じた。

中島飛行機の損害は少なかったが、市街地は武蔵野町、吉祥寺、石神井関町、保谷町、荻窪、高円寺、和田本町、豊玉、練馬、南大泉町、高山町、谷原町、下千葉、四ツ木町、堀切町、宝木塚、立石町、渋江町、堀江町、本町通、西町、東郷町、下赤塚町、徳丸本町、豊島神谷町、江古田が爆撃され、火災と破壊に市民の被害家屋一二四戸、死傷者一五六名、全罹災者五七八

名に達した。(警視庁調べ)

なおこのほかに麹町、日本橋、京橋、芝、麻布、牛込、世田谷、淀橋、城東、東京港も爆撃されたとする資料があるが、詳細は不明である。

*米第二一爆撃集団司令官の更迭

十二月二十七日、マリアナの第二一爆撃集団の司令官ハンセル将軍は報道関係者に対し、この一カ月の日本爆撃の成果の総決算を要約して、「われわれの主目標は敵地の非常に小さい点の目標である。これを正確に爆撃することは困難であり、いままでやったことには不満が多く、日本爆撃はまだ実験的段階にすぎない」と発表した(『B29——日本本土の大爆撃』カール・バーガー著 サンケイ新聞社)。この発表は精密爆撃に固執するハンセルの技術的意見であったが、航空総軍のアーノルド大将は爆撃の不成功に対する言訳ととって激昂した。ワシントンでルーズベルトからできるだけ日本本土上陸戦の犠牲をさけて、早期に対日戦を終結するよう圧力をかけられていたので、このうえは、B29の「超空の要塞」としての真の戦略価値を立証するためには、現在の軟弱な司令官ハンセルをただちにルメーに更迭する決心を固めた。若い三十八歳のルメー少将は、やがてインドのアメリカ軍基地からグアムに着任して、一月二十日からこの集団の指揮をとることとなる。ルメーはドイツで都市盲爆を行なった悪名高い将軍であった。彼の着任により、日本本土の町々はやがて悽惨な炎の恐怖にさいなまれるべく運命づけられる。

一方これに対し、日本軍は本土に敵機を迎えてから二カ月の戦闘について、東京の第十飛行師団長吉田喜八郎中将は、「昭和十九年年末所見」として大要次のような日記を残している。

「自分は昭和十九年三月二十八日、第十飛行師団長を拝命、帝都防空のため作戦準備及び部隊の錬成に精魂を傾注した。

帝都防衛たるや大東亜戦争中の最重点にして、その戦果は直ちに本戦争の帰趨を決する重大事たるものにしてこの二カ月間に

敵を迎うること四〇回、来襲機数六三八機

我邀撃延兵力　戦闘機三、八三九機、司偵機一八二機

戦果は来襲機数の九パーセントを撃墜し、我は戦力の一〇パーセントを失いたり。かくの如く、予期したる戦果を挙げ得ざりし主原因は、我の科学技術の立遅れに存し、その欠陥を補うために無理を知りつつ、無理を強行（特攻攻撃）せざるを得ざりき。右の戦果の半数以上は実にこの無理の強行によりて獲ち得たものにして、全く涙なくして語るを得ず。

語りても及ばぬことながら、我に高度一二、〇〇〇メートルを常用高度とする戦闘機ありしならば、この五倍の戦果を収め、敵の攻撃企図を挫折せしめ得たるなるべし。かえすがえすも残念千万なり。

しかれども、今や全て遅し、依然無理を強行する以外に手段なし。……しかれども……、我等更に研究工夫努力精進を重ね、物的不備は精神力の充実によりてこれを補い、決戦必勝の実現に邁進せんことを期す」昭和十九年十二月三十一日夜十二時記す。（『本土防空作戦』

（防衛庁戦史室　朝雲新聞社）

十二月二十八日　晴　朝、不明機侵入の報あり。一四二四警戒警報発令、B29十数機房総半島南方上空より侵入、一五四〇鹿島灘方面よりB29六機本土に侵入。わが隊出動せず。夜二〇〇〇警戒警報、すばらしいほどの月明の空に五機出動。東京の空に火が上がった。高射砲とどろく。二三一五空襲警報解除。

今日までの今井機の探索情報も空しく、生存の見込はまったくなし、私は思わず夜空をあおいだ。

彼はたしかに敵を追って洋上に果てた。私は人間にはたしかに一つの運命というものがあると思った。

大本営発表（昭和十九年十二月二十七日十九時）

本十二月二十七日午後マリアナ諸島よりB29約五十機帝都に来襲せり

十七時までに判明せる邀撃戦果次の如し

撃墜十四機（内不確実五機）

損害を与えたるもの二十七機

撃墜機中二機は体当りに依る

我方の損害自爆未帰還体当り機を含み計四機

十二月二十九日　晴　B29単機二〇三〇来襲。待機。夜鈴木兵長が餅を仕入れてきた。色の黒い約二升ぐらいならんか、煙草二個に金五〇円也、これでも兵隊相場なりという、肝心の酒の入手の見込はつかず、もしものときは、自由販売の朝鮮部落の濁酒《どぶろく》（国民酒）でいこうと、衆議一決。それでも一升三〇円という。

年の瀬が迫り、さらに寒気が増した。ストーブはこのうえもない神の恵みの〝御神木〟の温かさで燃えつづけるありがたさ、しかし鳥居の片足はすでに焼尽した。赤いストーブのそばで、終夜新兵が洗濯物を乾燥すると、白い煙のような男の臭いの湿気がのぼって壕内に満ちた。

この冷酷な戦いの年の瀬に、銃後のわが友や故郷の人々はいまこの師走の夜に、何をなし、何を想っているのだろうか。

十二月三十日　曇　夜警急に服務。待機壕のストーブの前で懐中電灯をたよりに私は日誌を整理し、手紙も書いた。

月明の〇一〇〇よりB29一機来襲、出発線上で五機始動、出撃準備完了するも、出動せず。

〇三三五また敵一機来襲、数条の照空灯がこれを捕え、高射砲が炸裂した。

東京の海側の空に火の手があがり、大きくひろがった。情報は浅草方面の火災を報じた。出動なし。午後七時ごろまでめずらしく読書ができた。

ミンドロ島、サンホセ沖でわが軍は死闘。

＊B29が焼夷弾四六一発を投下、二四四戸が被害をうけ、死傷二三名、罹災者九九一名を出し、蔵前、桂町、柳橋、浅草橋、東両国、浜町、矢ノ倉町がやられた。

十二月三十一日　晴　昨夜の警急服務が終わって午前八時より就寝、昼十二時には起床。今日は戦場でもあわただしい大晦日なり。明日の元旦の初飛行に五機準備のため、夕方まで兵隊は油にまみれた。今年最後の日が黄昏《たそが》れる。もう二カ月も住みついたこの地下壕で、明日正月を迎えるが、注連飾《しめかざり》もなき春仕度なり。器用な兵隊が壕舎の入口で、バリカン片手に散髪屋を始めたが、多忙のあまり虎がりが多い。

壕内ではうす明りの灯の下で、ストーブの周囲に陣取った古兵たちが、不器用ながら芋や野菜を切りきざみ、鶏の毛をむしり、こま切れにした淡黄色の表皮につつまれたサクラ色の肉片を、ストーブの大鍋に投げ入れると、野菜やじゃが芋の混った奇妙な陣中料理がたまらない香りをあたり一面に漂わせて滾《たぎ》った。

なんとひさしく知らなかった夢のような豪華さであろう。最後に鍋を火からおろして、切りきざんだ生ねぎを一気に投げ入れると一瞬、熱汁に冴《さ》え返るねぎの青と白が、輪切りの人参の赤に鮮かにはえて兵隊の食欲をさらにかきたてた。

壕舎の大晦日の夜の饗宴の準備はできた。まさに闇汁会なり。低い天井の灯はうす暗くわびしいが、ストーブが赤くもえる。そして兵隊は今夜は戦いを忘れて心をはずませた。二〇人の兵隊がむしろの上に車座に鍋をかこんで、初めわずかの濁酒《どぶろく》が飯盒のふたに注がれると兵隊は歓喜した。

　味噌のないままに、塩でショウガをかじり、南京豆をかみ、鍋をつついた。むせるような香りの濁酒は白くにごっているが、喉から胸までさすように灼《や》けてあつく、ほのぼのといま生きている歓喜に絶叫した。飲み下した酒は体内をめぐって、強いアルコールの熱気がやがて酔いに変わって陶然とした。兵隊の髭面の目だけが光って、昨日までのことを忘れたように声高に語りあった。兵隊はわずかの酒に酔ってはしゃべり、しゃべってはますます酔いを深くした。

　夜が更け寒気がつのって、今年が暮れようとしている。わずかに、この陣中で年惜しむ。この五月まで、たがいに見知らぬ他人にすぎなかったこの二〇人の男が、いまは戦いという異常な場で一つの塊《かたまり》となり、共に来る年は死地にむかおうとしている。私は無限の感動をこめて、この奇《く》しき人の運命を思いながら新しい年の未来を手さぐりした。除夜の鐘などはない荒漠たる飛行場の果てに、深夜始動する爆音は警急隊であろうか。

二二四〇、二三五〇警報とともにB29一機来る。遠く東京の空に火があがった。この悽惨な夜ふけに、われわれはこの国の新しい異常な未来の出発に近づきつつある。

＊B29一機が二度夜間に来襲し、四五七発の焼夷弾を投下し、小島町、永住町、七軒町、北三筋町、末広町、亀住町、元佐久間町、栄町、五軒、秋葉原、宮町本町、同朋町、御徒町、仲助町、竹町、長者町、湯島、妻恋町が焼け八六六戸の被害家屋と死傷者六四名、全罹災者二、二〇一名におよんだ。

夜があけて御徒町や、秋葉原や、小島町から北三筋町にかけての通りはほとんど何も残らない惨澹の焼野原に変わって、余燼がまだ白く残った。人々はそこで新春を迎えた。

十二月はB29の少数機（一―二機）が最もひんぱんに来襲した月で、一七日間で二一回の東京来襲があり、全国では五四回に達した。しかも侵入時刻はほとんどが夜間で、来襲機の半数は焼夷弾を投下し、市民の心理的効果と制空部隊の攪乱をねらった。また東京を襲ったB29の本格爆撃は二回、名古屋一回であり、東京だけでも爆弾約七〇〇発、焼夷弾約四、〇〇〇発を投下された。この月の空襲に死傷者約七〇〇名、家を失ったもの約三、〇〇〇名におよんだ（警視庁調べ）。全来襲機数は二九〇機で前月の二倍を上回った。

昭和二十年

一月一日　晴　〇〇〇五警戒警報発令。昨夜からの連続の来襲機の爆撃のとどろきの中に、新しい年が明けた。この異常な新春の感慨の中に、再度B29一機来襲を壕内のスピーカーが告げた。

「新春初頭、敵本格来襲を警戒せよ」の昨夜来の戦備待機に兵隊は緊張した。壕の外に出ると、昨夜の東京でもえた爆撃の火が、まだ西の暁の空を焼いて残っていた。

やがて、空に閃光が光り、ふたたび高射砲の迎撃音が東京の元旦の黎明を破ってとどろいた。なんと凄絶な歳の初めであろうか、この国の歴史にかつてこんな殺伐な歳の初めがあったであろうか。やがてオリオンが西の空に果てた。

〇五〇〇またまたB29一機の侵入、焼夷弾が投下され街は焼け、敵は去った。いずれも出動せず（※敵は元旦の東京の下町に七〇〇発の焼夷弾を投下し、四一戸を焼き、死傷三四人という御年玉をこの空から日本人に与えた）。

敵の去ったひととき、兵隊はふたたび短い眠りにつき、正体もなく泥のように寝入った。朝七時、完全武装のまま四機を今日の初飛行に送りだす。元旦早々、出動の一機クーラーパンクのため落伍。

富士山上空を一周した二十余機、機翼をつらねて帰還。その翼が初日にさえて美しかった。

朝の祝いの膳は飯盒の中に浮いた餅一片の雑煮と、格別であろうか、焼どうふがそえてあり、炊事班の志はわかるが、なんとも貧しい年の初めの朝餉《あさげ》に、兵隊は昨夜来の空腹にガツガツとその飢を満した。

警報下、元旦の初日が高くなって、空が青く、はるか遠くの木枯の中に、ぽっつりと日の丸があざやかに風にはためいた。

昨夜、大晦日の前夜祭に、とっておきの鶏の二羽を飲み込んだ二〇名の兵隊の胃袋にはいる今日の昼の、新春の祝賀の膳はとぼしく、まさに精進料理なり。

醤油で味付けしてトリガラを煮出し、たぎる大鍋の中に輪切りの大根をいやというほど大量に投げ入れ下地ができた。これを各自の飯盒に分け、黒こげの餅を浮かべて自称〝関西風おでん式〟の雑煮ができた。生ねぎをみじんに切ってとうふの上にかけた真冬の「冷奴」もある。

今日の問題は酒二升なり。中に黄金の輝きの清酒一本あり。去年からの泥と油の作業服のままの、汚い山賊のような兵隊が、今日は、公然と壕舎から抜け出し、飛行場のすみに新春の陽を浴び、むしろの上でとぐろをまいての祝宴の快気焔。見るまに、清酒一本を平らげ、さらに四人の古兵は冷い濁酒をあおりつづけ、天を仰いで浩然。

差別であろうが、新兵はバケツごとふかした種芋を食っては満ちたりた。

二升のドブロクに強く酔いしれた古兵は、戦争や兵隊である身を忘れ、勝手に無益な議論に声を高くした。

私は朦朧《もうろう》としたままの体をむしろの上に横たえて、ねころんで仰いだ正月の空に思わず吸いこまれてゆくような錯覚を覚えた。

小磯首相は年頭の辞をラジオで、「敵はすでに頭上に迫っている」「いまや比島全域が天王山である」と叫んだ。

一月二日　晴　昨晩の空襲以来、今日まで一日何事もなく平穏にすごす。午後農家の瞳のすんだ子供たちが、われわれ兵隊と飛行場で遊んでゆく。愛すべき正月風景なり。この不遇な世の子供たちに幸あれ。午後から風つよく寒し。

必要人員を残し今日は兵隊も休務。東京戦場の休日なり。

私は静かに火を燃し、手紙を書き、半日読書にすごす。私はこのひとときを、内なる自身に語りかけ自らを確認した貴重な戦場の時間と思った。

今日の「朝日新聞」によると、三十一日から元旦にかけての三回のB29来襲を報じていた。夜農家から入手した「読売報知」をよむ。

○聖上の御写真あり、「特攻の尽忠深く嘉《よみ》せらる」と。

○夙夜《しゆくや》の御精励、聖上宝算御四十五。

○「必勝へ、聖戦第四春」明朗敢闘粘りづよく。

○「妖雲払い、大東亜安定へ」の小磯首相の談話。

○ミンドロの戦況、特攻相次ぐ、一〇艦船轟沈。

○「手をうつ腹一杯」、まず小都市へ諸特配、今年の食生活を島田農相にきく。
○民防空、各人が責任防火臨機応変とし、敵のゲリラ爆撃に関しては各自が自分の持場を守り、自分の持場に落ちただけは責任をもって消火することが最も効果的の戦法である。
○「格子なき牢獄」三日まで上映。シネマパレス――神田。
○「視野」弱小楽観論として「日本は必ず勝つ」「最後には必ず勝つ」という言葉は、勝つために渾身の努力をつづけている者だけが口にしてよく、また耳にしてよい言葉だ云々。

一月三日　晴　午後一時起床、飛行演習予定のところ、情報あり。「一三五〇潮岬付近上空B29数目標北上中」。仕事始めの警戒戦備甲でただちに待機。情報まちのところ、B29約九〇機は大阪、名古屋に来襲と知る。出動はなし。

新春早々、白昼の本格初爆撃なり。第十飛行師団は当隊を除く各隊名古屋に出撃、撃墜五機の戦果と聞く。空襲のない二日間の短い平穏な正月が終わって、この基地はふたたび殺伐の戦場と変わった。私はきびしい年の初めを思い、この年の国の運命を占い、戦いのゆくすえを想った。

私も遠い戦いの来《こ》し方を想うと、急に、この果てしない戦い六年目を迎えた感慨に無量なるものあり。

日々けわしいこの戦況、今年こそ私もそして仲間たちも、どのような運命に翻弄される年であろうか。

昨晩、わが軍はサイパン島の敵飛行場を攻撃したとの情報あり。

＊実験焼夷爆撃

ワシントンは軍事目標として、日本の軍事施設および軍需工場を精密爆撃で破壊する方針であったが、十一月以来の成果からこの方針は不成功とみなした。そして軍事施設や工場を爆弾攻撃するよりも、木造家屋の密集した日本の都市を焼夷弾により無差別爆撃をするほうが、より効果的であると考えるようになった。日本焼夷爆撃の方針に、不本意ながら屈服したマリアナのハンセル司令官は、その第一回の実験焼夷攻撃を、一月三日、名古屋にあびせた。この都市はこれまで、三回の軍事目標の精密高々度爆撃をうけたが、その成果ははかばかしくなかった。

この日の攻撃はいっきょに名古屋を焼きはらい、市民の混乱をおこし、士気をくじくことを狙いとした。

以前から米国は、日本の木と紙の建物のひしめく町を焼き払うために、最も効果的な爆弾を開発していた。それはM69集合焼夷弾とよばれた最も燃えやすい油脂を主成分とするものであった。人造バターがそうであるように、がんらい液状の油に水素を添加すると、その融点が上昇してべたべたの状態となる。このバターのような油脂成分を六角形の鉄の円筒に充填したもの、それがこの焼夷弾の本体で、ナパーム焼夷弾とよばれた。このナパーム弾を三二発または四八発を一束にまとめ、一個の焼夷弾とし、B29一機はこれを二四個も搭載した。

これが地上めがけて投下されると、モロトフのパン籠といわれたように空中で破裂して分解し、油のつまった六角筒の端に時限信管で点火しながら落下し、地上からは、しのつく火の雨の降るように見えた。投下した六角筒のバターの中身は地上で四方に飛び散り、ベッタリとへばりつきながら燃えはじめたら最後、バケツリレーやぬれむしろでは、どうにも手のつけられないほどの強烈な火災と変わってゆく。つまり米軍は、日本の空から火のついた油をばらまいて町々を焼き尽すという、無残な戦法をとることを考えていた。

この日、わが監視哨は、潮岬南方八〇キロにこのＢ29の五目標の北進を認め、第十一飛行師団は戦隊の全力をもって阪神、名古屋上空に配置した。しかし、わが邀撃戦闘機がＢ29の飛行高度に達しないうちに、早くもＢ29五七機は大阪をへて名古屋上空に達し、港湾や住宅密集地帯に目視爆撃を加え、五七カ所に火災をおこし、一、二〇〇平方メートルを破壊した。日本軍は、その被害は市街地に集中し重要施設には支障なしと発表し、また、東京の第十飛行師団は名古屋上空やＢ29の退路の浜名湖上空で攻撃し、中部軍に協力して、撃墜五、損害七の戦果をあげたと発表した。

名古屋市の被害は死者四八名、負傷者八五名、罹災者約一〇、〇〇〇名に達した。またＢ29の一部は浜松市に三〇〇発の焼夷弾を投下し、八〇戸を焼いた。この空襲で市民は、上空三、〇〇〇メートルから点火し、火の雨と降りそそぐ焼夷弾の攻撃を初めて体験し、大きな恐怖をいだき戦《おのの》いた。

この日の来襲に大本営は十九時三十分次のような白々しい発表を行なっている。

一、本一月三日午後マリアナ諸島よりB29約九十機、主力を以て名古屋、一部を以て大阪及浜松付近に来襲せり
名古屋及浜松に於て焼夷弾による若干の被害ありたるも、重要施設及工場に殆ど被害なし
二、十八時迄に判明せる邀撃戦果次の如し
撃墜十七機（内不確実四機）損害を与えたるもの二十五機
我方未だ二機帰還せず
右撃墜機中三機は体当りに依る

一月四日　晴　彼は乙幹（※乙種幹部候補生）出のインテリで、かつて地方では僧籍にあった。歌や詩をよくするという伍長なり。ここ数日以来、今年の新年の勅題「社頭寒梅」に熱中苦吟中なり。

「匂うばかりの凛然《りんぜん》たる一輪の紅梅を、勝つ年の、神ながらの象徴として謳《うた》いあげる」とりきんでいる。彼は勝利を信じている兵隊なり。

夜一九〇〇よりB29一機、浜松―駿河湾をへて静岡に焼夷弾投下、洋上に脱去。出動せず。

神風特攻隊はミンダナオ海において敵船団に突入、わが軍はサイパン敵飛行場を攻撃とのラジオ情報あり。

一月五日　晴　〇五〇五Ｂ29一機静岡に侵入ののち、関東西部に来襲。夜は二一一〇銚子よりＢ29一機東京へ侵入して投弾。わが基地直上を通過、洋上に脱去。

東京の海側に閃光がきらめき火の手があがった。夜来雲層あつく出動不能なり。

午後所用で飛行場を出て部落に向かうと、農家の庭先からラジオかレコードか、のどかに聞えるものあり、耳をすますと、それはまさしく「梅にも春」と気がついたとき、兵隊でない別の私の胸はなぜかおどった。

＊この日来襲のＢ29は、城東を爆撃し一三戸の家屋に被害を与え、死傷六名を出した。

一月六日　晴　〇五〇五Ｂ29一機銚子より侵入の情報を壕舎の仮眠中にきく。夢うつつに警急隊出撃の爆音だけを聞く。

一九〇〇ごろよりＢ29単機で浜松、静岡へ。終夜待機なり。われわれは故障機のエンジン交換のため、午前零時すぎまで作業。飛行場の寒風の中で、小さな懐中電灯を頼りの大作業の辛苦はことのほかなり。

兵隊は交代で壕内のストーブで身を温めては、ふたたび凍りつく飛行場での整備作業につく。今夜は空に寒々と残月がかかり、昨日からの曇天が回復し、夜空には星まで輝いた。故障機のエンジンはブースト低下の出力不足のためなり。

昨五日巡洋艦三、駆逐艦四からなる敵艦隊が硫黄島に艦砲射撃を加えた。わが海軍の一式陸攻一〇機は、この雷撃に木更津基地を発進したが、全機未帰還となることを知る。悲痛なり。

四日、サンホセ湾（※ミンドロ島）の敵艦に特攻隊が突入。

一月七日　晴　〇五一〇警戒警報あるというも知らず。今日はB29一機、甲府まで進攻したとのこと。

兵隊　軍隊の日常の酷薄はいうまでもないこの戦場で、それが当然であるかのように、兵隊は日々の行動と、その生活を疑っていないようにも見える。

理屈はともかく、一切はあてがいぶちのまま、一見戦い抜くことを宿命づけられ、没人格化された人間の集団のようにも見える。私の仲間は、自らは望まないままの召募の義務で出てきて、もう軍隊生活六年目の正規兵然たる古参が私を含めて三人。これは個人の利益にはつながらない強制の市民兵である。

ほかに、しゃばで働くよりは、この途でだけ栄進があろうと、他兵科から航空隊に転科した専門家をめざす志願兵がまた三人。この六名が基幹人員で、あとはおのれの意志よりも「国のために死ぬことを一家一門の誉と教えられ」、疑うことの少ないまま入隊してきた少年兵八人と、戦争でなければもっとりっぱに役にたつはずの、学業半ばに追いたてられるように応召した学徒兵を含めた六人の補充兵。

とりわけ、この少年兵や応召兵は、日ごろのはげしい勤務と飢餓で、むかしの現役兵のような精悍なたくましさを感じない。兵隊稼業が板についてないせいもあって、むしろ、戦うよりも、人間として生きるための動物的な生への執着だけがあらわに残り、それは人間の業《ごう》のように哀しかった。これはまぎれもない昨日までの市民の姿そのものであろう。彼らの一人一人は、おのおの個人のしさいを胸に秘めて、仲間とのかりそめの連帯意識で生きている。とかく兵隊の身上は、集団の中の孤独にある。

戦いが苛烈となり、このうえ彼らの胸に重く加圧されるであろうこの戦争の重圧に、彼らはその胸中にかくし持つ軍服の内なる人生をこのさき、ひとりどう処理するだろうかと疑問に思ってみた。

六日支那(※中国)基地よりB29七、八〇機九州西部地区を爆撃した。

一月八日　晴　〇八〇〇、わが隊屠龍《とりゆう》一五機陸軍観兵式のため離陸。敵襲下なれば、各機の機関砲の武装は完璧なり。
昼食の祝の膳は、飯盒の高粱《こうりやん》めしに、ひじきと大豆の中に油揚げのはいった煮付。そして水のように透きとおる鯨皮のだしと大根の葉の浮いたすまし汁。夜は小さいりんご一つの加給品をくれた。これでも近来にない豪華なる美食なり。

日ごろは、身体中の血がしだいにうすくなるような食事なり。しかしいまは兵隊の食事はうまい、まずいではなく、ただ食うことに動物的な快感を覚えた。

いまはどの兵隊も、お世辞にもたくましく太って強靭とはいえない。兵隊の肋骨のあいだがすけて見えてきた。相当の飢餓戦争なり〔動物性蛋白の欠乏ことのほかなり〕。

一日平穏にして情報なし。

一月九日　曇のち晴　起床直後の正午すぎ、各隊点検始動、試運転中に情報あり。

一二三〇ごろ、「敵四目標潮岬付近北上中」

静岡方面へ進攻かと思い、作業続行中のところたちまち「警戒戦備甲」下令。飛行場は出動準備に騒然となった。一三二五より逐次出動、一五機離陸。一三五〇空襲警報発令。初め静岡より熊谷へ、そして一四〇〇ごろ東京に侵入。これにつづく第二、第三波は静岡より甲府に出たところたちまち八王子―東京と変針し、総数二十数機のB29はなだれをうって、中島飛行機武蔵工場上空に殺到した。今日の空戦で他隊の出撃機は、体当りをもってB29六機を撃墜という。

当隊撃墜一、撃破三。わが隊の被弾せるもの三機。

今日は蒼空にきらめくB29八機編隊と四機編隊を見た。

わが攻撃に気息奄々《えんえん》のB29一機あり、白煙とともに錐もみ落下の日本戦闘機もあり。激戦の日なり。高射砲の迎撃音今日は最も盛んなり。わが隊着陸後、搭乗員の小野曹長は今日の邀撃戦は相当の乱戦をきわめたと私に語った。まさに白昼の激闘というべし。
名古屋はB29三〇機に襲われた。これで第五回目の空襲なり。三重、和歌山にもそれぞれ二〇機侵入。

＊空の激闘

一月九日、マリアナを発進したB29七二機は、中島飛行機武蔵工場めざし、潮岬より本土に迫った。その一梯団は静岡をへて熊谷、下館から、また別に第二、第三梯団は静岡より甲府、八王子をへて東京に侵入した。しかし、東京の上空は強風のため編隊は乱れ、主目標には一八機だけが近づき爆撃し、他は予備の目標である横浜、藤沢、沼津を攻撃し、米軍はこの攻撃でB29の五機を失ったと発表している。

これに応戦した第十飛行師団の出動機の全力（出動可能の機が全部出撃すること）は敢闘し、この日大本営は特に、特攻機の健闘を称え、撃墜一一機確実（うち体当り六機）、不確実四機、撃破一三機。わが方損害体当り自爆三機、機上戦死一名、飛行機大破八機、同被弾九機と報じた。

この日特攻で敵六機を体当りで撃墜した六名の搭乗員のうち、丹下少尉、栗村准尉、幸軍曹の三名は自爆戦死し、他の三名は生還した。

この日の戦闘は白昼の東京上空で、衆人環視の中の大格闘戦となり、市民はこの日初めて、日本機の健闘を眼のあたり見て感動した。この戦果に吉田第十飛行師団長はきわめて満足し、彼の日誌に次のように誌している。

「昭和二十年一月九日　晴

本日の戦闘に於て特攻隊の敢闘は目覚ましく……世人に帝都防空陣地健在なりとの安心感を与え得たことは偉大なる功績にして、決死奉公の戦死を遂げられたる丹下少尉、栗村准尉、幸軍曹の三軍神に衷心より感謝の意を表し、その冥福を祈る。」（『本土防空作戦』前掲書）

この日わが軍のあげた戦果の大部分は、特攻という「無理を承知の上の無理」でなされたものであった。裏を返せば、通常の手段による正攻法では、とうていB29を撃ちおとすことはできないことを意味した。大局から見れば行きつくところ、この特攻攻撃さえもB29に対しては蟷螂《とうろう》の斧であった。

この日の市街地空襲は、麹町、芝、牛込、深川、大森、杉並、練馬の各区と都下の保谷町の三〇戸に被害を与え、死傷五九名を数えた。

一月十日　晴　〇〇〇五よりB29単機下田より侵入、岡崎—甲府をへて東京に来襲し、焼夷弾投下。

〇四二五よりふたたび浜松—甲府より東京へ一機侵入。出動せず。

飛行場に出ると、空に残月がかかり、寒風身をさす。東京の空には照空隊の光芒が網目のように交叉し、天空をかけめぐり、その一つの光芒の中に、白く敵機影をとらえたのを見た。高射砲弾しきりなり。寒夜の敵来襲は悽愴なり。

昨日の出撃機の被弾ははげしく、その故障排除に整備なかなかと困難。なかでも、敵一二・七ミリ機銃弾を十数発もうけたものあり、修復不能。

夜二〇〇〇B29一機伊豆半島より、甲府―立川をへて東京へ。

警急隊のみ出動。

年があらたまると、敵来襲激化の一途なり。この少数機来襲に、いまわが防空部隊は日夜翻弄されているが、いつの日か本格空襲必須と考えた。

一月十一日　曇　きわめて寒く、正午をすぎても、飛行場端の日蔭の霜柱はそのまま白く残る。夜になるとかみそりの刃のような寒風が凍り、ついに雪。軽い粉雪が飛行場一面に舞い、白夜の趣があった。

鈴木兵長が「雪の新潟　吹雪に暮れるよ……」とひくくうなった。そして天を仰いで両手を拡げては、風花《かざばな》を掌でたしかめていた。空には星がない。つのる寒気に兵隊は、薪入手の次期作戦を考える。

〇〇四〇B29一機昨夜と同じコースの甲府をへて東京へ。

〇二四〇またまた同コースでB29一機東京へ。夜になると二一〇〇横浜をへてB29一機熊谷―日立と侵入。

東京港が爆撃された。いずれも出動せず。

最近の東京の空は照空灯が、以前にましてその数が増えてきた。
九日米軍はルソン島のリンガエン湾に上陸、ここは開戦初頭、日本がマニラ進攻のため奇襲上陸の地なり。

一月十二日　晴　〇〇五五B29一機八丈島より、横浜―川越―熊谷―宇都宮―日立のコースで侵入。空には風がつよい。

〇三四〇B29単機侵入、沼津―大月―松戸をへて脱去。雲量多く出動せず。

飛行場は一面の淡雪におおわれ、空には雲が垂れ、その雲上をB29の爆音が無気味に通過した。この来襲に手のくだしようもないまま、壕舎にもどり仮眠。正午起きると快晴の日なり。今日はこの基地から、はっきりと富士が見られた。

昨夜の雪はほとんど消え失せ、飛行場の列線の各機の中で兵隊はいそがしく立ち働いた。空は青いが、荒涼たる飛行場から遠く兵舎につながる路を、竹竿に数多くの飯盒をかけてつるし、その両端をかついでくる二人の飯揚《めしあ》ゲの兵隊の姿が絵のように見えた。やがて、この〝御《お》飯《めし》列車〟が到着すると、われわれフクロウ部隊の朝食が始まる。夜はなにごともなし。

この不眠と空腹にも兵隊はみな健在なり。この寒気にも不思議と風邪一つひかないのはいったいどうしたことなのか。戦いの緊迫感がそうさせるに違いないと思った。

一月十三日　晴　終日警報なし。夜「今井軍曹の戦死公報がまだ出せない」と横山少尉がいった。彼の洋上の死はさだかなきめ手が確認されがたいためである。いまは、何も知らない彼の肉親からの来信しきり。明確な戦死の情報のないまま、今日で彼が逝って一八日目なり。非情の戦場なり。

私はふと、あの彼の白い歯の微笑で、いまにもこの基地に帰ってくるような幻想にかられた。そして彼が、生前口ぐせのようにいっていた〝大阪のコイさん〟のことを思って、痛いほどに胸がうずいた。戦争はこの若者から初恋を奪い、そのうえ、この男を殺した。私は彼のために、今日から〝空には天国がある〟ことを信じねばならない。

飛行機の掩体から五〇メートルはなれた農家の離れの一室に、東京からの疎開者が今日はいってきた。せまい室に、雑多な荷物とともにラジオがおかれ、東部軍（※管区）情報を聞くため終日鳴らしていた。

いまどき、兵隊にもとられない青白い顔の四十すぎの貧相な男なり。この暮に、上野で焼かれ、小学生の子供はすでに長野県に学童疎開ときいた。やがて迫り来る敵の基地撃滅戦に最も危険なこの地をえらんだことを知らないまま、これからの新生活に希望をたくす隣人は、めずらしそうにわが基地の飛行機の離着陸を見つめてあきなかった。

新聞ではドイツ軍の敢闘空しく、危機寸前という。

一月十四日　晴　一四〇〇B29約六〇機が潮岬上空を北上し、本土に侵入した。この情報から各隊警戒戦備甲に待機。恐らくまた名古屋進攻の予想で待機。

出動はなし。

比島の敵は、十日ごろ怒濤の進撃でついにリンガエン湾に上陸。この上陸軍七万の兵力がいまマニラをめざすという。

*この日の一四〇〇ごろ、B29約七三機が高々度で潮岬より本土に侵入飛行をつづけていた。中部軍の第十一飛行師団長は初め、阪神地区進攻と考えて兵力を配備したが、一四四〇すぎからB29は八―一二機編隊で奈良―大津をへて名古屋上空に達した。このとき、師団長は大阪上空に在る飛行第五十一戦隊と第五十六戦隊を名古屋上空に推進させ、その上空で闘った。

B29は一五三〇まで三菱発動機工場に二五〇キロ爆弾を投下し、岡崎―豊橋をへて遠州灘から洋上に脱去した。この爆撃は、名古屋のうけた第六回目のものであったが、この日の精密爆撃は正確を欠き、被害は少なかった。

なお東京の第十飛行師団は、隷下の飛燕《ひえん》の三個戦隊と、百式司偵および飛行第二十八戦隊を浜松上空に推進し交戦したが、戦果は少なかった。また海軍厚木三〇二空は、夜間戦闘機月光一一機で名古屋上空に進撃し、B29四機を撃墜した。

その一機の遠藤大尉も、B29胴体下部から敵機を猛射し、翼下部から火をはかせた直後、さらにせまりくるB29大編隊に対決し、一機に命中弾を与えたが、おしくも自らも被弾発火し戦死した。

この日まで海軍撃墜王の名をほしいままにしていた遠藤大尉の最期であった。彼はこの日までに一七機の敵機を撃墜して、日本の撃墜王といわれていた。

大本営はこの日撃墜九機、損害を与えたるもの三四機、わが方未帰還一機と報じた。名古屋高射砲隊は撃墜六機の戦果をあげた。

一月十五日　晴のち曇、雪となる　雪をよぶような鉛色の空なり。兵隊は午後から、寒風の中でいっせいに作業にはいったが、ついに雪と変わって、寒気はさらにました。たそがれの飛行場はみるまに積雪を増し、ついに一面の銀世界と変わった。壕を出た私は、夜まだ作業をつづける機側に近づき、岡田一等兵や、阿部兵長に声をかけた。作業は夜九時までつづく。

軍神と私　「軍神丹下充之少尉」の生い立ち——一瞬目を疑ったが、新聞の発表に違いがなかったら、この軍神は面識こそないが、たしかに私の同学の後輩である。

「九日午後二時すぎ、衆人環視の立川北方上空で、敵B29に飛燕をもって果敢な体当りで果てたこの少尉」、しかも吉田第十飛行師団長は、彼を「軍神」とたたえた。彼はたとえ、私より数年遅い卒業であっても、彼に感ずる愛着になんの変わりがあろうか。

この戦いにのぞむまえに、私たちの許された短い最後の青春は、共通して、あの北陸の街だけにあった。あのころは、日本は支那と戦いを交え、「敵前上陸」とか「クリーク」とか「麦と兵隊」などの目新しい無気味な言葉が街にあふれていた。

やはり、たしかに、あの学生時代を終えると私の社会の第一ページにはこの「軍隊」が待ちかまえていた。そしてわれわれは残る日をかぞえるまもなく入隊した。以来、私は軍服を着て六年目の転戦、いまはこの東京新戦場に在る。この戦場の空で彼は壮烈な体当りで死んでいった。

私は、いま国家が名づけた「軍神」といううつろなよび名より、もういちど「友よ」「丹下よ」とよびたい。そして、彼が死のその日までけっして忘れることのできなかったであろう、私たちのあの青春の日のあつき追憶を、彼の霊にささげよう。彼はもともと、特攻隊員でないのにB29に体当りした。その瞬間の狂気と化した彼の戦場心理の昂進を思って、私はひどくその死を哀しんだ。

＊本土民防空の強化

中国大陸に戦火がひろがってきた昭和十二年、初めて日本に〝防空法〟が制定され、同十四年にはそれがさらに強化された。そして、建物の防火構造を規制したり、いったん空襲となったら、国民は応急防火の義務があり、事前にその場から退去することの禁止事項までこれに加えた。このようなことは国民の当然の義務であると、この法令は明示していた。つまり、その主旨は「大東亜戦争を勝ち抜くため、前線将兵の赫々たる戦果に応え、銃後の国民も、一死奉公、醜《しこ》の御楯《みたて》の決意を固め、空襲に打ち勝たねばならない」という意気ごみのものであった。具体的には、国民は、モンペやゲートルで身をかため、〝水を十分に用意し貯水槽やかめや桶でも十分に利用し、砂袋、むしろ、火叩等をぬかりなく準備し敢闘せよ〟と指示された。

この法令は軍の指導による内務省令であったが、このころわが国民にとって、戦火はまだ遠い大陸という地の対岸の火事でしかなかった。しかし、太平洋戦争突入の翌年、昭和十七年四月十八日午後一時すぎ、胸中連戦連勝を信じ、太平の夢をむさぼる国民の頭上に、突然B25一六機から投下された焼夷弾のため、東京、横浜、名古屋、神戸の街が焼かれた。これは犬吠岬東方六〇〇カイリの洋上の空母から発進した、ドウリットル中佐のひきいる米陸軍奇襲部隊であった。

国民はこの思わざる奇襲攻撃にあわて、せっかくのかめの中の水や火叩きの実力を発揮するいとまもなく終わった。これにあわてた軍は、この日から、国民に対してひどく神経質に、再度〝水の用意や火叩の整備〟をつよく要請した。

次にこの醜の御楯の一億国民が受けた第二のショックは、昭和十九年二月に、B29が日本の空を指向して中国成都に進出したことであった。そのため、このころ「緊急国土防空措置要領」中の「民防空の強化」を推進する参謀本部案が取りまとめられた。その案の説明として、「昭和十九年春から数十機の敵の波状攻撃をうけ、この年の中期からは少なくとも一月―二回の来襲はまぬかれなく、その被害は一回の空襲で、死傷四、五万、被害家屋一五万戸内外であり、そのための重要生産減は四―八パーセントになろう。之に対し、軍は来襲機を昼間は一五

一二〇パーセント、夜間は五—一〇パーセント撃墜するだろうと考えていた」と述べている。(『本土防空作戦』前掲書)

その対策として昭和十九年中ごろから、本土主要都市の〝疎開〟を行ない〝消防力〟を強化し、〝救護衛生〟を準備し、〝食糧対策〟を強化し、防火施設として〝家庭防空壕〟の強化を規制した。

内務省は、民防空組織としては「警防団」「特設防護団」「学校報国隊」「隣組防空群」「復旧工作隊」「特設救護班」「救護工作隊」「配給挺身隊」「炊爨《すいさん》隊」を設け、「時局防空必携」を各都市家庭に配布した。

東京都はこれにもとづいて、具体的には、家屋を燃えにくいものに改修し、防火用井戸と貯水槽(池)を各戸に一個かならず設け、待避壕や横穴式防空壕を構築するよう市民に要請した。

この対策の主旨も、まだ本格空襲以前の想定情況判断によって樹てられたもので、実質はあいかわらず〝水がめや火叩き敢闘〟の域を出ないものであった。

しかし、十九年末期からのB29の猛威に、最高戦争指導者会議は、「緊急施策措置要綱」の決定をせまられ、昭和二十年一月十一日、そのための施策の重点として、「防空態勢の強化」と「軍需工場等の再企業整備と分散疎開」を定めたことは、いささか泥縄式であった。

これにもとづいて政府は、「空襲対策緊急強化要綱」を決定したほどのあわてぶりで、その要点は、

(A) 都市疎開の強化

一、人員疎開の強化促進

帝都及其他重要都市より、老幼者、妊婦など人員を疎開し帝都は一五〇万人――その他の都市を含めて三二〇万人――の都市人口を目途とした。

(※東京の全人口は昭和十九年十一月に五二九万二千人であったが、昭和二十年二月には四九八万六千人に減り、同年六月には三五三万七千人に半減した。また、三月十日の大空襲以降、学童の八七パーセントが県外に疎開した)

二、衣類等の分散疎開保全措置の強化

三、建物疎開の追加実施

(B) 戦時緊急人員の確保

(C) 堅牢建築物の使用統制

(D) 防空消防力の強化

一、消防機関の要員確保

二、消防器材の確保

(E) 防空資材の施設の追加整備

一、消防道路および貯水槽の増設

二、横穴式掩蓋式防空壕の増設

(F) 罹災者対策の強化

このような多くの施策が、東京のあるいはその他の重要都市の防空に、いったいどれほどの効果を発揮するかは、いまここでそれを吟味するより、順を追って記述されるこの日記をたどれば、その結果はおのずと明白となるであろう。

＊二十八年目の軍神丹下少尉（昭和四十八年現在）

私の手もとにある卒業者名簿には、二十八年まえのあの壮絶な空に果てた軍神の名が、記載されている。彼の卒業年次（昭和十八年九月）の建築学科卒業生七四名のうち、その五九名はいまも永らえて、この日本の現代に生きつづけている。私にとっては名簿の中で、黒く枠どられた戦死五名をふくむ一五名の死亡者名の中にある、「丹下充之　B29に体当り東京上空に散華」の一行（「福井大学工業会会員名簿」昭和四十五年）は、当時を識るものとして、最も痛ましくうつる。

あのとき、彼は平凡な青年として静かに死んでゆきたかったと思われる。あの日の突然の死を、当時軍部の発明した「軍神」の虚名に結びつけられ、世に喧伝されたことは、本人の霊にとっては、すこぶる肩のこる迷惑であったろう。いまではあの悽惨な死が世間の人々から忘れ去られ、亡き級友と同列に、一人の人間としての死を惜しまれていることは、むしろ彼の冥福のために幸せであろうと私は思う。

一月十六日　晴　一〇〇〇Ｂ29一機浜松―甲府―八王子をへて東京に侵入。当隊出動せず。東京の空に高射砲の弾幕が白く見えた。

抗命　彼の特攻出撃の足はいつも重く、つねにその身辺に重苦しいまでの陰惨な空気がみなぎっていた。小柄の体軀で、むしろ青白いまでの白晳《はくせき》の操縦席の横顔は、ものにつかれた人間の顔色とも見えた。一度ならず、二度、三度の特攻出撃でもエンジン不調で還ってきた。その同じことが三、四回と重なると、隊内には風のように彼の黒い噂が流れ始めた。彼は死のうとしない特攻員であった。

しかし他の兵隊はこの抗命を笑うまえに、深く彼の心情に同情し、わざと乗機の整備欠陥をつくってやったことを知って、何か私は救われた。彼は金沢高工出身の二十二歳の少尉である。

（※五月中旬、彼は一人朝鮮基地――たしか木浦――に沖縄要員として、転属してこの基地を去っていった。そのことが何を意味するかはすべての兵隊にはわかりすぎるほどわかった。彼は、その後果たしてその朝鮮基地を発進し、激戦の沖縄海面に突込んでいったか否か、その消息を知る兵隊は、八月十五日をすぎてもこの基地には一人もいなかった）

「屠龍」のB29攻撃　このわが夜間戦闘機屠龍の装備する上向銃の成果が、最近徐々に認められてきた。操縦席の少し後にさがった胴体の上部から、黒光りする二〇ミリ砲が斜め上向に、天をねらってつき出ている。それはちょうどカタツムリが角をだしていばってるさまに似ている。

これまでの戦闘機の機銃は機体の軸線（※飛行方向）に沿ってうち出されたが、この屠龍の場合は、夜陰に乗じて隠密裡に、Ｂ29編隊の下方にもぐりこみ、直進すると見せかけながら、実は敵機の下腹からＢ29の操縦席や主翼の付根をねらって轟然とななめにうちあげ、すばやく闇の中に逐電する、やぶにらみの辻斬り戦法を得意とする。

しかしせっかく有効弾をうち込んでも、Ｂ29は一条の白煙を引いたまま取り逃がすこともあった。それは二〇ミリ砲は、Ｂ29の重要部を防護する装甲板を貫徹するほどの威力がないためであった。

そのためには、屠龍は今度は胴体トップに三七ミリの、もともと対戦車用の機関砲を装備して戦いにのぞんだ。

この戦法は、せまり来るＢ29編隊の飛行方向の正面上位に真向から対峙するように待伏せ、敵接近とみるや、その直上前方からはげしいダイビングで敵機下腹部に突込み、ふたたび機首をあげざまに敵胴体五〇―八〇メートルにまで肉薄し、最も効果的な大口径の至近弾をＢ29の下腹にうち込み離脱する。このとき命中弾を得たら、Ｂ29は一発の下に撃墜された。

しかしこの砲の発射時、搭乗員はあまりに激しい反動のため、自機の飛行が一瞬空中で停止されたような錯覚を覚えるほどのもので、発射後の機体各部の弛緩や変調が多く、これの整備には手を焼くことが多かった。

一月十七日　晴　〇四三〇の警戒警報は夢の中なり。夜となり二一五〇ふたたび情報あり、B29伊豆半島より厚木―東京―勝浦と侵入す。高々度を飛ぶB29は、地上からの無数の光芒の交叉に白く、くっきりと捕えられつつ、北東に移動す。高射砲の迎撃にも泰然として脱去。当隊は出動せず。

一月十八日　晴　日中の風のない晴れの日でも寒い。夜は星のきらめく残雪の飛行場で警急任務につく。寒月が中天にかかった。

鼻先や四肢が痛いような、零下六度もの寒気なり。

今日も「丹下」への愛惜しきりなり。夜空に、「彼の星はどこに」とあおぐと、私の胸はひどくあつくなった。夜のふけたせいかオリオン星座が高く輝いた。終夜なにごともなし。朝無事任務交代す。

一月十九日　晴　一一〇〇すぎより情報あり、待機す。一二五〇B29九機北上中の情報に、わが隊警戒戦備甲下令。さらに、東部軍情報は、「有力なる敵数目標関東地区に本格来襲の公算大」と報ず。

一三〇〇すぎより第十飛行師団各隊全力出動。今日は蒼空を哨戒《しょうかい》する味方機最も多く、東京上空には飛燕、鍾馗《しょうき》が乱舞した。B29関東西部を旋回中なり。

高射砲音熾烈なり。
やがて、甲府上空に侵入の敵はそのまま脱去。師団中当隊のみ出動せず。
一四五〇警戒警報解除。今日は肩すかしでB29八〇機は阪神地区明石を攻撃。わが屠龍や飛燕の製作工場の爆撃なり。その後夜まで敵襲なし。夜、雪が静かに降る。

＊明石爆撃の成功

米軍にとって、日本空襲ごとのB29三―四機の損失は痛手であり、この損害防止のためにB29の飛行適性を増す方策がたてられた。すなわち、機体の重量軽減をはかって、機の自重から八五〇キロ、さらに爆弾倉一個を取除き、合計一、八五〇キロの減量を行ない飛行時のエンジン負担を減じた。

一月十九日、この軽装のB29六二機は明石の川崎航空機工場を高々度から精密爆撃して、破裂爆弾一五四トンを投下した。この日の好天とあいまって命中率は高く、工場の建物の三八パーセントを破壊し、死者三三二名を出し、その生産力の九〇パーセントを失わせ、全機無事帰還した。精密爆撃に初めて成功したこの日の出撃行は、ハンセル司令官が第二一爆撃集団を指揮した最後のものであった。

この日日本軍は初め、関東北部に侵入したB29に対し、第十飛行師団は飛行第五十三戦隊をのぞく各戦隊の全力出動を要請したが、これは米の謀《はか》った陽動作戦におびき出された形に終わった。その間、敵は潮岬より七個梯団八〇機が侵入し、主目標の明石を爆撃した。この邀撃はわが方は散発的に終わり戦果はなかった。日本側は重要な飛行機工場の五〇棟を破壊され、大損害を蒙ったことを認めねばならなかった。

Ⅳ　焼夷爆撃への転換

一月二十日　晴　今日は「大寒の入り」と、ある兵隊がいった。終日情報なし。日ごとに寒気はつのり、この地下壕での越冬は実に問題なり。燃料も欠乏気味なり。森で青い葉のついたままの生木の枝を切り、壕舎の屋根で枯らすのには半月もかかる。起きぬけの早暁や、深更の酷寒に、このとぼしい燃料でも、きわめてたくみに火を燃やす兵隊がただ一人いる。見れば、彼はかならず乾いた紙屑や小さな木片を用意していて、これからしだいに大火に育てる特技に近い火燃やしの天才なり。彼の手にかかると、火はあたかも生物のように燃えさかる。私は彼を「火の神さま」とよぶことにしている。山梨県の出身で、かつて焼玉エンジンの舟を操ったという前歴の兵隊なり。

冬になると、兵隊は営外食糧（※営内給与外の私物食）にありつくことが少なく、いま兵隊の探してくるものはさつまいもなら上等で、悪くするとねぎとごぼうくらいのものなり。空襲があっても、みな空腹をかかえての寒空に敵を迎ぐ図はいささか勇壮ならず。

兵食と義務「腹がへっては戦はできぬ」ということであろうか、この大戦の始まるまえのむかし、経理視察に来隊し、「兵は支給食を完全に摂取する義務がある」と力説訓示した主計大佐の言葉に、そのとき深く感銘した記憶がある。

とかく竹槍主義の横行するこの軍隊に、〝兵の喫食は即戦力エネルギー源〟と喝破し、〝食わざるは兵の義務遂行の忌避である〟と断じた理論は明快なり。さて、しかし、昨今、戦いにのぞみ食うものなし。この期《ご》に件《くだん》の大佐いかんとなす、この飢餓を。最近兵隊の胸の肋《あばら》がすけてきた。B29と闘うまえに、まず生きねばならぬ兵隊がふえてくる。

一月二十一日　曇　午後より飛行演習に一機を出す。電波標定機の試験飛行なり。一七二〇より児玉戦隊長は私の04号機で単機薄暮飛行演習。三五分にして着陸。いつものごとく、同乗の戦隊一番の模範軍曹いかにも緊張の態なり。「飛行演習終わり、異常なし」と敬礼した彼は、棒をのんだような姿勢で、その右手はコチコチの緊張にふるえていた。悠然と機側を去る隊長、威厳はあるが、私より五歳年長の陸士四十六期の少佐なり。「彼は腹の中でこの戦争をどう考えているのか」という妙な疑問をもって、私はこの本物の軍人をしげしげと見つめた。

今日は情報なく平穏なり。

＊この日「国民勤労動員令」が下り、国民は根こそぎ動員されてゆく。

一月二十二日　晴　B29一機一九四五御前崎―沼津をへて相模湾より脱去。出動なし。

一月二十三日　晴　〇〇三五B29一機浜松上空に侵入、そのまま西進して去る。

〇一四五警戒警報解除より就寝。

寒中地下壕のむしろ一枚の下から、深々《しんしん》と伝わってくる冷い大地の湿気をよぶ硬い寝床は寒い。ふと、万葉の「帯とかず寝む」のくだりを想い、いま銃後の人々は、この夜をいかに過すかと想った。そしていまはなによりも、いちどでも人の住む畳の上で寝てみたいものと思った。

われわれの遅い起床の朝があけると晴れであった。もういまは補給機の少ないまま、事故機の整備対策が重大問題となった。特にエンジンの出力低下の老朽機と三七ミリ砲の故障の排除は大問題なり。夜、敵来襲機について写真や諸元についての教育あり、主として艦上機なり。私は、日本機のおよびもつかない米機のエンジンの出力と武装の強さに目を見はった。

一四三〇よりB29七〇機名古屋三菱工場を攻撃の情報あり。いずれ、東京への来襲も間近ならん。

＊名古屋来襲

一月二十三日、一三二五潮岬より北上の第一梯団（三個編隊、各編隊はB29一五機編成）各編隊約五〇キロ間隔で潮岬―奈良―京都をへて名古屋上空に侵入し、一四四〇より一五〇〇のあいだ、この町の工場群に投弾した。この一梯団が去って、一時間後さらに第二梯団（三個編隊、各編隊は一五機内外）があらわれ、新たなるB29一五機編隊は、再度潮岬―和歌山―神戸―京都をへて東進し、一五四〇―一六〇〇の間名古屋に投弾し、その一部は阪神地区をも攻撃した。

このとき、第十一飛行師団は敵を名古屋上空に邀撃《ようげき》し、B29四機撃墜、撃破九機の戦果をあげ、また東京の第十飛行師団は浜松上空に退路をむかえうち一三機を撃墜し、五〇機に損害を与えた。わが方自爆未帰還機六機。

海軍は厚木基地より、零戦隊の二機が浜松上空に進出し、名古屋爆撃を終えたB29編隊の帰路をとらえ、浜松上空九、〇〇〇メートルでB29二機に痛撃を与え、零戦一機は自らも被弾し空中火災をおこし墜落した。

また月光隊三機も出動し、名古屋南方海上でB29一機を撃墜した。

この日三菱重工業名古屋工場の被害は少なかったと発表されたが、死者一二五人におよんだ。この攻撃は名古屋にとっては、実に七回目のものであった。

*整備兵の辛苦

一月にはいると、B29の本土来襲は激化した。そのため出撃回数を増すごとに現有機のさまざまな欠陥がにわかにめだってきた。同じ軍規格の二式複座戦闘機の屠龍《とりゅう》であっても、機体性能にはいちじるしい当りはずれがあった。そのうえ整備のうちでも酸素の装備や機関砲の不調は、設計や製作上の欠陥に由来するものがあり、これは整備の限界をこえていた。したがってひどいときには、まったく戦いの役にたたない装備欠陥機が二〇パーセント以上になった。

このころは補給機の数も少なく、戦闘や訓練事故でわが機が失われると、整備兵は手足をもぎ取られる思いであった。その補充のため不調機の改善整備を急ごうとしても、代替部品の補給も意のごとくならず、整備兵は廃機の屑の山から適当部品を探してやらねばならなかった。また、夜間行動のさいの闇の世界での作業にはことさらの辛苦があった。

＊来襲予想の米軍小型機

チャンス・ヴォート・F4L　コルセア　この飛行機は初め、XF4Lとよばれ、一九四〇年五月二十九日に初飛行し、時速六四四キロで一九四二年九月、アメリカ海軍に引き渡された。この飛行機は名機として十一年間も引きつづいて製作され、総数一二、五七一機におよんだ。一見して、主翼は逆ガル型の奇異なもので、その上に胴体を乗せ、大直径のプロペラを回して飛行し、空気取入口から発生する不気味な音は「死の笛」とあだなされた。

F4L1Aは、空冷複列星型の一八気筒の、日本戦闘機には見られない二、〇〇〇馬力一基の強大なエンジンを装備し、全幅一二・四メートル、全長一〇・一七メートル、最高時速六七一キロ（高度六、〇七〇メートル）、実用上昇限度一一、二五〇メートル、武装一二・七ミリ六丁。

日本軍に対し十一対一の損害率である。一九四三年夏ごろから、米海軍第十七戦隊に配属された。

グラマンF6F－3　ヘルキャット　F4Fワイルドキャットを強化したもので、一九四二年に試験飛行し、翌年十一月アメリカ海軍に採用され、一二、〇七二機が製作された。この機は主として太平洋戦域で活躍し、空母、基地航空隊で使われ、この大戦で、アメリカの空母航空隊が撃墜した全機数のほぼ八〇パーセントにあたる五、〇〇〇機の撃墜実績がある。

空冷複列星型一八気筒二、〇〇〇馬力一基のエンジンを装備し、全幅一三・〇六メートル、全長一〇・二四メートル、最高時速六〇四キロ（高度五、二七〇メートル）、実用上昇限度一一、三七〇メートル、武装は一二・七ミリ六丁を有した。一九四三年、空母ヨークタウン所属の第九戦闘飛行中隊に所属した。

ノースアメリカンP51　ムスタング　「この飛行機で飛んだ飛行士はいくら賛辞をいってもたりないほど」とほめたたえたすばらしい人気の飛行機で、その原型は一九四〇年十月二十六日に誕生した。

イギリスへのV1号邀撃戦や、日本爆撃のB29護衛作戦に使われ、疑いもなく最も偉大な戦闘機といわれた。初めイギリス軍の要求に従って設計され実用されたが、のち米軍に採用され、第二次大戦末期まで使用された。

P51－5－NAでは、液冷式一二気筒一、四九〇馬力一基のエンジンを装備し、全幅一一・二九メートル、全長九・八メートル、最高時速七〇三キロ（高度七、六二〇メートル）、実用上昇限度一二、七七〇メートル、武装一二・七ミリ六丁、四五・四キロ爆弾二個、一二七センチロケット弾一〇個。一九四四年アメリカ第八空軍第六六戦闘連隊第三三九戦闘隊に所属した。

グラマンF4F　ワイルドキャット　このオリジナルは古く、一九三七年に製作され、その後大幅に改造されて一九三九年に量産をはじめ、翌年アメリカ海軍に配備された。その後も大幅に改造が重ねられ、一時はアメリカ海軍初の折りたたみ機として有名であった。第二次大戦までに約一〇、〇〇〇機が製作された。空冷複列星型一四気筒一、二〇〇馬力エンジン一基、全幅一一・五八メートル、全長八・七六メートル、最高時速五三一キロ（高度六、四三〇メートル）、実用上昇限度一一、四三〇メートル、武装は一二・七ミリ四丁、四五・四キロ爆弾二個を搭載した。

一月二十四日　晴　寒い日、夜待機の長い時間、めずらしく読書にすごした。暗い懐中電灯の丸い光の上で、ページを繰ると、この目前の戦いのことが私の胸から遠ざかり、一瞬ほのぼのと満ち足りた私自身の人間そのものに返って、身の洗われるような娯しみをかみしめた。軍隊の日常は、個人にあまりに干渉が多すぎる。

一月二十五日　晴　飛行機の日々点検を終わって待機。寒気はなはだしく、夜中は零下五度くらいなり。夜十一時をすぎ、故障機の整備から帰った兵隊のはく息が白かった。今夜の基地は死んだような静寂に沈んでいる。一月という月が終わろうとする哀惜を、まるで子供のころのように強く感じた。

一月二十六日　晴　日中の空は澄み、あたたかい小春の日なり。それでも夜になると、寒気は特に厳しく今夜も零下四度に下がった。

二一四〇よりB29一機八丈島―駿河湾―静岡―甲府―大月をへて東京に侵入、わが松戸上空を夜陰に爆音をこだまして洋上に去る。出動せず。警報が解除となり、飛行場の列線の中に近づくと、闇に浮かぶ飛行機の金属の機体は、手をふれると吸いつくように冷く凍っていた。

夜は十二時をすぎ、このとき基地の静寂を破って、遠くから犬の遠吠えが聞こえ、凍《い》てついた満天にこだました。そしてそれは淡い郷愁をさそった。北の空をあおぐと、北極星と北斗七星がいぶし銀のように輝いた。花一つない青春に明けくれる兵隊が、この基地の寒い壕舎の地べたに、今夜もまた寝入る。しかもそれははなはだ事務的であり当然のことのように。しかしそのことはなぜ当然なのかとも疑ってみた。

昭和十七年ころまでの、むかしの軍隊では、それがどんな熾烈な激戦の第一線からでも、最古参の兵隊は帰還し除隊することもできた。それあればこそ、どの兵隊も、苛酷な軍務や第一線の死闘の辛苦にも耐えた。しかしいまはどの兵隊ももはや、英霊とならないかぎり絶対に満期帰郷《きごう》はできないし、この戦いの結末まで、必死の覚悟で戦わねばならないことを心に決めると、兵隊の心の奥には重い鉛のような絶望感がよぎり、しかもいまはただの人間として生きるあらわな本能としての、むき出しの食欲と泥の眠りだけにあえいでいる。

たしかに、まともな人間性を見失った、単なる動物の生活におちている。私は人間をここまで追い込み、耐えることを強制する戦争の意味を自らの胸に問い、そして深く絶望した。

かれこれ、昨秋までは、兵隊に加給される食物は、たとえそれがまずしいものであってもうれしく、三十面《づら》の兵隊までが目の色を変えた。しかし、いまはまったくとだえ、ありがたいはずの銃後の慰問品も、中身はちり紙と塩こぶだけに変わった。これがいまのこの国の精いっぱいの資源能力であろう。〝欲しがりません勝つまでは〟もしょせんは人間が欲望の動物であることを、ことさらに意識させるむなしい掛声であろうと思った。

一月二十七日　晴のち曇　〇〇二〇、〇二二〇ごろより警報二回。各々B29一機、八丈島―御前崎―富士山―甲府をへて、東京に侵入。またわが基地上空から東金方向の洋上に去る。出動せず。高射砲の応戦のみ激烈なり。そのまま就寝。

われわれの遅い朝が明けようとする一〇〇〇ごろ、警戒戦備甲となり、兵隊は急ぎ起床配備につく。

「本日、敵本格来襲を予想せらる、各隊は警戒態勢を至厳にすべし」の情報あり。その直後、基地周辺をとりまく各隊列線の出撃機はいっせいに、火をふいて始動。

兵は出撃準備に忙殺。食事の間もなく駆け回る。ほどなく、「少数機より成る敵一編隊、一三〇五富士山北方に在り、警戒を要す」の東部軍情報。つづいて「関東西部に侵入せる敵は東進しつつあり」、わが隊警急隊ただちに出動離陸。つづいて、ついに全力出動下令となる。

敵二機先発侵入のころより、雲低く、高射砲迎撃音しきりなり。これにつづくB29五梯団御前崎より各個に侵入しつつあり。一四二〇ごろ雲中より閃光が見られ、瞬間大地をゆるがす爆撃音轟然、たちまち東京の空は黒煙におおわれ、白昼にも火焰のあがるのを見た。雲上機影はなく、ただ敵機爆音のみ。

第一編隊が轟然とわが基地直上を脱去の最中、第二編隊は大月上空に在り、第三編隊は関東南部へ侵入、これにつづく第四編隊は御前崎南方洋上五〇キロを北上中なり。続々の大編隊。本格来襲。

今日の来襲はこの数日来、敵B29単機偵察来襲のコースとまったく同進路なり。一五二〇関東地区、信越地区警戒警報解除。出動機はつぎつぎとなだれ込むように飛行場に帰投。未帰還二機あり、わが隊の戦果撃破六機という。

今日も二人の若者の命が遠くの空で失われた。

東京の中央と海寄りの下町が爆撃され、黒煙がもうもうと空をおおい、夜十時をすぎても遠く火焰をのぞむ空は赤い。今日の来襲はあなどりがたい敵本格来襲と知らされる。帰投した機は全弾を撃ちつくして着陸したころ、未だ機内に硝煙の匂いを残していた。

夜二三四三B29一機相模湾より川崎をへて東京へ侵入。

＊一月二十七日の早朝、わが軍はマリアナ諸島基地でB29群が発進直前に行なっている活発なラジオ・チェックをキャッチし、これを敵編隊本格来襲と判断し、その邀撃態勢を整えた。はたせるかな、この日B29一〇機と一六機の編隊は第一梯団となって御前崎、富士山、大月をへて、一四〇七から一四一六に東京に侵入し、爆弾および焼夷弾を混投した。このころ、第一梯団の後方六〇キロに各一一機、九機、一七機の編隊からなる第二梯団が同一コースを飛翔し、一四三六から一四五五にふたたび東京を攻撃した。
米軍発表によると、来襲はB29七四機で、そのうちの五六機が東京の市街地を雲上からレーダー爆撃したが、この日は日本機の邀撃は従来にないほどの果敢な攻撃をかけてきて、その回数は九〇〇回にもおよんだ。そのためB29五機が撃墜され、損害をうけた四機も帰路海上で墜落した。この大犠牲にB29搭乗員は初めて東京の空に戦《おのの》き、その士気は急に低下した。

この邀撃は第十飛行師団の全力をもってなされたもので、日本軍はB29の撃墜二二機、他の大半に損害を与え、わが方の損害は自爆未帰還一二機と発表した。

この日のB29は爆弾（二五〇キロ）一二四発、焼夷弾、小型油脂弾約一、二〇〇発、大型黄

燐弾五六発を投下し、有楽町、丸ノ内三、内幸町、銀座、築地、新富町、木挽町、入船町、京橋、槙町、西八丁堀と東京の中央部を焼き、さらに神吉町、上野、鶯谷、車坂、北稲荷町、千住橋戸町、緑町、中町、関屋町、東町、河原町、吾嬬町、西ノ江町、小岩、篠崎、久堅町、指ヶ谷町、三河島、町屋、新宿、高砂町、白山御殿町、南千住、田無町、上平井、貫井、小金井、清澄町、永代橋、松山町、松葉町、雷門、福住町、東大崎、東小松川、逆井、松本町、浅草、寺島、尾久、東片町、丸山新町、茅場町、日暮里、寿町、新町、朝日丘、亀沢町、西荻窪、志茂町、甲坂町、飯倉片町、鎌田町、千住弥生町、穏田町の二二区六六町に被害をうけた。死傷二二〇人、被害家屋一、四一四戸の大被害をこうむった。

とくに銀座周辺は、この日濃い雲におおわれていたが、皇居方面から侵入したB29により、有楽町から並木通り、銀座四丁目にかけて、十二カ所が爆撃され、駅や朝日新聞社、泰明国民学校、東芝ビル（旧マツダランプビル）、教文館ビル、三愛、富士銀行がひどく爆撃された。とくに、有楽町駅や、銀座、数寄屋橋、京橋の交叉点一帯は酸鼻《さんび》をきわめ、都中心部の省線電車はまったく不通となった。この爆撃は東京市民にとって市街地爆撃の初体験であった。

一月二十八日　晴　起床直前、一〇〇五B29単機八丈西南―相模湾―川崎と東京に侵入。勝浦より脱去。昨日の爆撃成果の偵察なり。情報不明確なるも、全員起床配備につく。

壕舎から起き抜けで飛び出した兵隊は遠く西の空をあおぐようにして、飛行場でいっせいに、長々と放尿した。空ははれても、寒気は厳しく、飛行場一面の芝草の露が白く、陽光の中で光った。高射砲迎撃音しきりなり。

その後、後続編隊はなく、警報解除。昼間は整備に熱中。最近は補給機がふえて三〇機以上となった。そのうえ搭乗員の夜間飛行技倆の練度も高まり、夜間戦力充実す。

一〇五〇ふたたび警報あり。（※日記のまちがいか。公式記録にはない。）

二二〇〇単機八丈島より御前崎をすぎ、富士山より八王子、東京と侵入、皎々《こうこう》たる月明の中を敵は鹿島灘に抜け脱去。

鏡　奇妙なことに気がついた。むかし「時計と鏡さえあれば、人間長く漂流の孤独の生活に耐えられた」といったことを想い出す。もちろん、私も含めてこの一年近く、自分の顔を鏡の中でのぞいたためしなぞいちどもない。近所の小川で洗面のときの水鏡がせいぜいのことなり。たまに髭をそる兵隊はみな手さぐりなり。

私は、おのれの顔を鏡で写して見ないでもすむという兵隊たちの心理状態に気がつき、人間としてのこの変化した精神の構造をすこぶる奇異に感じた。兵隊はみな獣のように変わってゆく。

一月二十九日　晴　〇〇五〇、〇三一五警報あるも八丈島大島付近に不明機一機ある由。本土には侵入せず。夜があけても寒風しきりなり、飛行場の砂塵を高く空に舞いあげる荒涼の冬の日となる。

待機というも、強烈な寒風で作業にならない松戸基地、開店休業なり。私は壕舎にとじこもり昼間から日記や手紙を書く。兵は食糧や薪の補給にでかけ脱柵。

銀座街の惨劇　一月二十七日の寒い日の東京の午後、警報のサイレンが鳴り、ひとびとがその空を見あげたとき、銀座上空は厚い密雲におおわれて暗く、気がついたときには、すでに皇居の方向ににぶいB29編隊の爆音がせまっていた。その直後、白昼の銀座街は十数カ所に爆弾攻撃をうけ、轟然と地煙が天をおおって、一瞬この街はこの世の惨劇の場と化した。

有楽町の出札口に行列した多くの市民は逃れるまもなく、投下弾で爆死した、さらに爆弾は、日劇や新聞社や数寄屋橋から銀座四丁目にかけ無数に投下され、銀座三越付近に集中し、そのあとには地獄絵が残った。大地をゆるがす爆撃音に戦いたひとびとは逃場を失ったまま、瓦礫の下敷となって変わり果てた。

都心のこの街が、一瞬こなごなのガラスや壁やれんがや泥の堆積に変わって、目にしみる硝煙と砂塵の中を無残に傷ついたまま、多くの市民は恐怖の中を彷徨した。戦争はこの町を破壊した。それは国民の生活の破壊であり、ついにはひとびとの心に絶望という破滅をもたらす、この世の地獄への途となろうと思った。（公用外出の田中上等兵の見聞より）

一月三十日　晴　この二、三日は平穏なり。警急中隊を除き半日休務。きわめてめずらしいこと。兵隊は「サイパンの休日」といった。
泥のように寝入る兵隊、
仲間とたわいない話に夢中の兵隊、
むかしくったうまいものを未練がましく語る兵隊、
戦いの行くすえを「これはこまったものだ」となげく兵隊、
休日でも山ほど仕事の残っている兵隊。
薄暮より夜間飛行訓練二二〇〇まで。マリアナの敵もいまごろは次の出撃におおわらわならんと思った。
食いたいものは数々あれど、いまは幻。この夜半、せめて想い出を――。
○泳ぎつかれて帰った昼さがり、磨きぬかれたまっ白の庄内米の炊きたてに、小粒の民田《みんでん》茄子と青い枝豆だけで、何杯もたべた。少年のころ。
○陳サンという支那人のいるそば屋に、人目をさけてはいった。そこはこの町で、タレがいちばんうまかった。中学生のころ。
○鶴巻町（早稲田）の川べりの屋台で食ったマグロのトロのうまさ。こころよい夜風が川を渡り、遠くに赤と青のネオンがかすんだ。
○バターをつけてかじったフランスパンのさわやかな味。前橋の街の五月の朝。

○学生下宿の二階で、小さなオブ・キングのビンから傾けたコハク色の酒をなめ、チェリーを喫《す》って、あとでチョコレートをかじった。雨の夜のあまりのわびしさに。

○お座敷帰りの〝三春〟と〝春子〟という妓《こ》に、橋のたもとの、東京庵という店で、鍋焼きうどんをおごってやったら、おしろいの二つの顔が湯気でゆれた。外はしんしんと雪が降っていた故郷の夜。

○金がなくなるといちばん安いコブ茶で、あるときはココアとケーキで、その喫茶店で、いつまでも長くねばった。北陸の町で。

○浜納豆を甘納豆とまちがえて買った、腹のすく新兵のころ。浜松の町。

救命具　夜、見習士官が、撃墜のB29から捕獲した一葉の印刷物の翻訳を私に頼みに来た。なんのことはない、この紙片は〝Attention〟で始まり、B29搭乗員の飛行時航空長靴の中敷に着用する保温用の電熱ヒーターの使用上の注意書きで、「……これを使用するときは、しばしば強い屈折や、湿潤を与えてはならない……」とたわいないこととわかって大笑した。

　彼とともに戦隊本部にゆくと、机上に並べられた敵搭乗兵の救命具の一式を見て一驚。深い緑の〝Survival Equipment〟と記された背おい袋に納められた携帯口糧数日分？水のはいった水筒（これはアメリカの水ならん）、鋸、ナイフ、時計、さらに分厚い辞書様のもの――このページをめくると、なまなましい原色で地球上のすべての海岸や陸地や山岳に自生する食用の魚介、植物の図解が一目瞭然と記され、とげとげしいサボテンの図解には水分補給植物と示されていた。

別包を開くと、小さな空気ボンベのついた一人乗りの折りたたみ式のゴムボートが現われ、その中には、二メートル余のマストに帆がささえられ、その先端には小癪《こしやく》にも、赤い小さな三角旗さえつけられていたのには驚いた。聞きしにまさる用意周到の逃げ仕度なり。

一月三十一日　晴のち曇　木枯の中に終日飛行場で作業。晴れた日はそこはかとなき春の気配もあり。飛行場の壕舎の冬ごもりすでに三カ月目、この長い厳冬の戦場に春を待つ兵隊の心しきりなり。今日は無気味なほどに、空は平穏なり。

スマトラのパレンバンに敵機動部隊来襲。これに突入したわが特攻隊の皇楯隊は未帰還一二機を出す。

＊この一月の空襲はいままでの軍事目標の爆撃が無差別爆撃に変わり、空襲範囲も拡大し、東京の三五区のうち二三区が被害をうけ、この月の死傷者一、五〇〇人、罹災者六、四〇〇人、焼失家屋一、三〇〇戸を数えた。また全国で、この一月はB29約四三〇機（六回）が来襲し、先月の二倍と増大し、さらに単機飛来は六六回と激化していった。

二月一日　曇　きわめて寒い、「如月《きさらぎ》」という言葉を想い出した。雲は低く、たそがれて風凍る。「衣更着《きさらぎ》」にはどうにもそぐわない夜なり。

壕内のストーブはいまではまともな燃料はなし。ありがたき鳥居の御神木はすでに焼尽し、その後の神祐天助は絶えてなし。わずかに廃油のヒマシ油を生木の薪に注いで、黒煙もうもうの暖をとる。壕内は黒い油光りの油煙に輝き、山賊の巣ますます凄壮の観あり。その炉端で、焼ねぎを食う兵もあり、夜がふけて、国府台の酒蔵から調達した、とって置きの焼酎を少々のむ。

そして暗い灯の下で「天体」という本のページをめくった。

終日警報なし。

＊二月となって、テニヤンの北飛行場は米軍の手によって整備され、第三一三爆撃飛行団の作戦に使用可能となり、対日爆撃のためのマリアナの戦力に一つの威力を加えた。

二月二日　雪　二〇〇〇ごろ関東西部にB29一機来襲、警急隊四機出動。そのとき、壕内から外に出た兵隊が「雪」とつぶやくのを聞いた。

この来襲一機は気象観測機ならん、これは「地獄の使者」なり。近くまたはげしい敵来襲が予想される。私も寒風の飛行場に出ると、この夜半闇の天空から牡丹雪が霏々《ひひ》と降りしきる。

夜が明けると、一面の白銀が目にいたいほどで、この白雪を渡る飛行場の風の冷気ひとしおなり。午後よりはれる。雪をけって離陸した飛行機の、低空の機体が、目にまぶしいばかりの雪原の反射をうけて白い銀色にかがやき、翼の日の丸の赤がひときわ目にしみた。二〇〇〇B29一機は東京上空に在り、照空灯の光芒急ぎ空をまさぐり、高射砲の迎撃音しきりなり。

敵はついにリンガエン湾よりマニラを指向す。

二月三日　晴のち曇　一日北下《きたおろし》が強く吹き、日がかげると寒気いっそうつのる。飛行場のところどころには残雪が残った。終日情報なし。午後四機を点検整備し、夜の警急配備につく。

敵襲をまち星ひとつない夜半に、三時間ごとの機の始動運転はいたたまれないほどの寒さである。そしてそのままの機内での待機は、時の流れがここだけで止まったように長く思われた。

この深夜の暖機運転が終わって、操縦席の天蓋をあけると、さし込むように流れる針のような冷気が全身に痛く、耳が凍るほどにいたかった。外界には黒く凍《い》てついた静寂の夜だけがあった。

この基地からつづき、三〇キロにもたりない西の空の下には、空襲におののく恐怖の街東京が、重く息をころして暗く、無気味な闇に沈んでいる。

節分の夜なり。

むかし東京の夜には、ひとびとの生活のための世界があり、そこには夜の光りと歓びがあった。いまはその夜はなく、ただの闇だけがある。

二月四日　晴　〝立春〟とは名のみ、今年は二十年来の寒気という。まさに異変なり。わが故郷は豪雪と聞く。

待機中、B29八〇機をもって神戸を強襲の情報あり。第十飛行師団出動。わが隊出動の五機、いま浜松上空に在り。戦果は不明。

＊ルメーの日本爆撃方針の変更

一月二十日にマリアナに着任したルメーは、前司令官ハンセルがいままでつづけてきた軍事施設などの精密爆撃の方針を捨て、木と紙の家屋のひしめく日本都市の無差別焼夷じゅうたん爆撃を実行することとした。昭和十八年三月、フロリダ州のエグリン飛行場にあるダグウェー実験所で、日本家屋の模型市街を造り、B29の爆撃効果が実験された。その結果「日本の市街は焼夷弾にもろく、特にM69爆弾（油脂焼夷弾）が最もこれに適している」ことがわかった。

この実験結果を生かした「火攻め」の第一回の試みに二月四日、神戸がえらばれた。B29一二九機のすべてが焼夷弾を満載してマリアナを発進した。その中にはテニヤンの北飛行場から初出撃した第三一三爆撃飛行団の三八機も含まれていた。

一三三三、わが監視哨は潮岬より北上中のこの編隊を発見した。中部軍はこのとき、第一梯団はB29二二機および一一機の二個編隊からなることを確認し、隷下飛行部隊の全力出動を命じた。

B29の第一梯団は、いったん大阪を指向するようなコースに見せかけて飛翔したが、途中変針して、全機神戸上空に向かった。神戸上空はあいにく一部雲におおわれていたが、一四三〇すぎ、米軍にとって幸いにも、雲に切れ目ができ、その六九機が神戸市内に目視爆撃を加えた。焼夷弾一三〇トン、破裂爆弾一三・六トンを投下し、市街中心部を火の海と化し、B29は紀伊水道から洋上に脱去した。

つづいて志摩半島より侵入した第二梯団のB29一五機と一一機よりなる二個編隊は、一四二五松阪、大垣を攻撃し、伊勢湾より脱去した。さらにその一時間後、B29約二〇機からなる第三梯団は第一梯団と同じコースで一六〇〇ごろ神戸上空を侵し投弾し、おりから夕闇のせまる街の火勢は悽愴をきわめ、人々は煙と焰の中を逃げまどった。

この波状攻撃で、市街の約二三〇、〇〇〇平方メートルを破壊し、市の南西部の工業地帯では一、〇〇〇戸以上の建物を焼き、二つの造船所にその能力を半減するほどの打撃を与えた。日本戦闘機の二〇〇機が応戦してきたが、B29はただ一機を失っただけで、神戸攻撃を成功と認めたと、米軍は発表した。

一方、わが第十一飛行師団は今日の戦闘で、撃墜六機、撃破三〇機の戦果をあげ、損害は自爆未帰還三機を認め、神戸市内には相当の被害のあったことを発表した。

戦後米側の発表によると、一月二十七日、東京を襲い、その中心街を攻撃したB29七〇機は、かつてない熾烈な日本戦闘機の反撃により、いっきょにB29九機を失った。そのため搭乗員の士気はいちじるしく低下した。この状況からルメーは、一時厳重な警戒下の東京爆撃を中止して、他の地区の攻撃を考え、二月四日、神戸を新たな目標として選んだのであった。

日本の敗戦まで前後三〇〇日の本土航空戦において、日本戦闘機が来襲米軍機に、このような脅威を与えたという資料は、この日を別にしてほとんどみあたらない。

二月五日　晴　最も寒い日、霜がひどい。夜間は今日も零下数度以下と思えた。終日情報なし。このところ、B29はめっきり東京をお見かぎりの態なり。

私には敵の意図が何か変更されつつあるように思えた。

二月六日　晴　寒気ややゆるむ。

今日、米軍ついにマニラに突入。悲報なり、ああ。前途暗澹たる想いに兵隊の胸はいたんだ。私はかつて「それが天文学的数字」と敵国をあざわらうばかりの日本が、いま米国の厖大な鉄量の反攻を目のあたりに見せつけられたことを知る。

そのうえ日本軍はいまだに前近代的な「散兵線の華と散れ」の地上白兵戦や、「守るも攻むるも鉄《くろがね》の」と、大艦巨砲主義にかたくなに固執した。

日本の戦いの〝天王山〟比島にわれわれはあらためて現代の航空決戦の重みを体得した。

しかしこの覆水はもはや盆には返らないであろう。「必勝の信念」とは何か、それは確信か、願望か、またおもわくか？　幻か？

二月七日　曇のち雪　〇七五〇より情報、Ｂ29一機勝浦上空より佐倉―足利をへて太田を偵察、土浦より脱去。また敵は太田の中島をねらっている。

夜はなにごともなし。冬の夜がふけると、空は雪に変わった。この冬期のきびしい天候には、さすが敵も来襲せず、それは上空の強風と雲層が飛行の重大な障害となるためと思った。

最近、兵隊の士気は飢餓と寒気でけっしてあがらず。来る春を待つことしきりなり。

＊気象観測

日本本土を襲うＢ29編隊の大敵は、日本戦闘機の邀撃よりも、むしろ、日本上空の気象状況であった。せっかく日本本土に到達しても、高々度の上空から日本を目視照準で爆撃できる日は、一カ月のうち七日間が最高で、せいぜい二、三日にすぎなかった。このことはマリアナのルメー司令官の頭痛の種であり、そのため彼は、アジアの地理や気象に精通したＫＬＭの機長カルベラー少佐を部下にもち、さらにソ連の気象情報を暗号解読して参考とした。しかしこれは、不正確なもので、のち、中国に気象情報員を潜入させて情報を入手し、徐々にその精度を向上していった。

二月八日　曇　寒風がやみ、夕方空ははれたが寒気ますますつのる。降雪後の飛行機の整備におおわらわの一日なり。

夜半、壕舎から一歩を外に踏み出すと、新雪のうえに私の足跡が、夜目にもあざやかに残った。遠いむかしのころ、今夜のような雪路をわびしくうたった歌と、その人のことを想い、それはたしか、

〝……夜の小路に人待つや　下駄でなにをか書きすさびおり〟

と、いまなお定かでない想いに心迷うと、胸あふるるばかりの故郷の人への慕情が胸にこみあげてきた。

二月九日　晴　昨夜の寒気とはうって変わった今日の日中の暖かさ。残雪は残るが春を偲ぶ陽気なり。いまや冬尽くときか。

一四〇〇すぎ銚子よりB29一機偵察来襲。今日も太田地区の偵察なり。もはや、太田中島飛行機への爆撃来攻は必定なり。その噂が兵隊のあいだに乱れとぶ。

故郷が熊谷で、応召前中島（※飛行機工場）に勤務していた岡田一等兵の顔色、今日はいささか複雑なり。

二月十日　晴　快晴の空に、一〇〇〇B29一機銚子より侵入、また太田を偵察し、府中—藤沢をへて洋上に脱去。この晴天、無気味な敵来襲日和なり。はたせるかな、一三〇〇すぎより硫黄島警戒機は同島二〇〇キロ付近、大型機九目標北上を伝える。さきに飛来の一機は気象観測機か。

一四二〇空襲警報発令。B29約九〇機五編隊をもって、関東北部に侵入、一五〇〇ごろより太田中島飛行機工場を爆撃、水戸をへて洋上に脱去。太田工場は被害甚大という。わが隊全力をもって出撃、太田上空に殺到。

帰還機は全弾をうちつくし、自らも多くの敵弾を受けて帰投したもの多し。

一七〇〇近く、帰還機の着地を終わるころから陽はかげり、残雪の残る冷い飛行場の彼方に夕焼雲が流れた。わが隊撃墜破四機という。

夜二〇〇〇B29一機焼津より大月—甲府—秩父をへて東京に侵入。

＊二月十日は晴天であった。一三二五八丈島電波警戒機の捕捉したB29一〇目標約一〇〇機（米側発表では一一八機）はそのまま北上した。これを迎えうつ第十飛行師団は主力を勝浦、成田、土浦上空に推進し、一部は東京上空に待機した。敵は予想の通り、一五〇〇すぎ鹿島灘よりなだれをうって太田上空に侵入、その八四機が九—二〇機編隊で中島飛行機工場を約一時間にわたり波状攻撃した。この日の投下爆弾は四対一の割合からなる破裂弾と焼夷弾の混合であった。

この戦闘で、わが軍は一五機（米側発表では一二機）を撃墜し、撃破二九機の戦果は大きく評価された。反面、わが方も自爆未帰還七機を出した。また海軍厚木航空隊は、雷電三二機を発進して横須賀上空の警戒に当たっていたが、太田に進攻するB29群に房総半島上空で突入し、一機撃墜、同不確実一の戦果をあげた。また太田地区の独立高射砲第四大隊は、撃墜三機、撃破一一機の戦果を報じた。

この日の中島飛行機太田工場をねらった爆撃精度は悪く、わずか焼夷弾七発、破裂爆弾九五発（不発四三発）の被弾にすぎなかったが、工場建物三七棟のうちの一一棟に損害をうけ、重傷者五二名を出し、その中には四名の動員学徒も含まれていた。工場内は組立を終わって装備中の陸軍機の大破三四機、中破四三機、小破三五機、主翼まで取付の終わったほぼ完成のものの大破一八六機、中破二〇機、小破七機に達し、その他付近民家の被害も大きかった。

二月十一日　晴　〇二〇〇よりB29一機御前崎より本土に侵入、甲府—秩父—熊谷を通過して土浦より洋上に去る。

夜半、闇の壕舎の中に重々しく流れる情報を仮眠のうちに聞く。兵隊は次の「命令……」の一声を待ち、固唾《かたず》を呑み、一瞬胸をどきりとさせるが、「B29一機」と聞いただけで、やれやれの想いでふたたび眠りにつく。朝があけると、空ははれ今日は紀元節なり。敵襲に予断を許さない情況なり。兵隊のあいだで、敵艦載機来襲の噂しきりなり。

再度一〇五〇ごろ沼津より侵入のB29一機甲府—大月をへて海上に脱去。甲府上空の偵察しきりなり。いまの軍隊は今日の紀元節にもなんの行事もなし。それよりか、昼食にさつまいもの輪切りのあんかけ（この世に生まれて初めてのことなり）の副食に一同唖然。

ヒューマニズム　この軍隊は、日本のすべての国民の男の中から、ただ体の健康なものだけを集めたところである。この世界では、意地悪い古兵は、自分では、「国家の干城《かんじょう》」と思って入隊してきた新兵を「一銭五厘」とよび、人間がまったく人間としてあつかわれない屈辱に満ちた日常になげかねばならなかった。そして、その若者の生活の本拠は「内務班」とよばれるところにあり、ここでは軍の最小基本単位の三〇名ほどの兵隊がつねに起居をともにし、兵隊は、機械のように働いた。そしてここは軍人の家庭に準《なぞら》えられた。

そこは兵営という物悲しいほどに粗末な、棟割り長屋のような殺風景な兵舎の一郭にあり、軍隊内務令をかりると、

「兵営ハ苦楽ヲ共ニシ死生ヲ同ウスル軍人ノ家庭ニシテ兵営生活ノ要ハ起居ノ間軍人精神ヲ涵養シ軍紀ニ慣熟セシメ鞏固《きょうこ》ナル団結ヲ完成スルニ在リ」

と示されている。しかし日ごろそこは軍人の〝家庭〟というにはほど遠く、一般社会では信じられないほどに、つねに陰惨なよどんだ重苦しい空気がみなぎる動物のような男ばかりの生活があった。新兵にとっては、絶対服従（盲従）のおしつけの掟だけがあった。日ごろ、新兵の一挙手一投足はつねに古兵のきびしい凝視の中にあり、あくない屈辱や残虐にたえねばならないその生活はひどく野蛮であり、日常新兵のうめき声さえ聞こえるかと

思われる暗黒の別世界であった。これは自己をすてさせ真人間を兵士に仕立てる恐るべき人間改造のタコ部屋でもある。

そのうえ、ここでは、古兵たちは上からの借りものを下に返すという軍隊語の「申送《もうしおく》り」の悪い鉄則を少しも疑わず、古兵が勝手気ままに振舞うところでもあった。「一本の煙草も二人で分けて喫《の》み」と信じ、なんの疑いもなくこの軍隊にはいってきた兵隊は、初め、この息もつまるほどの兵営生活のあまりにむごい掟やしきたりに、気も動顛し、理不尽な制裁や、あくない個人の私的暴力におびえた。そして反抗はもちろん、批判することや考えることも許されず、ただいわれた通りに飛び込むことを教えられ、結局、兵隊は人間性とその全人格を剝奪《はくだつ》され、虚脱し、硬直し、化石のような無感動な兵隊と化し、そしてつねづね戦争よりも〝上官〟が恐しかった。

この内務班が、そのまま戦場に移されてもその本質には変わりはないが、生死をかけるこの危急の戦闘下、すくなくとも、この軍隊の悪い伝統や年功や階級の威圧下に兵を叱咤駆使する戦場の矛盾は、目に見えて判然としてきた。いまや、この戦場で兵隊の心を統制し、帰一し、まさに「死生ヲ同ウスル」ために最も必要なものは、権力や理論やまして暴力や威圧ではなく、それは人間の〝ヒューマニズム〟の優先であろうと私は考えた。

そしてこのとき、私は、人形の鉛の兵隊が美しい踊子の人形と灼けるような恋のはて、ストーブの焰の中に、ともに身を投げる〝The Tin Soldier〟という、心温まる外国の童話を思い出した。

二月十二日　晴　早春の趣さえある近来にない快晴の日、暖気かすかにただよい、白い雲の悠々と流れる飛行場のかたすみに、兵隊の洗濯物のにわかづくりの物乾場《ぶつかんば》ができた。その近くで、近所の農家の少年たちが、まるで戦争を知らないかのように、無邪気に石蹴りに興ずるさわやかな風景が見られ、ひととき血なまぐさい空襲を忘れさせる冬の日の寸景に心なごんだ。

一〇〇〇B29一機小田原より大月―秩父をへて太田上空に侵入、九十九里浜より脱去。また太田の偵察なり。

たそがれせまるころ、荒涼の飛行場は、ふたたびひえびえと夕暮（※夕闇）がせまった。冬の一面の闇に変わるころの一九二〇B29単機御前崎より東京に侵入。この爆音を追う高射砲の迎撃音が東京の空にとどろき、冬空高く光芒が走った。

そのまえの一四四〇より飛行演習の戦隊長機に私の04号機が離陸。四〇分にして着陸、日は落ちて闇がひろがり、機側で私と同乗の軍曹に答礼する戦隊長の口髭の中の歯だけが白く印象的であった。やがてオリオンが東の空に輝きはじめた。

二月十三日　晴　午後起床、昨日わが隊に空輸補給された二機の屠龍の点検と試験飛行。

滑油系統について組立上の工作不備がめだつ。夕方より武装と無線機の地上点検。まだ敵の一弾もうけていない真新しい翼や機体の日の丸のまわりに、防空戦隊の白いペンキの白帯でふちとりをほどこし、さらに尾翼に飛行第五十三戦隊のマークを描き、機番も赤字で加えた。この飛行機には、なにか軍隊にはない別の世界のにおいが感じられた。終日情報なく平穏なり。

負けたらどうする　戦闘間はもちろん、兵隊の日常の起居や訓練の中で、その緊張を高め、行動力を倍加するためという軍隊の「気合」は、とかく残忍であり、それは教育という名の私刑にひとしく、残虐と屈辱にみちていた。これは軍隊に伝わる最も古い伝統的恐怖でもあった。

しかも、ともすれば、この気合は古兵の長い無為の軍隊生活の倦怠や、生活の抑圧からおこる欲求不満が、個人の感情において爆発して加えられやすい人間の心のひずみの断層をあらわし、無意味である以上にヒステリックな発作をともなった深刻の加虐嗜好にも以ていた。

今日飛行場で直立不動の新兵を叩打し、つめよる上等兵は、そこにどんな理由があろうとも、声も荒々しく、がんらい野蛮なことなり。

「こうたるんでるんじゃ勝てはしないぞ」と声をあげ、「戦争に負けたらどうする?」と絶叫するさまは、被害妄想をともない悲痛なり。いまこの上等兵は胸になにか〝悪い予感〟を宿し自分でもおびえている。

二月十四日　曇のち晴　〇三二〇B29一機浜松―八王子をへて東京へ侵入、〇三五〇警報解除。東京の海側の空が燃えて赤く、高射砲の炸裂音がとどろき、照空の光芒が走り敵は去る。出動せず。ほどなく就寝。

白昼の一〇〇〇ごろ全員白河夜船の最中、下田方向より、浜松―甲府―大月をへてB29一機東京へ、向島が爆撃された。

早暁、二人の兵隊がここから飛行場の西端につづく八柱霊園付近の、丘の牧場まで四キロの道を歩き、牛乳一升を手にいれて帰る。夜壕舎のストーブをかこみ飲む。なにぶんこの一年ものあいだ見たこともない珍品なり。おまけに、途中の畑で失敬してきたネギもあり、ともにこれを焼いて食う。まさに夜盗の饗宴なり。

夜待機のつれづれに、兵隊はなんどくり返しても飽きることのない故郷の話や、食物の話題さかんなり、しかし、いまはすべて幻なり。

たえてなかった女色の話に、今日はめずらしくも鈴木上等兵は近所の田舎家の女風呂の風情を、見てきたように仔細に精緻をきわめた解説、彼満座の中にきわめて得意然たり。

夜十二時をすぎるころ、壕舎の外に出ると、闇に枯草を踏む音がした。故障機の整備を終わり、上野伍長など四名の兵隊がはく息を白くして帰ってくるのを見た。おりからの夜空ははれ、満天の星をあおいで、私はこの闇の飛行場で悠然と放尿すると、地上の闇から白いものが夜の冷気の中に湯気のように立ちのぼり、そして消えた。

飛行場の闇の中には赤と青の小さな二つの標識燈だけが目に痛いように輝いていた。

このとき、私は軍隊という不思議な世界に身も心も、またその運命も拘束されたまま、長く生きつづけることの奇妙な意味をかみしめ、長い長いこの別世界の異常な体験を反趨した。いま日本のわれわれ若者の多くの生きる途は、この世界の外にはない、戦争こそわれわれの生活のすべてであろうと思った。

*この日向島区が爆撃され、五六戸に被害をうけ、死傷六六人。

二月十五日　曇のち晴　就寝直後の〇二〇〇ごろB29一機八丈島西方より飛来の情報あるも、本土に侵入せず。焼津に投弾、ただちに洋上に反転脱去の由。本来ならば甲府―東京のコースで飛来予想のところ、侵入途上の故障機ならん。その後日中は平穏。

夜間情報は「南方海域に敵機動部隊陽動活発、本土来襲の公算大」と伝えた。この水上部隊は、月初からの米軍の比島上陸作戦一段落のいま、その海域から転進し本土に迫っているものだろうと思った。交代で寝たわれわれの短い夜があけて、わが隊警戒戦備乙に待機。一二五〇ころより戦闘指揮所の「全員起床」の命令で、兵隊はバネではじかれたように壕外に飛び出ると曇空なり。

ひさびさの敵機ご見参なり。さては情報の通り小型機来襲か。各隊警戒戦備甲。飛行場の列線のここかしこに、いっせいに爆音が起こった。私も掩体《えんたい》の一機に走り、操縦席でエンジン始動にかかり、操縦桿を左手に、起きぬけの顔を脱いだ戦闘帽でぬぐうと、強いプロペラの切る寒風がつめたく顔に吹きつけ、機の快い震動に夢さめた。

警急中隊離陸、ついで全機離陸。富士山上空に進撃。敵はB29五機をもって浜松を攻撃中。

情報によれば、このころB29六〇機は名古屋を襲い、三菱重工業に投弾中という。名古屋は第八回目の来襲なり。一四三〇警報が解除されて、帰投のわが機今日はいずれも接敵はなし。

＊二月十五日、一二五〇、日本軍に探知された八丈島南西二〇〇キロを北進する大型機は、ルメーの硫黄島上陸支援作戦の一環として、マリアナを発進したB29一一七機の一群であった。この一群は、当初、東京爆撃を企てたが、天候不良のため攻撃目標を名古屋に変更した。

一三四〇この編隊が浜松上空から本土に侵入するころ、第十飛行師団は御前崎―静岡―富士山および帝都西方上空に邀撃態勢をととのえた。このB29は単機で静岡および湘南地区を分散爆撃した。

一四三〇別にB29五機が御前崎に侵入したが、師団はこの敵影を捕捉することができなかった。この関東地区に陽動した先発機はこの日の来襲の前奏にすぎなかった。

一三三〇―一五〇〇波切付近から北上の本隊B29群約六〇機は、おりからの日本本土付近の寒冷前線に悩まされながらも、三菱重工業名古屋工場をめざして飛行したが、その編隊は乱れ、所定の目標を攻撃したものはわずか三一機（または三八機）で、他の五〇機は浜松の中島発動機工場を爆撃し、のち伊勢湾洋上はるか南に脱去した。

この名古屋第八回目のB29来襲に、第十一飛行師団は全力をもって名古屋上空に進撃し、撃破一七機の戦果を報じたが、わが方も一機を失った。この日本発表の撃破一七機中の一機はマリアナに帰投の以前に途中で海没したという米軍の発表がある。この日の名古屋三菱工場および浜松中島工場は相当の被害をうけた。

＊敵は硫黄島へ

本土真正面一、二〇〇キロの海上に日本軍の守備する硫黄島は東京の第一線であり、マリアナにとってはがまんのならない目の上の瘤であった。この島を基地として、日本航空隊がしばしばマリアナ基地を偵察し、攻撃を加え、さらに日本に向かうB29編隊を攻撃し、編隊航路の迂回をやむなくさせたからであり、また、この島のレーダーはB29の北上をいち早く本土に伝えるやっかいな存在であったからである。もしも米軍がこの島を手中にすれば、これらの心配がなくなるばかりではなく、ここを米軍戦闘機の発進基地やB29不時着場として役立たせることができる。このような目的からワシントンは、二月十六日を硫黄島上陸の前哨戦発動の日と定めていた。

一方、わが軍司令部は二月十二日、多くの通信情報などから、米軍の次期作戦の切迫を知り、敵機動部隊の出現を予期した。十四日、日本海軍偵察機は硫黄島沖に、戦艦、巡洋艦を含む一八隻を、またサイパン西方八〇カイリを北西進中の約一七〇隻の米機動部隊を発見した。軍司令部は同日「明十五日以降敵機動部隊の本土来襲の算きわめて大」と警告し、十五日黎明以後の警戒を厳にした。

マリアナのルメーは、この上陸作戦の一環として、二月十五日B29一一七機をもって名古屋に進攻し、日本制空部隊を事前に牽制《けんせい》した。ついで十六日、この好機に乗じて、ブランディ艦隊はその全戦艦、巡洋艦をもって硫黄島に接近した。これに呼応してミッチャーの空母群は、同日、のべ一、〇〇〇機の艦上機を送って東京周辺の基地をたたき、日本機の硫黄島進撃を阻止し、十七日もなおこの行動を続行した。

二月十六日　晴　昨夜より一睡もないままの基地の待機の朝があけた。〇七〇〇ごろより、「房総半島南端より敵機動部隊来襲北進中」の情報に兵は愕然。予期の通り敵機動部隊の初来襲なり。果てしない新しい未知の恐怖が本土近海にせまったことを思い、私は慄然とした。

その機動部隊は銚子沖二〇〇キロに二群、八丈島西方海上に一群ありという。この空母より発進の艦上機の第一波は、グラマン、ヴォートシコルスキー、カーチスの九〇機にして、三浦半島および房総半島より本土に侵入、千葉、茨城県下の基地飛行場を攻撃。

〇七〇〇すぎより第十飛行師団全力出動、ただしわが夜戦隊は出動制限のため、ただちに分散遮蔽《しゃへい》。

〇八〇〇この九〇機の第一波去り、〇八一〇から〇八四五まで第二波九〇機、第三波は〇八四五より〇九三〇まで約一〇〇機、第四波は一〇三五より一一四五まで約一二〇機続々と侵入。高度四〇〇〇メートル。今日は工場や東京の町には目もくれず、もっぱら飛行基地を攻撃。

一二三〇より約一時間、第五波九〇機は九十九里浜より侵入し、印旛、成増、調布、厚木の各基地を攻撃。

さらに、一四一五―一五四〇約四五〇機の第六、第七波鹿島灘より侵入、主力をもって中島飛行機太田工場を、一部をもってふたたび成増、調布、厚木の各飛行場を攻撃。

白雲悠々と流れる空の彼方に、彼我編隊乱れ飛び、高射砲の迎撃音とどろき、そのなかに機銃掃射音と敵ロケット弾の炸裂音遠雷のひびきに似たり。

わが基地にはいまだ来襲せず。近くの空ではときおり急降下する敵機の銃撃音中天にこだますさなか、わが基地は下令の怒号乱れとび、地上分散移動する飛行機やトラクターの動きの中に兵の動きしげく、わが隊は飛行場周辺二、三キロの森や林の中につらなる長い路から飛行機を誘導し分散、敵機の目をさけ、青い樹木を切り出し急ぎ遮蔽する。敵銃撃の発火損害を防ぐため各機はすばやく搭載の弾薬や燃料が抜かれた。

機側から松林を越えたはるかの空では、いまも彼我入り乱れての空の激闘のさなかなり。潮のように第四波の去った直後の一二〇〇、「飛行第五十三戦隊の一部は速やかに新田飛行場に転移すべし」の下令に茫然。とかく鈍重なわが隊の複座戦はこの空戦にはたえず、損害を恐れての退避命令なり。

私はふたたび急ぎ、燃料、弾薬を満載装備した04号機を飛行場に引き出し、桜井少尉とこの基地を離陸、三機編隊、一路新田をめざす退避行なり。おりからの高度二、〇〇〇メートルの空は晴れ、直下の地上の木枯の中に見た筑波山を左に旋回し、はやる胸を押えて利根川をつたって新田飛行場をめざす。エンジンの出力全開なり。飛行中の機上で、洋上より侵入中の敵小型機を息をのんで厳戒。

この緊迫の十数分の中に、やがて機首を下げると、新田は目前にあった。

一二四〇着地、われわれは虎口をのがれてこの飛行場端に分散。

この飛行場大隊で、今朝から忘れていた一食抜きの昼食にガツガツと空腹を満たす。そのとき、突然空をつんざく金属音と銃撃音をまじえ急降下するグラマンの群続々、その数数十機、小泉工場や指呼の太田工場も銃爆撃。工場群の一部に火があがった。在地のわが機も銃撃をうける。もはや、この天《あめ》の下《した》にかくれがもなし。

やがて敵が去って夜となった。われわれはこの新田を基地としB29の夜間邀撃配備につく。夜私は、今日この関東一円の空をおおった敵小型機の強襲は、この戦いに重大な新局面をもたらすものと深く想い知った。

夜十二時すぎまで待機。二三三〇B29一機来襲。

敵艦隊は硫黄島に艦砲射撃を加えたという。

＊小型機初来襲

わが陸軍中央部は、かねて敵の硫黄島攻略に対する呼応作戦も予期していたが、二月十六日早朝からの小型機本土侵入は、予想をはるかに上回る熾烈なものであることを思い知った。

この日、ミッチャーの空母機動部隊の艦上機侵入は、〇七〇〇ごろより房総半島方面よりの第一波に始まり、一五四〇まで約八時間以上にわたる一、〇〇〇機の来襲となり、関東主力飛行場七以上を強襲した。第十飛行師団長は夜間専任の飛行第五十三戦隊をのぞく全力に出動を命じ、反復邀撃した。しかし、敵新鋭機の前に日本戦闘機の邀撃は力およばず、時速や火器に格段にすぐれた敵機に圧倒され、わが軍は老練のパイロットとともに東京制空部隊の全兵力の約一〇パーセントにあたる三七機を失い、本土防衛部隊の初の大犠牲となった。この日の戦果は撃墜六二機、撃破二七機と発表されているがその真偽はわからない。また海軍は横須賀、木更津、厚木飛行場を攻撃された。このとき厚木三〇二空の月光や銀河の夜戦機は空中退避し、約三〇機の雷電、零戦が邀撃に立ち向かったが、筑波山付近と藤沢付近で敵グラマンと遭遇し、二機を撃墜しわが方も二機を失った。

また各飛行場周辺の高射砲隊は、三、八三四発を発射し、撃墜一九機、撃破一七機の戦果を報じたが、この数字も戦後なお確認すべき米軍発表の裏付にとぼしい。

この日、吉田第十飛行師団長は翌十七日も再度小型機の大挙来襲を予期し、「明十七日、〇五〇〇以降警戒戦備甲の態勢に転移し愈〻烈々不撓の闘魂を振起し来襲敵機に対し決死敢闘之が撃滅を期すべし」(『本土防空作戦』防衛庁戦史室　朝雲新聞社)と悲痛な命令を下した。また師団長はこの日のみじめな空戦から、かねて防衛司令部内でとなえられていた、本土決戦に備えるための戦闘機温存方針を打ち出した。そのため十六日夕刻とりあえず、最も戦力充実した飛行第四十七戦隊(鍾馗《しようき》)、飛行第二百四十四戦隊(飛燕《ひえん》)の邀撃制限を行ない、地上分散遮蔽による温存機の確保を命じた。この日を境に、この方針はしだいに各戦隊にも適用されていった。

この日、米軍の小型機は基地飛行場を攻撃したほか、東京に侵入して武蔵野町、保谷町、立川市、羽田、江戸見町、鈴木町、穴守町、田無町、谷戸、吉祥寺、三鷹町、大沢、由木村、高倉町、台町、日野町、府中町、神代村、多摩村、糀谷、石神井関町、五日市町、荒川放水路、羽田飛行場、角筈、向台、江古田、都下各島を銃撃し、八戸に被害を与え死傷二六名を出した。

二月十七日　晴　待機終わり、昨夜遅く小泉の飛行場大隊の宿舎で寝る。数カ月ぶりで人の住む屋根の下で寝た夜に夢があった。

早朝、五時に起きて飛行場に出ると、はるか白雪の赤城、榛名をのぞむこの飛行場の果てにかすむように太田の町がつづき、そこには巨大な飛行機工場が棟をつらねていた。

われわれの飛行機の後部座席から取り出したタオルで、ひさしぶりに冷い水道の水で洗顔をすませ、幾十日ぶりであろうか、歯もみがいた。またとない幸を感じ、この瞬間のすがすがしい平和に酔う爽快の朝なり。

予期にたがわず、朝まだき、早くもラジオは敵来襲の東部軍情報を伝えた。〇六四〇「房総半島南方五〇キロ付近を北上中の目標あり」

〇七〇〇「小型機一八編隊房総半島白浜付近を北進中、なお後続編隊あり」

敵小型機一編隊は京浜地区に侵入せり。今日からわが隊は小型機邀撃戦闘には出撃せず。いささか手持不沙汰なり。午前六時すぎより正午すぎまで、小型機四波をもって来襲、茨城の各飛行場を攻撃す。

午後四時四〇分情報を待ち、敵小型機の侵入とだえた空に離陸、われわれは全機松戸に帰還。

太田上空から中島飛行機工場を見おろすと、爆撃のため、にぎったこぶしほどの大きさに大地をえぐられた黒い穴が数多くポカリと空をのぞき、一群の飛行機工場の棟はくずれ落ちていた。夜軍情報は敵機動部隊は遠く洋上に去ったと知らせた。

暗雲乱れ、月明白く二〇四〇B29一機伊豆半島より東京へ侵入。さらに二一二〇また一機伊豆より甲府、大月をへて相模湾に脱去、二三二〇またまたB29一機来襲。

ラジオは「昨日の空戦に撃墜一四七機、損害を与えたもの五〇機以上、大型船一隻撃沈、わが方自爆未帰還六一機」と伝えた。

夕方大本営発表は硫黄島の戦況について、「昨日来上陸企図の敵は戦艦五、巡洋艦六、輸送船多数あり。我これを攻撃し巡洋艦二、船型不詳二を撃沈す」と報じた。

＊二月十七日、前日に引きつづき、息つくひまもなく、敵小型機は第一波一八〇機をもって〇六四〇から〇八二〇に水戸、鉾田、百里原、茂原、館山、宇都宮、相模、所沢、成増、藤枝の各飛行場を攻撃し、また一部は浜松にもおよんだ。第二波約九〇機は〇九〇〇から三〇分間館山、三崎付近を攻撃し、さらに第三波の二五〇機は〇九四五より一時間にわたり所沢、立川、福生、成増、調布、羽田の各飛行場および中島飛行機武蔵工場を攻撃した。次の第四波は七〇機をもって一一五〇より一二四〇まで横浜港、館山付近を攻撃した。

十六日の対小型機戦闘に兵力を損耗した第十飛行師団は、数少ない戦闘機をこの日くり返し出動させ、撃墜三六機、撃破一八機の戦果をあげたが、わが方自爆未帰還一四機を数えた。海軍の厚木基地も前日の空戦の消耗に耐えた残存機はきわめて少なく、八機の零戦が相模平野および千葉上空でグラマン数十機と遭遇し、数機を撃墜したが、わが方の損害も少なくなかった。

東京にはこの日一七〇機の艦上機が侵入し、赤坂、大森、蒲田、淀橋、中野、杉並、板橋、城東、深川、立川、武蔵野、三鷹、保谷などに一二一戸の被害を出し、死者五五六人におよんだ。

米軍は戦後この両日の戦況を「キング元帥報告書」で次のように発表している。

「わが部隊は完全な戦略的奇襲に成功し、この二日間、活発な攻撃により敵を圧倒した。わが機動部隊を破壊しようとした日本軍の企図はすべて不成功に終わり、わが損害機四九機に対し、日本は空中で三二二機、地上で一七七機を失い、横浜港の空母一は爆撃により横倒しとなったのをはじめ、艦船一三三隻が沈没した。また諸飛行場の格納庫を破壊し、武蔵野、多摩、立川の飛行場および発動機工場を猛爆した」

二月十八日　晴　夜半〇二三〇B29一機侵入、高射砲迎撃音のみ。夜があけると、飛行場に早春の陽射を見る快晴の日なり。終日警報なく平穏。

「昨十七日、硫黄島に上陸を企図せる米海兵隊は、わが守備隊に撃退された」の軍情報があった(※この軍情報の内容はまったくのデマであった)。夜兵隊の話題は、硫黄島の防戦にかかっている。昨日から今後の敵襲に備え、飛行機は遠くこの飛行場を離れて分散。

V　東京壊滅する

二月十九日　晴　残った眠りをむさぼる午後一時ごろ、「B29大編隊南方洋上を北上中」の情報にたたき起こされ、壕内にわかに騒然。ただちに、すでに陽の高い飛行場に飛び出ると、ブザマに寝ぼけてあわてた兵隊を乗せた始動車が、遠く飛行機の分散地点の森を目がけて走った。爆音をたてた警急隊はすでに出発線に近づいている。

一三五〇「B29約一〇機よりなる第一波八丈島二〇〇キロ付近を北上」

分散配置の飛行機はすばやく引き出され、飛行場の列線につき出撃準備がととのえられた。

警急隊を先頭に一四〇〇ごろ、全機離陸。敵は静岡方面より富士山をへて東京に侵入し投弾。今日は都心部から海側を集中攻撃の模様なり。

白昼の空にも、黒煙が中天にあがり、轟音が地軸をゆるがす。遠く東京の空に黒煙が雲のようにたなびき、敵編隊は間断なくその空に投弾し、いまや四編隊目がわが基地直上をすぎ洋上に脱去した。この編隊外翼の一機は黒煙を引いて、見るまに編隊を離脱。わが戦闘機はさらに執拗にこれに挑んだ。

帰投した梅田少尉は、新宿上空で目のあたりにわが戦闘機の凄烈な体当り自爆を目撃し、B29一機撃墜を確認したと語った。今日わが隊の撃墜破四機という。全来襲機B29一〇〇機、特に江戸川と城東が猛爆された。

夜晩《おそ》く「敵は今日午前九時ごろより硫黄島に本格上陸」の情報あり。これを聞いた兵隊の目の奥に私は明らかにたじろぎを見た。敵はもう近い。比島の敵はコレヒドール島に上陸と聞く。

＊二月十九日、サイパンを離陸したB29一〇〇機の第一編隊は一三四〇八丈島付近に達し、一四二三浜名湖上空に侵入した。
一四四五ごろ敵は静岡北側より富士山を迂回し、東京上空に侵入し、中島飛行機武蔵工場をねらったが、あいにく天候不良のため爆撃目標を変更し、編隊は八―一八機をもって間断なく帝都に侵入、予備目標の神田、京橋、赤坂、四谷、本所、深川、江戸川、葛飾区の市街地をレーダー爆撃し、一五〇〇以降鹿島灘、九十九里浜より海上に去った。

この攻撃により、細田町、本田立石町、中原町、高砂町、新宿、千葉、奥戸、水元小合町、鎌倉町、小台町、北宮城町、本木町、五反野、南野町、沼田川端町、加賀皿沼町、南砂町、長島町、下今井町、長島妙見町、葛西、小松川、小岩、江戸川、南篠崎、堀沼町、王子町、神代村、深大寺、豊洲町、古石場、経堂、烏山町、上北沢、船橋、月島、東雲橋、長島、王子、豊

島、荒川、青山南町、金住町、緑ヶ丘、山本町、元町、春海町、江東橋、白河町、滝王子、本蒲田、千駄谷、池袋、上石神井、保谷町の五五町の一〇〇、〇〇〇平方メートルの地区を破壊し、一、〇一二戸に被害をうけ、死傷三八六人を数えた。

第十飛行師団は、一一〇機の実動機全力をもって、富士山より銚子にいたる全コースにおいて攻撃し、撃墜二二機（または一〇機）の戦果のかげに、わが方体当り二機を含む自爆四機の損害を生じた。高射第一師団は二、六〇二発を発射した。またB29の別働の一部一〇機は、浜松を攻撃した。

この日午前九時ごろ、米軍は硫黄島上陸を強行した。またこの日ワシントンは、ルメーに対し次の新しい命令を与えた。

「第一義攻撃目標は従前通り飛行機工場とするが、第二義的攻撃目標として大都市および飛行機工場に対し焼夷弾攻撃を実施する」

二月二十日　晴　早朝の五時起床、昨夜の睡眠四時間たらず。

海軍機の偵察によると、「去る十六、七両日来襲の敵機動部隊は、いまだ日本近海を遊《ゆう》弋《よく》中、関東地区には艦上機来襲の公算大」と横山少尉がいった。

午前六時すぎより、わが隊「警戒戦備乙」にて待機。艦上機は手に負えないわが隊は、飛行機を場外に分散したまま、今朝始運転を終わり、そのまま終日待機。兵隊は機側にあり「いったい日本の海軍はどうしているのか？」と討論しても、だれ一人として、正確な艦隊情報を知る由もなく、空しい憶測に終わって当惑し、この戦局の窮迫に眉をくもらせると、空に風が鳴った。

新兵たちが兵舎からここまで、数キロの道を運んできた飯盒の冷い朝食にわずかに飢を満たしたとき、機側の木梢がさらに冬の風の音をたてて、ひえびえとした朝の冷気がどの兵隊の膚にも心にもしみた。午前九時すぎ警戒解除となる。緊張の一日の待機のままさらに情報はなし。

二月二十一日　晴のち曇　〇四五〇Ｂ29一機来襲。一三一五より警戒警報。Ｂ29三、四機で来襲。状況不詳。今日さらに敵の海兵隊は硫黄島に上陸という。現在同島周辺の敵艦船は八百余隻と知る。

この軍情報によれば十六、七日の第一次上陸戦に失敗した敵（※この事実はない）は、さらに十八、九日、全島に息もつかせぬ執拗な砲爆撃を加え、上陸軍の突撃路を確保し、東南海岸には夜八時ごろ多数の戦車を揚陸し、日本軍の必死の抵抗にもかかわらず、これを排除し、二十日夕刻までに飛行場の一つを占領した。さらに、今日二十一日は第三波の海兵隊が上陸し、次の飛行場にせまりつつあり。日本軍はこれにロケット弾の新兵器で反攻を加えているという。私はこの情報に、敵上陸兵団の物量の威力を恐れるよりも、洋上艦船からの完璧な砲爆撃の準備攻撃を加え、進撃の公算を確立し、悠然と上陸進攻した敵の合理性がにくかった。

われわれはいま精神力のみで戦意を高揚するあまり、とかく人命の軽視に慣れすぎている。敵はいま、人命の濫費をつつしむ反面、われはその濫費におぼれ、しかもそれを「勇気」という言葉に置き換えようとしている。「死ぬこと」はすなわち「勝つこと」であろうか。むかしの日本の武人は〝ただいつでも死ぬ用意のあること〟を心掛けていたにすぎない。いまの軍人たちは、たとえ全滅しても、日本は負けないと思いこんでいる。夜この国の暗然たる未来を想い、胸に果てしない憂愁がたかまった。

大本営発表（昭和二十年二月二十日十五時）

敵は二月十九日朝硫黄島に対し上陸を開始せり　同島守備隊の我部隊は之を邀撃《ようげき》激戦中なり

二月二十二日　雪　昼間の敵小型機来襲以来、わが夜間戦闘隊の日課は乱れ、今日も早朝六時の起床。不眠のうえきわめて寒い。

空はのしかかるような鉛色、飛行場に出たころ、吹く北風が目に見えないような粉雪をサラサラと運んだ。春雪なり。

午前七時すぎより、各機出撃準備の点検始動。やがて、春雪はひときわ激しく、いま地上試運転の私の操縦席から見おろす地上はみるみる白く、寒風を切るプロペラのにぶい閃光が、この粉雪を華のように天空にまきあげた。すでに雪が飛行場のすべてを白く蔽いつくしたそのとき、機外より駆足の伝令の兵、三つ折りの白い紙片を右手に高くかかげ、機上への合図しきりなり。

エンジンを緩速に落とすと、伝令の兵は息を切って機上にかけ上がり、その紙片を操縦席の私に手交して去る。ふたたび轟然とエンジンを強くふかすと、プロペラの旋風は雪も砂塵も、地上のすべてのものを吹き飛ばすように咆哮《ほうこう》した。尾翼の強烈な風圧を伝える操縦桿を左腕に抱え、展《ひら》いた紙片の文字は、この厳しい雪の朝に、目に痛いように冷かった。

〝チチキトクシラス〟ツルオカシチョウ〟

長い点検始動のまま、このむごい紙片を油の手でにぎりしめ、茫然と降りしきる雪空をみつめた。敵がせまり、硫黄島が陥ち、敵機この空をおおう。この暗然たる国の運命の中では、私の肉親の死にはいまは格別深い感動もおこらなかった。いま北支で闘う兄はこの報せをどううけとめているであろうか。

正午B29一機来襲。昨日の午後硫黄島海域に神風特攻隊数十機出撃。

二月二十三日　雪止み快晴　昨夜の七時すぎ、「熾烈なる敵襲下なれば、三日をもって帰省せよ」との若い二十四歳の中隊長の異例の外出許可に、降りしきる雪の飛行場から闇の雪路を松戸駅に急ぐ。なだらかに下った飛行場からつづく路はふたたび丘のせまった山路の登りに変わり、軍靴の膝を没するばかりの五キロの夜のしじまの雪路は行く人もなく、私はただ一人あえいだ。夜道を踏みつけるたびに軍靴の下で新雪が鳴った。降りしきる雪に、夜空も、道も、雑木林も森も闇に白く、私一人の行手は尺余の新雪にとざされ、いま来た路を振り返ると、夜目にも遠退いた基地が、白夜の中の高原のように見えた。

戦列を離れ、この雪の夜路に、いまは軍紀の縄をとかれ、兵隊や戦いの拘束から解放されると、兵隊のわが身がもとの人間に還り、肉親の死が急に新しい哀しみに変わって胸にこみあげてきた。

降雪にとだえ勝ちの電車で上野駅へ。きびしい燈火管制下、人々のひしめく暗い駅舎から上越の山を越える鉄道はこの春の豪雪にとざされ、開通まったく見込なし。

夜半、雪がやんで空がはれたころ、私は埼玉にたどり着いていた。一年数カ月ぶりの家族風呂につかり、こころよく湯槽の中に軀をのばすと、私の胸には、ついいまのいままでのあの基地のことが、ただ夢の彼方の出来事のように思え、そして生きている確かな人間の感触がいま鮮かにここに甦ってきた。この悲しみの夜のなんという歓喜であろうか。

この一瞬の平和な自由に、もうあの基地も戦争もいやだと思った。……のも束の間、心の片すみに息づく私の兵隊の本能の目覚めが突然、大きく胸をゆさぶりはじめ、それはやがて身にのしかかるような黒い恐怖に変わっていった。私はすぐにも、基地へ戻らねばなるまい。それが故郷への交通杜絶が理由であっても、私は行く目的と場所を異にすることは確かに軍律を犯している。いまこの恐怖に苛《さいな》まれるよりは、たとえあの辛苦の戦場に耐えても、そこには兵隊の生きる正当な安堵の唯一の世界が残されていることに気がついて、愕然として目をとじた。

寝につくと、敵機来襲を知らせる警報がしじまを破り、夜半はるか上空をゆく、B29単機の聞きなれた爆音にも、いまは異様な恐怖を覚えた。

「いまもし不正に任務を離れたここで、爆撃に仆《たお》れたならばあまりに不様《ぶざま》だ」と思う気持が、いままであの基地では体験したことのないほどの、異常な恐怖に変わっていった。

朝、昨夜の雪を忘れたような快晴の青空に変わった、この朝、私は名も知らないこの村の山裾にある寺に詣でて、父の冥福を祈った。そして私はそそくさとまた基地に向かって出発した。

二月二十四日　晴　〇三四〇、一八〇五、各B29一機来襲。さらに二一一五またもB29一機下谷に投弾。深夜二四〇〇ごろまたまた一機来襲。

午後三時ごろ埼玉より帰隊、休む暇もなく飛行場へ。そこにはまだ残雪が残り、東京の夜空は月明の中に高射砲弾が炸裂し、多くの光芒が空を貫いた。敵投弾の爆撃音地をゆるがし、空をゆくB29が一機光芒に捕えられ、夜目にも細長い胴体の左右に張り出した主翼が共に銀白に輝き、敵機は悠然としてしかも精悍に見えた。

昨日、米上陸軍マニラ市内突入と知る。ああ。この上は、敵は本土進攻に恵念するであろう。二二〇〇すぎ、海軍の「銚子沖東方八〇〇キロ付近の洋上に、敵機動部隊を発見」の情報に、今夜はわが隊徹宵の厳戒態勢となる。残雪の飛行場を渡る夜風が身にしみるころ、夜空は一面の雲に変わり、兵隊は壕舎のストーブに集まってこの夜を徹した。
二四〇〇すぎ「今暁以降敵機動部隊の空襲およびB29の大挙来襲に備え厳戒せよ」の師団命令が下達された。

ある集団　情報によっては、深夜でも暁でもこの壕を棄てて、寒風の吹き荒ぶ飛行場に飛び出し戦闘配備につく兵隊が、いまはそんなことも忘れたように無邪気に語りあう待機の夜である。今夜私はこの壕内の集団にきわめて不可解なものを感じた。かつて、なんの関係も由来もなかった二〇人余の兵隊たちは、この壕内に〝戦争〟という一つの国家目的のために自己を棄てて、いまその共通の夜を徹している。

この仲間たちのあいだには確かな人間的な連帯などあろうはずもなく、ただ軍隊という人為的に隔絶された別世界にとじこもり、国家目的のために一つの行動を共にするとは人間として、一体どういう意味であろうか。しかもこのような戦場で兵隊を動かす命令とは、一見彼らにとってなんの威圧も強制もないように見え、そのうえ命令一下、なんの躊《ため》らいも批判もないままに辛苦もいとわず、自分の生死をかけて、いとも簡単にいっせいに行動する。

この行動は、きわめて事務的であり、いまは兵隊自身も気づかないほどに習性化された哀しい盲従であろうし、その盲従の意味は人間以下の動物的な〝条件反射〟だとも思った。この意味では、この集団は別世界に閉ざされて、戦いに慣らされた一徒党にすぎないとも考えられた。しかし重要なことは、この習性づけの背後にある最後のもの、それは陸軍刑法だと思った。

二月二十五日　曇のち雪　昨夜〇一〇〇より三時間仮眠。

わが第十飛行師団は、〇五三〇より「警戒戦備甲」の態勢をとり、敵機動部隊とB29来襲に対処する。明け初めた空は雲が墨のように暗く、雪催《もよ》いの空となる。〇五五〇わが機を分散の森より飛行場に誘導し、列線につけると夜があけた。

われわれは昨夜の命令にもとづき、小型機来襲に危険なこの松戸基地を離陸、新田飛行場に転進。今日は26号機で搭乗は梅田少尉と私。機上での〇七三〇ごろ、「敵らしき数目標東南海上より本土に近接しつつあり」との背筋のゾッとするような情報をうける。

着地すると新田飛行場も暗雲にとざされ、赤城颪《おろし》の冷気が雪を混えて身にしみた。その直後の〇七四〇ごろ警戒警報、〇七五〇ごろ空襲警報発令。すでに敵艦上機は各々数十機編隊から成る多数梯団となり、関東地区に続々侵入。〇八〇〇すぎ掩体《えんたい》に誘導した機側から見た西の空に、高射砲迎撃音が空襲警報のサイレンに混ってとどろき、その雲間を切る金属音の数十機のグラマン目前の太田を急襲。

街や工場をめがけ、風を切って急降下する敵機の爆弾投下に大地は黒煙を上げ、ゆるぎ、赤と黄色の曳光弾の光を混えて断続する銃撃音は雪空にこだまし、待避する小泉工場の人々の頭上にも襲いかかった。悽愴なる地上掃射なり。ついに吹雪となった〇八三〇すぎ敵機去る。一二二五警報解除。伝令は「わが隊は悪天候のため一時Ｂ29邀撃を断念す。徹底遮蔽し別命をまて」と伝えた。

一三三〇「敵Ｂ29大編隊八丈島上空通過」に、われわれ兵隊は「なんて忙しいこっちゃ」と笑ったが、互いに目の奥にはなにかけわしいものを光らせた。わが隊雪のため出動不能。

今日来襲の小型機は六〇〇機とわかる。またも硫黄島上陸戦の本土の牽制なり。Ｂ29一三〇機は東京を攻撃し、市街地に大火災発生との情報あり。夕刻より吹雪強く積雪尺余なり。この降りしきる雪の中を、飛行場大隊は、滑走路の除雪作業に夜を徹した。明二十六日も敵来襲の公算大という。

夜二〇〇〇、二二〇〇Ｂ29一機偵察来襲。

＊都市焼夷攻撃を東京で実験

二月二十四日の夜から天候はくずれ、二十五日は早朝から本曇の空と変わった。二十四日夜、わが軍は通信情報により、二十五日マリアナ基地からＢ29が大挙来襲するものと判断した。これとは別に房総東岸の対空監視哨は、〇七三七暗雲たなびく太平洋の空高く、わが本土に近接した敵小型機数目標を発見した。〇七四一には、東部軍はこの敵機の第一波一〇機の房総侵入を確認し、空襲警報を発令した。それは二十四日二一〇〇ごろ、わが海軍が銚子沖東方洋上に発見した機動部隊から発進した小型機と推定された。

この情勢下第十飛行師団は二十四日、二二一五命令を下達し、各隊は明二十五日〇五三〇より警戒戦備甲の態勢をもって、敵機動部隊およびB29に対する邀撃準備をととのえて待機していた。飛行第二十三戦隊(一式戦)、同第七十戦隊(二式戦)および同第十八戦隊(三式戦)の単座戦闘機をあて、独立飛行第十七中隊(百式司偵)、同第二十八戦隊(百式司偵)および同第五十三戦隊(二式複座戦)は、払暁《ふつぎよう》速かに関東奥地の新田飛行場に転移し、もっぱらB29の邀撃に備えた。

〇七四一すぎ、敵小型機数十機よりなる編隊の多数梯団は、房総および鹿島灘方面より侵入した。しかし、このころ本土の天候はますます悪化し、吹雪となって邀撃飛行は困難となり、そのうえB29来襲は一三〇〇以降に本土到着の公算が濃くなった。そこで師団長は目前の小型機邀撃を断念し、もっぱらB29来襲に備えた。

そのため、このとき侵入した小型機六〇〇機は、関東東部および北部の空をわがもの顔に乱舞し、飛行場、工場、交通機関を縦横に攻撃し、一〇二〇すぎ脱去した。わずかに太田地区高射砲隊だけが、侵入二〇〇機に対して五二六発を発射し、撃破九機の戦果を報じた。ついで一三三〇ごろB29の七梯団が八丈島上空を通過、一四〇〇すぎ、甲府—大月—八王子と、各梯団の間隔は三〇キロで侵入し、一四二〇より九〇分間、東京の高々度の空からレーダー爆撃により、四五三・七トン、約六〇〇〇発の焼夷弾と若干の爆弾を混投した。わが軍は、悪天候のため、邀撃機の出動はまったく不可能であった。高射砲も一、三五三発を発射したが戦果は不明であった。

この日の来襲機数は、Ｂ29一七二機（日本側発表一三〇機）で、これまでの最大規模であった。来襲のＢ29はすべて爆弾倉の中に五〇〇ポンド破裂弾と積めるかぎりの焼夷弾を積んでいた。精密爆撃から大都市焼夷攻撃への方針転換にもとづいて、東京に対して行なわれた第一回目の本格的焼夷爆撃であった。

この日、錦町、美土代町、旭町、須田町、神保町、小川町、司町、東松下町、富山町、紺屋町、西福田町、鍛冶町、駿河台、末広町、旅籠町、富沢町、橘町、横山町、両国、本町、大伝馬町、小伝馬町、堀留、権田原、青山南・北町、神明町、動坂町、林町、坂下町、上富士前町、竹町、車坂町、御徒町、元黒門町、広小路、三ノ輪、根岸町、桜木町、初音町、茶屋町、石浜町、日本堤、橋場、今戸町、鳥越町、柳橋、浅草橋、東両国、亀沢町、横網町、緑町、竪川町、石原町、太平町、横川町、白河町、新大橋、高橋、千田町、住吉町、毛利町、長門町、東原町、元木町、大谷田町、本田中原町、若宮町、立石町、柴又、新宿、金町、逆井、小松川、船堀町、小岩、平井、深川猿江町、清澄町、大手町、坂町、本塩町、雷門、花川戸、菊屋橋、三筋町、業平橋、原宿、田端新町、練馬仲町、尾久、南千住、三河島、日暮里、寺島、隅田町、吾嬬町、南砂町の全都三五区中の一九区の九八町が爆撃された。各所に発した火災数は、かつてないほ

ど多く、ついに合流火災となり、約二六平方キロの地が破壊され、家屋の被害は二〇、六八一戸、死傷六二七人を数えた。

戦後の米軍発表によると、この日の爆撃は東京の家屋の一〇パーセントを焼き、米軍の損害はB29六機を失っただけであった。この戦果によって米軍は、焼夷弾攻撃が、いままで行なった昼間の精密爆撃にくらべてきわめて有効であり、この方法によれば日本の大都市は一、七〇〇トン程度の焼夷弾で壊滅できる確信をもった。

二月二十六日　晴　新田飛行場での二日目の早朝、午前五時ごろ、夜来の雪は止んだ。薄明りの飛行場は数十センチの積雪におおわれ、一面は銀世界なり。その中で、一筋の滑走路を展く作業の、数百名の兵隊の影が雪の中に黒くむらがるようにうごめいた。たしか今日は二・二六事件の日なり。あの国の暗澹の運命の雪の日の悪夢を、まざまざと思い出し、改めて今日の同じ雪の日に、その思出を重ねあわせてみた。

空母十数隻よりなる敵機動部隊、いまも日本近海を游弋中という。〇五三〇より警戒戦備甲に待機。

昨日の東京は宮内省、大宮御所が被害をうけ、神田、日本橋通り一帯は焼尽、上野一円も焼け、浅草の観音さまも焼け落ちたとの情報あり。朝〇七〇〇警戒警報、一〇〇〇ごろB29一機偵察、東京へ。夕方一九一〇B29一機またも東京へ。

二二四〇警戒警報、B29一機は静岡—甲府—長野—東京と侵入。夜までなにごともなく、残月中天にかかり地上の荒涼の雪原を照らす。この豪雪は数十年来のものという。

零戦工場　黒くきたならしくカムフラージュされているが、夜目には巨大な白に見えるコンクリートの飛行機組立工場の冷い鉄のくぐり戸を開けると、一瞬射すようなまばゆい光の奔流が雪の戸外に流れ、ムッとする油の臭いと耳を聾するばかりのリベットの音に圧倒された。兵三名と中島飛行機小泉製作所の零戦組立工場を見学。

そこには多くのカーキ色の作業服と戦闘帽が忙しく立働き、眩いほどの高い鉄骨の天井からの照明に、日ごろ夜の光に飢えていた私は、最近見たこともないほど豪華なこの光の奔流に圧倒された。

その光の中で輝くばかりの組立中の零戦四機が、まだ哨煙の臭いもない真新しい姿で油で光っていた。

総人員七、八万人、海軍機の全量の三分の一を生産し、「一機でも多く、一刻でも早く前線へ」の作業がつづいていた。見れば作業員はまだあどけない十五、六歳の少年が多く、胸に、翼で「学」をかこんだマークをつけた学徒動員の勤労報国隊員が多かった。その中に混る、赤く「神風」と染め抜いた鉢巻の女子挺身隊員は草履ばきのもんぺの作業服で、そのおさげの黒髪が胸に痛いほど痛烈で、それは、咲きそびれた〝名もなき花々〟の影にも似ていた。

この七号棟を後に次の工場に足をはこぶと、ここでは月光、天山、銀河などの夜間戦闘機の組立が進んでいた。この工場の各所の拡声器は静かに「加藤隼戦闘隊」や「若鷲の歌」を流し、壁のいたるところには「撃ちてしやまむ」「進め一億火の玉だ」に混って「今日の一機明日の轟沈」のポスターが貼られていた。

少年少女たちの明日の勉学よりも、今日のこの勤労を、いまのこの国がもっとも必要としている。〝敵を撃つ〟という任務のわれわれ軍隊とは別のこの国の緊迫感がここに漲《みなぎ》り、その異様な雰囲気に目をみはった。

二月二十七日　晴　空光る快晴の朝があけた。

「わが隊は好機に乗じ速かに基地飛行場に帰還すべし」の命令。敵機動部隊の洋上遠く退去した瞬間、〇七〇〇、雪の新田飛行場を離陸すると、眼下の榛名、赤城の山が一点の曇りのない青空のもとで眩いほどの白銀に輝いた。編隊の翼は下界の白雪のつよい反射光を浴びて白く光り、飛翔しつづける冬の高空の冷気が身にしみてきた。着陸しての壕舎の朝食、この輝くばかりの朝の光に比べてわびしすぎるほどに貧しかった。

〇八三〇すぎ、空襲警報のサイレンを聞いたとき、西の空に高射砲が炸裂した。B29一機なり。めしを喰うたびのこの敵の来襲、私は「めしとB29と戦争」ということを思った。地上は春の足音がそこまで聞こえてくるような日なり。望郷の想い胸にあふるるばかりの日、今日は好日なり。

夜までなにごともなし、兵隊に新田の豊かな入浴や洗顔のことを話すと、皆羨望のまなざしで私をみつめた。そしてその兵隊はどの顔もひどく汚れたものに見えた。昨日の空襲を語りあうと兵隊は、東京の町が山手から下町にかけて焼け、一望の廃墟と化したことを知り、その雪の夜を彷徨する市民の哀しみにひどく胸が迫ってきた。

これは戦争とは別の残虐であると思った。そしてこのことは、昔中国大陸でもわれわれの暗い経験の中に数多くあったことだと思うと、戦争の宿命的なみじめさに、重苦しいまでの想いが胸をいたくしめつけた。

終夜、比島、硫黄島の暗澹の敗勢を噂する兵のひくいささやきが流れた。もはや、国の運命は危殆《きたい》なり。私は黒い汚れた手をみつめ、そして思わず目をつぶった。夜がふけるとここ二、三日の疲れがどっと堰を切って軀にこたえ、深夜、私は壕舎の冷いむしろにそのまま身を伏せて死んだように寝た。そして夢もまたひどく哀しかった。

この酷い戦いに兵隊として通用しない私の感受性を深く哀しみ、そして絶望した夜である。

二月二十八日　晴あたたかし　蒼空は春のような日、澄み切った大気の中で、残雪がとけ始めると飛行場の果てが陽炎《かげろう》でもえた。いまは基地近くの梨園の枝に、春をよぶ花芽がそのふくらみを増してきた。厳しい冬に耐えた悠久に変わることない自然の営みに驚嘆した。

終日、大雪にいためつけられた機の整備に大童なり。壕内のむしろや毛布を蒼い大気に曝乾。春うららの平穏の日なり。日が暮れ、壕舎のストーブにふたたび火が入ると、今夜は無性に酒が欲しいと思った。無事の日は想われることあまりに多く、こみあげる郷愁にやるかたなし。つきつめると、軍服を着た兵隊も、しょせんは人間そのものであり、戦のさなかには、人間の知性や理性の裏にかくされた醜い本能をむきだしにしても、無事の日は爽やかな人間の情緒にひたる。

三月一日　晴　雪がとけ、泥濘の飛行場の大地が、ふたたび枯草のあいだに、黒々と肌をあらわした。列線の機側には兵や車がむらがり、早朝からの忙しい出撃整備に日が暮れた。

夜一九二〇B29一機静岡—甲府へ、東京には侵入せず。「敵さんもボツボツ小休止の冬休みが終わるぞ」と、ある兵隊がいった。情報なく、かえって不気味なり。サイパンや敵空母の次の出撃準備完了は、もう時間の問題なり。

〇四〇〇ごろ松山、岡山をB29が襲う。初めてのことなり。

三月二日　雨　今日は昨日とうって変わって、雨にあけた。寒雨なり。春に三日の晴れなしのごとし。

一八四〇ごろB29一機甲府—長野へと来襲。近く甲府になにかあるだろう。今日第十飛行師団長は吉田中将が更迭され、近藤中将が新補された。硫黄島は激戦、わが軍苦闘。比島戦況も最悪なり。

三月三日　晴　きわめて暖い春の好日なり。

屠龍の火砲　最近B29は、小口径の機銃ではけっして撃墜できないことがわかってきた。それはB29の防弾装備の強化によるものであろう。そのためわが陸軍戦闘機の中で、屠龍《とりゅう》の装備する最大口径の火砲が注目されるようになってきた。

この戦闘機の胴体トップに不気味に砲口をひらく口径三七ミリの火砲は、わが陸軍制空部隊の唯一の期待の威力となった観がある。かつてこの砲は、陸軍の対戦車砲として研究されたもので、これを飛行機に装備して、径三七ミリ、長さ三五センチの砲弾一五発が搭載され、一分間に三発発射された。

実戦の経験では、この砲弾をB29の至近の距離から、敵機の操縦席や、主翼のつけ根や尾部の急所を狙って発射し、命中弾を得ると、B29はそのただ一発でもんどりうって錐揉《きりも》みに入って撃墜された。そして、またこれがB29の胴体を貫通すると、命中点は直径一〇センチほどの穴でも、弾の抜け跡は一メートルもの大穴となることもわかった。

しかし、困ったことには、B29の胴体近くにもぐって狙う屠龍の直上下方攻撃は、一発勝負で絶対にやり直しが利かないばかりか、発射後の速かな離脱操作を誤ると、B29の巨大なプロペラの渦流に捲き込まれ、日本の攻撃機は木の葉のようにゆれ、操縦の自由を失って逆に敵機銃にうたれる危険があった。

三月四日　雪　低く雲のたれこめた暗澹の気配の飛行場で、各機いっせいに始動開始、点検を終わったころの朝の〇七二〇警戒警報となる。敵少数機は静岡へ侵入。後続編隊は京浜地区へ侵入の情報。ここ数日敵襲がないと思っていた矢先なり。

〇八四〇より一〇〇五まで四梯団のB29一五〇機で東京へ。しかし当隊雲量多く出動は不能。東京の空に投弾の音凄まじく、姿の見えない雲上の敵編隊の動静を伝える東部軍情報の無気味さ。一〇〇五空襲警報解除。

午後より珍しい三月の空にまた雪。寒い夜となり、ときどき霙《みぞれ》の混る氷雨の飛行場で、兵士は緊急待機のまま、ヒヤリと冷い土の匂いのこもる壕舎の中で、燃えるドラム鑵のストーブに集まった。きわめて寒い。

夜が更け、警戒警報が解除され、兵隊の黒く光る顔が暗い電灯の下にかすかに照らされ、このせまい穴ぐらのような壕舎の中で、折り重なるように着たなりの兵隊が横たわり仮眠する。この二十余名の兵隊の寝顔が、皆私の仲間と思ったとき、外からは、容易にのぞき知ることのできない兵隊のもつそれぞれの人生を想い、胸の中にあついものがこみあげてきた。

今日の空襲は広域で、被害も大きく、荻窪のほうまでやられたらしい。爆弾の音や、空をおおう焼夷弾の炎が東京の海側に集中して、この基地から見られた。この雪空に悽惨な攻撃なり。

わが第十飛行師団各隊飛行不能。高射砲だけの応戦。雲の多いこの荒天下来襲敵機の航法は巧みで、なにか苛立たしいものを感ずる。爆撃にはレーダーを使っているらしい。

＊三月四日、一五九機（米軍発表）のＢ29が中島飛行機武蔵工場を高々度から狙った。その上空は雲量一〇〇の厚い雲に蔽われ、レーダーによって五〇〇トンの投弾を試みたが、目標をはずして完全に失敗に終わった。やむなくこの編隊のうち一一機は攻撃目標を変更し、東京の市街地爆撃を行なった。
この日のＢ29応戦は高射砲六九六発の発射だけであり、戦果は不明とされている。また戦後発表で、この日は日本軍の戦闘機の発進はまったくなく、したがって戦果も皆無で、このころの数多い回数のＢ29来襲に対する完全無抵抗の記録の珍しい一日である。

日本側はこの市街爆撃で北多摩から下町の海側までを攻撃され、扇橋、千田町、海辺町、白河町、砂町、上富士前、浅香町、林町、坂下町、千駄木町、曙町、駒込、巣鴨、田無町、保谷町、天沼、沓掛町、中瀬町、下井草、初音町、三崎町、直島町、天王子茶屋町、上大崎、保木間町、北鹿浜町、宮城町、下沼田町、辰沼町、内匠本町、五反田、南砂町、日暮里、南船寺墓町、大谷田町、南町、梅田町、八千代、大川町、西田町、戸田橋下流、千住桜木町、台町、原

町が主として二三、七五七発の焼夷弾をもって爆撃され、死傷者一、〇〇三名、被害家屋四、〇八五戸でまたも一四、一八六人の罹災者がでた。（警視庁調べ）

三月五日　曇　夜半はれ、月さえある。〇〇一五より〇二〇五までB29七機来襲。東京の空の下でにぶい投弾の音がした。

一四三〇ごろB29ふたたび来襲。その後日中は警報なく、雪の残る飛行場で各機の整備作業に一日。26号機エンジンの油圧低下、夜半までその整備にかかる。一九〇〇またB29一機で侵入、その空に月がこうこうと輝いた。

今日兵隊が農家に行き、そこの老婆から「この戦争は昔の戦争（日露戦争）より大変だ」と聞いてきて私に話した。

＊B29の七機は城東、江戸川、目黒、蒲田、砂川村を攻撃し、九戸に被害を与え、死傷一二名。

三月六日　曇　一二〇〇よりB29の少数機来襲。

夜兵隊はひどく腹がすくので、近所へ食糧を探しにでかけ、芋や南京豆をもとめてきた。だれかが「アメ公は腹はへってないだろうな」といった。夜半、二四〇〇すぎB29一機また来襲。

最近兵隊の軀の小さい傷や凍傷がなかなか治らないことに気がつく。日ごろの忙しさで十分な治療ができないためでもあろうが、私は、その原因は、むしろ徐々に迫りつつある肉体のうちなる荒廃のためであり、その原因は、兵隊の体内の蛋白や野菜の欠乏のためであり、これこそ眼には見えない最大の恐怖と思った。そしてついには、空腹と憔悴した無気力な肉体には、人間最後の絶望だけが残り、兵隊は次第にこの戦いにつかれ果ててゆくことは疑う余地もない。

硫黄島の悲報しきりなり。

夜の待機のたいくつの時間は、あいかわらず、昔喰った食物の話。次は鈴木兵長の故郷福島の相馬盆歌の自慢話と実演。これが終わると八田一等兵の九州の奇習棺桶に使う石がめの話がつづく。これは弥生時代の須玖《すぐ》式かめ棺のことと思う。いつかは死んでゆく兵隊の夢の故郷の想出話なり。

不思議なことには、兵隊のあいだで、このごろ女色の話題は絶えてなく、まことに遺憾なことには、この忠勇無双のわが皇軍の兵士はすべて去勢された、なさけない雄馬のように思えた。日ごろ栄養の乏しい仙人か禅僧のさまなり。顧みてたしかに、私自身も、私の男性にはもはや責任と自信を失いかけ、私の男のあかしが次第に萎えてゆくことを認めねばならない。

特幹の兵隊がぽつぽつほんとうの兵隊らしくなり、まるで玩具の兵隊のようで可愛い。しかしどうやら食べざかりの、全身これ胃袋のような餓鬼さながらの食欲の子どもで、毎日のひもじさがなによりふびんである。

終日空襲なく、二二五〇壕舎から兵舎に引きあげる。珍しいこと。

飛行場から兵舎までの二キロたらずの道は、重い夜の底のように進むにつれて闇はますます濃くなったが、兵隊の足どりは妙に軽かった。「しばらくぶりで、他人の家に帰るようだ」と工藤伍長が腹の中に嬉しさを隠し切れずに人を笑わせた。丘の松林の中の兵舎に着くと、飛行場の北端で遠くエンジン調整の爆音がきかれ、かすかに排気の青が見えた。故障機であろうか。

兵舎の燈の下で、坊主伍長とながながと俳句のことを話しあい、夜晩く寝る。殺伐の中に、とかく戦を忘れようとする人間の異質の欲望であろう。

就寝まもない〇三〇〇ごろ伊豆半島よりB29一機、また房総方面よりも一機侵入の情報あり。警急隊の爆音を遠くに聞いた。そして夜は何事もないように更けていった。

三月七日

三月八日　快晴　一〇〇〇ごろ三回、B29一機で静岡より東京へ、偵察来襲。しかしこれは一機でも悪魔の使いだ。近くまた大編隊の来襲があるだろう。

フクロウ部隊と飢餓　昨年の春から所沢基地で、われわれは東京の専任夜間戦闘隊として、昼は寝て、夕方から翌朝まで夜を徹しての夜間訓練に励み、隊員の夜間出撃の練度は次第に高まり、いまは二〇機程度の夜間戦力をもつ。しかし、このごろは昼夜ともに敵機来襲が多く、これに対応するために終日不眠のこともあり、「フクロウ部隊」が「昼夜部隊」と変わった。

そのうえこのところ三度の給与はまことに貧しく、北風の飛行場の吹きさらしの中で開く冷い飯盒は、とぼしい高粱《こうりやん》めしに、ひじきと大豆の煮こみの副食で、これがもう二週間もつづく。ここはいま東京の飢餓第一線なり。かつてガダルカナル島では敵前で弾薬の補給を断たれ、しかも兵隊は敵中で飢えた。そして結末は惨めな転進という名の退却が待ちかまえていた。私は作戦要務令をひらき、

「戦闘ハ輓近《ばんきん》著シク複雑靭強ノ性ヲ帯ビ且資材ノ充実補給ノ円滑ハ必ズシモ常ニ之ヲ望ムベカラズ故ニ軍隊ハ堅忍不抜克ク困苦欠乏ニ堪エ難局ヲ打開シ戦捷ノ一途ニ邁進スルヲ要ス」

の項を再考し、この大戦には、もはや人間の精神が戦勝の要素として、価値のひくくなった今日の「近代戦」を思い、この古い戦闘技術を明示しない教訓の不思議な意味に一驚した。

米軍の本土上陸の噂、どこからともなく流れ、兵のあいだにひろがる。この房総の第一線航空基地は、そのときこそ敵の徹底的な事前の痛撃をうけるにちがいない。しかしこの

基地にはそれに対決する地上砲火や対決兵力はなに一つもない。

このごろ兵隊が背を丸めるような姿で、なぜかしきりと手帳になにかを書きつけるのが目だつ。戦況の悪化に圧迫された、兵隊の恐怖のような孤独感にたえ切れないせいであろうと思った。兵隊の心には、いま無意識のうちにもひそかに死の準備が進められている。

三月九日　晴　珍しく敵影なし。三月四日の一三〇機来襲以来、今日までの敵襲は散発的なり。ただし昨八日の単機来襲は三回なり。夕方より強い北下《きたおろし》に変わり、飛行場で飛行機の繋留《けいりゅう》を厳重とする。鈴木兵長機の整備は立派なものなり。彼の機はひときわ精悍に見える。

日ごとにつのる食糧不足とはいえ、水原がどこかでこっそり牛乳を手にいれてきた。彼は夜更けに、兵隊の目のまえで一人、ねぎの丸焼を喰う意地汚い軍曹で、他の兵隊がそれを白い眼で見ている。彼は生きるためのエゴイズム丸出しの兵隊である。その神経がわからない。これは、人間性をむき出しにせずにはおかない戦の現実であろうが、まだ耐えうる段階の飢餓であろうと思った。私は、この殺しあいの戦争の世界でも、人間には最後まで、けっして為してはならないことがあるだろうと思った。

雨が降ったら今日の昼は就寝できたが、晴天とてかなわず、今夜は疲れた眠い夜となる。「天気だとつらい」とある兵隊がいった。明日は陸軍記念日なり。

三月十日　晴　平穏な九日、東京の空は晴れであった。この日が終わろうとした夜半二四〇〇すぎより、東京は夜間初の焼夷大空襲をうけ、町々は炎の地獄と化す。わが隊B29撃墜破六機。とくに小林隊の戦果めざまし。若手では根岸軍曹の奮戦もよし。

九日、星も凍てつくような北風の夜、二二三〇少数機房総南部に侵入、しかしこの目標はたちまち「敵はただちに脱去」となり、不明確情報しきりなり。

わが隊はただちに警戒戦備甲に転移、兵隊は飛行場に繋留した飛行機に駆けつけ、急ぎ出撃準備完了、そのまま機側で待機。そのとき飛行場の空に強風がひどく鳴った。そして星がチカッと輝いていた。東部軍は「レーダー情報不明確なり、各隊は警戒至厳とせよ」とつたえた。

〇〇一〇、戦闘指揮所のスピーカーがひときわざわめき東部軍情報、突如「房総沖海上に有力なる数目標あり、なお後続機ある見込」と告げると、列機の兵隊のあいだにひきしまるような緊張がたかまった。「やっぱり来たぞ!」命令「飛行第五十三戦隊全力出動せよ。江戸川上空高度八、〇〇〇メートル」

このとき、ピストから「全力出動!」の新井兵長の声がうわずった。そして同時に、兵隊のあいだにどよめきが起こった。兵隊が闇の中を駆け、数台の始動車が狂ったように走った。

「廻せ！」列線の前で私もどなった。いち早く、出発線上の小林警急隊の三機が出撃のエンジンの火をはいたのと飛行場の青と赤の目標燈が点けられたのは同時であった。私の目のまえの五機も「ドドー」と重なるように爆音をあげ、プロペラの丸い回転閃光が、わずかに闇の中で輝き、つよい北風を切って唸った。いままでつよい北風に荒れ狂った風の飛行場がにわかに騒然と、そして無気味なほどの殺気をおび、目のとどく飛行場周辺の各隊列線の闇には、兵隊のもつ狐火《きつねび》のような懐中電燈がせわしく動いて、列機は続々出発線上につく。この中を、小林隊は暗夜の烈風の中に轟然と離陸、砂塵と排気と油の匂いを風の中に残し、機は見る見る闇の中に高度を上げた。

春とは名のみのこの肌寒さ、つづいてますますつのる吠えるような烈風の中に全機離陸。すべての出撃機の爆音がこの基地から消えたとき、ふとわれに返って気がつくと、もうすでに東京の空は赤い。しかもそれは海寄りだ。このとき初めて、東京の空には高射砲の炸裂音がひびき、基地には吠えるような空襲警報のサイレンがなりひびいた。

いま東京の空に無数の照空隊の光芒が光の束となって天空をまさぐり、その数分ののち、一本の青白い光芒の捉えた機影はまさしくB29一機、これを追いつづける光にやがて数条の光芒が折り重なるように交叉した。今夜の敵影は不気味なほどに大きく白い。このとき、ひときわ高射砲の炸裂音がたかまった。

いまや林立した光芒の中で低空に火が散り、裂けるような地上砲火の弾幕が敵機をさえぎった。みごとなまでの投弾の光箭《こうせん》や閃光は「ザザーッ」「ズズーン」と胸をゆさぶるような轟音と化し地上に激突し、火と変わりついに焔となり、烈風が焔を集め一塊となり、生きもののように天を指して狂気のようにのたうち廻った。地上の悽惨が見えるようだ。いまや灼熱的な焼夷弾の光と影が空に満ちている。

「この風では大変だ」と兵隊が東京の空につぶやいた。

後続機は続々侵入し、東部軍情報は人のざわめきの中に混乱、師団作戦室の興奮はスピーカーからも伝わってくる。初弾投下から二〇―三〇分、照空隊の光芒がときおり雲と変わった煙に突込んで、折れて消えてまた天空にのびた。東京上空は物凄い黒煙におおわれている。

あれから一時間、拡がった地上の火災は、呪うような豪華な美しさで黄や茶や真紅に変わりながら烈風に煽られ、巨大な魔物のように高く天を焦がし、この赤い灼《や》けるような空に熱帯魚のような赤い腹をみせる敵の機影が無数に突入し、交叉し、そして乱舞した。

この劫火にこの基地の建物や付近の森が急に明るく、梢の枝が影絵となって数えられた。兵士の顔は皆赤く鬼のように見え、ついには地上のすべてのものが手にとるようにわかる明るさとなった。情報は東京地区焼夷盲爆を報じた。空を彩る劫火と轟音の火柱の中の地獄のさまに、歴戦のわが基地の兵士は、かつての大陸や南方の戦場を想起し、「漢口よりすごい」「重慶どころでない」「シンガポールのようだ」と感にたえないように叫んだ。

いま東京の町はそれよりはるか広域にはげしい夜戦の坩堝《るつぼ》と化し、焼けて、焼けて狂ったような炎の地獄の中にあえいでいる。昨日まで「守る銃後に憂なし」といわれたこの日本の町は、いま苛烈な戦場と変わり、街も人も家も川も大火傷にうめき、そしてやがて焼けただれるであろう。戦いは海を越えていま目の前にやって来た。

このとき私の胸に浮かんだ〝東京新戦場〟という言葉を強くかみしめ、この劫火をあおぎ、これは戦闘以上の〝火の残虐〟だと思った。そして非戦闘員の東京の市民は、ただ、そこに住んでいたという理由だけで、なぜこの酷い責苦にあわねばならないのだろうかと思って、私は心を暗くした。

わが出撃機は、全弾をうちつくすと、すべり込むようにこの基地に帰投し、急ぎ燃料や弾薬を補給して、ふたたび東京の火をめがけて飛び立った。

焼爆のかぎりをつくした敵は、各個にわが基地直上の空を轟然と海岸線をめざし脱去。それは陸続とつづき、夜目にも冷い巨体の銀が油に光って無気味に見えた。

その脱去する敵機の中にはあるいは火だるまのきりもみにあえぎ、あるいは機関部より発火した炎も、ときおり地上の歓声やののしりを浴びたが、それは部分であり、敵の多くは毅然《きぜん》として去って行く。目のあたり見た初の焼夷大空襲の夜の体験は、兵士の心に重く、かつての大陸や南方戦線の惨劇の回想に未来の不安を思い、胸にたとえようもない憂愁がたかまった。

いまやこの国に神風も神機もない。これは明らかに日本の神々の失敗でもある。

〇三二〇警報解除。いつ果てるとも知れない東京の空をこがす戦場の空から逃れるように機は帰還。

本所、浅草、上野、入谷、本郷、神田がひどく焼けた。

いま地上の人となったパイロットを囲んで、われわれは終夜東京をおおいつくす巨大な魔物のような炎に面をそむけるだけで、語ることが少なかった。

帰投した各機の整備で眠れないままの朝が明けると風がやんだ。

このとき、一瞬息をのんだ。この下総台地の基地や近傍の森や畑に、雪かとまごう夥《おびただ》しい紙片の散乱である。東京の戦火に焼け強風に舞い上げられ、この地まで飛来したこの紙片は、本のページであった。そして、その紙片のまわりは黒く焼けただれた痛ましいものであった。

私はこのことから今暁の爆撃は、かつてないはげしい戦火とすぐさとった。しかし、この悲惨をよそに、私は手当たりしだいにこれを集め、戦いを忘れ活字の飢えにむさぼるようにこのページを読みつづけた。この飛行場には終日、白くあるいは黒く東京の街から粉雪のような灰が降りつづいて、太陽がかげった。

一〇三〇B29三機偵察来襲。

＊地獄は眼前に（三月十日）

マリアナのルメーは、日本大都市焼爆の夜間本格空襲の第一目標に東京を選んだ。

三月九日の夕刻グアム島北飛行場の第三一四爆撃飛行団が、ついでサイパンおよびテニヤンの第七三、第三一三爆撃飛行団の合計三三四機のB29が、二時間四十五分を要して全機離陸し、東京をめざした。各機はこの日特に機関銃を搭載しない軽装備とし、そのうえ低空攻撃であるため各機は最大量の六トンもの爆弾を搭載していた。まず先頭梯団の各機はナパーム充塡の焼夷弾（七〇ポンド）を一八〇発、その他の機は五五〇ポンドの焼夷弾二四発を携行していた。

S・パワー准将のひきいるこの東京焼打ちの巨象の行列のような大編隊が、日本本土海岸線をはるかに望むころ、空はすでに新月がかかっても暗い闇となってせまり、しかもこの日関東地区は風速二〇―三〇メートルの北風に荒れていた。

二二〇〇をすぎ、この大編隊の先発隊のB29少数機を、日本軍は勝浦南方でとらえたが、その詳細は不明確で「彼我不明機発見」とだけ報じた。とりあえず二二三〇関東地区警戒警報が発令されたが、第十飛行師団は特にこれを処置しないままに、やがてこの不明機は消息を絶った。このとき敵機は空中に多量の錫箔をばらまいて日本軍のレーダーを撹乱し、先導機の目標進入をねらっていた。このころからの二〇―三〇分は、この空襲のための敵機にとってゴールデンミニッツであった。このとき本土沿岸に設置されていたわが軍のレーダーは、この突風の中にほとんど正常の作動もせず、むしろ強風被害を恐れた飛行師団司令部は、おろかにもレーダーの空中線装置の取りはずしを検討しているさなかであった。

B29の第一梯団の先発数機は、二四〇〇を数分すぎた〇〇〇八、所定の目標である江東区の木と紙の家のひしめく白河町、木場町、三好町一帯にナパーム弾を投下し、瞬時に火災を発生させた。この目標火災は、東京の下町に円形の巨大な火の壁をつくり、後続敵機爆撃のかっこうの目標照明となった。洋上に続くB29本隊は続々とこの火の輪めがけて突入した。そして、最初のB29は「目視照準で爆撃中。大火災が見られる。高射砲は中程度、反撃戦闘機はゼロ」と報告した。

わが軍はさきの「房総半島南西端にB29らしきものを認めた」の情報だけでそれ以上の判断はできなかったが、ことここまできて初めてB29の本格来襲をさとり、〇〇一五空襲警報を発令した。しかし、〇〇〇八から〇〇一五の約七分の空白が、東京を地獄の果てに追いこむ悪魔の瞬間となった。

東京の火の輪に突入した後続梯団は、二、〇〇〇―三、〇〇〇メートルの低空で単機または数機編隊で、「目標地域の爆撃目標の一つものこさず各個に攻撃せよ」とあらかじめ命じられたごとく投弾した。

このとき東京の地上は火が風をよび、風は火をよび、燃えあがっては摂氏九八〇度をこえる白熱の炎は、天を衝き、浅草区は「旱魃《かんばつ》のときの柴のように」もえた。

さらにつづくB29の後続機は、火災のため発生した悪気流に悩まされながら、残り少ない目標を爆撃した。この爆撃は、第二次大戦で最も劇的で壮観な空襲で、アメリカ飛行士は眼下一五マイルの焰のじゅうたんを見、火焰の明りで時計の文字が読めた、ということである。また、東京の空から洋上に脱去したB29の尾部銃手は、約二五〇キロはなれてからも、東京の火災が見えたと報告した。

この炎の中で東京は四〇平方キロ、約二五万戸の家屋が焼かれ、約八万五千名が焼け死に、四万名が火傷をうけ、約一〇〇万名が家を失った。

この爆撃行からマリアナに帰還した搭乗員は、「東京の町は「ダンテの神曲」以上の地獄と化した」と報告した。また三月十九日の「ニューズ・ウィーク」紙は、「一七時間ももえつづけた世界最大の東京の火災」と報じた。

この夜の日本戦闘機は、B29の神速の侵入に完全に出鼻をくじかれ、先頭梯団の攻撃には機を失し、わずかに後続機に対し攻撃した。この反撃も、一九四三年ドイツのハンブルグが英軍機に夜襲をうけたとき、敵にねらわれた目標上にドイツ戦闘機を集中させ、敵機の起こした地上火災により敵機を影絵のようにうかび出させ、敵を捕捉したヘルマン少佐の提案によるイノシシ戦法とまったく符合する攻撃方法で、B29の機影を明瞭に捕え、かなりの戦果をあげた。しかしやがて上空に煙霧が漂いはじめ、その攻撃はしだいに困難となった。

この日約二、〇〇〇トン、一九〇、〇〇〇発の焼夷弾により、各所に発生した火災はおりからの烈風にあおられ、瞬時に拡大し、初め浅草方面に発生した大火災は隅田川を越え、本所、深川、江東、江戸川方面の火災と合流し、その熾烈な炎は東京の四〇パーセントを焼尽した。

この夜日本戦闘機は自らは損害はなく、高射砲は一一、一五五発を発射し、B29一四機撃墜(または一六機)、四二機を撃破したとの日本軍の発表がある。これに対し米国の「ニューズ・ウィーク」紙は、この日の空襲でマリアナ基地に帰れなかったB29は、たったの二機だったと発表している。

マリアナ基地では十日、十一日の両日B29をもって数回偵察し、東京空襲の成果を見きわめようとしたが、東京上空は十一日おそくまで煙霧が多く、確認の偵察は難航した。そのとき撮った空中写真により、一五・八平方マイルの地区を全焼したことがわかり、この偉大な戦果からルメーの戦法が高く評価された。

ルメーの夜間低空焼夷攻撃の筆法は、すでにドイツ軍によって実験され成功をおさめた攻撃方法の模倣である。ルメーは、日本本土特に関東地区の強風シーズンに爆撃日を選び、爆撃の焼夷効果を相乗的に高めたのである。かねてルメーは東京の火攻めについてワシントンの気象専門家に相談し、その中から最も有益なヒントを手にしていた。それは戦前四〇年間の日本の大火を調査し、その最大の被害を与えた火災はつねに十一月より翌年五月までの強風シーズンに発生するという事実であった。

『お天気日本史』（荒川秀俊　文藝春秋）によれば、むかしから江戸っ子が「江戸の華」といった東京の火災について、古く江戸時代から調査した『東京府下火災録』（山川健次郎　東京帝国大学）に次のような記録がある。

「火災の大にしてかつ数々なるは家屋の稠密《ちゅうみつ》なるに由る……又たとえ家屋稠密なるも木造ならざれば、その蔓延おもむろなるを以て消防しやすし。夫の外邦大都府は大火稀なるも、実に是に職由す。独り東京のごときは、家屋の櫛比《しっぴ》鱗次《りんじ》するのみならず、大概、木造なるを以て、常に火を失しやすく、かつ一朝火を起すに際し、偶々《たまたま》風あるに至りては、ほとんど消滅せしむるの術なし。……」

「江戸に火災の起る季節は、十一月に始り、三月には極点に達し、五月に終るといわれ、それは江戸東京の火災の多発期は冬期の北西の季節風が吹き荒れ湿度の低い時又は初春の春一番の強い南又は南西風の時に火災が多く、江戸時代の七一例の火災の解析ではその五四件（七六パーセント）が此時期に発生し、しかも北西風の時は五〇パーセントを占めている。又延焼は北々西の風では南々東に、南々西の風のときは北々東に向うことが明かにされている。

明暦の大火、明暦三（一六五七）正月十八日（新暦の三月二日）午後二時ごろ江戸本郷から発火し、翌三日もえつづけ再びその日二カ所から発火し、更にもえ続け、江戸一〇一町の殆ど全部を焼失し、死者十七万七千四十六人となった。この日までの八十日間全く降雨なく、その上連日北西風がつよく、発火当時は二七メートルの強風があったと推定されている」。

米軍がこのような資料を入手のうえ、十分に解析していたことは想像にかたくないし、お膝下のわが日本軍も、東京の何時かあるべきこの厄日を、けっして想像しなかったとは言い切ることができない。

＊東京消防庁記録

この日からB29は従来の軍事工業施設を破壊する〝戦略爆撃〟から、焼夷攻撃を中心とする都市の〝人員殺傷〟方針に重点をおくこととした。その第一回本格来襲に、市民の惨禍は悲惨その極に達した。この公式記録として都消防本部発表の災害状況は次のように記している。

「……折柄ノ北風二、三十米ノ烈風ニヨリ発生火災ハ益々熾烈ヲ加エ殊ニ浅草方面ノ火災ハ隅田川ヲ越エ本所区、深川区、城東区、江戸川区方面ノ火災ト合流、其ノ火災愈々《いよいよ》猛烈ヲ極メツツアリ、各署所隊ノ喞筒自動車、夫々《それぞれ》ノ計画ニ基キ急遽出場必死ノ奮闘ヲ続ケ、実ニ、都内各消防署ヨリ応援隊ニ百台ヲ直チニ出場セシムル一方埼玉、神奈川、千葉ノ各県ヨリ消防自動車喞筒約百台、応援要請シ神奈川ノ応援隊ハ日本橋、京橋、芝方面ニ部署、千葉ノ応援隊ハ城東、江戸川、本所方面ニ部署セシメ……必死ノ敢闘ヲ続行シタルモ折柄ノ烈風ニ加ヘ水利不充分ノ為、防禦行為意ノ如クナラズ……」と下町をなめつくした業火の一大焦熱地獄の中の消防活動をのべている。なおその他の事項について次の記載がある。

投下爆弾　一〇〇キロ六個、油脂焼夷弾四五キロ級八、五四五個、二・八キロ級一八〇、三〇五個、エレクトロン一・七キロ七四〇個。

気象　天候晴、風位北、風力烈風、湿度五〇パーセント、干潮。

火災発生及延焼状況　単機又ハ数機ニ分散シ低空ヨリ約二時間ニ亘リ波状的じゅうたん爆撃ヲ続行セル為前記区域内ニ多発火災発生、折柄十三米ノ烈風ニ煽ラレテ忽チ合流火災トナリ帝都ノ約四割ヲ灰燼ニ帰シ死傷者七二、〇〇〇名、負傷者二一、〇〇〇名生ゼリ。

官設消防隊の活動　本空襲火災発生スルヤ官設消防隊ハ左記ノ如ク出場之ガ防圧ニ一大敢闘ヲ為シタルモ如何トモ尽シ難ク、喞筒車ノ焼失九三台、手輓瓦斯倫《ガソリン》一五〇台、水管一、〇〇〇本、隊員ノ焼死八五名、行方不明四〇名、警防団員ノ死傷者五〇〇名以上ニ上リ、今次空襲下ニ於ケル最大苦闘ヲナシタリ。

被害区域　九段、富士見町、飯田町、三番町、霞関、丸ノ内、大手町、東神田、五軒町、豊島町、岩本町、花房町、仲町、旅籠町、末広町、松住町、宮本町、台所町、同朋町、金沢町、松代町、佐久間町、和泉町、松永町、練塀町、栄町、元佐久間町、亀井町、秋葉原、錦町、司町、多町、旭町、馬喰町、橘町、横山町、雷門、矢ノ倉町、浜町、中洲町、久松町、村松町、浪花町、蠣殻町、富沢町、人形町、大伝馬町、小伝馬町、堀留、呉服橋、江東橋、兜町、茅場町、小網町、北新堀町、箱崎町、銀座、八丁堀、越前堀、霊岸島、新川、築地、木挽町、明石町、小田原町、晴海町、田村町、愛宕町、芝公園、条町、神谷町、八幡町、西久保巴町、葺手町、新橋、汐留町、新宿、白金三光町、飯倉、我善坊、市兵衛町、箪笥町、今井町、三河台町、仲町、新龍土町、笄町、檜町、南町、青山墓地、払坊町の九一町。（警視庁調べ）

被害　警視庁は被害家屋二六八、三五八戸、罹災者一、〇〇八、〇〇五人、死傷一二四、七一一人、消防庁は焼失家屋二七六、七九一戸、死傷九二、八六五人と発表している。

重要施設の被害状況

〔官公庁〕　司法省、大審院、控訴院、地方裁判所、農林省分室、商工経済会、東京都庁、内務省。

〔麹町区〕　東京中央電話局の一部、元鉄道省庁舎、東京商工経済会、仲五号館、仲六号館、都庁本庁舎、商工奨励館、経済局、水道局一部、交通局、司法省、大審院、大妻学院、家政学院、九段電話局、精華高女、偕行社、暁星中学、富士見国民学校、登記所、東京少年審判所、日本歯科医学専門学校。

〔神田区〕 錬成、橋本、佐久間各国民学校。
〔京橋区〕 明石国民学校、海軍軍医学校分校、海軍水路部の一部、中央市場の一部、水産試験場の一部、海軍経理学校の一部。
〔芝区〕 有章院（徳川家継）、厳有院（徳川家綱）、常憲院（徳川綱吉）各霊廟。
〔本郷区〕 区役所、本富士署、本郷消防署、同郵便局、佐藤高等女学校、都立本郷工業学校、湯島国民学校（半焼）。
〔浅草区〕 区内家屋全部全焼、浅草寺、松屋二、三階、国民学校半数焼失。
〔向島区〕 区内約九割全焼。
〔足立区〕 梅島国民学校。
〔城東区〕 区内全部、区役所、亀戸消防署、国民学校全部。
〔本所区〕 九割八分全焼。
〔重要工場〕 昭和造船、大日本ビール、凸版印刷、ライオン歯磨、興亜航空機、岩本ガラス、大谷ロール、須賀水圧、アルコール石油貯蔵所、東京造船、藤倉工業、住友通信、大日本機械、大日本兵器、大日本油脂、東京油脂、東京無線、吾嬬製鋼、秋本再製皮革、明治製菓、千代田製靴、山口自転車、日本電機兵器、大洋ゴム、久保田鉄工所、鐘紡デーゼル、三輪石鹼、昭和航空、日進機械、三共ラヂエーター、東京エボナイト、村越製作所、東京重工、巴鉄工所、帝国測器、田中電機兵器、蝶矢オイル。
〔倉庫〕 日本米穀倉庫、秋葉原駅鉄道倉庫、都燃料組合倉庫、米穀日之出町配給所倉庫、安

立電気倉庫、保土谷化学倉庫、運輸省倉庫、神田青果市場、千住青果市場および魚市場。〔交通機関〕東海道線、横須賀線、常磐線、山手線、京浜線、中央線、総武線、東北線、および都電各所が被害をうけ、全市の交通は全く杜絶した。

また大本営は次のようにこの日の大空襲を発表したが、その内容からは、この大惨禍をうかがい知る由もなかった。

大本営発表（昭和二十年三月十日十二時）

本三月十日零時過より二時間四十分の間B29百三十機主力を以て帝都に来襲市街地を盲爆せり

右盲爆により都内各所に火災を生じたるも宮内省主馬寮は二時三十五分其の他は八時頃迄に鎮火せり

現在までに判明せる戦果次の如し

撃墜十五機　損害を与えたるもの約五十機

三月十一日　晴　風強く冷い　〇三四〇、一〇〇〇、一三〇〇の三回B29単機で来襲、昨日の爆撃成果のさっそくの偵察ならん。

昨夜本所、深川の爆撃被害は特にひどく、今日のこの町は一夜にして満目荒涼の瓦礫の原野と化し、市民の屍体が累々と横たわり、残る余燼の中に強い屍臭が混じり一面に鬼気がただよった。焼け残った電柱は手の届くほどに短く、その余燼から今日もまだタバコの火が点くとある兵隊がいった。

火攻めの地獄絵　今日わが隊から東京の戦場整理の応援に駆けつけた竹本上等兵が帰った夜、彼は恐れるように、しかも何かに憑《つ》かれたような目でその惨禍を語った。

〝東京の町は一夜にして一望の廃墟と化し、そこには市民の生身《なまみ》の焼けこげた生臭い肉と血の臭いが満ち、わずかに生き残った人々は衣類は焼かれ、目を痛め、真黒の顔でボロクズのようになった男も女も子供も老人も髪を焼かれ眉をこがしあるいは傷つき、皮膚はペロッとはがれたまま、息もたえだえに、崩れおちた瓦礫の街を茫然とゆく。それはまさに地獄からの行列のよう。

屍体収容隊のトラックに満載された屍体は、生きたくても生きることを拒否された無念をこめて、あるいは黒く棒のように炭化したまま虚空に腕や脚を突上げ、その一部は脂のしたたる生焼けのままの異臭を放った。路々には性別も定かでない人間の屍体がまるで屑のように散乱していた。

防空壕の中には、ときおり寄りそうような黒こげの遺体がそのままに残り、また家屋の下敷きとなって完全に燃え切った遺体はくずれるようなボロボロの白骨と化し、涙をさそった。

城東の川にはふくれあがった水死体が水面をうめつくしてただよい、これを竹竿でかき集め、ロープにしばりつけて引き上げていた。〟

人間が平気で人間を殺す阿鼻叫喚のこの地獄絵は、今日も惨劇の後を物語ってあますところがない。彼の話はなお続いた。

〝おおいかぶさるような屍体、だきあうように倒れた黒こげの屍体、すべてを焼かれても靴だけはいたままの屍体、瞳をあけたままの子供の屍体、鉄兜の頭だけ残った屍体、すわったまま焼かれた屍体。

夕方鬼気迫る一望の焼野原にまだ鬼火のような余燼がのこった。〟と語る竹本の軍服には、この惨劇の屍臭がまだしみ込んでいるように思えた。

私はこれは、いままでこの地上にはなかった戦いを越えた大惨禍であり、無類の残虐さだと思った。戦争とはだれのために、なんのためにあるのだろうか。

VI　主要都市への無差別爆撃

三月十二日　**晴**　今日の払暁《ふつぎよう》、名古屋はB29一三〇機に襲われた。またも夜間の焼夷攻撃なり。

二一〇〇B29東京にも一機。夜になると、名古屋攻撃は市街の焼夷弾攻撃であり、情報によるとこれまた大惨事とわかった。

三月十日の東京空襲から今日までわずか三日、今日名古屋来襲もB29百余機、敵襲の規模はいま着実に拡大されていく。この分ではサイパンにはおそらく、もう五〇〇機のB29の待機があるだろうと思った。

硫黄島の戦況は暗転、わが守備隊全滅寸前ときく。悲痛なり。

大本営発表（昭和二十年三月十二日十六時三十分）

本三月十二日零時過より三時三十分の間B29約百三十機主力を以て名古屋に来襲市街地を盲爆せり　右盲爆により熱田神宮に火災を生じたるも本宮別宮は御安泰なり　市内各所は

十時まで概ね鎮火せり　現在まで判明せる戦果左の如し
撃墜三十二機　損害を与えたるもの六十機

＊名古屋焼爆第一回攻撃

三月十日の東京空襲に成功したルメーは次の夜間低空焼夷弾攻撃の目標を名古屋にえらんだ。三月十二日、焼夷弾を満載したB29三一三機はサイパンを離陸し、うち二八五機が名古屋上空に到達した。その戦法は東京とまったく同じで、先導機のおこした目標火災をめがけて、B29本隊を誘導し、五、一〇〇—八、五〇〇フィートから一、七五〇トンのM47焼夷弾を投下した。そして、名古屋市の数百カ所に火災をおこし、この都市の五平方キロ以上の地域（米側の写真偵察による確認）を破壊した。この日の投下弾は三月十日の東京空襲より多少多いほどであったが、東京ほどの火災とはならなかったのは、都市密度や気象条件の違いによると考えられる。この空襲で米軍は高射砲により一八機、日本戦闘機により二機が損害をうけたと発表している。

こうして三月十日の東京大空襲以後ルメーの大虐殺戦法は日本の大都市に対して本格的に展開され、同月下旬にかけて大都市のほとんどを壊滅させた。そのためこの二週間が、この戦争における日本の運命を変える一つの転機となった。

三月十三日　曇　冷気はなはだし。

東京の被災者がこの基地近くまで逃れてくる。傷と疲労と飢餓と恐怖のこの集団は焦慮と虚脱の行列であり、それは黒いボロのかたまりのように歩いてくる。あの九日の夜の大空襲で、千住の大橋が避難の人波で渡り切れないほどで、浅草のお酉《とり》さまの祭礼の夜の雑踏のようだったと、その人々は語った。

やがて敵の航空基地撃滅戦に猛攻されるであろうこの基地近くまで逃げのびてきた群衆に、私はなにか奇異なものを覚えた。ここは決して安全地帯ではない、むしろ激烈な東京の第一線と化す日は近い。

夜二三三〇「敵大編隊東方海上より本土に近接中」の情報、警戒戦備甲で待機するも、この敵機は大阪を襲う。

やはりマリアナ基地の整備とB29の補給は急速に進み、一日おきに一〇〇機もの来襲がある。

＊大本営発表（昭和二十年三月十四日十二時）

昨三月十三日二十三時三十分頃より約三時間に亘りB29約九十機大阪地区に来襲　雲上より盲爆せり　右盲爆により市街地各地に被害を生ぜるも火災の大部は本十四日九時三十分頃までに鎮火せり

大本営発表（昭和二十年三月十四日十六時三十分）

昨三月十三日夜半より本十四日未明に亘り大阪地区に来襲せる敵機の邀撃《ようげき》戦果次の如し　撃墜十一機　損害を与えたるもの約六十機

*焼夷弾攻撃各都市に蔓延

ルメーは、名古屋についで第三回目の攻撃目標に大阪をえらんだ。三月十三日の午後おそく、マリアナを発進したB29三〇一機のうち二七四機が大阪上空に達した。しかし、この日の大阪上空は雲量多く、先導機は予定の地点に目標火災をおこすことができなかった。そのため、全機やむなくレーダー爆撃により三時間にわたり焼夷弾一、七三二トンを投弾した。全市一三〇カ所から発火し、都島、大淀、東淀川、旭、城東区を除く市の中心部の二〇平方キロの一三四、七四四戸の住宅と工場を焼き、一、三〇〇戸を半焼し、五〇万人が家を失った。死傷者は一三、一三五人にのぼった。

この空襲で米軍は、B29二機を失い、一三機に損害をうけたと発表している。このとき飛び立った日本軍の戦闘機四〇機はいずれもB29に命中弾を与えることができなかった。この夜の空襲について、当時の第十五方面軍司令官河辺正三大将の日記が次のように語っている。

「前夜単機ノ来襲ニ前後シテ東京或ハ名古屋ノ最近ト同様ノ空襲ノ兆何トナク濃厚ナリ……(中略)……市民ノ注意ヲ喚起シテ「ソレガ今夜デアルカモ知レマセン」ト強調シテ……(中略)……間モナク警報ノ轟クアリ……(中略)……其後敵ノ焼夷弾攻撃ハ約百機ノ延数ヲ一機乃至三機午前二時四十分ニ亘ル三時間ニ余ル長時間ヲ最モ大胆ニ二、〇〇〇附近ノ高度ニテ大阪中心地区ヨリ港湾地区ニ掛ケテ巧ミニ散飛セル攻撃ヲ加エ官民必死ノ努力ト予備配置兵力ノ活動トニ拘ラズ至猛ナル火災ヲ惹起シ旧市街区ノ大部ヲ焼失スルニ至レルハ返ス返スモ無念ナリ軍関係ニ於テモ集積場ハ勿論師団長官舎其他個人住居ノ焼失少カラズ……（中略）……火ハ夕刻ニ至ルモ全ク鎮マルニ至ラズ……（中略）……総焼失戸数十万―十五万ト推定セラレ其区域ガ大事ナ場所ダケニ今後ニ及ボス影響ヲ気遣ワル　唯死傷者ノ至ッテ軽少ナリシハ不幸中ノ幸ト云ウベシ　防空部隊ノ戦果ハ飛行師団ニ於テ一向揚ラズ　高射砲集団ニテハ撃墜一一、撃破二四トカ報ゼラル　嗚呼此災禍予期セザルニアラズシテ而モ防止スルニ至ラズ驕敵ノ跳梁ニ委シタルコト何ヲ以テ何レノ日ニ此無念ヲ晴ラサン」（『本土防空作戦』防衛庁戦史室　朝雲新聞社）

三月十四日　晴　夕刻起床。情報なし。今日は夜間飛行訓練となる。夜半三時に終了、その後は壕舎で休務。

つい居眠りとなるもの、火を燃す者、またここが東京の第一線であることを忘れて故郷の追憶にふけるもの。夜が更けて昼食という夜中の飯をみな寝ぼけ眼で食した。暗い灯の下での飯はすこぶるまずい。

高々度邀撃　一機また一機とB29が一〇、〇〇〇メートルの高々度で、わが本土に飛来したのは、昨秋十一月からである。そのとき、「敵は遠く海を越えサイパンより二、五〇〇キロのわが本土を攻撃するは至難の技なり、わが隊はあらゆる苦難を排して、これを撃つべき秋《とき》はきた」の、あのときの児玉戦隊長の訓示はわかるが、その敵機を目前に、わが隊の高々度飛行は多くの問題をかかえていた。この二式複座戦闘機「屠龍《とりゆう》」は高度八、〇〇〇メートル以上では、強い偏西風に流され、飛揚力は低下し、そのうえ零下二〇度以下の高空の寒冷に機の各部機能は低下した。たのみの有力火器三七ミリ機関砲は凍結し発射せず、ことは致命的であった。着陸して見ると機の胴体下部には白い氷の塊ができ、機上バッテリーは凍結しているかのように思えた。あの十一月一日の初空襲から四カ月、目に見える技倆の向上もないまま、三月十日は東京、十二日は名古屋、また十四日は大阪と、敵大編隊が来襲し、いま日本の危急がこの空にせまっている。

戦隊長はあのときの訓示の最後に、「一死もってこの任を達成……」といったが、いまはこの非科学的な古めかしい言葉を思うと、前途へのかぎりない不安と焦燥にかられた。そして、私の胸は堪えがたいほどにかきむしられた。

むかしからどたん場のあげくの果ては「一死云々」といわねば気がすまない軍人たちの異常な精神構造を、もう一度考えてみた。

「生きること」は「勝つこと」ではないらしい。そして、やたらに謳歌する軍人の〝必勝の信念〟にはなんの裏付けもない。近代兵器にいま大和魂がたち向かうという。私の知る範囲では、陸軍は軍事科学や技術以上に精神力や野蛮な気合を戦勝の最大要素ときめてかかり、状況の悪化は即竹槍主義の強化につながってゆくのはいかなることであろうか。われわれはその指揮下にただ盲従と狂信の戦士であればよいというのだろうか。

そしてただ命を棄てればそれでよいのだろうか。戦いの精神主義には限界がある。

三月十五日　曇のち小雨　今日の情報からすると、敵機動部隊の動きは活発なり。朝警報あるも、来襲機はなし。いまや、マリアナ基地からのB29本土空襲は日々熾烈となり、さらにこの傍若無人の洋上の機動部隊の動向から見ても、われに制海権いまやまったくなし。この空も海もみな敵のもの。そのことがこののち何につながるだろうか。私は今日、兵隊に日記を書けといってやった。まさか遺書を書けとはいえないから。もうこれに価する秋がきている。兵隊はみな死なねばならない。

夜兵士はあまり闊達に語らなくなった。口を閉じた貝のように。また何かに憑かれたように。

数日まえ来襲の偵察B29一機は、「十五日夜間空襲をもって東京のすべてを焼き払う」と爆撃予告の伝単（※ビラ）をまく。敵の謀略の手に乗りたくはないが、いささか不気味なり。

三月十六日　曇　一日情報なく平穏なり。最近の夜間空襲激化にかんがみ、今日から関東地区に小月（※山口県の基地）から飛行第四戦隊、飛行第五戦隊が移駐し展開した。基地は印旛と調布なり。いずれも屠龍装備の夜間戦力なり。

三月十七日　晴　夜半〇一〇〇すぎ、「B29編隊七目標あり」の情報、今夜こそは東京来襲と思い、基地はいいしれぬ緊張のうちに敵を待つ。しかし敵は神戸と名古屋を強襲。B29一〇〇機という。

硫黄島では日本軍は弾薬と糧秣と水の欠乏に悩み、敵の物量と近代兵器の前に、苦闘一カ月、いままで神風を信じこまされた兵隊は哀れ、今日ついに玉砕と知る。

兵隊はこの報に、みな暗然としてついに来たるべきものの前に覚悟を新たにした。すでにサイパンを失い、いままた目前の硫黄島を失う。日本本土はもう喉元《のどもと》にアイクチをつきつけられたも同然。この本土から硫黄島までわずか一、〇〇〇キロの距離。もはやこの東京の空は死のはんらんする日本の最前線だ。

＊日本軍の発表確認によると、この日〇二二七―〇四四五のあいだ、B29約六〇機が神戸を二、〇〇〇―三、〇〇〇メートルの低空から焼夷弾攻撃し、これに対してわが制空部隊は三四機が出撃し、B29を一九機撃墜し、四〇機を撃破したこととなっている。米軍は、この夜神戸をB29三〇七機でもって攻撃したと発表している。またパイロットたちはまとまった地域に火災を集中させ、爆撃効果をあげるため、爆撃進入コースを厳格に指示されていたという。

このころマリアナ基地は、M69、M47焼夷弾の手持ちが減少し、この神戸空襲には、M15（四ポンドマグネシウム・テルミット焼夷弾）の五〇〇ポンド集合弾を使った。

三〇〇トン（あるいは一、三三五トン）の投弾によって火災をおこした神戸市街は、商業地帯の一部と工業および住宅地帯の七・七平方キロを焼失した。五〇〇の工場を含む六八、〇〇〇戸以上が焼失し、この町の人口の三分の一の二五万人は家を失い、死傷者は一五、〇〇〇人に達した。

三月十八日　晴れても寒い　正午B29少数機来襲、投弾す。敵機動部隊は九州東南海上に出現し、艦上機をもって九州南部の飛行場を攻撃。その一部は四国、和歌山方面にも来襲。戦局は暗転、敵はいま明らかに九州を指向、九州上陸かまた沖縄上陸か。

フィリッピンがサイパンが、そしていまは硫黄島も失われ、つぎは九州か？　今日来襲の小型機一、四〇〇機という、その物量厖大なり。反攻の進撃も着実なり。

この国の重大な危機目前に迫る。

敵性語　出撃から帰った少年飛行兵の戸崎が、それが一大発見かのように、「B29の胴体には大きく英語が書いてあってすごかった」（※所属隊名等が書いてあったこと）と私に話した。そのそばから「アメリカの飛行機に英語が書いてあっても不思議はないぞ」と、工藤伍長が戸崎の横文字崇拝をたしなめた。

むかし、技術少佐が飛行機の技術用語に英語を使った兵を「そんなことでは敵愾心がないぞ」とののしったことを覚えているが、たとえ日本の軍人でも科学に奉仕する己の身を忘れ、やはり兵科軍人まるだしの、精神主義の亡霊にとりつかれた非科学性をあらわに露呈したことがあった。

私と工藤伍長は今日の〝B29の胴体のすごい英語〟のことを語りあい、この兵長のためにも、この少佐のためにも二つの英語の話題をめぐって悲しんだ。

＊この日のB29一機は浅草区に投弾し死傷七人。南九州を襲って飛行場攻撃した一、四〇〇機の小型機を日本軍は邀撃したが、撃墜二九機、撃破二機の戦果しかあがらなかった。

三月十八日、この日、天皇は三月十日の大空襲に焦土と化した東京の江東の惨状を、溜色《ためいろ》の車で三時間あまり巡幸した。

三月十九日　晴　警急勤務に出た上野伍長が、昨夜飛行場には薄氷が張ったという。春まだし。B29一五〇機また名古屋攻撃。夜間焼夷攻撃これで二回目なり。

深夜待機の仮眠のとき、地べたの上のむしろに毛布一枚の寒い寝床、火を燃すと湿った壕舎の中が、やり切れないほどの煙。兵隊はその煙にタオルで目と口をおさえたままで寝ると、大地の冷い湿気が身体全部に吸い取られ、ひどい寒さで目をさます。いまはなお冬尽《つ》くとはいいがたし。

東京は警報なし。

小型機一、〇〇〇機また九州と阪神地区を襲う。

＊名古屋大空襲

三月十八日夜、名古屋は氷点下四・六度で最大風速北々西一二・一メートルの寒風が吹き荒れていた。その夜も更けた二二〇〇ごろ警戒警報が発せられ、市民は町角や防空壕の中に待機し、その着ていたオーバーはかちかちに凍ったまま空をあおいでいた。志摩半島から侵入した三一三機のB29大編隊は北進をつづけ、名古屋西南上空をすぎ、岐阜―福井と飛翔し、大聖寺上空で変針し、さらに琵琶湖にせまり、ふたたび名古屋上空に向かった。〇一三〇をすぎたころ中部軍管区は名古屋空襲必須と見て、空襲警報を発令した。

〇二〇〇、名古屋上空に到達したB29先発梯団は、初め照明弾を投下し、つづいて〇四五〇までB29二九〇機が焼夷弾一九六、二二七発、爆弾一、〇一八発、合計一、八五八トンを混投し、名古屋市の十三区三平方マイルに被害を与えた。損害は罹災家屋三九、八九三戸、罹災者一五一、三三一人、死者八二六人、負傷者二、七二八人であった。最も被害の多かったのは、中、栄、中村の三区で、市の中心部広小路の栄町角の日銀名古屋支店の赤煉瓦や松坂屋、大須観音などの目ぼしい建物は焼けおち、この一帯は無残な焦土と化し、市民の黒こげの屍体がるいるいと横たわった。そして、この都心からなに一つさえぎるものもなく、東に東山、西に養老山系、南に熱田の森、北に尾張富士が見えた。

主なる被害地は南区の笠寺、呼続、明治、港区の東築地、西築地、大手、中川、小碓、港西、中川区の六反、広見、露橋、八熊、八幡、愛知、昭和橋、荒子、正色、熱田区の草薙、高蔵、旗屋、白鳥、伝馬、船方、野立、瑞穂区の御剣、高田、汐路、瑞穂、昭和区の小針、高辻、叢雲、広路、吹上、松栄、御器所、中区の門前、日置、日新、正木、古渡、波寄、大井、松元、松ヶ枝、前津、橘、千早、栄区の東新、白川、南久屋、久屋、八重垣、大成、東田、小川、中町、御園、本町、下奥、中村区の中村、亀島、則武、広井、日比津、共立、笹島、米野、柳、牧野、岩塚、西区の那古野、幅下、新道、江西、榎、栄生、南押切、枇杷島、北区の下飯田、大杉、杉村、清水、東区の棣棠《やまぶき》、筒井、白壁、東白壁、葵、高岳、千種区の千種、高見、高松、田代、丸田であった。

この中で被災した学校やおもな建造物は高見、高松、白壁、葵、高岳、棣棠、栄生、共立、笹島、牧野本町、久屋、小川、南久屋、御園、桜橋、松ヶ枝、松元、千早、前津、小針、松栄、汐路、船方、八熊、豊国の各国民学校、名古屋理工科学校、明倫中、名古屋中、中京高女、名古屋工専、中京商業、愛知工業、享栄商業、名古屋機械工業、市立三高女。その他池下車庫、那古野車庫、鉄道逓信病院、護国神社、那古野神社、大須観音、勧銀名古屋支店、栄税務署、安田ビル、千代田ビル、御園座、元三星百貨店、万平ホテル、市図書館、中川区役所、市用品倉庫。

中京の兵器廠といわれたこの市の兵器生産は、この空襲で飛行機生産力の六〇パーセントを失った。

この日の攻撃は、昭和十九年十二月十三日以来、前後三八回の名古屋空襲のうちで最大の規模のものであったが、その戦況の詳細は日米両軍の資料にとぼしく、ただ日本軍が高射砲によりB29撃墜四、撃破八二機と記録しているだけで、詳細は不明の点が多い。

この夜の来襲について大本営発表（三月十九日十四時三十分）は次のようである。

本三月十九日二時頃より約三時間に亘りB29百数十機一機若《も》くは数機編隊を以て名古屋に来襲主として焼夷弾により市街地を爆撃せり　右爆撃により市街地に被害を生じたり

来襲敵機に相当の損害を与えたるも詳細目下調査中なり

またこの大空襲の終わった二時間後の〇六三五から一六四〇までの終日、九州、阪神地区は敵機動部隊の小型機一、一〇〇機をもって襲われた。その結果飛行場や瀬戸内海の艦船の多くが攻撃され、陸軍はこの来襲機の三七機を撃墜し、三二機を撃破、海軍は撃墜破一五三機を報じた。

三月二十日　晴　早朝の曇り空がはれて、午後よりあたたかし。

〇九二〇、一二三〇B29単機東京へ。

先日、「敵編隊に近づくと、十二丁の火器で武装された針鼠のようなB29の一二・七ミリ機銃弾は、鉄片をけずるグラインダーのように激しく、赤い火花となり、とめどもないその弾幕がわが機を包むように迫ってきた」と地上に降りた桜井少尉が私に語った。

彼の目の奥にはありありといまもそのときの恐怖の色がかくされていた。私はたしかにそうであろうと思った。そして人間として、それでいいと思った。

三月二十一日　晴　空は一点の雲もなく、あたたかし。春がきた。今日は彼岸の中日なり。染まりそうな今日の空は、戦場では美しすぎて哀しい。敵は九州を指向し、関東はこの数日来こともなく平穏。

九州出身の補充兵八田一等兵が、先日来の故郷の大空襲に心配顔。彼は妻子ある二十八歳の老兵。

「そのうち、日本全国どこでも同じことになるよ」といってなぐさめたが、彼の心中には敵九州上陸の恐怖があるためか、沈痛の面持ちなり。軍隊以前の彼の九州の家庭には、どんな人生があったのであろうか。

一〇〇Ｂ29一機飛来。

硫黄島のわが軍ついに全滅。

大本営発表（昭和二十年三月二十一日十二時）

一、硫黄島の我部隊は敵上陸以来約一個月に亘り敢闘を継続し　殊に三月十三日頃以降北部落及東山付近の複廓陣地に拠り凄絶なる奮戦を続行中なりしが　戦局遂に最後の関頭に直面し「十七日夜半を期し最高指揮官を陣頭に皇国の必勝と安泰とを祈念しつつ全員壮烈なる総攻撃を敢行す」との打電あり　爾後通信絶ゆ

二、敵兵同島上陸以来三月十六日迄に陸上に於て之に与えたる損害約三万三千名なり

三月二十二日　曇

三月二十三日　晴　今日公用で東京の町にでた兵隊の話で、三月十日の空襲あとは爆弾投下より焼夷弾による被害でひどく、下町は焼けただれ言語に絶する惨状だと語った。

三月十八日より九州海域ではわが特攻機が敵機動部隊に突入し、撃沈空母五、ほか六艦船の戦果というも、わが出撃の一五〇機全機未帰還となる。悲痛なり。

三月二十四日　晴　〇九〇〇B29一機東京に偵察来襲。

三月二十五日　晴　二十四日夜、空ははれても雲が流れるように去来する。

二三一〇スピーカーから流れた情報は「東部軍管区警戒警報」を報じた。今日の来襲は本格か？　兵隊の胸にいいしれぬ緊張がみなぎった。

「南方洋上B29数目標北上中」

「本土来攻は二三〇〇すぎの見込」

命令！　「飛行第五十三戦隊は警戒戦備甲に転移すべし」

このとき「各隊警戒戦備甲」「回せ！」と闇の中で横山少尉が、髭の中の口を一杯にしてどなった。かけよった私は、60号機の操縦席に飛び乗ると、緑色に迷彩された主翼が闇の中に夜露にぬれて光っていた。

天空に雲がさわぐ。すばやく、飛びこんだ操縦席で翼灯を点ずると、左右に赤と青が闇の中に鮮かに輝き、主翼の日の丸がにぶい赤に見えた。操縦桿を座席バンドでしめつけるのももどかしく、右手はエンジン燃料注入桿《ちゅうにゅうかん》にのびていた。すばやく目の前の計器盤をいちべつすると、びっしりはめ込まれた数多くの計器の指針が青く生きもののように夜光を放っていた。

闇の機外の目の下には、もう到着した前哨灯を黒布で覆ったプロペラ始動車の廻転クラッチがプロペラナセルに迫り、左エンジン駆動。二秒、三秒、「点火」マグネットスイッチ左「入」轟然の爆音。静かに退《さが》った始動車がさらに右エンジンにせまり、点火。

この二つの二、〇〇〇馬力の爆音が闇をさき、つよく風をけって砂塵をあげた。天蓋の外に目をやると、各隊列機つぎつぎと始動。爆音の中に青い排気がふえて、いままでのこの飛行場の静寂はいっきょに破られていった。

徐々にエンジンのレバーを上げると、二つのプロペラの閃光は闇の中にも輝きをまし、黒い虚空を切って増速した。

「始動よし！」池田兵長に機を渡して機側に立つ。

「情報、〇〇四五敵七目標にて西北進中」

「依然後続目標は北進中なり」

「各隊は警戒至厳にせよ」

ひさしぶりに敵を迎える兵隊の胸には、本能的な戦意がたかまり、そしてあの三月十日の夜の雪辱感がみなぎった。

「敵二機静岡地区に近接中」

「甲駿地区空襲警報発令」

「静岡地区に近接中の敵二機は洋上を旋回中」

レーダー情報不的確か、情報不得要領。

「後続部隊は遠州灘を旋回の後、南方洋上に脱去中のごとし」

当然、東京来襲を覚悟して待つ今夜の敵七目標返転して名古屋に侵入、B29一三〇機という。しかも今日の夜間爆撃には、敵は不敵にも、機の前哨灯を点けたままで投弾したとわかる。

名古屋の友水谷や、美ちゃんはどうしているか。また鶴舞公園は、栄町は？
＊この夜、名古屋は十一回目の攻撃をうけ、三菱重工業名古屋工場がねらわれた。米軍の発表によれば、この日の来襲はB29二九〇機で行なわれた。
米機によるこれまで四回の名古屋の飛行機工場の昼間攻撃は、たしかな手ごたえがえられなかった。そこでこの日ルメーは夜間精密爆撃の実験的攻撃をかけてきた。まずB29一〇機が照

明弾を投下して目標上空を照明し、その五分後に突入した別の一〇機のB29が正確な照準をもって投弾した焼夷弾による火災めがけて、B29主力は突入し、五〇〇ポンド破裂弾を投下した。この日さすがのマリアナも、あいつぐ焼夷弾攻撃に名古屋に投下する焼夷弾の欠乏になやみ、やむなく、投下弾の大部分はこの破裂弾を使用したのである。

この攻撃で目標工場に若干の焼夷弾をまじえた破裂弾合計一、八〇〇トンを投下し、一九二カ所に火災をおこし、約七平方キロを破壊した。しかし、あいにく上空は積層雲におおわれており、そのためこの日の名古屋攻撃は失敗に終わった。

この爆撃により、焼失家屋三、三七二戸、破壊家屋三、二〇八戸、罹災者二六、六九八人の被害を出した。三菱工場は死者六二六人、行方不明者一六人となった。

日本戦闘機の出撃についてはいまも詳細を知る資料にとぼしく、日本軍はB29撃墜一六、撃破七五機の戦果の発表を残しているが、その実態にはかなりの疑問がある。

このころワシントンにおいてノールシュタット将軍は、この三月初旬から一五日間の日本の三大都市の破壊は、日本の戦力をささえる家内工業の全滅を意味すると、記者団に発表した。これは焼夷大虐殺をすりかえた表現であり、この将軍の無神経さは憤怒にたえない。

三月二十六日　快晴　夕方近所の庭の桜を見にゆく。みごとなり。吉野桜の早咲きという。ふくよかな香が夢のように、あたり一面にただよっていた。

帰途、卵を分けてもらい、鈴木上等兵が夜うまく料理した。酒が欲しいところでも、いまはない。

昨夜初めて関門海峡にB29が機雷を投下したと知る。

三月二十七日　晴　兵隊の知らせてくれた私の面会者は、近くの飛行場大隊にいるという同郷の軍曹であった。先日帰郷し、私の母と会いその健在を伝えるため、わざわざの来隊なり。深く感謝した。そしてなにより彼のお国なまりに胸をあつくした。

今日はこの戦場に春隣るころのよろこびあり。

B29一五〇機九州の飛行場攻撃。この攻撃ははたして沖縄上陸前哨戦か、また九州上陸かと兵隊の詮議しきりなり。いずれにしても、この方面に移った敵の攻勢は新たな戦局の推移展開と考えた。

深更B29七〇機また関門海峡に機雷投下。セブ島に敵上陸の情報あり悲報なり。

夜となり私はひとりこの戦局を考え、もうサイパン失陥以来、目前に硫黄島も失い、B29の大挙本土来襲しきり。大都市は壊滅。ついで九州指向、敵の本土上陸も必至。このいまわの際《きわ》に南海の戦況も絶望視される。

私はこの長い従軍の春秋の中で、初めてこの日本の暗澹たる運命の到来を覚悟し、胸中深く期するものがあった。理屈ではもうこの戦いに勝機はないだろう。しかしもし負けるとしても、そのことを容認するには私の感情が許さない。しかしいままでのように「よもや、この日本が負けることもあるまい」と思うことがあやしくなってきたと考えた。もちろんこれは人にはいえないことと気がついたとき、私は慄然として、はるかの夜空をあおいだ。

＊二十七日マリアナ第二一爆撃集団のB29一五〇機（米側発表一五一機）が初めて九州に本格来襲し、一〇〇〇ごろより約二時間、大分、太刀洗、大村の飛行場を攻撃した。また同夜二三〇〇ごろ、B29六〇機の主力は二、〇〇〇―三、〇〇〇メートルの低空から倉幡地区を約一時間攻撃した。またその一部は関門海峡に機雷を投下した。このB29に対し、第十二飛行師団は飛行第四戦隊（屠龍）の全力のべ五三機をもって邀撃し、撃墜一〇機以上、また高射砲は撃墜一機、撃破二機の戦果を発表したが、戦後の米側の資料はこれにふれていない。

＊機雷投下

関門海峡の西側入口の封鎖を目的として、この日、B29二九機は一、〇〇〇ポンド、または二、〇〇〇ポンドの音響機雷、磁気機雷をその海域に投下した。

日本軍はただちに掃海を行なったが、これを完全に排除することはなかなか困難であった。機雷による海上封鎖は特に日本海方面の海上交通をおびやかし、沖縄援助作戦はもちろん大陸や南方から海上輸送される資源も杜絶し、本土決戦準備促進上大なる支障をきたすこととなった。

軍はこのころから急に、主要港湾水域の防空のために、高射砲隊を配置し強化した。

米軍は四月中に機雷二、〇〇〇個の投下を予定していた。このため関門海峡は一八隻三九、九一七トンの船舶が沈没または使用不能となった。

三月二十八日　快晴　一二二〇B29一機東京に。艦上機一、三〇〇機九州に来襲。「北方で死す」野沢戦死の悲報あり。彼はアリューシャンで果てた。沈痛なるものあり。一〇年来の故郷の友。「このごろ戦のあいだに、むかし苦手だった高等数学をやっている」との彼の便りはついさきごろ。

私もいまこの戦場でドイツ語の学習を忘れていない。死は疑いもなく身辺に迫り、生きる保証のなにひとつないこの戦場の勉学そのものに目的はないが、理性を無視し、知性を否定するこの軍隊の日常からの哀しい逃避のためである。

福井の学友三田村が中支で戦死したのは三月前。合掌。

一昨二十六日、米軍は沖縄列島の一角（※慶良間列島）に上陸開始の報あり。もう来るものがきたと心ひそかに、決意した。

三月二十九日　晴　春の日和。整備と待機の一日。春がこの基地にもきた。

一三〇〇B29一機東京に。九州地区には小型機五〇〇機来襲。宮崎、佐世保、鹿児島にまた高知、松山をも攻撃。

沖縄戦の大本営発表を昨日ラジオで聞いた。

大本営発表（昭和二十年三月二十七日十六時三十分）

敵の機動部隊はその後南西諸島近海に出現し三月二十三日以来主として沖縄本島に対し砲爆撃を実施中にして二十五日一部の兵力は慶良間列島に上陸せり

古い一枚の葉書

遠い戦いの来し方より
ともに　来り行き進む
汗と脂に黄ばんだこの葉書
「君の幸《さち》祈る」とのみ
ああ故郷の想いはるか
Eのイニシャル惜しみ
四つに　胸にたたみ
明日の戦いに祈る。

三月三十日　晴　夜来の雨ははれた。あたたかい。〇九〇〇、一二〇〇Ｂ29単機東京へ来襲、その一機は伊豆より京浜地区に侵入投弾す。

二三三〇よりＢ29二〇機伊勢湾に機雷投下、その一部は名古屋に向かった。

死の瞬間（ふたたび今井を想って）おし迫ったあの十二月の日、特攻で散華した今井を想う夜なり。

彼は十九歳の少年飛行兵の軍曹で、大酒のみ、悪気のない若者で、人前では「こうなれば今日死ぬのも、明日死ぬのもいっしょデスネン」と大阪弁の人なつこい笑顔で白い歯を見せていたが、一夜彼と壕舎で酒をくみかわしたとき、「シャーないから、いきますわ」が本音のように沈痛であった。

しかし、彼がまともに尽忠に徹した自己犠牲の陶酔感を持たないのは、せめてもの私の心の救いであり、そこに彼のただの凡人を見て胸が濡れた。彼はみずからの肉体を爆弾と化す宿業を持って生まれたのか。そして彼は特攻の死の瞬間、胸にどんな幻をみたであろうか。恐怖を感ずるより、ただ夢中で突込んだのであろうか。

三月三十一日　晴　夜曇り。おぼろの夜なり。

〇一〇〇すぎB29三〇機をもって周防灘、豊後水道、長崎南方海域に機雷投下。一三一〇B29一機東京に来襲投弾す。昼間B29一七〇機で太刀洗、鹿屋、大村飛行場を襲う。沖縄戦への圧力熾烈なり。

フクロウ生活　昨年の五月から始まったわが夜間戦闘隊の「フクロウ生活」は、いまだにだれも身につかない。人間は夜寝る自然の慣習からは容易に抜けだせないもの。

黄昏《たそがれ》のせまるころ、午後六時の起床につづき「朝食」、それから一日の作業となり、丑満時の「昼食」もかなり気分がでない。東の空が白むころ、また「夕食」ということとなりヤレヤレと思う。どの兵隊も、終夜星をいただいて冷い露にぬれ、暗夜のはかどらない作業に疲れ切って次の朝をむかえる。それでも、昼間また出動があればその日は不眠のまの一日となる。

＊大都市焼夷壊滅

この三月中に加えられたB29による集中的大都市焼爆は、東京では来襲機数にして二九四機（日本側発表）で二月の二分の一であったが、投下弾は焼夷弾七一、九六七発と急増し、これに七五八発の爆弾を加え、全体で二月の約一〇倍となった。その結果死者八四、四七九人、負傷者四一、三五四人、被害家屋二七二、六〇八戸でその大部分が全焼し、罹災者一、〇二二、三四四人に達した。（警視庁調べ）

またこの月の日本全土来襲のB29は、日本軍資料によると総数約八三〇機であり、この大空襲に東京、大阪、名古屋、神戸の四大都市を崩壊し、日本の戦争能力の著減と戦意の低下は日を追ってはげしくなる。

四月一日　晴　今日は空襲なきも、沖縄本島に米軍上陸の報あり。一同暗然。終日兵のあいだにその話題と臆測でもちきり。M隊の准尉は沖縄出身であるが、この危急の悲報を嚙み殺したような、そしらぬ顔をしていると兵隊がいった。しかし、彼の内心にはかくされた数々の悲痛があるに違いないと思った。

四月二日　晴　B29五〇機東京に〇二二〇より〇四〇〇まで来襲。ひさしぶりの来襲なり。当隊出動、あおぎみる空に皎々《こうこう》たる月光、今日はきわめて印象的な夜戦。

今夜東京上空で敵の照明弾が投下され、その数無数。無気味にフワリと降下する光の落下傘は下界を青白く真昼のように照らし、それは子供のころの夜店のアセチレンの灯の想い出に似ていた。その灯にB29が続々と殺到して投弾した。「いよいよ戦争らしくなってきた」との兵隊の言葉には実感がある。

今夜は高度三、〇〇〇メートル以下の低空目視爆撃なり。当隊撃墜破四機。田無と立川の飛行機工場がやられた。

〇八五〇、一一四〇各B29一機来襲、戦果偵察ならん。

＊この日B29は〇二〇〇ごろ相模湾方面より本土に侵入し、二、〇〇〇メートルから三、〇〇〇メートルの低空で中島飛行機武蔵工場をねらい、瞬発および時限爆弾を投下した。なおその周辺の三多摩、板橋、練馬、杉並区の三三五戸が被害をうけ、死傷二六七人を出した。

この邀撃で第十飛行師団は撃墜一〇機以上、高射砲隊は約一、六〇〇発を発射し、撃墜九機、撃破一〇機の戦果を報じた。この日の中島飛行機工場の被害は軽微であった。

四月上旬ワシントンの指令によって、特に中島、三菱の飛行機工場の軍事目標の優先攻撃が再開され、東京、川崎、名古屋の残存市街地の焼夷弾爆撃も続行された。都市の再爆撃は、都市壊滅作戦の総仕上げを意味した。

四月三日　快晴　見わたすかぎりの飛行場の彼方《かなた》も此方《こなた》も黄塵万丈、春風強し。夜半から三時間ばかり仮眠したところで目をさまされ、ひき続き昼間警戒につく。〇八五〇、一一一〇の二回B29一機来襲。高々度の空に今日はB29の飛行雲が特にあざやかであった。

四月四日　曇　天気は下り坂。

〇〇三〇ごろよりB29九〇機東京、横浜に来襲。わが隊濃霧のため出動不能。今日は焼夷弾より爆弾投下が多く、低い雨雲の下でその重苦しい炸裂音がここまで聞こえた。そして大地はどうどうと地鳴りした。出動できない夜は無念なり。厚い雨雲の上からB29の爆音が聞こえ、機影は見えないのでかえって無気味。

先日からまた関東地区が激しいB29の爆撃にさらされる。昨日からの連続戦闘で兵士の顔色に疲労の色が濃い。

一一三〇B29単機で侵入。待機中、雨降る夜の壕舎では沖縄の戦況で議論百出。

日露戦争は「肉弾」で戦われた。それは敵の時の新兵器、機関銃の前に殺到した日本兵の肉体の楯を意味した。いまこの大戦では、「玉砕」と「特攻」で戦われているが、その発想は四十年前の日露戦争と変わるところもなく、この敵の優勢なる科学と物量に対決する日本精神の最後の切り札をどう判断していいのかと迷った。そして無性に腹がたった。

＊B29九〇機が〇一〇〇より四時間、雲層下の低空から京浜地区と田無方面を攻撃し、この空襲で、横浜は壊滅的打撃をうけた。

高射砲は一、一五〇発を発射し、撃墜三、撃破一〇機の戦果をおさめた。海軍機の一部出動、陸軍機は濃霧のため出動しなかった。

Ⅶ　沖縄進攻作戦と軍需工場攻撃

四月五日　曇のち晴　寒く午後から晴れた。さらに夕方からつのる冷気、春まだし。壕舎の中で、ドラム鑵のストーブが、ひさしぶりにあかあかと燃える夜、兵隊の目だけが闇のストーブの周りにギョロリと光った。

　正午B29一機来襲だけ。

「ソ連日ソ不可侵条約を廃棄（※破棄）す」の報に一同愕然。私は心凍る想いがした。

四月六日　雨　雨と寒気がつづく。本土決戦を呼号し、最近声明を出したばかりの小磯内閣が、今日総辞職とラジオで知り、なにかふにおちないものがある。レイテや硫黄島失陥の責か。
　沖縄の戦況も混迷。

四月七日　晴　大空襲の日なり。

敵は〇九三〇より一〇四〇まで初の戦爆連合で来襲。Ｂ29九〇機に護衛戦闘機のＰ51三〇機を随伴。今日は爆弾投下多し、荻窪と田無の中島飛行機工場がやられた。

春とても、きわめて風の冷い日なり。当隊全力出動。撃墜破三機。わが方未帰還一機。

私の04号機で、児玉戦隊長が出撃し機上指揮。右エンジンに敵弾をうけて帰投。着地した飛行機の操縦席にはいると、いま激闘のあった高空の冷寒がまだ機内に残り、胴体下部には白い氷の塊も見られた。

一三三〇Ｂ29一機飛来、爆撃戦果の偵察ならん。

Ｂ29一五〇機一〇〇〇より一二五〇まで名古屋を攻撃。静岡、浜松にも投弾す。

今日初めて飛来した小型機Ｐ51は、硫黄島より一、二〇〇キロを飛翔して本土を襲った。その航続力はすばらしく、速度はわが屠龍《とりゅう》はもちろん、三式戦や雷電よりも速く、その両翼下には六丁の機銃を装備していることがわかった。この護衛戦闘機の出現で、今後わが屠龍の空戦はますます困難となろう。

戦争とは何か　「東京の空を切るように、Ｂ29はすばらしく大きく、すばらしく速い。いままでの戦闘機による格闘戦術の空戦常識とされていた、Ｂ29の後方からの攻撃はいまはまったく不可能。それはＢ29の高速とそのプロペラの強大な風圧のためである。

わが屠龍の攻撃は、敵編隊中の目標一機の進行方向の真正面真上から、すれちがうように迫り、攻撃直前に軸線を（※敵機に）合わせ、すばやくダイビング。銀色の巨獣のようなB29が目前に壁のように迫り、「ガウオン」とその胴体直下九〇メートルをすれちがいざまの一瞬、わが機は強くゆれ、その三七ミリのカノンが火を噴いたとき、空と大地が転倒した。直前下方攻撃をかけ急反転離脱に、敵機を目で追い、生きている自分を確かめ、見れば敵の巨体はすでに南の空に消え、小さく、白い飛行雲だけが残った。戦果はわからない。わが列機の姿もない。

なんという空の蒼さであろう、また静けさであろう、B29のその機首には、みごとなまでの裸像の女体が描かれ、胴体には〝U. S. AIR FORCE〟と書かれていた。われわれの捨身の肉薄攻撃に、敵機内の搭乗員はさっと救命袋を背にすばやく、胴体の窓ごしに立つしぐさに、「戦争とは何か」と思った」

と、邀撃《ようげき》から帰った梅田少尉が私に語った。

彼は慶応義塾大学より、特別操縦見習士官を志した学徒兵である。彼の気持は〝たがいに敵味方にわかれ、何の怨恨のために戦い合うのか〟といいたいのであろう。この戦場では、決してささやいてはならない彼のこの言葉の意味が、私には痛いほどよくわかった。彼はいま戦争以前の人間の問題にふれている。

＊P51の出現

このころマリアナの第二一爆撃集団は、日本大都市の一連の焼夷弾攻撃のあいだにも、特定目標としての日本軍需工場の爆撃も忘れていなかった。この日東京の中島飛行機工場と、名古屋の三菱飛行機工場に対する高々度精密爆撃のために特に昼間の攻撃がえらばれ、しかもこの日、B29はいずれも初の護衛戦闘機をともなった。これはすでに敵手におちた硫黄島へ進出したP51で、この島が攻撃されたのちの三月二十六日、一二〇機で展開を完了していたモーレイ准将を司令官とする第七戦闘兵団に属するものであった。

七日、〇九三〇B29九〇機（米側発表一〇〇機）は、三〇機のP51をともない、東京西部の中島飛行機工場に対して九〇〇キロの爆弾を投下して大損害を与え、米側はその工場の一〇パーセントを破壊したことを認めた。

東京の陸軍制空部隊はこの日一一九機で邀撃し、撃墜一四機、撃破四〇機を報じたが、この日突然出現した敵護衛戦闘機に苦戦し、自爆三、未帰還八機の損害を生じた。また高射砲は一、三二五発を発射したが見るべき戦果がなかった。

また海軍三〇二空は全機邀撃に離陸した。月光、銀河、彗星の夜戦機は伊豆半島上空、零戦、雷電は東京上空において敵編隊と遭遇した。特に夜戦隊は斜銃攻撃のためB29の下方占位を試みたとき、かつて日本上空に見られなかったP51の来襲にまったくの奇襲をうけ、甚大の損害をうけた。

また一〇〇〇より午後にかけてB29一五〇機（米側発表一五三機）が名古屋の三菱発動機工場を襲った。

レーダー情報により第十一飛行師団長は、飛行第五戦隊の二式複戦、飛行第六十五戦隊の三式戦の二個戦隊を名古屋上空に配置し、飛行第二百四十六戦隊の二式複戦、独立飛行第八十二戦隊の百式司偵を伊勢湾上空に推進したが、これらの戦闘機は意外にもP51と遭遇し、ここでもわが軍は苦戦した。

B29の攻撃は五、〇〇〇—八、〇〇〇メートルの高度から六〇〇トンの爆弾を投下し、三菱工場は施設の六三パーセントを破壊され、壊滅的打撃をうけた。わが邀撃部隊の善戦と高射砲一、九一四発の発射により、B29撃墜一六機、撃破四〇機の戦果を収めた。

米軍の発表ではこの日東京、名古屋に出撃したP51九六機は日本戦闘機一三〇—一六〇機と交戦し、撃墜確実二一機、不確実四機、撃破八機の戦果を報じている。

今日日本の空に姿をあらわしたノースアメリカンP51戦闘機は、わが陸軍の三式戦と勘違いされるほどよく似た鼻の長い液冷エンジンを装備していた。また胴体下部には異様にふくれた空気取入口があり、両翼にはいずれも落下タンクをつけ、その名も獰猛なムスタング（野馬）の異名をとるものであった。

この戦闘機の全備重量は零戦の約二倍近い四、五八一キロ、エンジンは零戦の一、一三〇馬力に対しP51は一、四九〇馬力、時速においては一三八キロも速く、当時世界一速い七〇三キロであり、しかもその航続距離は一、五二九キロもあった。

ひとくちにいえば、その性能はプロペラ機の限界まで達した革命的な戦闘機の出現であった。

したがってこの日から日本邀撃戦は技術的に根本から反省を迫られた。

四月八日　晴　どこかで桜が咲いていると、ある兵隊がいったが、今日は花寒《はなざむ》の日なり。

一二一〇B29一機東京へ。

昨七日鈴木貫太郎海軍大将に組閣の大命がくだる。

新聞で知ったその閣僚は、

総理大臣　　鈴木貫太郎
外務大東亜大臣　　東郷茂徳（※四月九日就任、それ以前は総理兼任）
内務大臣　　安倍源基
大蔵大臣　　広瀬豊作
陸軍大臣　　阿南惟幾
海軍大臣　　米内光政
司法大臣　　松阪広政
文部大臣　　太田耕造
厚生大臣　　岡田忠彦
農商大臣　　石黒忠篤
軍需大臣　　豊田貞次郎
運輸通信大臣　　小日山直登（※四月九日就任、それ以前は豊田貞次郎兼任）
国務大臣　　桜井兵五郎

同　　　　　　　左近司政三
同　　　　　　　安井藤治
国務兼情報局総裁　下村　宏

四月九日　雨　情報はなし。飛行機を掩体《えんたい》に入れたままで終日待機。

空にむなしく　飛行場に春雨のけぶる今日は私の誕生日。戦いの中でむかえた六度目のことなり。いまは二十九歳。今日のこのことは、私以外だれ一人知るはずもない。格別の感慨とてないが、生きている最後に近づいた、この日のめぐりあいを忘れなかったことだけで、自らが慰められた。

次のこの日はいずこで、どうしてまた迎えられるだろうか？　この戦局では、当然、永久に迎えられないだろう。この戦争で死ぬことがわが世代の運命であろう。

私の一生にとっては、この戦争は長い長い苦渋の道のりであった。しかも、いまは顧みて豊かな人生の過去もなく、また期待される華ひらく未来とてないままに、この戦場に果てるであろうその人生の空しさに胸がうずいた。

しかし、いまはただ「飛行機」と「戦い」とが私の生活と、青春のすべてであり、しかも、それは「空」だけにあり、そしてやがて、この二十九歳の生命も祖国の運命とともに、「空にむなしく」朽ち果てるだろうと思った。そして、軍歌でない哀歌の「麦と兵隊」を口ずさむと、その痛烈なまでの哀調が、私の肺腑を深くえぐった。

腕をたたいてはるかな空を

あおぐ瞳に雲が飛ぶ……

私はやがて、この空の下で死ぬ。

昨夜鈴木首相が新任の辞で、「八十歳になんなんとする老軀をひっさげての最後の御奉公、諸君！　わが屍を乗り越えて進め」と語る。悲痛なり。

＊本土決戦態勢と航空戦

絶対国防圏である比島・硫黄島を失ったのち、日本は米軍のたかまる攻勢にさらに圧迫された。いまや日本は「沖縄と本土」に封じこめられた最後の決戦を強要されていた。いま沖縄を失えば、敵は本土の九州や関東地区をめざして上陸するであろうことは、だれの目にも明らかであった。

これに対決する大本営は、日本最後の決戦を「決号作戦」と呼び、祖国の運命をこれに賭けようとしていた。

四月二日以降、国民のなかから大量の男子を動員し、特に上陸予想地点の九州、関東両地区に増強した。敵上陸により、本土配備の分断孤立化が予期されるため、指揮系統は全国を東西に二分して、第一総軍司令部（東日本）、第二総軍司令部（西日本）を新設し、さらにすべての航空戦力を統率する航空総軍司令部を創設した。

四月八日、大本営は、各総軍司令官に対し、

「大本営ノ企図ハ本土ニ侵軍スル敵ヲ撃滅シテ其非望ヲ破摧《はさい》スルニ在リ」

「第一総軍司令官、第二総軍司令官、及航空総軍司令官ハ本土要域ニ侵寇スル敵ヲ撃滅スヘシ」との命令をくだした。敵の本土上陸に際しての実際作戦は、陸上作戦では「上陸した敵を求めて沿岸要域に圧倒撃滅して戦局に最後の決を求めるを主眼とする」とされていた。また航空作戦指導の重点は「上陸企図破摧に指向し、その主攻撃目標は敵輸送船団とする」と決められた。したがって、B29や小型機が本土に来襲して、都市や生産施設や交通機関を攻撃しても、その防禦作戦はおのずと制限されねばならないはめにおちいった。


ここで航空総軍は四月八日から全機特攻機としての戦力培養を第一とし、いざ敵上陸の際には、敵輸送船団を洋上に覆滅を期し、米軍本土上陸を阻止しようとした。(『本土防空作戦』防衛庁戦史室　朝雲新聞社)

四月十日　雨　寒い。それでも急に野の若緑が色鮮かに思える。今朝は美しき雨の朝なり。
一二〇〇B29一機東京に。夜半からあらしの夜となる。最近、東京の空にはB29の「爆撃予告」の伝単がまかれることが多くなった。

四月十一日　晴　夜半の雨があがり、強い北風が梢で鳴った。

飛行場の泥濘の中で、作業の兵隊が泥にまみれ、列機のあいだでいそがしく立ち働いた。

一二〇〇B29一機来襲。実に確実な定刻来襲に、兵隊はこれを「定期便」とよびはじめた。

四月十二日　快晴　長い冬に耐えた今日までの、兵隊の辛苦を忘れさせるような快晴のあたたかい日、まさに春なり。花の便りもしきりなり。桜も、桃も、そして野辺には土筆《つくし》の群生も。

一〇〇〇より一一〇〇までP51を伴ったB29一〇〇機中島飛行機武蔵工場を攻撃。別にその五〇機は郡山の工場地帯爆撃。東北地区初来襲なり。わが隊出動の撃墜破三機。中島飛行機は今日で壊滅的損害をうけた由。

さらにB29単機は一二〇〇、一三一〇、二三〇〇の三回東京に侵入。

夜半機上無線できいたラジオ放送で、米の「ルーズベルト大統領が重体のこと」を告げた。なにか異様な気持で、これが戦争の帰趨にどういう影響を与えるだろうかと、ひそかな期待をいだいてみた。しかし、敵はあくまでルーズベルトではなく、米国そのものであると思った。この万一の僥倖にとりすがる私の気持は、この敗色に追いつめられているゆえであろうと思った。

＊四月十二日、B29は一一九機（※米側発表）をもって中島飛行機の武蔵、保谷、田無の工場を爆撃し、その他杉並、板橋、滝野川、練馬にも投弾し、二五七戸の民家が被害をうけ、死傷一一八人となった。また陸海軍機は一五〇機で邀撃し、B29撃墜一機、撃破七機、わが方未帰

還一機の発表がある。

この日ルーズベルト大統領は六十三歳を一期として脳溢血で死んだ。彼の死去の報は、全世界につよいショックを与えた。ただちに同日トルーマンが正式に次の大統領に就任した。

四月十三日　晴　〇九〇〇、一五〇〇Ｂ29一機東京に侵入。

今日は激戦の日なり。疲れる。

一七〇機よりなるＢ29の数目標房総半島および伊豆半島より本土に侵入、二三〇〇から〇〇五〇（※公式資料では二三四〇から〇二四〇）まで東京を夜間爆撃。

当隊全力出動。各機全弾をうちつくすと、すべるようにしてこの基地に帰投し、ただちに燃料、弾薬を補給、繰り返し出撃。

戦果撃墜破一二機。パイロットのＫ隊長戦死。

下町から日本橋にかけ、さらに牛込、四谷、新宿がやられた。もう夜間攻撃をあたりまえとする敵。今日のＢ29は一機または数機の低空侵入で爆弾と焼夷弾を混投した。東京の地はゆるがすような地響きをたてた。

「今日の市街火災は実にひどく、広範囲にひろがり、それは三月十日の惨状のようだ」と帰還した搭乗員が告げた。

これからは敵襲は激化の一途をたどるであろう。そのときわれわれは最も多忙な日々を送らねばならないだろう。はたしてこの戦のさまをいちいち日記に書き残せるであろうか、しかしできるだけ書きとどめようと考えた。この日記に日々の想いをたくし、一人語りつづけることに、いま私の自己をいつわらない、あかしのすべての支えがかかっている。明け方まで東京の空は赤々と燃えつづけた。全員一睡もなし。だれかが、今日は「十三日の金曜日だ」といった。

昨十二日沖縄本島の飛行場は占領され、米軍機一〇〇機もの進出が認められたとの情報あり。

＊都市焼夷攻撃再開

一時都市焼夷攻撃で焼夷弾を消耗しつくしたマリアナは、この日初めてその補給をうけた。そこで日本都市焼夷弾攻撃が再開され、即日B29三二七機を数十編隊に編成し、日本をめざして北上した。今日の主目標は赤羽の造兵廠であった。B29は鹿島灘および伊豆半島の二方面から東京の北西部をねらって侵入してきた。二二四〇より約三時間にわたり、高度二、〇〇〇—三、〇〇〇メートルの東京の星空に単機または数機ずつ侵入し、主目標の造兵廠はもちろんその他市街地に対して爆撃を加え、油脂、エレクトロン弾の二、一〇〇トン、四、五〇〇発以上を投下した。きわめて精密な低空じゅうたん爆撃に対して、三月十日の惨禍を知る市民は、すでに民防空に専念する戦意がなかった。そのため火災は全域におよび、東京の大半二八平方キロが焼かれた。

このとき、わが第十飛行師団の夜間戦力のべ八六機が出動し、邀撃した。高射砲は六、六三八発を猛射し、邀撃機の敢闘とともに、B29撃墜三八機と日本軍は今日の戦果を報じた。

被害地区は須田町、亀戸町、寺島町、隅田町、砂原町、淡須町、青砥町、新宿町、亀有町、小松川町、平井、篠崎町、深川、平野町、三好町、吾嬬町、大塚町、大塚仲町、大塚坂下町、関口町、雑司ヶ谷、高田豊川町、稲付町、赤羽、志茂町、神谷町、神保町、猿楽町、三崎町(神田区)、小川町、淡路町、西神田、日暮里、渡辺町、大手町、丸ノ内、椎名町、長崎、要町、高田南町、高田本町、目白、上富士前町、曙町、東片町、動坂町、落合町、諏訪町、戸塚、平川町、紀尾井町、富士見町、麴町、板橋町、志村清水町、春日町、原町、富坂、白山、氷川町、西丸町、青山北町、若葉町、四谷、新宿、花園町、荒木町、上根岸町、中根岸町、金杉、柏木、角筈、西大久保、東大久保、百人町、巣鴨、天沼、尾久、蠣殻町、代々木外輪町、幡谷本町、昭和通、桜山町、住吉町、阿佐谷、馬橋、高円寺、千住、三河島町、町屋、千駄谷、浅草日本堤、田中町、新坂町、上野公園、毛利町、石島町、菊川町、白河島、扇橋、大島町、砂町、葛西、宇喜田町、本石町、池袋、塚船町、下十条、王子、豊島岸町、東十条、上十条、中十条、西原町、西新井町、江東橋、向島、業平橋、吾妻橋、元町、柳町、初音町、三崎町(本郷区)、新井町、沼袋、鷺宮、上高田、西ヶ原町、中里町、新小川町、東五軒町、西五軒町、筑土八幡町、下宮北町、神楽町、加賀町、左内町、仲野町、若松町。

大宮御所、明治神宮、東部第四部隊、陸軍兵器補給廠、陸軍被服廠、行政裁判所、上智大学、王子区役所、同警察署、同消防署、同税務署、同電話局、下十条、王子第四、王子赤羽、姥ヶ橋、神谷、王子第一、柳田各国民学校、板橋区役所、板橋第二国民学校、養育院、足立区役所、

千寿、千寿第二、第六、第七各国民学校、青物市場を焼失した。

焼失家屋総数は一七一、三七〇戸、死傷者総数は七、二〇五人（消防庁調べ）であった。三月十日にくらべて焼失家屋数に対して死傷者数がきわめて少ないのは、市民が早期防火を断念して退避したこと、この日は強い季節風に見舞われなかったことに起因する。

この日の大空襲を大本営は次のように発表した。

大本営発表（昭和二十年四月十四日十六時）

一、昨四月十三日二十三時頃より約四時間に亘りＢ29約百七十機主として帝都に来襲し爆弾焼夷弾を混用市街地を無差別爆撃せり

右爆撃により宮城大宮御所及赤坂離宮内の一部の建物に発生せる火災は間もなく消火せるも明治神宮の本殿及拝殿は遂に焼失せり　都内各所に生起せる火災の大部は十四日六時頃迄に鎮火せり

二、我制空部隊の収めたる邀撃戦果中判明せるもの次の如し

撃墜四十一機、損害を与えたるもの約八十機

四月十四日　晴　〇九〇〇Ｂ29一機偵察来襲。昨夜の空襲で東京都内の交通はほとんど麻痺しているという。

昨夜兵隊は一睡もない出動のため、今日午後二時間休務。

ひさしぶりに長野軍曹来隊。小康をえて、陸軍病院より私を訪れた長野の白衣はいたい

たしかったが、それでもうれしかった。彼はこれで九死に一生をえたこととなる。

地獄　暗夜緊急離陸した直後、僚機の上田大尉機との空中接触で、彼の乗機が急にのめるように失速し、基地西方の黒い森にその機首から没していったのは昨秋のことであった。その夜のエンジンの排気ガスの青がいまも目に残る。

急ぎ救援に駆けつけ、墜落地点の闇に見た機は、全速の主翼の幅で松林の無数の大樹をなぎ倒し、梨園のある闇の大地に激突大破していた。

懐中電灯をかざした私は、操縦席のつぶれかかった天蓋を開こうとしたとき、無残にも、後部同乗者席の、十七歳の童顔のO兵長のすでにこと切れた姿が目に入り、思わず息をのんだ。頭部を強打したのであろうか、深く首を垂れたまま、血の気を失った白い端正な死に顔に結んだ口元から、細い一条の鮮血が流れていた。

長野は風防ガラスが飛散し、ジュラルミンが曲がって押しつぶされた操縦席に、股を深く沈め、身は太い座席ベルトに締めつけられたまま、上半身は強い激突のショックでたたみこまれ、海老のように折れ曲がり、飛行帽の頭から首まで、前方計器盤の下に突込み失神していた。首の白いマフラーのあいだから、周囲の油の臭気に混じった男の臭いが汗に湿って湯気のように立ち昇り、そこにふれた私の手にまだ温《ぬく》もりがあった。

「まだ生きている！」――

今日の目の前の彼は、われわれに救出されて、白い落下傘につつまれた血まみれのあのときと同じく、耳も口もひきつり、醜い盲の片目を黒い眼鏡の下にかくしていた。

「あのときのことを覚えているかい」との私の問いかけに、「離陸したまでの記憶で、あとは……」と答えた。

あの悽惨は、まったく今昔の記憶を喪失した彼にはふたたびよみがえらなかった。

そしてただ、「大地に激突した直後、目の前に漆黒の闇の世界がひろがり、その中にふわりと夢のように泳ぐように浮かんで、はるか一点に灯を見、人の声も遠くにきこえたような気がした」といった。

それは人間死の最後の瞬間に訪れる数分の一秒の幻覚にも似た意識の回復であり、彼はそこで「地獄」を見てきたのだと私は思った。

四月十五日　晴　警戒警報数回のうち、午後B29一機飛来。しかし一機でも投弾す。二二一五、B29二〇〇機、前の先発一機と同コースで房総、伊豆方面より京浜地区へ侵入。しかもきわめて低空から、油脂焼夷弾と爆弾の混投攻撃を行なう。

またも戦法は、夜間の少数機各個侵入の波状攻撃なり。保土谷、品川その他を焼尽。全力出動し撃墜六機なり。わが隊未帰還機一機あり。東京の海側に終夜火災はげしく、黒煙が夜目にも黒々と空をおおった。

より高い人間の精神で　一部の将校と下士官が、昨夜集まって晩《おそ》くまで痛飲したという。

それは昨夜邀撃からついに帰らなかったK中尉の厄払《やくばら》いといった。人の死をわらうとは、なんたることであろうか、もちろんK中尉は、陸士出のあまりにも軍人につくられすぎた軍人であって、かならずしも讃嘆をおしまぬほどの清潔な軍人ではなく、むしろその日常は部下に対して非情なまでに峻厳であった。またつねづね至誠の発露というよりは、なにか軍人の鋳型にはめこまれすぎて、突飛な行動が多く、また人に説く軍人精神は幼稚な形式的なうらみもあった。

しかも最も肝心なことは、このきびしい戦いの軍律の中にも、彼の中にある軍人とは別の、本来の人間性が兵士たちに拒否されたことであり、これは悲しむべき戦争の悲劇でなくてなんであろう。

しかし彼自身は邪心もなく、しかも、おのれのけいれん的なヒロイズムの中に酔いしれたまま、そのことに気がつくこともなく、死んでいったに違いない。それはまるで子供の兵隊ごっこの中の軍人のように。

私は彼のようにつくられた狂信的なまでの軍人の最期を、心凍らせて悲しむとともに、この国の危急を目前に、とかくゆがめられた秩序や習俗に支配されがちな軍隊の中にあっても、決してみずからを失うことなく、いまは兵士としてより、むしろより高い人間の精神で、この戦いに果てようと思った。私は生きる人間としての自己を最後まで、決してあざむくことはできない。

＊マリアナ基地のB29は十三日夜東京の北西部を襲ったが、その二日後のこの日、ふたたび東京およびその周辺の市街地を爆撃した。敵編隊は前回の攻撃と同様伊豆列島沿いに北上し、その主力は相模湾および房総半島南部より、また一部は駿河湾方面より、単機または少数機に分かれて帝都西南地区へ侵入した。そしてまず指揮官機が先頭に立ち、照明弾と焼夷弾を投下し、爆撃予定地区に目標火災を発生させて後続の本隊を誘導し、二、〇〇〇—四、〇〇〇メートルの高度から焼夷弾および爆弾を混用投下した。こうして東京、神奈川の市街地を爆撃後、敵は相模湾および房総方面より洋上遠く脱去した。米軍発表ではこの攻撃は、B29の三〇〇機をもって、東京湾西岸に沿う東京、川崎、横浜の二五平方キロを焼き、一三機のB29を失ったとされている。

これに対する日本の邀撃は、第十飛行師団の全力出動と一部海軍機をもってなされた。日本の高射砲部隊の発表によれば、高射砲隊は六、六〇九発を発射し、撃墜七〇機、撃破五〇機以上の戦果をあげたとしている。

またこの日の爆撃被害は、当時の新聞では「地上におけるわが方の被害は広範囲におよんだが、軍官民の敢闘により、防空活動は比較的好成績を収めた」と発表された。しかし、事実は、この日の市街地の損害はきわめて大きく、戦後の『東京都戦災誌』は「……被弾地域は瞬間に多発火災発生せり、民防空は全く戦意を喪失して見るべきものなし……」と記している。

この日の投下焼夷弾は四、八五六発以上で、死者一二四人、被害家屋五五、一五一戸、罹災者二二四、三六七人に達した。

焼失地域は、大森、市野倉町、池上本町、新井宿、入新井、馬込、堤方町、蒲田、池上徳持町、千鳥町、雪ヶ谷町、北千束町、大塚町、調布嶺町、鵜ノ木町、田園調布町、荏原中延、小山、中目黒、上目黒、三田、下目黒、鷹番町、唐ヶ崎町、清水町、自由ヶ丘、西小山町、洗足町、上馬、下馬、大崎、五反田、西品川、大井関屋町、広芝町、倉田町、山中町、水神町、坂下町、鈴ヶ森、海岸町、浜川町、奥沢町、新町、等々力町、深沢町、上野毛町、愛宕町、田村町、新橋、神吉町、坂下町、一本松町、網代町、我善坊町、狸穴町、新網町、永坂町、南日ヶ窪町、箱崎町、隅田町、小松川、円山町の六三町におよんだ。

四月十六日　晴

四月十七日　晴　朝風やみ、空はれる。

〇九〇〇、一二〇〇、二〇〇〇、B29各一機で三回偵察飛来。

伊藤一等兵がこの熾烈な戦闘下、よく私の身辺の始末をつけてくれるのはありがたい。むしろすまないと思う。いままで航空隊でめぐり会ったただ一人の純朴な口数の少ない農民兵で、ほんとうの人間のあたたかさにふれる想いがする。岩手の渋民村が彼の故郷である。あるとき、啄木の話をしたら瞳を輝かして喜んだ。いつの日か生きて還れたら、私は彼のような人となりを育んだその村を訪ねたいと思った。

一四〇〇よりB29八〇機九州を襲う。

昨十六日沖縄戦線では、敵艦ミズーリ号がわが特攻機の体当りで大破した。しかしこの日わが特攻機は一三〇機が出撃し一機も還らなかった。

馬と兵隊　初めて私の部下となった日の、伊藤一等兵の身上調書によると、彼ほど悲惨な過去をもつ兵隊はほかにないとさえ思ったあの半年前のことを今日も思い出した。

それはわれわれの想像を絶する日本のチベット「岩手」の、北上山系の山村にくりひろげられた、人間の貧苦と生活の苦闘の物語りであり、それは深い日本の傷痕だと思った。

彼の物心のついた育ち盛りの五歳のころ、生まれ故郷のこの岩手にある日突然の冷害がおそいかかった。そしてその後、さらに彼が小学校にあがった年、昭和九年ごろはまたまた二度目の大凶作でした、と語った。

初めて聞く岩手の農民のこのころの生活の窮乏はまさに悽惨であり、決してこの世のものとは思えない人間生活の限界を意味した。食生活一つにふれても、そのころは稗《ひえ》が主食であり、よくてもこれにわずかの米や麦をまぜてたいた飯を常食とし、副食は大根葉やわらび、ぜんまいなどの山菜の漬けものがあれば上等だったという。まして豆や豆腐はめったに口にはいるものではなく、魚というものは見たこともなかったという。少々の味噌があれば特別のごちそうといわれた。

さらに急迫した昭和九年には、稗の糠《ぬか》を丸めた団子のようなものだけをなにも副食もないまま、これに水をかけて食い、よく学校の帰り道、空腹にたえかねては畑の大根を抜いてかじった想い出すらあったという。彼は今日のこの軍隊の窮迫した食事も、生まれて以来初めての美食といいきっている。

また、その話のなかで目をそむけるような酷い事実として、この土地では、せっかくこの世に生をうけて生まれて来た嬰児の多くはこの極貧下につぎつぎと夭折し、また数多くの娘たちは、親の貧苦のために苦界に身を沈めることも多かったという。これを聞いた私は、その渋民の農民には、人の営みというにはほど遠い、この世の地獄だけがあり、それはある日突然に訪れる苛酷な天災と、矛盾の多い小作制度を中心とした農政の陥穽のためだと思った。

そしてさらに彼は、この想像を絶する荒廃の中から、いまも、この村は〝軍馬と兵隊〟が最も多く国家にささげられる彼の故郷の名誉を私に誇ったが、私にはその悲痛がたえがたいものであった。ここにも農民の疲弊と軍隊の精強とのつながりが見られる。

四月十八日　快晴　春風強し。正午すぎB29一機来襲のみ、情報はなし。

少年兵　彼らはまだだれも煙草をすわない。戦いのあいまの休憩に、飛行場の一隅の生い茂る青い草の上で、輪になって腰をおろすと、その一群は幼児のように空をあおぎ、草笛を吹き、ある者は車前草《おおばこ》のくきを二人でからませ、ひっぱりっこに興ずる無心な姿を見て、私は胸をつかれた。それは精神のおさなさだ。

彼らはまだ戦いにのぞむ歳ではない。しかも学業半ばの十五、六歳の少年であり、彼らの故郷は遠く、みな北海道だ。そしていまは、一生のうちでいちばん純粋な憧れをもち、多感な夢の中に生きようとする年ごろだ。それなのに、いま彼らはこの軍隊に日ごろ自由な思考や行動をうばわれている。

私は長い青春をこの戦いに賭けて、もう二十九歳の髭面となったが、それでも私の城下町の故郷の少年時代は楽しく平和であった。学校で学び、スポーツにうちこんだり、海や山に遊んだり、そしてそのころ知った私の十六歳の胸のときめきに、それが恋であることさえもわかっていた。

それなのに、いま彼ら少年兵はこの灰色の戦場の思春期の中で、そのまま年若く死んでいった者も少なくない。彼らは小学校以来、「神国日本は負けることはない」「花と散る」ことをただ一つの生き方として教えられてきている。いま日本中の若者の心を抑圧し、その青春を圧殺したこの軍隊への憤激が胸にこみ上げてきた。もしもこの戦いが終わったら、早く彼らを郷里に帰し、そして若者としての自由な生活を与えたいものだ。しかし、その時ははたして来るだろうか。

少年兵募集　愛国の熱血少年よ来れ。陸軍の少年兵は今年から一年早くなり、満十四歳」から志願出来ることになりました。

○少年飛行兵（満十四歳より十九歳まで）
願書締切りは六月三十日。
くわしくは各地の聯隊区司令部に問合せ下さい。（昭和十八年「少年倶楽部」六月号）

四月十九日　曇　終日風強く夕方より雨となる。

一〇一〇B29の誘導するP51五〇機東京へ、厚木、調布の基地飛行場を攻撃。これは硫黄島より単独飛来の初めてのことなり。ここで戦局は小型機の単独侵入で、航空基地撃滅作戦の新局面にはいる。

ひさしぶりで家郷に手紙を書く。東京の人々が空襲で〝焼け出された〟という新しい言葉を新聞で初めて知った。

沖縄の米軍は首里北正面のわが主陣地に迫りつつあるという。

＊P51は本土近海までB29三機に誘導されて近接したが、わが電波警戒機はこの低空侵入の小型機来襲の発見は困難で、このときからあらためて他の監視法が重要視されてきた。

この日第十飛行師団は一部をもってこのP51を邀撃し、また高射第一師団は三二九発を発射し、撃墜一、撃破一を報じた。海軍の厚木基地は、発進寸前P51の地上銃撃にあいながらも、雷電二機、零戦一機が強行離陸してP51三〇機と格闘したが、雷電は撃墜され、零戦は数十発の被弾をうけて帰投した。

来襲P51は厚木や調布の飛行場攻撃を主としたが、東京港、四国町、荏原、宮村町、飯倉町、幡ヶ谷原町、若林町、下高井戸、宇奈根町、下馬、烏山町、田園調布、調布嶺町、和田本町、久我山、府中町、立川、昭和町、武蔵野町、小平町、調布町、上石神井を銃撃し、死傷五一人、被害家屋一二戸となった。

四月二十日　曇風つよし　〇〇三〇B29一機来襲、一一三〇B29定期便一機。

農家に行く道々には小雨にぬれた緑が雨に光って美しく、野は一望の濃いみどり。もらってきた独活《うど》を、なまで夜食べると春の季節の香が身にしみるようにさわやかであった。

四月二十一日　快晴　沖縄の戦況はきわめて重大なり。

警急配備につき敵をまつも、終日平穏なり。夜無線係の中沢上等兵が、サイパンからの日本向け放送の〝VOA〟を聞いた、この米軍のいう「最も新しくかつ正確なニュース」について、二人で秘かに語りあった。

そのニュースは、比島奥地の日本軍の断末魔や、沖縄攻防戦のわが軍の絶望的な戦況をつたえる。悲惨のきわみなり。彼は日ごろ兵士の聞いてはならないとされている〝敵側ニュース〟を飛行機の機上無線できいては、声を落として私だけに告げる。いまこのニュースを信じていいのか否か。

B29九州へ二八〇機、しかも九州南部の航空基地が攻撃された。敵はいまのところ、東京よりも九州攻撃に専念。米軍沖縄上陸戦の支援行動なり。

四月二十二日　晴　きわめてよい天気。雲一つなく、薫風こころよし。

〇八三〇、一〇〇〇、一〇三〇B29一機で来襲。敵はちかごろ関東地区でなにか準備偵察している。この偵察機めがけて東京の空に高射砲が火を吹いた。

九州では今日も、宮崎、鹿児島県下にB29百余機と小型機三〇機来襲。飛行場を攻撃。

一一〇〇すぎB29四機は明野、宇治山田、松阪を攻撃。

日本本土のどこかが連日確実に空襲をうけている。敵勢ますますあなどりがたし。

夜中天に月がかかる。おぼろ月の夜なり。

鬼軍曹の泪《なみだ》　北海道から応召した、戦隊で一番勇ましく見えるあご鬚の軍曹が、秘かに泪したという。故郷に残したただ一人の愛児が病篤しの報せに仰天し、日ごろのことが手につかないばかりか、いまは帰郷の望みもたたれ、その悶々の態《てい》はただごとではない。

中隊長は「そんな女々《めめ》しい」といったと聞く。私は子を持つ親の真情を十分には計りかねるが、すくなくとも悲劇であることは別としても、一見勇猛で剛毅なつらがまえの鬚の泪には、軍服の下にかくされていた、兵隊でないただの人間の真情にふれて、胸がつまり、いま戦線を征く万卒の心情をかいま見たような、戦いの哀しみを覚えた。

彼は兵隊でありながら、人間として生きねばならない人間であるために、いまはこの軍服のために泣いた。
いまは花の便りも聞かれるが、今日は花冷えの夜が更《ふ》ける。

四月二十三日　曇　正午ごろ警報あり。

沖縄戦に多忙の敵は、関東地区への来攻は閑散ぎみ。

半日読書ができた。

四月二十四日　晴　〇八三〇より〇九四〇までB29一三〇機をもって立川を爆撃。その爆撃音が大地をゆるがし、ここまで聞こえた。航空基地とその他の施設がやられた。

P51も来襲というが不詳。わが隊全力出動。戦果は不明。

軍事施設や兵器工場の爆撃は、かならず好天の日の昼間に来襲するのは、投弾の命中確率を考慮してのことか。そこで夜間の都市焼夷攻撃は、市街地無差別じゅうたん爆撃で、これは盲爆と解釈していいのかと考えた。

もう空襲は、市民の殺戮をあたりまえのこととして、ふだんに繰り返されている。いつの世にも、戦いは人間を最も人間でなくすることが多い。

一二〇〇B29偵察一機来襲。夜間は無事なり。

春ともなれば、付近の農家は農耕にいそがしく、今日も畑で見たのは農夫でなく、みな農婦であった。日本はいまに、女と子供と老人の国となるかもしれない。

夜私は古い万葉のうたを想いだした。

丈夫《ますらを》の靫取《ゆきと》り負《お》ひていでてゆけば
　別れを惜しみ嘆きけむ妻

一昨日敵はベルリン一二キロに迫ると聞いたが、今日ソ連軍続々侵入。万事休す。

＊二十四日B29約一三〇機は伊豆南方海上より本土を目指し、〇八二〇ごろ下田より侵入、立川付近の飛行機工場を爆撃、その一部は静岡、清水方面にむかい、〇九四〇ころより駿河湾より脱去。これに対して四八機の日本戦闘機が邀撃し、撃墜一三機、撃破三三機の戦果が発表されているが、この数字にはすこぶる疑問が多い。

この日の立川の被害家屋三三五戸、死傷五一三人。

四月二十五日　晴　一二四〇B29一機来襲。

新聞が入手できないので戦況がわからない。特に沖縄の情報はとだえがち。

早朝、他隊の兵隊が飛行場に整列し、東の空に向かって〝戦陣訓〟を高唱していた。その後姿に、なにか鬼気せまるものを感じ、それにはこの戦況を反映して、背筋のゾッとするような想いがした。

「恥を知る者は強し、常に家郷家門の面目を思い、いよいよ精励してその期待に答うべし。生きて虜囚の辱を受けず、死して罪科の汚名を残すことなかれ」

春に背く想いなり。兵隊はこのさき、その生命をこの訓《おし》えに呪縛されている。しかし兵隊はひたすらに、今日も生きようと考えている。人間の運命のもろさを想った。戦いはいつの世でもむごい。


四月二十六日　曇　終日情報なし。

壕舎の内で壁にさらに横穴を掘り、そこに貴重品をいれようと、その作業を岡田一等兵に頼んだ。いまいちばん大切なものは日ごろの日記のメモ、しかもこれはとかく私事にわたることが多く、人目をさけたいうえ、今後の基地爆撃にも安全に守りたい。私がある日このまま死んでも、そのものが散逸し、人目にふれ、後世に恥を残さないでもすむにちがいない。

今朝、基地北端の新緑の小道を、砲車をひいて陸続とつづく地上部隊に出会った。北支から転進してきたといい、これから九十九里沿岸防備につくともいった。兵隊は大陸の戦塵にまみれた完全軍装の野砲兵で、この隊伍は汗と脂にまみれ、革と油の匂いがして勇ましく見えた。

B29一〇〇機九州に。あいかわらず敵沖縄作戦の掩護のための飛行場攻撃ならん。

今夜の薄曇りの春宵は風もなまめいた。

四月二十七日　夕方より雨　夜になると夕方からの雨が春雪にかわった。

今日またB29一五〇機（※約一四〇機の誤り）九州南部の飛行場を攻撃。B29はこれで三月三十一日から四回目の九州攻撃なり。

夜、春雷が鳴った。

＊この日マリアナ基地を発進したB29約一四〇機は、南九州に第四回目の攻撃をかけた。〇六三〇ごろ、B29の約四〇機が四国足摺岬方面より、二梯団にわかれて宮崎県南部に侵入した。別に同時刻ころ、主力の約六〇機は一〇―二〇機よりなる四梯団をもって志布志湾または薩摩半島から鹿児島県下に侵入した。いずれも八、〇〇〇メートル以上の高度から鹿児島付近および宮崎、鹿児島両県下の飛行場を爆撃し、それぞれ〇九三〇ごろまでに、宮崎県東南洋上より脱去した。これに対して日本側は四一機が邀撃し、海軍機がB29撃破三機を報じた。

戦後米国側の資料によると、四月一日の米軍沖縄上陸の日から、沖縄西海岸にある米水上部隊は数百機の日本特攻機で攻撃され、そのための損害は初め意外に多かった。このためニミッツ提督はマリアナのルメーにB29をもって九州の特攻基地攻撃を行なうことをつよく要請せねばならなかった。B29はこの要請にこたえて飛行場を反復爆撃したが、日本軍の特攻攻撃を完全に中止させることはできなかった。四月二日から六月二十二日まで日本軍は約一、九〇〇機の特攻機をくり出し、二五隻の米艦艇を撃沈した。そのためマリアナのB29は、六月上旬までその全体の兵力の七五パーセントで九州の基地攻撃を続行しなければならなかった。そしてその残余のB29は、依然として日本本土の他の飛行機工場や市街地を焼夷攻撃したといわれている。（『B29——日本本土の大爆撃』カール・バーガー著　サンケイ新聞社）

四月二十八日　快晴　すこし寒い。正午B29定期便一機東京に。その空に雲が流れた。

今日も南九州B29一三〇機で飛行場攻撃をうけた。

水と兵隊　春の光が強くなると、ことさらに水が貴重となる。水筒の水は、毎日三キロの道を三度の飯盒とともに、兵隊がこの飛行場まで運んでくる。

戦いに渇はつきものだが、ここ本土の戦場でも、風呂にはもう一カ月はいっていないし、洗顔も週に一—二度始動車を駆って近所のきたない小川ですませる。夏に向かい基地は一滴の水もない荒涼たる台地と化し、終日白く砂塵が舞い上がり、乾ききった陸の孤島のように索莫たる気配となる。そしてやがて夏となれば、この飛行場には一本の樹もなく、憩う緑の寸尺の蔭もない酷暑が訪れるであろう。

当然のことであるが、兵隊は全員シラミに悩まされている。この不潔な生活から、みずからの肉体を顧みることはまずむずかしいことであろうし、そのうえ目には見えないが、その肉体とともに兵隊の心も荒廃していることはたしかであろう。

ソ軍コーネフ元帥のひきいるウクライナ戦線軍と、もう一人のむずかしい名前の元帥（※ジューコフ元帥）の第一白露戦線軍がベルリン市内で合流して、ヒットラーの地下要塞を猛攻しているとラジオが報じた。

四月二十九日　晴　天長節なり。戦局切迫のいまは軍隊でも儀式はやれない。偵察のB29三回来襲。毎日昼の定期便確実の来襲で落ちついて飯も食えない。B29一〇〇機今日も南九州飛行場を攻撃。

四月三十日　曇のち快晴　風強し。快晴の光るような空なり。〇八〇〇ごろより情報活発となり、一〇〇〇B29一〇〇機、P51一〇〇機をもって立川を攻撃。わが隊全機出動。梅田少尉機が富士山上空で哨戒中「敵機発見、ただいまより接敵」と地上連絡してきた。戦闘指揮所は「P51を警戒せよ」と返信した。

かつてないP51の掩護戦闘機の多い昼間来襲なり。硫黄島の整備は急進している。当隊戦果撃破四機。

今日は厚木、平塚、浜松もこの戦爆で同時に攻撃された。

東京は夜間来襲機なし。

＊この日の来襲は、軍事目標の精密爆撃と銃撃で、日本軍は一二〇機でこれを邀撃し、撃墜二、

撃破一二機の戦果をあげたが、自爆、未帰還各一機をだした。

四月になると本土は四十年ぶりといわれた豪雪と寒気から解放されて、敵B29の本土来攻はいよいよはげしくなった。四月一日の沖縄上陸戦の日から、B29は支援作戦を主とした。また一部は本州の軍事目標や都市焼夷攻撃を続行した。

東京は三月の約二倍のB29九七二機（日本軍側発表）の攻撃をうけ、投下焼夷弾は二三、六四九発で三月の三分の一となり、それにかわって軍事目標破壊の爆弾投下は約一〇倍の、六、五八二発となった。このため死者四、〇五九人、負傷者一七、九九九人を出し、被害家屋二二五、五四六戸、全罹災者八五六、一〇七人におよんだ。

これに対する日本軍の反攻は、四月中八〇〇機をもって行なわれたが、硫黄島からのP51の来襲によって妨げられ、その戦果はとぼしかった。

五月一日　曇　風強く飛行場黄塵万丈の日なり。

正午B29定期便一機来襲。

先日の壕舎の中に掘った横穴に物を入れたらひどい湿気、本やノートにはカビが生え、ナイフや爪切りは錆で使えない。本や日記を油紙で包んで入れておくことにする。

五月二日　雨　夕方まで大雨がつづく。

故障機の整備だけの作業、兵隊はこの雨で壕舎にとじこめられた。

イタリーのムッソリニーが連合軍に逮捕されたらしいニュースあり。欧州の情勢急迫、なにか胸せまるものあり。

Ⅷ　底をついた日本の航空戦力

五月三日　**曇**　早くも梅雨気味の空でうすら寒い。

今暁〇三〇〇ごろB29東京に一機侵入。

九州がまたB29八〇機で飛行場攻撃された。

ラジオニュースによると、今日沖縄の日本軍は、攻勢に転じ、米上陸軍と対決している。この沖縄戦で、米軍はわが航空部隊の特攻攻撃を牽制《けんせい》のため基地攻撃熾烈。

沖縄の戦局が悪化し、いまはほとんど絶望的、口にはださないが兵隊はみな内心最も深くこの戦況を憂えている。ここで案じてもおよばないことながら、おのれの運命とこの戦況の連帯を考えているゆえであろう。兵隊が戦いの帰趨を、これほど心にかけている姿を見ると、痛烈なまでに胸がいたむ。

私はこの戦局は、もはや絶望だろうという捨鉢な気持と、ふたたびよもやそこまでは？という感情的なものが相半ばした。

昨二日ベルリン陥落す。英軍によりレニングラードが占領された。赤軍のベルリン突入の四月二十二日以来、戦闘十二日間の終幕の日なり。
ヒットラー死亡の噂しきりなり。

＊偽りの音信

戦後二十数年をすぎたある日、私自身がこの松戸基地から、家人にあてた陣中の手紙が、偶然にも私の身辺から発見された。手紙は軍用通信紙に認められ、正式に検閲をへて発翰されたもので、二十数年後のいまはその用紙も、そまつな手作りの封筒も、赤茶けたみじめな私の歴史となって残っていた。

当時の戦局の悪化から、私は当然目前の死を予期し最後の決心をかためながらも、なお人想う心情はせつなく、しかもきびしい軍律の中に、表現の自由をもたない哀しい偽りの手紙を書いたのであった。

お便りありがとう、みなさま元気の由、小生その後はなはだ頑健。いろいろのこまかい家内事情よくわかりました。

先般御地の空襲は恐ろしかったとのこと、しかしいまはそれもしかたなし。疎開もできればいいのですが、その実行はなかなかとむずかしいことでしょう。そのうえ今後は疎開にもいろいろと不便なことが多くなり、できることなら今月中ぐらいに実行しないとその後はむずかしいこととなりましょう。また考えかたしだいで、ある観念まで達したら、この空襲もたいした気になるものでなくなることでしょう。

いまの東京人のように身一つになるまで焼かれてみるのもさっぱりすることではないでしょうか。あまり身辺の小事にだけ拘泥しすぎ神経過敏になってもこまりものです。

沖縄の敵も徐々にその損耗を喫しつつも、なお頑強、あいつぐわが特攻の出撃、その特攻人の心境を静かに考えて見たいものです。私も陣中にあってこのごろ、この特攻人の淡々たる気持が少しずつわかってきたような気がします。いままでわれわれはあまりにも生死という問題にとらわれすぎてきた憾があるように思います（※完全な虚言であり、このように書かないと検閲はパスしなかった）。

さて春まことに深く、近所の畑にはじゃがいもやえんどうの緑が濃くなってまいりました。

今年はみなさまも家庭菜園でたいへんでしょう。

またあのタコの木の芽をつんで食する兵隊を見るたびに、いささか苦笑を禁じえません。

それにあの〝筍〟、いま口に入るわけではありませんがむかしのことを思い出します。

あの私の住家もとうとう引き払いの模様、その中で本やプリントや資料は特に散らさぬよう処置してください。

最近は陣中多々趣味あり曰ク慰問演芸会、曰ク映画会、なかなかといろいろの催しが実施されます。

また陣中閑もあれば、むかしからの数多き思い出とその追憶を散文ふうにものし、現在相当数となり、安直きわまる唯一の楽しみとしております。

みなさまそれではよろしく。空襲も用意と落着きをもってまちがいなきようくれぐれもおだいじに。さよなら。

昭和二十年五月三日

千葉県松戸市松戸局気付
東部一八四二六部隊向井隊
原田良次

皆々様

追而　最近夜の星座に心ひかれることが多くなりました。なにか星やそのほか天体のことを書いた本が探せたらお送りください。

五月四日　晴　昨夜からの曇り空、今日はれとなる。

正午B29一機東京に、その飛行雲がきわめて美しかった。これに攻撃をかけるケシ粒のような日本戦闘機も今日は見られた。

知らないまに、いまはこの戦場も春たけなわ、かすかな羽音をたてて、蜜蜂が風の中を、花の中に飛んでいった。強い菜の花の香が、この飛行場まで風に乗ってやってきた。戦いに季節感を感ずることは、むしろわびしい。人間が平気で殺しあうこの社会にはそぐわない風情なり。

この飛行場の周辺には憲兵がいっぱいいるのを見た、とある兵隊がいった。

B29六〇機で九州に、大分と大村が攻撃された。

夜になると、沖縄戦線でわが軍が攻勢に出たとのニュースあり。

B29一五機で関門海峡へ機雷投下。


五月五日　曇　肌寒い。正午ごろB29一機ずつで三回東京に侵入。

夜二三〇〇より情報あり、有力目標北上中。出撃を待つが、その後の情報はいっこうに要領をえない。そのつど武装をととのえた出動機の試運転をしてまつ。〇〇三〇ごろ敵編隊は西進とわかり、当隊は休務仮眠につく。

B29二〇〇機で九州へ。呉海軍工廠を攻撃。米軍沖縄上陸後のいまも、わが航空基地兵力に対する猛攻激烈なり。大分、鹿児島付近の飛行場が攻撃された。

オランダおよびイタリー両戦線のドイツ軍降伏、ベルリンは独軍の組織的抵抗止む。

*この日B29一四八機が、大型爆弾五七八トンを呉海軍工廠に投下した。

五月六日　晴

五月七日　晴　B29定期便東京に三回来襲。また東京に大攻撃がありそうな気配。

このごろ敵機の東京への出現は変わり、午前中の早い時刻となる。おそらく硫黄島整備進捗のためか。

今日もB29六〇機はP51をともなって九州に。

いままでのB29の来襲をみると、「軍需工場の昼間爆撃」と「大都市夜間焼夷爆撃」であったが、いまは沖縄上陸戦のための「九州基地攻撃」がつづいている。また港湾封鎖の「機雷投下」も最近のことなり。しかもその攻撃は一定期間連続来襲の作戦なり。

沖縄の日本軍は五月三日総攻撃を行なったが、さしたる戦果もえられず、第二十四師団は逆に打撃をうけ（※兵力の三分の二を失う）、早くもおとずれた梅雨の首里にたてこもったという。

五月八日　薄曇　風つよし。

一一三五P51六〇機は千葉、茨城周辺の飛行場を攻撃。わが基地にも数機来襲。当隊も本土決戦までの飛行機温存の方針から、実動機は飛行場から遠く森や林の中に掩蔽《えんぺい》してある。今日の敵小型機は、基地北端上空を、わがもの顔に悠々と低空飛行していたのには驚いた。この空にわが邀撃《ようげき》機一機もなし。

今日も九州基地攻撃にB29三〇機。

「そのうち、ここも九州なみになるぞ」と兵隊がいった。そのときは敵関東上陸指向のときであろう。

この基地にはいま戦闘指揮所以外は防空壕も対空火砲もなく、兵隊の寝る地下壕があるだけ。私はこの兵員退避の場のないのはおかしいと考えた。

いまは野の緑が、目に痛いほどあざやか。新緑匂うほどなり。


五月九日　曇時々晴　晴また曇、ついに春雷をまじえて雨となる。のち三転して夕方よりはれる（※この年は異常気象にみまわれ、日本列島は五月十日から入梅となり、それは八月二十五日までつづいた）。

警報まったくなし。

このごろ飛行機の整備のための必要部品が急に不如意となり、兵隊は苦労しているが、うつ手もなし。

夜中沢上等兵が沈痛な顔で「独軍の無条件降伏」を闇の飛行場で私に告げた。いま敵無線放送ありとのこと。私は降伏はともかく「無条件」ということの意味の絶対の重みを考えて身をかたくした。

日本もはや孤立無援、四面楚歌。やがてせまりくる日本の末路を想い、深更まで私はこの「無条件降伏」の意味に、かつて日本軍が大陸で行なったむかしのことを想いあわせ、それは「日本の祖国の抹殺」であり、戦闘員も非戦闘員もふくめた「国民の苦役や虐殺」につながる非行を意味すると思い、慄然とした。
しかし、そのとき兵隊の私は死なねばならないだろうと、深く心にきめたとき「戦争」の酷さをひどく哀しんだ。

＊困苦欠乏

四月下旬から、飛行機整備の必要部品はとみに欠乏してきた。消耗品であるエンジンの点火栓（プラグ）や濾過筒（燃料または潤滑油用）の小物でもこと欠くありさまであった。そのため兵隊は、禁じられていた再生利用につとめねばならなかった。とかく故障の多い飛行計器の交換品の補給がつかないままに、欠陥整備のままで出撃する機も出てきた。不良タイヤの交換品のないため、せっかくの一機が離陸できないこともあった。そのためわが隊の可動率は著しく低下し、整備兵はこれをわがことのように心を痛めた。又アルコール燃料の試験飛行も試みられたが、きわめて不満足で、とても高々度飛行のできるわけはなく、最後まで実戦には不適であった。

また、夜間戦闘隊にとって致命的なことは、各自が照明用に持つ懐中電灯の乾電池が欠乏したことであった。補給責任者の兵器係の軍曹は、兵隊に「懐中電灯のレンズをよく磨いて明るく使え」と気合をかける始末であった。

五月十日　晴　Ｂ29東京に一機。同二八〇機岩国、徳山を攻撃。初の爆撃なり。

今日友に先日の返信を書く。

——音信多謝、元気の由。小生も頑健。御地も空襲をうけた由、当方かかることは日常茶飯事。沖縄の敵も頑強、その後なにがくるか、兵士は深く決意しています。しかしいまは光のみの春です。春も深まり、基地近傍の畑にえんどうの青が目にさやかです。ではお元気で——

日本の母　干草や家畜のにおいのこもる、農家の納屋に疎開してきた若い母親たちは、いずれも夫を戦地に送り、あるいは東京の町に残し、いまこの基地周辺の村々の生活に不安な孤独と飢餓を強いられているゆえ、みな焦燥の色が濃い。

警報が出ると、このみじめな姿の母親たちは、申しあわせたように、ボロに包んだような乳呑児を胸に、暗い防空壕に避難し、ひしとわが子をだきしめ敵機来襲にかたずをのんだ。

——いまは雄偉な体軀とたくましい心情で、この基地に敵をまつ数多くのわれわれ兵隊たちも、かつてこのように母の胸にだかれた赤児であったことを思うと、日夜目前の敵襲に立ち向かう兵隊自身の辛苦よりも、それぞれの故郷から戦場に送り出し、わが子の身を案ずる人の子の母親の胸のせつなさを想い、戦いの辛苦や哀しみは、むしろこの銃後の日本の母の胸に重くそして傷深いと思った。

そしていまこの防空壕の中で、母にだかれる幼児が成長し、やがて兵士として勇躍戦地におもむくと、そこにどんな理由があろうとも、勝つためには敵を殺さねばならない冷酷な兵隊の掟が待っている。母はわが子のために〝人を殺せ〟とはいちども教えなかったのに。

戦争とはいったいだれの利益のためにあるのだろうか。

＊この日三〇〇機のＢ29は徳山の海軍燃料廠、大竹の製油所、大島の貯油施設を攻撃、損害は徳山で二〇パーセント、大島で九〇パーセントにおよんだ。

五月十一日　曇　雨ふくみのいやな天気なり。

Ｂ29偵察二回来襲。今日初めて、Ｂ24が房総海岸で漁船を銃撃した。

このごろわが隊の保有機も目に見えて損耗してきた。出撃ごとに、くしの歯が欠けるように空で失われてゆく。このさい一機でもほしい。

敵小型機の基地襲撃では、たまには発見されるが、集中銃撃にあうのはほとんどが木製の擬飛行機（※ベニヤ板で作った実物大のものでこれにペンキを塗って飛行場に並べた）で、地上損害は比較的少ない。

四月七日より、Ｂ29はＰ51戦闘機の直掩で来襲するようになり、それ以来当隊の夜間戦闘機はまったくこれには手こずった。重戦闘機の屠龍《とりゅう》は、空中の格闘戦闘では小回りのきくＰ51にはまったく歯がたたない。昼間は退避で戦力の温存を計り、Ｐ51の随伴しない夜間邀撃だけに出撃する。そしていずれにしろ、わが隊は敵関東上陸時には全機特攻の決戦部隊となる使命がきまっている。

伝単　見てはならない物への好奇心と、見ねばならない恐怖心で、今日敵機から投下され、空から降ってきた一枚の伝単を暗い壕舎の灯の下で一人で見た。

「マリアナ時報」という新聞紙四つ切りの紙片には、福沢諭吉の写真がかかげられ、いま日本人の失っている自由の回復をそまつな絵入りでのべていた。

○日本国民は次の自由（私権《シケン》）を享有すべきである。

一、慾望の自由　一、恐怖からの自由　一、言語の自由　一、圧制からの自由

右の自由を得る道は唯一つある。

この戦争を惹起した軍閥を除去し

自由国民の仲間入りをし給え。——と。

B29神戸に六〇機、北九州には二〇機来襲。

独軍の全面無条件降伏、新聞報道あり。感無量なり。

＊五月十一日〇八三〇ころから、敵B29約六〇機は紀伊水道上空を一時間にわたって旋回し、各編隊集結の〇九三〇ころより徳島東方を北進した。その後いっきょに大阪湾をへて神戸東方地区に侵入し、芦屋付近に投弾し、東都西南方、奈良三重両県端をへて、一〇三〇前後紀伊半島東南部より洋上に脱去した。このとき、川西飛行機興南工場に相当の損害を与えた。

三月二十四日から始まって五月十九日までの飛行機工場攻撃のB29は一、四三三機に達したが、その損失は出動機の一・三パーセントにすぎなかったとする米軍発表がある。

五月十二日　雨　早朝から大雨、沛然《はいぜん》たり。

飛行場の視界悪く、雨は野水となってあふれた。繋留《けいりゅう》の機を見にゆく。夕方より晴。各機雨上がりの整備に全力。風もありむしろ寒い。闇の飛行場に黒い兵隊の影がいそがしく動く。

B29偵察二回、今日は無事。

＊B29沖縄支援作戦終了

四月十六日より五月十一日まで、沖縄支援作戦にB29は、マリアナ全兵力の七五パーセントを投入して行なわれて終了した。この作戦で九州地区の一七カ所の飛行場が攻撃をうけ、そのため沖縄進攻の日本機は多くの制約をうけたことは、日米両国の資料で明らかである。

この攻撃は鹿屋一五回、大分九回、国分九回、宮崎八回、都城八回、太刀洗七回、鹿屋東七回、出水六回、串良六回、新田原四回、宇佐四回、佐伯四回、松山四回、富高三回、大村二回、指宿二回、知覧一回と行なわれた。

このためのB29出動延機数は二、一〇四機で、これに対して日本機は、のべ一、四〇三機が邀撃し、B29の二四機を撃墜し、二三三機に損害を与えた。また敵は日本機を撃墜確実一三四機、同不確実八五機の戦果を挙げたと発表している。

五月十三日　晴　ぬぐったような青空。情報のまったくない日。たまさか、夜熟睡すると、翌日の晴れた朝が輝くばかりさわやかに思える。

南風薫る春なり。

B29一機偵察来襲。いまは東京も、大阪も、名古屋も焼けるものはなし。傷だらけの祖国なり。

敵機動部隊の艦上機九〇〇機南九州を襲う。

二三五〇よりB29四機長野―直江津―佐渡―福島のコースで飛ぶ。初めてのことなり。後続本格来襲を警戒し、待機するも〇一三〇警戒配備解除。

大雨のあとの壕舎ぐらしはまことに不快なり。

この一カ月東京は大空襲なし。B29もっぱら九州へ。兵隊はいつのまにか怠惰に流れ、士気決してあがらず。一見空襲は「あっても困るがなくても困る?」

しかし沖縄戦終了せば、敵はこの本土をただではおかないだろうと思った。嵐の前の静けさなり。

五月十四日　晴　〇八三〇よりB29一機東京に。

B29四〇〇機名古屋に。この第一三回目の空襲で名古屋は壊滅。むかしのことがしのばれる。

九州には小型機七〇〇機来襲、各地飛行場を攻撃。

敵は連日各地を猛攻。この中でも、B29の攻撃の主力は、九州からふたたび本土に指向されつつあると思った。

＊五月十一日、第二一爆撃集団は、沖縄支援の戦術任務を解除されると同時に、同日アーノルド大将は、あらたにルメーに対し「日本本土を完全に焦土化し、降伏を早めるためにさらに焼夷弾攻撃の強化」を命じた。この命令にもとづく最初の本土攻撃が、五月十四日名古屋三菱工場に加えられた。

この日の〇七〇〇—〇八三〇のあいだ、マリアナを離陸したB29五〇〇機のうち、その四七二機がこの主目標上空に到着し、二、五〇〇トンのM69焼夷弾を一二、〇〇〇—二〇、五〇〇フィートから投弾した。そのため三菱工場の八平方キロが焦土と化し、約二〇、〇〇〇戸の家屋が焼失した。

米軍は、この出撃で邀撃してきた一〇九機の日本機のうち、一八機を撃墜し、四六機を撃破し、B29の損失は撃墜一〇機（日本側九機）で、そのほか四六機（日本側二四機）が被害をうけたと発表している。

五月十五日　曇　夜は寒い。夕方より雨。一日警報なし。

五月十六日　晴　小雨午後よりはれる。正午B29定期便一機来襲。B24今日も房総海岸で漁船を銃撃。

わが隊はこのごろは夜間でないと出動できない。昼間来襲のP51が最もにが手のためなり。そのため昼間兵隊はもっぱら仮眠することとする。

先日十四日の名古屋空襲は焼夷弾攻撃で、その被害は甚大との情報あり。B29の来襲規模は日に増大、わが方の反撃はとだえ、戦局もはや末期的なり。

私はこの敗勢に日本の軍部のだれがなんといおうと、もはや信頼するなにものもなく、一つの破局の訪れをこの敗勢の中から本能的にかぎわけた。

五月十七日　晴　肌をむすような晴れの暑気なり。

P51約五〇機、一三〇〇より一時間立川飛行場を攻撃。

いまや硫黄島の監視哨を失い、その上敵の電波妨害のため、レーダー情報は不明確。特に小型機や単機低空侵入機の捕捉は困難なり。

名古屋にB29一〇〇機、第一四回目の来襲なり。名古屋城、熱田神宮も焼失。

＊この日出動のB29五二一機のうち、四五七機（米側発表）が名古屋上空に達し、〇二一〇から〇四一〇のあいだ、港湾工業地帯に三、六〇〇トンの焼夷弾を投下した。そのため名古屋の二分の一の二〇平方マイルの地域を破壊した。この第一四回目の攻撃で名古屋は壊滅。日本戦

闘機はわずか一八機がこのB29大編隊の邀撃に立ち向かい、中部軍は撃墜九機、撃破一九機（または二四機）の戦果を報じたが、米軍の発表では、この日の損害は三機となっている。

なお高射第三師団は二、八四三発を発射した。

五月十八日　快晴　B29単機早朝より二度来襲。またB24房総海岸に、この敵機はさすが内陸には侵入しない。それにしても東京、千葉の沿岸は敵のなすままなされるがまま。

日々空襲は熾烈、出動はないが気の安まることがない。

私の空襲メモは混乱するばかり。

五月十九日　曇　〇九五〇より一一五〇までB29九〇機をもって京浜地区を攻撃。警急中隊のみ出動。B29二〇〇機一〇三〇ごろより浜松、静岡、豊橋を昼間爆撃す。

夜B29三〇機若狭湾へ機雷投下。

B29一機長野に。また別にB29一機和歌山、明石方面に。さらにB29各一機は潮ノ岬方面、神戸、富山付近に飛来。なおB29少数機が山口県に。そのうえB24が単機で三方面に侵入というも詳細は不明。

今日は開戦以来最もはげしく敵機の本土跳梁の日なり。日本の空は敵の空、この空にむかえうつ日本機今日は一機もなし。

五月二十日　小雨　春雨の中の遠い樹木に、新緑がけぶる。広い飛行場の小雨の中を横断してゆく三人の兵隊の小さな影が墨絵のように見えた。

正午B29一機偵察来襲。

五月二十一日　曇　正午、B29一機来襲。

あれほど激烈な敵の空襲も天候悪化となると忘れたように休止。今日はサイパンも休日であろう。

五月二十二日　雨　寒い、梅雨のような雨。まさに異常気象なり。本来ならば「夏立ち」神田祭の、肌にかすかに汗ばむころなり。

偵察飛来するB29は日本上空の気象観測をしている。悪天候では大空襲のないことは、われわれも日ごろの経験でわかってきた。晴れるとあぶない。

がんらいが夜間戦闘隊のわが隊が、いまは昼間も夜間も敵襲とあらばすぐ待機となり、兵隊の生活がひどく乱れる。

いま兵隊のあいだに皮膚病がはやっている。野菜の欠乏のためか？　この新緑の日に輝く中で野菜を腹いっぱい食いたいと思った。

五月二十三日　雨　また雨。戦争が終わったのではないかと思われるような日なり。なにごともなし。

五月二十四日　晴　晴れれば敵は必ずやってきた。今晩、B29二五〇機東京に、当隊全機出撃。撃墜一二機（※日本側発表は約三〇機）わが方の損害は三機（※日本側発表はなし）。いままで九州爆撃のB29は、ふたたびひさしぶりの関東地区強襲。今日は東京の残った市街地が焼けた。

午後艦上機二〇〇機（※日本側発表は一八〇機）九州に。二三〇〇すぎB29二〇機新潟富山湾に機雷投下。

東京山の手の大空襲　午前零時ごろより情報あり。「南方洋上敵大編隊北上中なり」「各隊は警戒戦備甲に転移すべし」

バネで弾かれたように、兵隊の黒い影が飛行場の列線に駆けこみ、いっせいに全機始動。出撃準備。ひさかたぶりの夜間本格来襲なり。

〇一〇五　東部軍管区警戒警報発令。

〇一一〇「飛行第五十三戦隊全力出動せよ」

出撃機の爆音が闇の空に消えると、飛行場に残されたたった二つの標示灯が消えて、ここはまた元の闇にかえった。上空には満天に星だけが輝いて残った。

〇一二〇「敵編隊は駿河湾および相模湾より本土に近接中なり」

〇一三五東部軍管区「空襲警報発令」。東京の空に火の手があがって、高射砲の迎撃音が炸裂した。この夜も敵機は海を越え、この目前の上空に殺到した。

吠えるような無気味な爆音、単機ごとの侵入、高度四、〇〇〇メートル。無数の焼夷弾が閃光とともにつぎつぎと地上にたたきこまれ、終夜空も地も轟音がとどろき、火花が散り、赤く熱気をはらんで灼けた。

狂ったような邀撃の繰り返しでわが基地にはいま一機もない。

いま東京の街ははげしい敵の戦意にすべてのものが焼けただれ、そこには無数の残虐と非業の死が残った。この首都はいま最も悽惨な戦場と化した。もはやこの街には一物も残るものがない。「ああこの国は………」。

〇三三〇敵機脱去。二十五日をむかえた。早朝、東部軍管区情報はまたもこの夜襲にひきつづき、艦上機来襲公算大と警告した。

兵隊は次の出撃準備に一睡もしない。そしてだれも語らない。

正午すぎB29偵察一機来襲。

夜間二三三〇B29二〇機は新潟、富山湾に機雷投下。

*この日本土に近接したB29二五〇機（米軍発表五二〇機）は、〇一四〇より〇三四〇まで駿

河湾より高度二、〇〇〇―四、〇〇〇メートルで、単機ごとに帝都に侵入した。そしてその西部と南部に、三、六〇〇トン（七四、六一七発）の焼夷弾を投下し、五・三平方マイル焼失させた。この日もおりからの強風に大火災となり甚大な損害を与えた。

同夜第十飛行師団および高射第一師団は果敢に反撃し、一四〇機の日本戦闘機が立ちむかい、撃墜約三〇機の戦果を報じた。高射砲は一一、〇二六発というかつてない猛射を加えた。

海軍三〇二空は月明の中に、月光、彗星、銀河、零戦の夜間戦力が飛びたち、京浜上空に待機し、B29二機を撃墜し、その一機を撃破した。

米軍の発表によれば、この夜六〇機の日本戦闘機の攻撃をうけ、高射砲射撃も特にはげしく、B29七機が撃墜され、六九機が損害をうけたこととなっている。

この日の被害は消防庁資料によれば六〇、五三四戸に被害をうけ、死傷四、五五二人と発表している。また警視庁調べによると、被害家屋六四、一五五戸、死傷者二、〇九六人、罹災者二一三、一二〇人となって、大差あることは、その混乱のほどを物語っている。

東京の被害地域は次の通りである（警視庁調べ）。

〔港区―旧芝、麻布、赤坂〕　南佐久間町、桜川町、新橋、田村町、汐留、青山南町、青山北町、高樹町、白金今里町、高輪南町、白金三光町、東町、白金台町、鳥居坂町、新堀町、田島町、富士見町、材木町、龍土町、霞町、北日ヶ窪町、車町、伊皿子町、三田、綱町、四国町、豊岡町、田町、本村町、竹谷町。

〔渋谷区―旧渋谷〕　幡ヶ谷、松濤町、大向通、神南町、宮代町、衆楽町、長谷戸町、伊達町、恵比寿通、下通、豊沢町、鶯谷町、桜丘町、丹後町、猿楽町、北谷町、新橋町、神泉町、氷川町、向山町、原町、上智町、羽沢町、八幡通、上通、円山町、南平台、神宮通、富ヶ谷町、上原町、千駄ヶ谷、穏田、代官山町、山下町、永住町。

〔品川区―旧荏原、品川〕平塚、荏原、小山、東戸越、東中延、五反田、大崎、林町、森下町、原町、関ヶ原町、鮫洲、鈴ヶ森、元芝、伊藤町、山中町、滝王子町、北浜川、倉田町、大井鎧町。

〔世田谷区―旧世田谷〕等々力、深沢、用賀、上野毛、瀬田町、玉川町、奥沢、尾山町、中町、北沢、池尻町、上馬、松原町、烏山、赤堤町、喜多見町、羽根木町、代田、祖師ヶ谷、大原町、下馬。

〔目黒区―旧目黒〕宮ヶ丘、富士見台、洗足町、高木町、本郷町、平町、唐ヶ崎、中根町、緑ヶ丘、原町、東町、自由ヶ丘、柿ノ木坂、三谷町、月光町、清水町、駒場、目黒、大岡山、鷹番町、碑文谷、向原町。

〔大田区―旧大森、蒲田〕調布嶺町、久ヶ原町、千鳥町、徳持町、田園調布、西六郷、御園、本蒲田、古市町、蓮沼町、女塚、矢口町、安方町、萩中町、東六郷、下丸子、糀谷町、大森、入新井、新井宿、山王、馬込、堤方町、市野倉町。

〔新宿区―旧四谷、牛込、淀橋〕榎町、田町、三光町、若葉町、須賀町、戸山町、肴町、戸塚、柏木、淀橋、角筈、西大久保、都品川。

〔文京区―旧小石川、本郷〕東片町、千駄木町、追分町、蓬来町、浅嘉町。

〔中央区―旧日本橋、京橋〕木挽町、築地、新富町、茅場町。
〔墨田区―旧本所、向島〕橋場。
〔杉並区―旧杉並〕高円寺、馬橋。
〔千代田区―旧麴町、神田〕永田町。
〔江戸川区―旧江戸川〕小松川。
〔中野区―旧中野〕鷺宮、宮前町。
〔板橋区―旧板橋〕板橋、徳丸本町。
〔その他〕田無町、町田町、府中町、狛江村。

五月二十五日　晴　まばゆいばかりの空なり。

〇八〇〇ごろＢ29一機東京侵入の情報あるも、仮眠中にして知らず。

一〇〇〇すぎ敵編隊北上中の報に起床。ただちに配備につく。各機出撃始動のさなか、一二一五分わが基地Ｐ51の猛攻をうけ、地上撃破三機、戦死三、戦傷六。今日の来襲はＢ29に誘導されたＰ51六五機の千葉県下各飛行場の攻撃にして東京侵入はなし。

一五〇〇より九州は、小型機一八〇機で襲われたという。

夜二二二〇より〇一〇〇までまたもＢ29二五〇機東京を襲う。昨二十四日、Ｂ29二五〇機来襲より四三時間目の再度来襲なり。わが隊撃墜破七機。

一一四五「情報！　情報！　南方洋上に大型機数目標あり伊豆半島沿いに北上中」。突然の警戒警報なり。ひきつづき、命令！「飛行第五十三戦隊全力出動せよ」、先頭機より緊急発進離陸。ひさかたぶりの昼間出動なり。

わが機もエンジン始動、出発線をめざし地上滑走の寸前、この基地の高い空に三つの黒点が、一瞬きらりと光って、基地西北の上空から反転降下を見るのと同時であった。私は発進直前の操縦席を桜井少尉にわたす瞬間、たちまち、青空をつんざく敵機銃音の壮烈さ、不意に横なぐりに受けた「ザザザッ――」と一気にあたりの空気をひきさく豪雨のような一撃。

P51編隊三機超低空銃撃掃射、赤い曳光弾を交えた銃撃音とロケット弾は、耳を聾し地に砂塵と炎を吹きあげる。地上八メートル余と思われるほどの低空に迫る敵機「野馬」の精悍さ。地に伏し、かいま見る敵搭乗員の首のマフラーの白の憎さ。すでにわが機は赤く発火、いまや消火の策なし。

この夏の陽光の中に、翼をきらめかせてつっこむ敵後続機のあくなき反復銃撃数回。空をへだてた基地西北の列機にも敵急降下しきり。

目の前であがる飛行機炎上の黒煙の中に北村上等兵戦死。大井兵長左大腿部貫通銃創負傷。これがわれわれの人生の最期となるかもしれないと思った、基地狂乱の一瞬であった。

敵は去り、忘れたような陽春の日にかえった。哀れ、わが機は四〇発の敵弾とロケット弾に、焼けただれた残骸と化す。

この日の出動は、硫黄島を失い敵来襲事前探知もかなわず。本土沿岸レーダーの（※来襲）機種識別誤認のためであろう。昼間の対小型機戦のわが隊のみじめな体験となる。

夜がきた。昨夜から連続来襲息つくひまもなく、二二三〇再度B29二五〇機来襲。侵入梯団は月明の夜空に、大きな機影で、その胴体や翼の下面を東京の街の劫火に無気味に赤く染め、つぎつぎと低空爆撃し、洋上に脱去する。

今夜は宮城も類焼し、帝国ホテル、東京駅が炎上ときく。とくに四谷、牛込がひどくやられ、街の火勢はますますつのるばかり。そのほか、京浜地区も爆撃された。わが隊未帰還三機。

五月二十六日　晴　連続二日昼夜の敵来襲が最もはげしく終わって明けた今日は、目にいたいような快晴なり。

東京壊滅の情報続々はいる。惨状目をおおうものありという。

今日はさすがこの空に敵影一機もなし。夜となると、この二日間の空の惨禍を忘れたように、清澄な月明が下界を照し、戦場とはいえない春の夜と変わった。

花卯木　今日も一睡もしない朝があけて二十六日をむかえた。昨日、私の部下北村上等兵戦死の場につくった土饅頭が、朝露にぬれて哀しかった。私は探しあてた野の白い花卯木の一枝をその土の上に捧げた。あの狂乱のとき、私のすぐ目の前で、眉間《みけん》にうけた敵の一二・七ミリ機銃弾の一撃に北村は声もなく、あとはお面《めん》のように欠けた前額がわずかに首につながり、青黒く、目も鼻も口もなかった。乾いた白い地面に肉塊が散り、淡褐色の脳味噌が地に吸われないままベットリと残り、身は油のにじんだ作業服とともロケット弾に焼かれ、無残な焼死体で硬直していた。

彼は中学の三年生で召された少年兵である。ああこの少年は、あたらその青春をこの悲惨の一瞬でその幕をとじた。北村よすまなかった。

夜、彼の童顔を想いながら、この悲惨な戦死のさまを函館に住む両親に、つつみかくさず手紙にたくして知らせた。

今日兵隊のだれもに、眠れない夜がおとずれた。兵隊は敵襲ごとにだれかが死んでゆくことをいちばんよく知っている。こんなわびしい夜が何度も迎えられ、去ってゆき、またくる。未来はなにもわからない。〝戦いすんで日が暮れて〟の軍歌を想った。

そして兵隊の生き残った日は、また一歩当然の死へ近づいてゆくことをだれもがあらためて意識した。そして、私は、明日という日のくるのをなぜか、恐ろしく感じた。

もはや、われわれ兵隊の死は時間の問題であり、確率の問題ではない。私は、兵隊が生きてゆけるのは、明日がわからないからだろうと思った。

＊東京壊滅

快晴の五月二十五日、敵は硫黄島を発進したP51六五機をB29三機に誘導させ、八丈島、伊豆列島沿いに北進し、その後この編隊は二手に分かれ、約三〇機は房総半島南端より侵入、正午すぎから四〇分にわたり千葉の佐倉、霞ヶ浦方面に行動し、千葉県下飛行場を攻撃し、勝浦をへて東南方に脱去した。また他の三〇機は伊豆半島南端から小田原、八王子、京浜北方地区を行動し、相模湾をへて〇〇三〇ごろ脱去した。

このとき日本戦闘機はのべ三五機で邀撃し、P51の一機を撃墜したのみで、わが方は未帰還機一、自爆二機の犠牲をだし、基地飛行場においては三機が大破され、三機が炎上した。

夜は晴れていたが、東京の町には強い南風が吹いていた。二三四〇より〇一〇〇の一時間半にわたり、東京は昨二十四日の夜襲に引きつづき房総、駿河湾、相模湾方面よりB29五〇二機（日本軍は二五〇機と発表しているが、その数字は故意に過少に粉飾されたものと考えられる）が侵入し、初め照明弾を投下し、街々の焼け残り地区を二、〇〇〇—四、〇〇〇メートルの低空から精確に爆撃した。このときの投下焼夷弾は三、二六二トン約一四九、〇〇〇発におよんだ。初め芝、新橋付近が大火となり、三〇分後には東西南北の夜空が灼けた。そして空にきらめく青白い閃光と轟音に、市民はこの最後の東京の夜にこの戦争に立ち向かう戦意をくじかれ、民心は攪乱した。

日本機は六三機が邀撃し、B29の四七機（うち海軍七）を撃墜し、撃破二〇機と発表したが、実際はB29の二六機が失われ、一〇〇機に損害を受けたという米軍資料がある。この大損害はルメーに次回から戦闘機護衛の戦術を変更させたほどであった。

市民もこの夜は炎につつまれて落下してゆくB29を目のあたりに見た。しかし、一夜明けると東京は約五六平方キロを焼失し、三月十日の下町の大爆撃につづき、四月十三日と、この五月二十四日と二十五日の山の手の二度の大爆撃にこれまでの東京空襲の被害を加えると、東京の半分以上、一四五平方キロという広大な地区が焦土と化し帝都は壊滅した。そのため首都の機能はまったく停止し、多くの市民の士気はくじかれた。そして日本の航空隊は、もはやこのB29の攻撃を阻止することはできないことを思い知らされた。

この攻撃で次の町々が焼失した（警視庁調べ）。

〔港区―旧芝、麻布、赤坂〕青山、六本木、鳥居坂、愛宕町、門前仲町、芝公園、今入町、琴平町、巴町、田村町、三島町、宮本町、明舟町、新橋、浜松町、白金、三田、海岸通、四国町、大門、赤羽町、伊皿子、松本町、通新町、西芝浦、田町、網町、本芝町。

〔文京区―旧小石川、本郷〕駒込動坂町、浅嘉町、吉祥寺、林町、千駄木町、坂下町、蓬来町、大塚町、窪町、仲町、小日向町、桜木町、関口駒井町、関口台町、小日向台町、小日向水道町、音羽町、戸崎町、久堅町、金富町、竹早町、白山御殿町、表町、明石水道町。

〔渋谷区―旧渋谷〕常盤松町、金王町、緑ヶ丘、宮代町、若木町、羽沢町、代官山町、永住町、上智町、豊分町、美竹町、八幡通、神宮通、青葉町、上通、大和田町、南平台、円山町、幡ヶ谷本町、山谷町、初台町、原町、笹塚町、中町、富ヶ谷町、西原町、深町、代々木本町、上原町、大山町、原宿、幡ヶ谷町、栄通、宇田川町、北谷町、田毎町、山下町。

〔千代田区―旧麴町、神田〕永田町、霞ヶ関、九段、丸ノ内、西神田、錦町、三崎町、司町、美土代町。
〔世田谷区―旧世田谷〕　松原町、北沢町、大原町、上馬、下馬、赤堤町、成城、大蔵、船橋町、喜多見町、野沢町、若林町、太子堂、祖師ヶ谷、三軒茶屋、深沢町、新町、用賀町、弦巻町、大門町。
〔中野区―旧中野〕　栄町、本郷通、新山通、仲町、宮前町、中野昭和通、本町通、多田町、鷺宮、沼袋町、新井町、江古田、野方町、大和町、上高田、塔ノ山町。
〔中央区―旧日本橋、京橋〕　銀座、京橋、日本橋本町、本石町、室町、小網町、江戸橋、月島、兜町。
〔台東区―旧下谷、浅草〕　鳥越、初音町、御徒町、竹町、西町、車坂町、南稲荷町、坂本、入谷町。
〔江東区―旧深川、城東〕　浜園町、枝川町、南砂町、亀戸町。
〔墨田区―旧本所、向島〕　寺島町、吾嬬町。
〔豊島区―旧豊島〕　雑司ヶ谷、椎名町、目白、日出町、池袋。
〔杉並区―旧杉並〕　永福町、高円寺、馬橋、阿佐ヶ谷、東田町、高井戸、方南町、和田本町、堀ノ内、大宮町、泉町、荻窪、沓掛町、神明町、大宮前、東荻町、中通町。
〔北区―旧滝野川、王子〕　王子、十条、岸町、田端、稲付、神谷町。
〔足立区―旧足立〕　保木間町、五反野、梅田町。
〔江戸川区―旧江戸川〕　東小松川、平井、船堀町。

〔品川区―旧荏原、品川〕大崎、荏原町、品川。
〔大田区―旧大森、蒲田〕南千束、池上。
〔新宿区―旧四谷、牛込、淀橋〕四谷、神楽坂、早稲田、戸塚町、諏訪町、落合、淀橋、鶴巻町。
〔目黒区―旧目黒〕目黒、駒場、鷹番町、芳窪町、三谷町、柿ノ木町。
〔荒川区―旧荒川〕尾久。
〔その他〕国分寺、調布町、下石原仲町、立川曙町、鶴川村、狛江村、八王子、武蔵野、三鷹町、小平町、田無町、多摩村、保谷村。

この日の死傷者五、三一九名、被害家屋一五七、〇三九戸、全罹災者は六二四、二七一名に達した（警視庁調べ）。

この空襲ののち米軍は第二一爆撃集団の攻撃リストから東京をはずした。

被害をうけ焼失した主なる施設は、外務省、運輸省、大東亜省、読売新聞社、東京新聞社、文理科大学、慶応大学、増上寺、済生会病院、満州国大使館、中華民国大使館、タイ大使館、ソ連大使館、ドイツ大使館、アフガニスタン公使館、蒙古自治政府事務所、スエーデン公使館、旧米国大使館、外相官邸、陸軍省、陸軍参謀本部、陸相官邸、歌舞伎座、帝国ホテル、東京駅、中央市場である。

この夜は皇居もまた焼夷攻撃にとって例外ではなく、初め半蔵門が直撃され、ついにはお堀を越えた火は皇居に迫った。しかし風むきが変わって、火は表宮殿から奥殿へ燃えうつっていった。

午前一時から四時間にわたってつづいた火災は、皇居の約半分以上の一八、二三九平方メートルを焼失し、この消火に一二人の兵士と特別消防隊員一六名、宮内省職員八名が命を失った。このほか秩父宮、三笠宮、閑院宮、山階宮、伏見宮、梨本宮の各御殿および李鍵公邸が全焼し、また靖国神社も焼けた。

この日の大空襲について、宮内省と大本営は次のように発表している。

宮内省発表（昭和二十年五月二十六日午前五時）

昨夜来の空襲により宮城および大宮御所に被害ありたり

両陛下及賢所は御安泰にわたらせらる

大本営発表（昭和二十年五月二十六日十六時三十分）

南方基地の敵B29約二百五十機は昨二十五日二十二時三十分頃より約二時間半に亘り主として帝都市街地に対して焼夷弾により無差別爆撃を実施せり

右により宮城内表宮殿其の他並に大宮御所炎上せり

都内各所にも相当の被害を生じたるも火災は本払暁迄に概ね鎮火せり

我制空部隊の邀撃戦果中判明せるもの撃墜四十七機の外相当機数に損害を与えたり

五月二十七日　晴　今日はあの連日空襲ののちの谷間なり。少数機来襲のみ。最近のこの激化した敵攻勢からみると、いまサイパン島には千機近くのB29が待機しているだろうと思った。

今日の基地周辺は、一見のどかな麦秋の風情であるが戦局は一層苛烈、危急重大の局面をむかえた。もうこの日本の空の制空権の回復はむずかしいのではなかろうか。

沖縄の日本軍は、いまは本島西南部に後退しつつある。その沖縄をめがけて、連日特攻出撃しきりなり。二十四日夜間陸軍の決死の空挺隊が沖縄の飛行場に強行着陸と聞く。悲痛なり。

今日の待機の夜、どの兵隊の胸にもそぞろのことが想われるようなわびしい夜。兵隊は戦局が悪化するごとにすぐ故郷のことどもを想った。


勝って来るぞと勇ましく　すでに大陸には戦火が拡がっていた昭和十四年一月八日、現役入隊の故郷の朝は、きびしい吹雪に明けていた。

国家からそう教えられ、この今日まで、戦いにゆく義務は心に決めていたが、あの故郷の凍《い》てつくような駅を発つ寸前、私をかこむ人々の歌う「勝って来るぞと勇ましく誓って国を出たからは……」の軍歌は、私の耳にはなにかむなしく、かつて知らない孤独と寂寥を覚え、それが悲壮感に変わっていった。

ふたたび自己責務を反芻したが、何か胸さわぎ、一瞬理性と感情のはげしいもつれあいが勃然《ぼつぜん》と起こり、たえがたく、前途征野幾千里の想いに、人の別れの哀しみがこみあげ、故郷とのいまわの別れの哀惜を、見送る人々の群の中のただ一人のひとの瞳に訴え、征く心のかなしみを支えた。

おりしも荒れ狂う吹雪をついて、不吉の悲しみの汽笛が一声——、瞬時にして私の車窓は駅舎をあとにして遠ざかり、白一色の吹雪の広野を走りつづけていった。

あの日から六年の長い戦いのみちのりが、今日の今宵の、東京戦場につながっている。そしてあの日のことが、いまも昨日のことのように思えて胸がつまった。


五月二十八日　晴　P51三〇機千葉周辺の飛行場を攻撃。わが基地にも来襲、被害はなし。当隊出撃せず。第十飛行師団も海軍基地もまったく出動なし。この基地では敵機来襲とても、対空砲火はなく、まったくもって処置なし。

南九州へ戦爆連合で七〇機ゆく。

新聞各紙ともこの二、三日発行なし。東海道線不通個所多し。都内電車や近郊列車の運行もほとんど杜絶という。いまや東京の機能は麻痺、末期症状なり。

五月二十九日　曇　〇一三〇B29一機偵察来襲。ついでB29実に五〇〇機、大挙横浜に来襲。一部は川崎、東京を昼間大爆撃。全機出動、わが隊撃墜破一三機。
横浜初の本格大空襲なり。〇八一五より一〇五〇まで、P51一〇〇機をともなったB29の大群の熾烈な大空襲、その爆撃火災の猛火で空が南東にかけて黒煙におおわれ、この基地も太陽がかげり、日蝕のように暗く、この世の終わりのようだ。何か胸に重く切迫した。わが隊出撃機続々帰投。いまだ還らざるもの二機。今日のB29の進攻は多くのP51の掩護下に来襲し、各戦闘隊は苦戦した。

この邀撃から還った小野曹長と、ともに指揮所にもどるとき、日ごろ温厚の彼が突然「私の死は飛行機を志願した日から決まっていたが……」と語った。私はそのとき、なにもいえなかった。彼はいま、すべて死を中心として、みずからに対決している。そして追いかけるように、「整備隊はいいですよ」といった。

わが隊は昨秋から、四〇名余の仲間のパイロットが、知らない空で知らないまに、バタバタと死んでいった。それはくしの歯が抜けるように哀しかった。しかも飛行機での死はすさまじいほどに孤独である。いまこの空の戦場を駆け、地上に降り立った瞬間、彼は生きる安定感を失った気持が、ひときわ胸にせまるのであろう。

一見、若き血潮を面にたぎらせるかのごときパイロットにも、死を宣告された人の絶望と焦燥を越えて、なお敵に立ち向かう非情の戦場がある。私は彼の中には、刑場に引かれてゆく無実の死刑囚の悲しみにも似たものを感じた。いたずらに死を待つ彼の胸中を想い、私の心は暗かった。そして、私は、生死の境にいる彼を、なぐさめる言葉をしらなかった。

＊五月下旬のマリアナからの東京攻撃は、B29の損害が意外に多く、そのためB29編隊は多くの戦闘機の掩護下に、昼間高々度で来襲した。

すなわち五月二十九日、マリアナを出発したB29五一七機の編隊は、硫黄島から発進したP51一〇〇機を誘導して小笠原列島沿いに北上し、海上一、〇〇〇キロを飛翔し駿河湾から本土に侵入した。そして富士山上空で誘導してきたP51一〇〇機と空中集合し、〇九一五ごろから横浜に侵入した。

米側資料によると、これを迎える日本邀撃機一五〇機は、突然姿をあらわしたP51と熾烈な空中戦をまじえた。掩護戦闘機P51は、たちまち日本機の二六機を撃墜、撃破確実九機、不確実二三機と日本邀撃機を圧倒した。そのさなか、B29編隊は悠々と、高々度から六ポンド小型油脂焼夷弾、五〇キロ大型油脂焼夷弾を主体に、一部エレクトロンも混用して三、二〇〇トンの焼夷弾を投下した。その結果、おもに海に面した横浜市の三分の一の一八平方キロが破壊された。被害は市の中心部、商店街、住宅密集地帯に多発した。

このときB29の五機が失われ、その一機は日本特攻機の体当りで、他の四機は対空火砲によるものであった。この米軍発表に対し、日本側の発表では、日本機六四機が邀撃し、高射砲は四、三六八発を発射し、撃墜一八機（うち海軍七）、撃破四二機以上（うち海軍八）の戦果をあげ、未帰還二機を報じた。

横浜はこの日の曇天の空を真黒になるほどにおおったB29により爆撃をうけ、各所にいっせいに火災を多発し、弱いが吹きつづけた南風にあおられ、中、南、磯子、西、保土ヶ谷、神奈川、鶴見七区全域一七六町を焼いた。その炎は港湾の重油に引火し、黒煙が全市をおおいつくして真暗となり火炎が赤く立ちのぼった。その上さらに巨大な積乱雲が立ちはじめた。

横浜はこの日の爆撃で、死者四、六一六名、負傷者一四、〇〇〇名、被害家屋一〇万戸、罹災者三九万九千名の被害をうけた。横浜はこれまで大小二五回の空襲をうけたが、六大都市のうちでは損害が少なかった。しかし、この日の被害は大きかった。

いまは全都の八割以上を焼かれた東京から大森、蒲田、川崎、横浜と無残な焼跡がひろがった。

この日は東京も蒲田、大森、品川、目黒、四谷、牛込、芝の各区を爆撃され、被害家屋一、四〇〇〇戸、死傷六九二人を出した。

この日の大空襲を大本営は次のように発表した。

大本営発表（昭和二十年五月二十九日十七時）

一、本五月二十九日九時三十分頃より約一時間半にわたり敵B29約五百機はP51約百機を随伴主力を以て横浜市　一部を以て川崎市及帝都の一部に来襲　主として焼夷弾により市街地を無差別爆撃せり　右により横浜市に相当の被害あり

二、わが制空部隊の収めたる戦果中現在までに判明せるもの　撃墜三十機撃破約四十機なり

五月三十日　晴　正午警報一回のみ。

五月三十一日　晴　一〇三〇、一一五〇B29偵察来襲二回。先の二十四日、二十五日の東京大空襲の惨状が軍情報でわかった。

この爆撃で東京はすでに壊滅せり。あの二十五日の空襲以来数日間、この松戸からは、食糧補給のため、にぎり飯を東京の戦災者に届けたというし、交通機関はほとんど寸断杜絶し、そのうえ、上野駅から長野、新潟、山形方面への戦災者特別輸送列車が出ているという。いまや東京は無人の境と化そうとしている。首都を壊滅されて戦争に勝った国が、どこにあるというのであろうか。

六月一日　曇　午前早くB29四〇〇機大阪を攻撃。

東京は正午B29定期便一機あり。

夜はなにごともなし。敵襲のない夕、戦場とは思えないような春宵となった。交代で兵舎に帰って寝た兵隊が、夜そこにあやしげな娘が出没するとの噂。初めいつわりと思ったその言葉は現実であった。

「注意しろよ、皆に」

「冗談でしょう、それどころか……」

長い昼夜を分かたぬ戦いに、兵士のすべてを消耗しつくす戦場。むしろいまそのことに〝性〟を感じた私がおかしかった。人間最後の、生きるための窮極の欲望は〝性〟ではない。それは強烈な、眠りと食欲だと思った。

私ものちにその娘を見たが、東京の空襲の戦火におびえて気がふれ、ここまで逃れてきた、年ごろの狂女であった。

今日敵機から無数のビラが大空にまかれ、それには、「日本は抗戦しても無駄だ、それは恰《あたか》も太平洋の海水をコップで汲み上げる努力に等しい」と書いてあった。

＊この日B29五二一機の大群が大阪をめざした。掩護戦闘機P51も四八機が出動したが、途中洋上で厚い雲層にはばまれて大混乱となり、空中衝突などでその二七機を失った。そのため大阪上空にはわずか二〇機のP51が到着したにすぎなかった。B29の四五八機は五、〇〇〇—六、〇〇〇メートルの上空から、二、七八八トンのM69焼夷弾を投下し、市街北西部は火災をおこし、その八平方キロを焼失した。特に大阪港のドックと倉庫がやられた。

これをむかえうつ日本戦闘機は数百回の熾烈な攻撃をかけた。この日本機の猛攻と悪天候のために、B29は実に八一機が損傷し、硫黄島に不時着した。

この米軍側の発表に対し、わが軍はこの日の大空襲に、B29撃墜四五機、撃破八一機の戦果をあげ、わが方の未帰還二機、損害をうけたもの三機だけと発表している。なおこの日の日本軍の邀撃出動総機数ははっきりしない。

六月二日　大雨　一一五〇、〇〇一五警報二回。昨夜からの豪雨で、全員兵舎で就寝。この夜間戦闘隊はこの雨で兵舎に罐詰となり防空体制どころではない。しのつく雨が、終日流れるように降りつづけた。

南九州の飛行場が敵艦上機二五〇機で襲われた。

今日私は長い読書の時間を得て満足した。

＊六月にはいって日本大都市に対する空襲は弱まったが、代わって中小都市や港湾封鎖の機雷投下が激化していった。これをむかえうつ戦闘機をこの各都市に配備する余裕のない日本軍は、東京の高射第一師団を割愛して、一部の兵力を新潟、仙台、福島、酒田、船川、猪苗代湖に展開した。また艦上機の来攻に備えて宇都宮、太田、前橋の要地にも高射砲隊を分遣した。

六月三日　夜半雨止む　一一三〇、一三四〇警報二回あり、いまは少数機の邀撃はまったく関知しない。敵襲があっても、出動しないことはわびしいことであり、しだいにこの国の運命が奈落の底におちこんでゆくような憂愁を覚えた。

南九州へまた艦上機一七〇機でゆく。飯盒でえんどう豆をうで、塩味で食った。すばらしい春の青い味覚なり。野は麦秋の穂波がゆれ、青葉が燃え、風薫る。

公用外出の兵隊が、東京の電車の運行は先日の空襲で不通個所多く、ことに東神奈川以西はひどいといった。

六月四日　夜より雨　この大雨で飛行機も兵隊もずぶぬれ、今日は昼間、屠龍をすっかり整備したのにまたこの雨。兵舎で寝る。今日一日で昼も夜も、さつま芋の副食が二度も出た。

夜、坊主伍長の俳句の話をきく。根津軍曹が寝台の上でなにか憮然として煙草を吸っていた。

沖縄海域の攻防戦は悽惨なり。特攻が征く。日本地上軍は本島南部に圧倒され、敵は那覇、首里の線にせまる。やがてこの東京も、沖縄と同じ運命をむかえるだろう。その日はあと三月か半年後か。

六月五日　曇ったり晴れたり　まったく梅雨の気配、さすがこの天候では敵も来襲しない。神戸へB29三五〇機でゆく。

午後から特に兵舎で休務となる。ほの暗い電灯の下で、私は手紙を書き、日記を整理し、そしてものを想った。

死の幻影　定かなことは知らないが、この国の悠久の流れに、古くから多くの激動の秋《とき》があり、そこには数かぎりない凄絶な日々があり、人々はあるいは傷つき、あるいは骸《むくろ》と化し、それが歴史であったのかもしれない。

明日も戦う私は、時代の「捨石」という古い言葉を想い、愛する人々の住む祖国のためなら死んでゆけそうな幻想にかられた。そしてそのときこそ、私にはもはや未来はなく、過去も消え失せるときであろうし、そのうえ、私の短い人生のうえで最も鮮烈な瞬間になるだろうと考えた。

しかし反面、回顧に価する人生をもたない私は、その貧しい過去に悔恨し、胸がうずき、その胸の片すみでは〝まだ生きたい〟というかすかな願望がうごめいた。私にはまだ生きてこの世でなさねばならないことが残っている。それは納得できる真実の仕事をしたい欲望である。

＊神戸焼尽

神戸爆撃のため日本へ向かった五一三機のB29のうち、その四〇〇機が三、〇〇〇トンの焼夷弾を低空からこの町にあびせた。この日神戸は被爆率一〇〇パーセントで被害家屋一二八、一八一戸、罹災者四七〇、八二〇名、死者六、二三五名、負傷者一五、三三一名を出し、壊滅した。こののち神戸はマリアナの第二一爆撃集団の攻撃リストからはずされた。

この日邀撃した日本機は約一二五機であり、最近にない熾烈な攻撃を加えた。B29は一機が撃墜され、さらに一七六機が損害をうけた。この米軍発表に対し、日本側は七〇機が邀撃に飛び立ち、B29三〇機を撃墜し、撃破六四機の戦果をあげ、わが方は未帰還二機を生じたと報じた。

六月六日　曇　ときおり陽がさし、また曇る。飛行場で終日作業、情報なし。

南九州は戦爆連合三〇〇機で襲われた。米軍が上陸後展開した沖縄基地から発進したものと思われる。

六月七日　大雨　正午ごろ、雲上のB29単機の爆音が無気味に聞こえた。大雨のなか、一機の屠龍を泥濘の道を掩体壕《えんたい》から飛行場にひきだす作業に、多くの兵隊は難渋し泥にまみれた。完全武装すると六トン近い機体の全備重量のためなり。

情報のないあいだに、まったくひさしぶりで入浴する。湯舟の中はカルピスのように白く、汚れて膝までしかない湯に、多くの兵隊の裸がひしめいた。

そして取っておきの蜜柑の罐詰を二人ずつ分けて食った。めずらしいぜいたく。

B29二五〇機大阪、尼崎を攻撃。最近のB29はいっそう低空爆撃となってきたとの軍情報あり。もはや敵はしらみつぶしの都市焦土化作戦なり。いまに日本中が丸裸になる。

＊米側発表では、この日B29四五八機は一一一〇より一二四〇のあいだ、二、五四〇トンの焼夷弾と爆弾を大阪の市街地に投下し、その一部は大阪造兵廠を攻撃し、ここでは一、〇〇〇ポンド爆弾を投下した。この爆撃に、大阪の空に入道雲のような煙が立ちのぼった。市内の被害は都島、大淀、旭、東淀川各区で大きく、罹災者約二万名に達した。

この日の大阪の上空は雲量多く、P51一三八機の掩護は思うにまかせず、B29一一機を失った。日本側の邀撃機は出動四二機にすぎなかった。

六月八日　晴　めずらしく晴の空にB29二機侵入、気象観測ならん。

昨夜の大雨春雷をともなう。

艦上機また三〇〇機南九州の飛行場を攻撃。わが軍邀撃一機もなしという。

兵隊の母　あの夜私に示された、東京出身兵の磯村の母の手紙は、一人息子の出征から八カ月目の今日、「近所の他隊の兵隊は時折休暇で帰宅を許されるのに、なぜ吾子は唯一度も許されないのか、隊長様をうらみます……」という驚くべきものであった。しかしこれは子を国に捧げて、心の追いつめられた兵士の母の人間としての絶叫である。これこそ私がかつてこの軍隊で経験したことのないほどの衝撃である。

むかしから非常時とか、非国民とかの言葉があった。そして古い私たちの子供のころの教科書には「一太郎やあーい」の物語もあった。しかし真実、日本のどこの母がほんとうに「死ぬまで戦え」とわが子に教えたであろうか。この手紙に、一瞬たじろぐ私の心をおさえ、私は磯村の前で、むしろ彼の勇気を讃え、そして母への敬意をあらわした。この母親の想うことは決して厭戦思想ではない、むしろ人の真心だ。殺伐の戦場に永く忘れていた人の心のあつさにふれる想いに、私の胸は痛んだ。

ようやく隊長を説得して、一日私が引率する彼の外出が認められた。すでに被災しており、小石川の瓦礫の中に焼け残る、他家の一室に仮寓するその母は、私に向かって、「早く主人に死なれまして……」としか語らなかったが、彼女の眼には何かきらりと光るものを秘めていた。

対座したきつい母の瞳をさけ、目をおとすと、焼け残った庭に、晩春のおそい白い百合の花の終わりがこぼれかけていた。この世の人間世界に、こんな無残があっていいのか。この一人息子は東京商大なかばの学徒兵である。この国の狂乱と戦いの無残の中に、今日こそ、人間の価値の蘇生を見た日である。

帰途、暮色の東京の街は、一望の悽惨な荒野と化したまま、その果てはたそがれの地平線に変わっていた。いま東京の街は死んでいる。以前、この町にはまだ磯村の母のような人がいっぱいいたはずだ。そしてこの国家のえらんだ戦争は、兵隊の母たちの、人間としての生活や感情を根こそぎに奪いとってしまった。戦争は人間が持っていた物と心の全部を破壊した。

私はこの戦いを否定できないが、この無残の前に、為政者の行為は現在だけではなく、未来に責任があると思った。いま私はこの国家を疑うのである。

六月八日、沖縄基地には米軍機五〇〇機余が進出したという。

＊六月八日、わが偵察機によれば、同島北飛行場に二一三機、中飛行場には一八六機、また伊江島飛行場には一二四機、計五二三機の米軍機の進出が認められ、機種はB24、B25、P38、艦上機および輸送機と判断された。

＊戦局日に非

硫黄島や沖縄を失って、敵機の本土来襲はこのころからしだいに激化していった。マリアナからのB29は三月以来九、二五二機（七三回）、硫黄島からのP51は四月以降七四五機（一二回）、沖縄基地よりの戦爆は四月より五七〇機（六回）、艦上機は三月以降五、七二三機（一一回、日本側発表）におよんだ。しかし、わが邀撃作戦はふるわないばかりか、重要工業の被害は激増し、東京をはじめ大都市はほとんど焼爆壊滅し、さらに中小都市への焼夷攻撃は日を追って浸透していった。またB29の機雷投下と本土近海の敵潜水艦の跳梁とあいまって主要港湾は封鎖され、そのため大陸との海上交通は杜絶した。

IX　敵機日本全土をおおう

六月九日　晴　B29一機東京へ。昨夜の豪雨も去り、晴れても肌寒い朝なり。同一三〇機名古屋へ、別に尼崎、明石を焼夷弾攻撃。P51六〇機で明野、各務原飛行場を攻撃。
　今日民家から五月二十六日の新聞をもらってきて、ひさしぶりでむさぼるようにこれを読む。
○義烈空挺隊敵地に強行着陸、沖縄の北・中飛行場の敵は大混乱。写真を見ると、九七重（※九七式重爆撃機）に歩兵の決死隊をのせて征ったもの。
○P51約六〇機関東地区に侵入行動。
○B29裏日本へ機雷投下。
○下段に三、四月合併号の「少年倶楽部」と「少女倶楽部」の発売広告があった。

＊名古屋工場群を痛撃
六月九日のこの日まで、数次の爆撃に奇蹟的にも被害をまぬかれていた有力な軍需工場がま

だこの町に残っていた。

この日、名古屋は梅雨にはめずらしい快晴で、気温は最高二六度、風は北西五・五メートルしかないむしょうに暑い日であった。

中部軍管区の空襲警報発令以前の午前九時三〇分、名古屋市西方の多度山の上をかすめるように現われたB29五〇機は、三編隊に分かれて侵入した。その編隊はB29の爆弾倉が開くのが見えるほどの約一、五〇〇メートルの低空で名古屋市の熱田区千年船方の愛知時計電機工場(魚雷、機雷、爆雷の製作、従業員二一、〇〇〇人、うち徴用および学徒動員五、六〇〇人)とそれに隣接する愛知航空熱田発動機製作所、同機体第四工作所(海軍九九艦爆のエンジン、機体の製作、従業員八、五〇〇人、中学生学徒動員一、九五〇名、徴用工員三、〇〇〇人)を襲い、四八発の爆弾を一〇分間にこの三工場に集中投下し、東方に脱去した。この爆弾の中には、この日初めて使われた一トン爆弾の一三発が含まれていて威力を発揮した。この爆撃はなぜか、事前に空襲警報が解除され、多くの従業員、動員学徒、徴用工員が職場に復帰した一瞬のできごとであった。その不意うちのため死者二、七〇〇人、負傷者約三、五〇〇人と多く、鉄骨の工場は大半が倒壊し、他はみじめな鉄骨の折れ曲がった残骸だけをのこした。

特に愛知時計の鉄筋四階建ての研究館は、大型爆弾三発の直撃で地下室までぶち抜かれ、その地下室には一人の生存者もいなかった。

この爆撃は爆弾全部が直撃命中し、精密爆撃の最も成功した例となった。また付近住民にも一、〇〇〇人の死者を出した。

六月十日　曇のち晴　〇七〇五P51七〇機、B29三〇〇機、東京、立川、千葉に来襲。〇九四五まで邀撃《ようげき》出動。

天命　帰らずとかねて思えば梓弓《あずさゆみ》の矢の目印を胴体に大きく描いて、武装をはずし、決して還ることのない機に乗る特攻員は、昨秋十一月から決まっていた。B29への体当りは無惨な使命であり、百中百死であった。

十七歳の少年飛行兵のT伍長は、童顔の花はつぼみの若桜というべく、神州不滅を信じ、必死の氾濫する戦場の空を征く最年少の兵で、この若い魂は、「先輩が当たって（※体当りして）いったから自分も征きます」としか語らなかった。

この幼い率直な言葉は一途《いちず》なだけに、私の胸にあふるるばかりの感動をもたらした。まぎれもない死を目前にして、彼はこの軍隊で先輩の通った道はたとえ死につながろうとも、みずからにも同じ行為を義務づけ、納得させ、その死を己れの心の中に正当化し、狂おしい死の恐怖をもさけて通ろうとしているのであろうか。

しかし、日常は、まだ穢《けが》れを知らない、少年の健康そのものの姿で、幼児のようにたわむれているのには、死の切迫を意識しているとは思えないほどの明るさにみちていたが、一人居には母恋うる人の子だろうと、かえってせつなかった。

この軍隊でつちかわれた単純な若さが、彼を無条件に死地に発《た》たせる。この少年が人間として、真の死生観に徹するまでの飛躍はまだ無理だ。むしろあまりなにも識《し》らないままの死でよい。

罪深いことながら、私は「悠久の大義に徹し、欣然《きんぜん》と征け」と彼の肩をたたいたとき、むしろ私の胸が濡れた。そしてこの少年が二度と帰らないとは思いたくなかった。しかし、彼は先月の東京の空戦にはたして還らなかった。

私は人間にはかならずや、それぞれの〝天命〟が備わっているとさえ思った。

＊〇七〇五より空襲警報、Ｐ51をともなうＢ29三〇〇機、主として東京に来襲。わが戦闘機一一〇機出動。

立川市陸軍航空本部および航空廠、板橋区富士製器日野製作所が爆撃され、そのほか六一五戸の一般家屋も被害をうけ、死傷者四七六名、罹災者二、一一八名。

六月十一日　曇　〇九〇〇Ｂ29一機来襲。ついで一一三〇Ｐ51五〇機来襲、立川、調布の飛行場を攻撃。Ｂ29一機若狭湾に機雷投下。夜はなにごともなし。

一昨日入手した古い新聞紙を取り出し、懐中電灯の光をたよりに読んだ。沖縄戦の特攻隊の記事が多い。

○若い瞳に決意堅く特攻機大進軍、学鷲が主力で敵撃滅へ。

○特攻振武隊勇士の基地攻撃の夜。

○戦う地方基地。
○戦災援護本部厚生省に設置。
○疎開荷物の持込受付。
○特幹の少年飛行兵募集。
○箇閲点呼満十八歳以上のものは全員参加。
○電球を大切にしましょう――マツダランプ。
○要員募集　多摩陸軍技術研究所。
○都内残留者の転職、離職者は即刻帝都の護りに挺身せよ――警視庁警官募集。
○川島元三（元日本不動産常務）去る十五日病気のため死去、十九日近親にて葬儀相済せ候。東京都渋谷区千駄ヶ谷五八九七　嗣子（出征中）川島達男。
○肋膜結核に神命丸。
○二十六日ラジオ番組
（一〇・〇〇）ハーモニカ合奏。「聯合艦隊行進曲」
（四・〇〇）療養所の時間。
（六・〇〇）明治神宮奉納大相撲。
（六・四五）国民合唱「ほまれの海軍志願兵」
（七・〇〇）報道後音楽「海軍史」今週の戦局

これを見て、私はいまのこの国には地獄だけがあり、天国はないと思った。

六月十三日　雨　ときどきしぐれる。野はきらめくような濃い緑、夏野なり。

Ｂ29一機正午と深更に二回来襲。この雨つづきで、壕舎の中がカビ臭く、手製の机がすえた臭いがする。毛布もしっとり。掩体《えんたい》のなかの飛行機が泥の中にタイヤを深く沈め、めりこませ、動きがとれなくなる。非常の時のため、今日からトラクター配備。

長雨がつづくと、兵隊はだまりこくり暗い顔をして機嫌悪し。

新潟へＢ29一〇機機雷投下。

六月十四日　梅雨空　Ｂ29一機で四回偵察来襲。夜はめずらしくも星が見られたが、うっとうしい天気。

Ｂ29は気象観測か、そのうちまた大空襲があるだろう。

さきごろ、鈴木総理と阿南陸相が「皇国不滅、皇軍必勝」を説いた。はなはだ悲痛なり。

Ｂ29の機雷投下はいよいよ広範に熾烈化してゆく。やがてわれわれ兵隊の食う大陸からの高粱《こうりやん》や大豆粕までもなくなるだろうし、そのうえ重要軍需物資の輸送は杜絶するに違いない。

焦土化作戦が終わったいま、敵は物資枯渇作戦を試みている。四面海のこの国の最後の悲劇なり。

六月十五日　霖雨しきり　雨には勝てぬ航空隊なり。

正午B29一機東京へ。これだけの降雨では、さすがの下総台地もどこかで出水があったという。

夜、農家へ行ったら、夕食時であったが、きわめて貧弱なる食膳なり。「馬に食わすのがたいへんだ」と聞いた。

沛然《はいぜん》たる雨、また雨。

B29大阪へ三〇〇機、〇〇三〇B29一機東京に。

＊日本大都市全滅

六月十五日B29五一六機がマリアナを離陸し、その四四四機が日本の空から三、一五七トンを投弾した。

主力は大阪北部を、一部は尼崎、西宮、神戸、和歌山を攻撃し、大阪は三五、〇〇〇戸、尼崎は一〇、〇〇〇戸、西宮は一、三〇〇戸を焼失した。この日日本軍は四〇機が邀撃し、撃墜破各一機とその戦果はとぼしかった。

米軍はこの六月十五日で、日本の京都をのぞくすべての大都市を壊滅させ、大都市攻撃を終了した。

六月十六日　終日雨　正午B29少数機で東京に。

○○三○よりB29一○機で相模湾に機雷投下。一部は富山湾にも。

芋　「どうです」と、いたずらっぽく上野伍長の差し出した飯盒の中に、泥のついたじゃが芋の土の香と温《ぬく》もりを見た。そしてさらに彼は胸の内ポケットから小さな紙片にたたみ込んだザラザラの塩を私にすすめた。

この芋は、近所の畑から失敬して来たものに、まずまちがいはない。雨のけぶる基地の機側の芝草の上で、腰をおろし、それを一口かじって目をつぶると、晩春の故郷の少年の日があつく胸にこみ上げてきた。

わが故郷ではこの芋をたしか、〝ニドイモ〟とよんだ。この芋の季節の陽春のころ、そこには子供の運動会もあり、遠足もあり、また音楽会もあった。そしてなにより、そこは平和であった。〝兎追いしかの山〟が想われ、あつい郷愁に胸がせまった。

日ごろの高粱めしの口には、たまらない春の郷愁の味覚である。またそれにもまして、数カ月ぶりに味わった生の食塩のからい美味に驚嘆した。

六月十七日　晴　ひさしぶりに、晴れた空気を胸いっぱい呼吸。今日までの長雨にたたられてぼやく兵隊に、私は「梅雨は地球のメンスだから仕方がないよ」といったら、みなニヤッと笑った。

一一五〇B29一機来襲。今日は晴れたうえ風さえある。壕舎のものを小間物屋のように外気にあて曝乾する。気持よし。終日無事。

B29一四〇機九州に。大牟田、長崎、鹿児島が攻撃された。また門司が爆撃された。

＊十七日二三〇〇より十八日〇四二〇まで、九州地方を襲ったB29は、大牟田の町の約五割の二〇、〇〇〇戸を、鹿児島の三、五〇〇戸を焼き、十八日午後六時ごろ鎮火した。また福岡も被爆し一五、〇〇〇戸を焼失した。

＊機雷封鎖と物資の枯渇

三月二十七日から始まった機雷投下作戦はその後四カ月半もつづき、日本の近海は多くの機雷で封鎖され、南方や満州、支那、朝鮮との海上補給ルートは杜絶した。そのため鉄鋼、石炭、工業塩、液体燃料の輸送ははかどらず、特に大陸糧穀、食糧塩の計画輸入は困難となり、国民の生理的最低限の食糧の確保も不可能となってきた。そのうえ本土はいよいよ熾烈な空襲により重要生産は阻害され、特に飛行機、弾薬、その他兵器生産は五月以降前月の三〇―四〇パーセントに低下し、もはや近代的物的戦力の綜合発揮は困難となってきた。また国民生活で、衣料や住宅事情はひどく悪化した。

六月十八日　曇時々陽が射す　ねばっこい脂の汗が出る。雨上がりの日の機の整備で一日多忙。この長雨で燃料タンクやエンジンの気化器に水が混入しないかと兵隊に注意した。東京は警報なし。連日この基地は平穏なり。Ｂ29はいまは東京をまったく無視。今日浜松にＢ29五〇機、四日市に三〇機。いずれも夜間焼夷弾攻撃。無防備の地方都市、夜ごと二つ、三つと抹殺されてゆく。今日はわが方の邀撃まったくなし。照空部隊不在の地方都市は敵機来襲時邀撃の手段まったくなし。局地的な高射砲応戦のみ。もはや日本のすべての都市に焼爆崩壊の危機迫る。沖縄最悪の事態なり。だれが見てもこの戦況は絶望なり。夜兵隊がコックリ様の占いをやっていた。

＊浜松空襲

六月十八日Ｂ29約八〇機は志摩半島より侵入し、一部は渥美半島より東進して浜松を、一部は西進して四日市を空襲した。浜松は〇〇四〇よりＢ29五〇機により全市に対し、焼夷弾六、五〇〇発を投下され、死者一、一五七名、家屋焼失一六、〇〇〇戸の被害をこうむった。

＊四日市空襲

同じく十八日〇〇四五より〇一三五まで侵入のＢ29三五機は六〇―一〇〇ポンド油脂焼夷弾

と小型爆弾約三〇、〇〇〇発を投下、市街地一帯が瞬時に炎上。民防空消防団はまったく用をなさず、全市二四町のうち共同、同和、同盟、納屋、浜田、橋北、海蔵、羽津、常磐の九町が焼失した。

被害は学校、官公庁、寺院のほか数工場が焼け、死者五〇五名、負傷者五〇三名、全焼家屋九、三七二戸におよんだ。

六月十九日　晴　敵は、B29で、東京上空から執拗に気象観測をしている。

「雨が降ると休戦だが、梅雨があがるとみな殺しだ！」と工藤伍長が冗談をとばした。しかしその時期は案外早い。激烈な敵来攻があるだろう。もうそのときだ。

正午B29一機偵察飛来。

深更、B29四〇機で日本海へ、新潟、若狭湾へ機雷投下。

B29九〇機で豊橋、さらに静岡に一〇〇機、六〇機で福岡へ。いずれも夜間焼夷弾攻撃。この二、三日前からのB29の攻撃は、たしかに着実に地方都市に移行している。

＊豊橋、静岡、福岡焼尽

六月十九日マリアナを離陸したB29二〇〇機は、二手に分かれて日本本土に進攻した。

その一隊のB29九〇機は、二十日〇〇四〇ごろより数梯団をもって志摩半島に侵入し、渥美湾北部より豊橋市付近に焼夷攻撃をかけ、〇三〇〇すぎ浜松付近をへて南方洋上に脱去した。

このとき豊橋を襲ったB29は、市の南方より低空で侵入し、まず照明弾を投下し、ひきつづき焼夷弾の猛攻を浴びせた。その爆撃は軍都豊橋の中心部の豊橋駅、豊川海軍工廠を主目標とし、他は市街地も焼爆した。この火災は二十日の朝八時ごろまでつづき、死者六二四人、負傷者三四四人、罹災者七一、五〇二人、家屋の被害は一六、八八六戸で、これは全市の家屋数の七〇パーセントに相当し、この町は一夜で壊滅した。

また豊橋を襲ったB29編隊と分かれたB29一一〇機は、駿河湾をへて静岡市に侵入し、市街地を低空焼夷攻撃し、死者一、八七三人、負傷者八三〇人、二六、七二二戸が被害をうけた。中心部の静岡駅、放送局、松阪屋デパートが一望の焼跡に残骸をのこし、この町の八〇パーセントが破壊された。一一八、七四六人の罹災者は、この日から、この町では生きて行くことができなかった。

さらにマリアナ発進の別動隊B29六〇機は、宮崎県東方海面より単機または少数機で侵入、主として福岡市に焼夷弾攻撃を加え、市内各所に火災発生し、家屋約五、〇〇〇戸を焼き、その炎は背振山の山影がくっきりと見られるほどの大火となり、翌日午後二時すぎまで燃えつづけた。

この来襲にわが軍は高射砲だけで応戦した。

＊中小都市の防衛

日本軍の高射砲はいままでおもな要地防空にもこと欠く貧弱な兵力で、いま敵来襲が熾烈となった中小都市への配備には手が回りかねる窮状であった。また戦闘機の邀撃もこの都市には照空灯の配備なく、事実上その邀撃は不可能のままに放置され、B29の跳梁にまかせるだけであった。

六月二十日　曇時々晴れる　正午B29一機来襲。ぽつぽつ定期便が再開した。九州の大村は戦爆三〇機で襲われた。

六月二十一日　晴　夜半B29約一〇機新潟へ機雷投下。○三〇〇まで待機、出動はなし。

近ごろ故郷へ出す兵隊の手紙はしらじらしい。「士気旺盛、軍務に精励」としか書かない。これはすべて虚構である。いま兵隊は、ほんとうのことはなにひとつ書けない。

軍は防諜のため、「之ガ為各部隊長ハ所要ニ応ジ部下ノ私信ヲ点検スルコトアルベシ」と規定されているためであろう。いまやこの戦場の兵士の、切迫の心情を家郷につたえる手段はなにひとつなく。そのためいま兵士の書く手紙のどこにも、彼らの胸のうちの真実を見つけることはできない。

いま人間にとって最も尊い、人のこころの真実が兵隊の手紙の中から失われてゆく哀しみを目前にして、ふと私の胸の中に、古いむかしのことが鮮かによみがえってきた。

真実　——遠いむかし、私の入隊直前、みずからの一人の意志で「早くご無事のお帰りを……」と、いいきってくれた女《ひと》の勇気をせつなく想う夜である。あのときそのひとは、きよらな、雪の夜のしじまの中にたたずんだまま、そういってくれた。そしてそのひとの瞳の奥にはキラリと光るものを秘めていた。

いまは幻であるが、そのひとは私の青春にながく、しかもかけがえのないまぶしいほどの、ただひとりのひとであった。そのころは、肉親とのあいだでさえ、戦いの帰趨や帰還のことなど、口にあらわにできない暗いみじめな時代だった。その中でも、彼女こそ怖れることもなく、私にむかって「かならず生きて帰ってくれ」といってくれた、たったひとりのひとであった。

凍《い》てつくような北国の、雪の故郷の最後の夜を想い出す。

もしも、戦争がなかったら……。

そのひとよ、いまこそみずから信ずる途を進みなさい。私はいま、別世界にいる。

そして、遠からずこの戦いに死んでゆくであろう。いまはあの果たしえなかった、ひとの真実あふるるばかりの言葉を想い、遠く人の幸を祈った。

そしてこの夜は、胸に哀感が惻々と迫った。

今夜、沖縄玉砕の報を聞く。暗澹たるものがすべての兵隊の胸中に流れた。

六月二十二日　晴　少し寒い。正午B29定期便来る。

まだ梅雨はあけないが、木々の緑が急に濃くなっているのに気がついた。夏の季節が充実してきたためであろう。これからの夏は、兵隊にとっては最もきびしい季節となろう。今日も兵隊はせめて、冷い水がほしいと望んだが、この飛行場には、その一滴もあろうはずもない。

B29一四〇機で岡山に、呉には二〇〇機、各務原には五〇機でゆく。
＊六月二十二日〇七〇〇より〇八四〇まで次の各要地は昼間爆撃をもってB29の大編隊の攻撃をうけた。
岡山の一四〇機は工場地帯を、各務原の五〇機は航空廠やその他の航空施設を破壊した。呉はB29の九梯団が侵入、呉軍港地区を爆撃され甚大な被害をうけた。この日、日本機のべ五八機が邀撃し、撃墜一〇機、撃破一六機の戦果を発表している。

六月二十二日、天皇は初めて「すみやかなる和平」の実現を要望され、ソ連を仲介とする和平実現のためモスクワ特使派遣が決定された。

六月二十三日　曇　〇七一〇B29一機東京に。正午にもまた一機。
小型機が茨城県下の飛行場を攻撃した。九州西部には戦爆三〇機来襲。

六月二十四日　晴　風つよし。

今日は何事もなし。まったく平穏。

＊この日の二十四日広田元首相は、箱根に滞在中のマリク駐日ソ連大使を訪問、日ソ中立条約（昭和二十年四月、ソ連側が、一九四六年〈昭和二十一年〉以後は延長せずと声明した）に代わる強力な条約の締結を提議したが、マリクは特別の関心を示さなかった。

六月二十五日　雨のち晴　嵐のような夜があけ、朝豪雨やむ。

日中ときどき陽が射し、午後より暑気つのる。夏の気配がしのびよってきた。

東京は今日情報なし。機雷投下のB29日本海へ。

北村上等兵戦死一カ月目の日。夜、私は彼のために合掌した。

沖縄戦終熄。ラジオ最後の悲劇を発表。次は敵九州上陸か、東京進撃か。

六月二十六日　晴　朝から灼《や》けるように暑い。東京は正午B29一機定期便来襲。

公然とはできないことながら、撃墜マークのいっぱいついた私の機の前でとった写真が今日できた。写真の裏に、〝これが最後です〟と書きたい気持をおさえて、「こんなに元気です」と日付と名前も書いた。私を案ずる郷里の人々に、虚偽の安堵をたくして送る。長く風呂にもはいらない、汗と脂のきたないひげ面がこの世の最後の写真だ。

B29一八〇機で名古屋、各務原、岐阜攻撃。また別にB29一九〇機は大阪、明石、大津、津、彦根、徳島を爆撃。

買出部隊　この飛行場を出て、光るような夏の原野に百合の根を掘りにゆく。兵隊もいまはいつも空腹だが、今日はそれよりもっとひどい飢餓に近い人々の集団を見た。

各人ごとにリュックをふくらましている。新聞で知っていた〝買出部隊〟である。やせこけ、生色を失った人々はみな力なく、基地近くの夏の草いきれの野の立木の切り株に腰をおろし、汗をぬぐいながら人々は私に語った。

「いまは東京から、こんな遠くまで来てもせいぜい、雑穀はおろか、芋さえ手にはいらない、かぼちゃが買えたらまず上等」といった。

仕事を休んでやって来たというやせた男の無気力さにくらべ、大きいリュックを持った丸い体の娘は、むしろたくましく見えた。みな一様に「兵隊さん、ご苦労さん、B29を墜としてください」とおびえるように、また憎しみをこめて訴えるが、なにかすまない気持で、私は持っていた煙草と百合の根を全部与えて別れた。彼らは手を振って別れていった。そして私も手を振った。その人々に聞いたいまの地方の物価がものめずらしく、手帳に書きとめた。

きゅうり一本九銭、茄子一つ六銭、南瓜一五銭、大根一本一三銭、キャベツ一九銭、玉ねぎ二五銭。

酒は五合で三円、ビール一本一円四〇銭（配給）の由。

＊大本営はこれまで、最後の決戦用特攻機を温存しようとして防空戦闘を制限していた。しかし急迫したこのころの戦況から敵上陸も予期以上に早められる公算もあり、ここで従来の消極方針をすてて、いっきょに防空と同時に敵上陸防禦作戦のための敵機撃墜主義の新方針に切りかえた。

六月二十六日、航空総軍は本土航空作戦を一元化し、これを「制号作戦」とよんだ。

そのため本土防空部隊の第十、第十一、第十二飛行師団はふたたび航空総軍司令官の指揮下に復帰し、本来の任務の再開となった。

しかし、すでにわが制空部隊の兵力は消磨しており、七月十日頃の第十飛行師団（東京）の保有機は一〇八機、第十一飛行師団（大正）のそれは八二機、第十二飛行師団（小月）は四二機を配備していただけであった。

六月二十七日　小雨　正午B29一機定期便東京に。

先月の二十九日の横浜大空襲を最後に、東京はまったく平穏なり。われわれ兵隊も士気は衰え、無為にすごすこと一カ月。ただ西部や九州地区来攻の情報に一喜一憂し、日をすごすのみ。

沖縄戦最後の報を今日新聞で見る。胸せまる想いなり。

大本営発表（昭和二十年六月二十五日十四時三十分）

一、六月中旬以降における沖縄本島南部地区の戦況次の如し

(イ)わが部隊は小禄及び南部島尻地区に戦線を整理したる後優勢なる航空及海上兵力支援下の敵七個師団以上に対し大なる損害を与えつつ善戦敢闘しありしが　六月十六日頃より逐次敵のわが主陣地内滲透を許すのやむなきに至れり

(ロ)太田実少将の指揮する小禄地区海軍部隊は我主力の南部島尻地区転進掩護に任じたる後六月十三日全員最後の斬込みを敢行せり

(ハ)沖縄方面最高指揮官牛島満中将は六月二十日敵主力に対し全戦力を挙げて最後の攻勢を実施せり

(ニ)爾後我将兵の一部は南部島尻地区内の拠点を死守敢闘しあるも六月二十二日以降細部の状況　詳《つまびら》かならず

二、我航空部隊は引き続き好機を捕捉し　同島周辺の敵艦船及航空基地を攻撃するとともに地上戦闘に協力しあり

三、作戦開始以来敵に与えたる損害は地上における人員殺傷約八万　列島線周辺における敵艦船撃沈破約六百隻なり

四、沖縄方面戦場の我官民は敵上陸以来島田叡知事を中核とし挙げて軍と一体となり皇国護持のため終始敢闘せり

六月二十八日　快晴　東京はB29一機の定期便あり。

この雨期に敵はマリアナと硫黄島を整備して、七月以降関東地区へ大攻勢に出るであろうと、東部軍の情勢分析が出た。敵本土上陸の準備作戦か。静かに考え、私もうなずいた。初め本土の重要軍事施設や工場を爆撃し、生産を破壊し、沿岸港湾を封鎖し、ついで、大都市から中小都市を焼尽し、国力を抹殺し、国民の士気を消磨するに違いない。

次の敵本土上陸直前の前哨戦はわが航空兵力の撃滅作戦に指向することは必定であろう。ドイツや沖縄の戦訓からしても、この後の敵のわが航空基地撃滅戦がどんな熾烈なものかは想像にかたくない。

この基地は完膚なきまでにたたかれ、施設も、飛行機も、兵員も痛打されるであろう。

私は青春に挫折し、若い身空で死んでゆく自分の姿を想像してみた。

天命であろう。ここに多くの人生への悔恨を残しながらも、すべてを棄てて、男はむかしから、国の危急に死なねばならないのかもしれない。

この最期に追いつめられたわが身の感慨をことさらに深めた夜である。生きて故郷の山河をみるのはもう無理だ。私はいま自分のいっさいの人生を放棄せねばなるまい。

「仕方がない」「没法子的《メーファーズ》」"It can not be helped." の言葉を同時に想ってみた。

六月二十九日　曇　待機中の〇一〇〇ごろ、情報あり。

Ｂ29七〇機岡山に、三〇機で佐世保に。夜間は、戦爆で鹿屋に。また北海道にＢ29一機侵入。Ｂ29一〇機大阪湾に機雷投下。またＢ29三〇機下関攻撃。

＊岡山焼尽

〇二〇〇ごろ、紀伊水道から侵入したＢ29約七〇機は、まだ空襲警報も発令されないこの町に焼夷弾を投下し、市街は一瞬猛火に包まれ、この不意討ちに人々は寝間着一枚の姿で炎の街を逃げまどった。

岡山県庁、岡山城、天満屋デパートが焼け、町は城北地区の一部を残し、市街地の中心部八割を焼きつくし、Ｂ29は〇五〇〇ごろ、四国東部付近から南方に脱去した。この夜の被害は二五、〇〇〇戸を焼失し、罹災者九三、五〇〇名、死者一、六七八名におよんだ。

この日各地を襲った約二〇〇機のＢ29に対し、わが制空部隊は陸海ともに一機も邀撃出動はなかった。

六月三十日　曇　正午ごろＢ24少数機は勝浦付近で船舶を銃爆撃。

午後から雨があがって、藪蚊が出る。その後は一日平穏なり。東北や北海道にＢ29偵察飛来。

敵機の行動はこのごろ広範なり。

いまは兵隊は外出制限や乏しい食事や、少ない睡眠時間のことを不平がましくいわなくなった。それ以上に、きびしい戦局の憂愁に胸いたむゆえであろう。

＊六月となると敵は東京に対しては、Ｂ29三三二機来襲しただけで、その機数は五月の半分にすぎなかった。そして投下された爆弾の五九三発は主として軍事目標に向けられ、そのほか三八八発の焼夷弾の投下は前月の実に一五パーセントにすぎず、このころ、東京の地上には焼夷弾で焼かれる目標物は少なかった。

これに対して大阪、名古屋、神戸の最後の残存地区を攻撃したＢ29は約一、七〇〇機におよび、それと同時に中小都市の市街地、軍事目標の攻撃はようやく本格化してＢ29の約一、〇〇〇機が一八の都市に来襲した。また機雷投下はＢ29約二五〇機におよび、その攻勢もあなどりがたいものであった。

一方、沖縄戦の終局に近づいたこの六月の中旬まで、Ｂ29の約一五〇機と沖縄基地より飛来の戦爆連合の三五〇機が九州の基地を襲い、また約七四〇機の艦上機もこの基地攻撃に参加した。しかしこのため日本全土の航空戦に出動した六月の日本戦闘機はわずかに六四二機であり、この数は全来襲敵機の二〇パーセントの兵力にすぎなかった。この数字の対比は日本軍の確認にもとづくもので、実際の米軍来襲機数はこれより大きく上回っている。

このだれの目にも明らかなわが航空兵力の劣勢の中にも、ひとり軍人だけが「大和魂」による大反撃をたのみとし、そのうえ軍は国民にも「一億玉砕」を強要してゆずらなかった。

七月一日　曇　午後敵小型機約七〇機浜松を攻撃。

二三一〇B29少数機で千葉、長野に。九州地区は終日猛攻をうける。戦爆連合三四〇機長崎方面攻撃、B29約二〇〇機熊本、呉、宇部、関門に。別に機雷投下もあり。

だれかが飛行場で蛍を見たという。この戦場の切迫の中で、この夏の風物詩の感慨につながるものはなにひとつない。むしろこの人間世界の戦いの中に、平静な小さな生命を営む不思議が驚嘆に価する。

夜、坊主伍長に蛍の句を所望したら、〝蛍見や船頭酔うて覚束な〟の芭蕉の夢のような一句を教えられた。

敵機はマリアナから、また沖縄から、あるいは洋上機動部隊から、日本本土へ連日怒濤の進撃、この空をおおいつくす。情勢暗澹。私はいよいよ、この国の最後の運命が迫ったと思った。

＊マリアナのB29一〇〇機は、この日二三五〇ごろから一時間半にわたりその主力六〇機をもって天草方面より熊本市に侵入、焼夷弾攻撃を加え、また一部は一〇機で豊後水道より侵入し、周防灘に一時間にわたり機雷を投下した。またさらに三〇機は、一二〇〇より主として関門両市を、一部は延岡を焼夷弾攻撃した。

このため、各都市はいずれも朝五時ごろまで炎上した。しかしわが重要施設は被害きわめて軽微と発表された。

七月二日　小雨　正午Ｂ29定期便一機東京に。

出撃のないこの一カ月、そのせいか、兵隊はみな無気力に沈んでいる。

Ｂ29約七〇機、早暁萩市、下関市付近を焼夷弾攻撃。またＢ29八〇機呉市を攻撃というも不詳。

戦争は南にいってしまった。東京は休戦なり。

雨の日の故郷　それは雲のひくく垂れこめた故郷の秋の雨の日の午後であった。今日のような。恒例の隣りの学校祭を見に行った。さすが工業学校生徒の創意にみちた制作や、飾りつけは見事でほほえましかった。

来場者の人波の中の三人の制服の人たちの中に、瞳のきれいな忘れがたいひとを見出し、胸をふるわせたことを想起した。それは私の少年の日の一つの詩《うた》であった。

その日も、外は雨がけぶるように降っていた。今日の日の雨のように。

七月三日　雨　今年の長雨は、戦場を呪っているのだろうか、沛然たる雨しきりなり。めずらしく、午後より晴れるとカッと夏の陽が照りつけ暑い。やがてこの太陽は草原も飛行場も灼きつくすであろう。〇〇五〇Ｂ29一機来襲。一〇五〇また一機来襲。

雨にいためつけられた壕舎の地べたのむしろに兵隊はゴロリと横になり、このにごった土の異臭のよどんだ空気の中で、その姿が暗い灯の下で、ときどき大きな影絵となって動く。この壕舎の土はすえた臭気に変わりなにもかもカビ臭い。

そのまま夜があけた。

小型機一〇〇機で九州飛行場を攻撃。

B29三〇〇機四国へ、この日の未明から翌朝にかけ高松、高知、徳島が爆撃された。その他四国、九州地区猛攻される、状況は不詳なり。

七月四日　曇　午後少し晴れる。その晴れたころの一二三〇小型機来襲。

夕方より明け方まで、ひどい大降りとなる。情報はなし。こんな夜は、みな兵隊は気楽なはずなのに、兵隊の顔色はこんな無為なときこそもの哀しく見える。

〇二〇〇この豪雨やまず、ついに警戒配備解除、めずらしく兵舎に帰る。暗い夜道をひどく雨にたたかれながら帰りつき、ずぶぬれとなった体を拭いて、泥靴を脱ぐと、ちょうどこんなときに用意されたような、“drench to the skin”という言葉の意味を思いながら、寝台の毛布の上にあぐらをかいた。そして煙草をすったら、毛布の上の足の先から、体全体に温《ぬく》もりが伝わるようにひろがり、この温りに生きている自分をたしかめ、深夜、何かめずらしい幸せ感を味わった。

しのつく豪雨、終夜流すよう。

むかし、淡谷のり子という歌手がうたった〝雨よふれふれ　悩みを流すまで……〟のくだりを想い出し、あの歌は日本に最後の平和の残されていた日の女の溜息《ためいき》だと思った。兵舎は消燈しても、兵隊たちの話声が、隣りの内務班から晩くまで聞こえた。だれもが着のみ着のままで寝る。

明日の日にはなにがあるのだろうか……。

今日の小型機はP51なり、わが基地にも来襲。また今日の未明、B29五〇機で姫路に。九州にはB29の戦爆連合で二四〇機来攻、飛行場攻撃。

敵は近々、九州上陸か？

ルソン島戦線で日本軍は完敗。

七月五日　曇　あつい。飛行場の空に高く入道雲が流れ、正に盛夏なり。

一一三〇小型機とB29来襲。千葉一帯の基地を攻撃。

深夜B29一機偵察来襲。九州は戦爆二〇〇機で各地が爆撃された。

夜空にはめずらしく星が見られた。敵はこの雨があがるとかならず大挙して来る。その前に、今日は友や家郷に手紙をたくさん書いた。そして読書もできた。

来襲のP51一〇〇機は隣りの東金飛行場を猛攻した。また今日も空から敵のまいた伝単が降る。

＊七月に入り米軍は日本本土に対し、最後の大詰の「戦略爆撃」を開始するため、特に太平洋戦略空軍を新設し、第二〇航空軍と、第八航空軍がその指揮下に入り、その司令官には新しくルメーが昇格し任命された。
ここでマリアナに集結したこの両航空軍の兵力は、B29六〇〇機で、そのうえ硫黄島のP51戦闘隊もその指揮下にはいり、B29の掩護にあたらせた。


七月六日　晴　〇九〇〇ごろより情報あるも不明確。

正午不明機数のB29東京に。出動せず。いまはわが隊の温存機二〇数機のみ。P51一〇〇機で侵入。わが基地も攻撃される。所沢飛行場にも来襲。

九州は戦爆一六〇機で攻撃された。

九州男児　名実ともに立派なものなり。熊本出身の若い学徒兵の荒木見習士官、剛胆不撓《ふとう》のたのもしき軍人なり。私の軍隊生活で、初めて見る意気と実行力の士なり。むしろ陸士出の将校よりも清潔な迫力あり。

彼の郷里クマモトの名の由来のごとく、かつてそこには熊襲《くまそ》が住んだと伝えられ、古くから外敵に近く接し、鍛えあげられた伝統で、純粋に戦いに対応できる資質と根性を身につけているさまには圧倒される。まさに、「槍は柳川、剣は久留米、意地は熊本、気は薩摩」のごとし。そして彼はいつも「自分の命と引きかえにこの国を守らねば祖国はほろびてしまう」と本気でいい、とかくに、彼はこの軍隊に毒されないままに、単純で純情なり。また清潔なり。そしてこの戦いを決して疑わない二十二歳の意地と力の塊なり。弾丸のような行動力なり。

彼は最も軍人ばなれした天才の戦士なり。これもまたよし。

七月七日　曇時々雨　敵機大挙来襲の情報あり。今日から出撃制限が解除され、わが隊、機をとらえて邀撃出動することとなる。ひさしぶりの出撃準備におおわらわ。しかししばらくは平穏。警急待機のところ、やはり敵来襲。

二三〇〇すぎ、情報は大型機第三梯団までの来襲をつたえる。〇〇一五よりこのB29編隊は、甲府、千葉を焼夷弾攻撃。しかし今夜は雨のため全機出動不能となる。千葉市の空が燃え、夜空を赤く染め、無気味な爆音空をおおう。甲府の友斉藤は、いまどうしているか、彼はたしか甲府部隊にいるはず。

出動のできるよう雨のあがることを念じて夜を徹して、朝があけた。日中は平穏なり、夜二三五〇再度情報あり、しかし東京はなにごともなし。あとで、清水、明石にB29一五〇機で焼夷弾攻撃とわかる。

地方都市への焼爆行しきりなり。

東部軍発表

一、B29二百機は六日二十三時三十分より七日三時三十分に亘る間、四梯団に分かれ、管内中小都市に分散飛来し、主として焼夷弾攻撃を実施せり。
二、甲府、千葉の両市は敵焼夷弾攻撃により火災発生を見たるも、七日払暁までに概ね鎮火せり。その他二三の小都市に対し焼夷弾投下ありたるも損害極めて軽微なり。
三、管区内中小都市の攻撃は今回が最初にして爾後この種分散来襲に対して厳戒の要あり。

＊甲府大爆撃

七月七日の夜半十一時五十分ころ「B29編隊山梨県に侵入」の東部軍管区情報の直後、「B29一機甲府上空に飛来」といい終わらぬうち、この町の北の夜空にものすごい炸裂音がひびいた。

つづいてこの盆地の北部、東部、南部にB29二〇〇機から無数の焼夷弾と爆弾が投下され、炎はしだいに市の中心部に迫っていった。この爆撃は約二時間つづけられ、町は坩堝《るつぼ》のように燃え、朝になると、県庁、警察署、郵便局を残して町の七割を焼失した。この町は一夜にして、一七、九二〇戸を焼き、死者八二六名、負傷者一、二四四名の被害を出し、罹災者七八、九二五名に達した。

＊明石焼尽

この町は一月十九日、六月九日、六月二十六日と今日の七月七日の四回の爆撃で、川崎航空機工場と市街の全部を破壊され、死者一、四六四名、負傷者一、三三二名、被害家屋一五、六六八戸、罹災者四九、三五六名に達した。

X　破局

七月八日　晴　強烈な夏の太陽が灼《や》けつくように燃える。いく日ぶりの晴天であろうか、空には白雲がたぎるようにわき、そして流れた。

一二〇〇より約二時間、B29に誘導されたP51一五〇機で東京、横浜、千葉を攻撃。いずれも基地攻撃なり。夜、二三四〇B29一機東京に偵察来襲。

敵機動部隊は本土近海に遊弋《ゆうよく》し攻撃の機をねらっているとの情報あり。しかしいまはどうにも、これに対抗する策はなし。日本水上艦隊いまはなし。どの兵隊も、いまは日本の制空権や、制海権にはなはだ疑問をもっている。この空が、この海が日本のものでなくなったとき、それがどういうことにつながるかは考えるまでもない。

めっきり蚊も多くなり、今夜は大合唱の蛙の声しきりなり。

＊敵機の攻勢日に熾烈

硫黄島、沖縄を失って以来の六月初旬から、米軍基地の兵力は増勢の一途をたどった。

大本営はこのころ、偵察写真や、通信情報、俘虜の言動から判断し、わが日本本土をとりかこむ敵基地には次のように米軍機が進出していると予想した。

	六月二十四日	七月八日
沖縄	五五〇―六〇〇機	約一、〇五〇機
硫黄島	約三〇〇機	約四五〇機
マリアナ	一、〇〇〇機	約一、二〇〇機
（内B29）	（約九〇〇機）	（九六〇機）

七月にはいると、本土空襲はさらに激化し、連日、数百機にのぼる敵機が北海道を除く東北、関東、中部、九州と日本全土の空を乱舞した。

これに対するわが本土の専任制空部隊の兵力はわずか二三二機にすぎなかった。これは実に恐るべきことであった。（『本土防空作戦』防衛庁戦史室　朝雲新聞社）

七月九日　晴　白熱酷暑の日なり。

〇七四〇、一二〇〇空襲警報発令。情報は朝から混乱、B29の来襲と敵機動部隊より発進の艦上機侵入が入り乱れ、いつどこで空襲となるかわからない。兵隊は常時警急待機の連続なり。兵隊の顔はここ二、三日以来、灼熱の中に真黒、流汗淋漓《りんり》。そばに近づくと、むしろ臭いほどの埃と汗にまみれた異臭が鼻をつく。

読みたい書籍は自ずと制限があり、いまでは新しく入手もできない。むかしから軍隊では、読書や思索は兵隊のためにならないといって、とかくそんな兵隊は疑惑の目で見られたし、兵隊にとって文化的開眼はむしろ邪魔であり、禁止もされた。

私はいま「天体」という月や星座の本と、岩波文庫五冊を図嚢《ずのう》に入れている。これは病人が残り少ない栄養剤を補給するように、日々少量ずつ噛みしめるようにして読む。これは戦場ボケの速効薬ならん。かろうじて文字や思想にふれる一瞬も、この戦争の場にもなくてはならないものである。ドイツ語文法（関口）は、実益はともかく、難解なところがするめの味で、戦場の精神的飢餓を忘れるための妙薬で、日々の自己確認のためにある。目前に死をみつめてのこの戦いの中に、いまさら勉強でもなく、そんな兵士はほかに一人もいない。兵隊は秘かに私を変人といっているらしいが、それはもっとものことであろう。出征のおり、自分のありったけの蔵書に一連番号をつけたリストを、いまも私は宝物のように所持している。私はいまでも、ただ戦争だけに熱中する軍人になりきるのはいやだ。

夜B29和歌山、堺に各一〇〇機、岐阜に七〇機、四日市に四〇機、福井に二五機来襲。日本海側への機雷投下もしきり。

＊和歌山、堺、高知、四日市、岐阜、福井を焼爆

B29約二七〇機はこの日の夜二一〇〇より翌暁〇二〇〇のあいだ、五群に分かれ、熊野灘、紀伊半島、紀伊水道および土佐湾付近から分散侵入し、主力をもって和歌山、一部をもって堺および高知を焼夷弾攻撃し、紀伊半島より洋上に脱去した。

和歌山市は、この夜半のB29一〇〇機の空襲に全市火の海となり、紀州五五万石のお城も焼けおち、県庁や市役所も焼け、旧県庁あとの空地では、旋風にまき上げられた炎の中で、約一、〇〇〇人の市民がいっきょに死んだ。朝が明けると虎伏山の緑だけが青く残った。焼け残った丸正デパートから見ると、全市の半分は一夜にして瓦礫と化したことがわかった。この夜和歌山は死者一、二〇八名、負傷者四、五六〇名、被災家屋約五、〇〇〇戸、全罹災者一二、五四八名の被害をうけ、六月十五日の第一回爆撃に加えて大被害となった。この後七月二十四日の昼間爆撃を最後に、この町はまったく人間の住む町としての機能を失った。そしてただ紀ノ川だけが昨日と変わることなく淡々と流れていた。

堺市は三月十三日の大阪大空襲の余波をうけて被害を出して以来、前後一三回来襲し、この日は最大の被害を出し、町の六〇パーセントを焼き、死者七五二名、負傷者一、四九六名、家屋被害一五、一八四戸、全罹災者五六、三三八名に達した。この日の来襲B29は約一〇〇機と推定された。

堺を襲ったB29の一部約二五機は、高知市をも焼夷攻撃した。この町は六月十五日、後の七月二十四日の全三回の爆撃に市の七〇パーセントを焼失し、県庁や市街地に損害が集中した。死者四一七名、負傷者三九六名、被害家屋一一、九一二戸、全罹災者四〇、九三七名。

またこの日、二一三〇よりB29約一二〇機は、単機または少数機編隊で、伊勢湾および熊野灘付近より侵入し、主力七〇機は岐阜に、約四〇機が四日市を襲い、残る二五機は福井を攻撃した。また別に一〇機は富山湾に機雷を投下した。

岐阜市では、それ以前に再三の名古屋や四日市、各務原の空襲を目のあたりに見て、この町は「いつかはやられる」と市民は覚悟を決め、荷物疎開はすませていた。いざ空襲のおりは屈強の男は残って町を守るほか、老幼の市民は市の西端部にある大縄場（忠節橋西南）の堤防に避難することも決まっていた。

二三一四ごろ、おりからの空襲警報のサイレンとともに、市の南西方の伊吹山と養老山系のあいだから、一群のB29があらわれ、まず照明弾を投下した。ついで真昼のように明るく浮び上がったこの町の上空から、岐阜駅西陸橋付近に焼夷弾の初弾をあびせ、その後はつぎつぎと飛来したB29が全市に雨のように焼夷弾を投下した。そのため市内各所に次々と同時火災をおこしていった。

男たちは、この火の海に消火のため奮闘をつづけたが、バケツリレーや火たたきでは、どうすることもできないままに、人々は炎をくぐって、忠節橋方面に逃げ込んでいった。

天をこがす町の上空には、B29はその胴体を燃えるように赤々とそめ、手のとどくような三、〇〇〇メートルの上空に乱舞した。

市民が安全と決めて逃げのびた大縄場の堤や川原はもちろん、長良川の川の中まで避難した群衆は、最後にはB29の目視爆撃にあい、容赦ない無数の焼夷弾の雨にここは地獄と化し、修羅場と変わっていった。〇二三〇までつづいたこの大空襲に、全市は翌朝まで燃えつづけた。

一夜が明けると、この町の中心地柳ケ瀬通りには丸物百貨店の残骸だけが残り、ほかは一望の焦土と化していた。いまでこそはなやかな柳ヶ瀬ブルースのこの町は、このとき市街地の五一・七パーセントを焼いた。川崎航空機工場、県庁、市役所、学校などが焼け、死者八六三名、負傷者五一五名、被害家屋二〇、四二七戸、全罹災者八六、一九七名に達した。

町のこの惨状の中に、金華山《きんか》の青い山肌だけが昨日と変わらぬままに人々の目にうつった。

同じこの夜、六月十八日の空襲にほとんど壊滅的打撃をうけた四日市は、このときB29の約四〇機に襲われ、さらに大被害を重ね、特に市の臨海部がやられ、死者八名を出した。

この日の和歌山方面への来襲に、日本戦闘機は四九機が出動し、B29撃墜二機、撃破四二機と報じているがその確証はとぼしい。

また岐阜、四日市、福井への来攻にはわが軍はまったく無抵抗であった。

七月十日　晴　夜が明けた〇五〇〇敵艦上機大挙して関東に来襲。大阪にはP51、九州には戦爆で来襲。関門海峡はB29による機雷投下あり。

終日空襲情報混乱して不詳のこと多し。いまや日本全土に大空襲。この日本全土をおおいつくす敵機に、私はふたたび「天《あめ》の下かくれがもなし」の言葉を思った。そして深くこの戦局に絶望した。

今日の全関東地区〇五一〇より一七一〇まで、終日敵小型機一、二〇〇機息もつかせず連続六波で襲撃。この小型機に対し、第十飛行師団の出動まったくなし。

今暁B29八〇機で仙台を焼夷攻撃。敵近来にない怒濤のごとき進撃なり。

小型機大挙東京へ　〇八一〇より所沢へ公用出張。小型機一波去り、いままで杜絶の省線電車で松戸駅発車東京へ。江戸川を通過するころ再度敵小型機第二波来襲。列車銃撃を恐れ、乗客全員線路外に退避。

見れば、この川を境として目のとどくかぎりの東京は、瓦礫の原野と化し、その廃墟の地平線の果てに富士だけが輝いていた。この焼けただれた町の中に、点々と壕舎が大地にしがみつくようにして人々の営みを支えていた。そして人々は、そこであえぎあえぎ生活していた。これは東京の市民の最後の砦であり、むなしい抗戦のたこつぼだ。

連続空襲警報のサイレンが重くひびき、急停車した列車から避難した人々の防空ずきんに、モンペやゲートルの姿はあまりに貧弱で、私は背にしたカーキ色の鉄帽をかぶる気にはならなかった。人々はみな空襲におびえ、疲労と憔悴に生色を失っていた。

第四波来襲を見送り、池袋より所沢飛行学校に行く。一七一〇帰途、日暮里駅につくと、空襲警報のさなか、この焼け残った駅舎のプラットフォームの、高い鉄の屋根は無数の銃弾が貫き、大きく青空をのぞかせていた。この駅にむらがる人々の顔色は、みな疲れはてていた。今日の青空は美しすぎた。

東京壊滅　訓練半ば、わが部隊が所沢基地を発進、この松戸基地に展開したのは、昨秋九月半ばのことであった。所沢から、われわれの編隊が、高度二、〇〇〇メートルの東京上空を左に横ぎり、秋色のこの決戦場の基地に旋回降下してゆくとき、私は異様な予感がして、かつてない戦慄と、緊張をおぼえ、ここを私の終焉《しゅうえん》の地と決めた、あの日の悲壮感を、いまも忘れることができない。あれから一年、ついにその秋《とき》が来た。

そして、あのとき上空から見た東京の街は、今日では無惨にも、その影もない。この町は、太古の武蔵野の原野に返ってゆくおもいだ。

＊仙台空襲

七月十日の東北軍管区司令部発表は、「敵B29七十機は今暁零時五分より二時三十分にわたり、仙台市中心部に無差別焼夷攻撃を加えきたり、市内各所に火災発生せるも、市民の敢闘により五時頃までにおおむね鎮火せり。市民はかねて準備しありたる非常食糧および付近町村よりの炊出しの配給を受け、鎮静に復し再建に着手しつつあり」と発表した。

この市は仙台駅を中心として攻撃され、仙台駅、日赤、第二高等学校（旧制）が焼け、死者九一一名、負傷者二、五九〇名、被害家屋一一、九三三戸、全罹災者五七、三二一名に達し、市の一〇パーセントの面積を破壊された。

＊敵艦上機わが基地を猛攻

この日の早朝五時、空襲警報に明けた関東地区の千葉、埼玉、東京、長野、甲駿地区が、終日うんかのごとき敵小型機編隊六波におおわれ、主として航空基地が銃撃されたほか、その他の一般施設にも被害をうけた。

七月十一日　雨　〇八〇〇、一一一〇B29来襲。詳細は不明。

B29は本土侵入のさい、わが方のレーダー攪乱のため、最近はことさら多量の錫箔を撒布し、その捕捉がむずかしくなった。大空襲ののち、夏木立や民家の屋根にキラキラと錫のテープが散乱してかかり、これを子供が拾って手にとると、それはシャリンシャリンと乾いた音をたてた。

昨日から一般国民の主食（※配給）はまた一割削減となったと、村人に聞いた。

九州へ戦爆連合で二〇〇機が飛行場を攻撃。

＊昨年十二月二十四日のB29一一〇機の東京進攻のときから、マリアナの司令官ハンセルは、B29本隊が日本本土付近到着に先だって、あらかじめ先発した偵察機F13を本土に侵入させ、その機上から多量の錫箔を投下して、日本軍レーダーの警戒網を欺騙するよう処置していた。

七月十二日　雨　一三一〇B29少数機で東京に。

〇〇〇五B29不明機数で東京攻撃。その被害は蒲田付近という。本格来襲は川崎にB29五〇機、数十日ぶりのことなり。別に宇都宮、郡山に一一四機焼夷弾攻撃。

西部軍管区では夜間、堺、宇和島、大垣、一宮、各務原、敦賀にB29三〇〇機来襲。

川崎の敵に雨をついて出撃。撃破四機、全機帰還。〇四〇〇より疲れはてた兵隊は泥のように眠る。雨と汗で濡れたままの身で、暗い壕舎の地べたに横たわると、私の新兵時代の各務原のことや、大垣の町や、堺の学友のことが想われた。今夜はその想い出の中に寝よう。長良川の清流や、大垣の柿ようかんの甘さを夢に見るかもしれない。

＊宇都宮、郡山、敦賀の焼夷攻撃

十二日〇二三〇ごろより約三時間にわたり、B29約一四〇機が来襲し、この一波七〇機は宇都宮市に焼夷弾攻撃を加え、一夜にしてこの軍都（第十四師団所在地）は町の五〇パーセントを破壊され、家屋の九、一七三戸を焼きはらわれた。この中には市役所、県立病院、国鉄、東武駅などがふくまれていた。死者五二一名、負傷者一、一二八名、全罹災者四七、九七六名に達した。

また同時刻ごろB29の二〇機は郡山市（福島県）を攻撃した。それは四月十二日B29五〇機によるこの市の工場地帯攻撃につぐ焼夷弾攻撃で、死者二四五名、負傷者三〇八名、被害家屋二、二二〇戸の損害をうけた。日東紡、保土谷化学などの工場が失われ、その付近にある郡山駅もやられた。

敦賀市も同日B29九〇機で襲われ、この後に二回の爆撃にみまわれるが、この日の被害が最大といわれた。死者一七一名、負傷者一八七名、被害家屋四、一七三戸、全罹災者一六、〇〇〇名に達し、警察署、東洋紡工場、気比神宮が焼失し、町は七〇パーセント焼失した。

七月十三日　雨　夕方より長雨晴れる。一一二〇B29一機東京に。昨日からのB29の攻撃熾烈なり。日本全土をおおう空の敗色、まさに末期症状なり。

兵隊はこの戦況を、格別詳しく聞かされていないが、彼らの目は正しい。この危急を肌で感じとってか、その目の奥には何かけわしいものが見られる。

いまはただ理屈なしで、戦わねばならない毎日がすぎてゆく。明日も計りがたいまま。この若者の苦渋の生活がいったいいつまでつづくのであろうか。

戦局が切迫すると、兵隊の身も心も野性化し、生活はその日暮らしの動物本能にもとづく現実主義に陥りやすいが、その反面、生きるために残されている人間最後の、かすかな願望を胸のかたすみにまだ残している。状況が悪化すればするほど、兵隊の胸のうちには、戦いのない平和の世界に生きようとする心の芽ばえが、確実にのびつづけてゆく。

七月十四日　曇　〇八四〇、一二〇〇Ｂ29少数機東京に。九州には戦爆で一五〇機来襲。敵機動部隊から発進した艦上機が、早朝から終日北海道を襲う。また別に東北地区にも来襲。約一、一〇〇機の初の本格攻撃なり。おそらく要地、飛行場攻撃ならん。

夕方から小雨あり。夜飛行場の闇の中で「敵サンいよいよ上陸だぜ」とささやくのは北海道出身の少年兵なり。この数日来、兵のあいだにこの噂しきりなり。

この危機を打開するのに、いま軍はどのような作戦を考え、その決め手はどこにあるのだろうか。このまま敵がこの本土に上陸し、この祖国が敵兵の蹂躙《じゅうりん》にまかせられることは信じられないばかりか、そう思うことだけでも兵隊の気持が許さない。われわれはいままで日本が負けるということは決して教えられていない。しかしこの一カ月、われわれはこの熾烈な敵の攻勢の前に、まったく無為であり無策である現実を想うと、兵隊の胸には、たとえようもない恐怖がたかまった。

七月十五日　曇　朝も雨、昼すぎキラッと陽が射し、夕方また雨。夜もまた大雨。にごった不潔な雨の臭気が夜までつづいた。もうあきあきする長雨なり。

〇二五〇Ｂ29一機東京に。今日室蘭が、昨日は釜石が艦砲射撃をうけた。釜石の沖合で火を吹く敵艦がはっきり見えたともいう。

今日も東北、北海道の飛行場が艦上機一、〇〇〇機余で攻撃された。東海地区にはＰ51一〇〇機侵入。日本全土がいままでの九州と同じこととなり、連日猛攻をうけている。

もはやこの祖国傷だらけなり。しかしわが隊の出動はなし。ここまで事態が悪化すると、兵隊は一見むしろ平静に見えてきた。いままでの身をゆすぶられるような不安と焦燥の経過をすぎた中に「どうすることもできない」「仕方がない」という諦めきれないままに諦めてゆく虚脱のような偽りの平静がある。しかもこの心情は、長い大戦の広い戦場のほとんどすべての兵隊に共通した哀しい心情であることはまちがいない。

私のこの長い従軍でも、人のいうような敵前で「〇〇〇〇（※天皇陛下）万歳」といいきって死んでいった兵士はまだ見たこともなく、むしろ彼らはその一瞬には軍人も軍服も棄てて、まぎれもないふつうの裸の人間に返って死んでゆく。私は前の大戦で、ドイツ軍の兵士の死の瞬間にさけんだ〝Mutter〟の絶叫の意味が痛いほど身にしみてわかった。

私の日記は、日を追って想うことも書くことも少なくなってゆく。

＊敵機東北へ北海道へ

十四日早朝〇五一三より一八四〇のあいだ、米第三艦隊所属の敵艦上機六〇〇機は函館、室蘭、釧路、帯広、根室、広尾に初見参。別に四三七機が青森、大湊、八戸、釜石、三沢、石巻に来襲。釜石はそのうえ艦砲射撃をうけ、製鉄所を攻撃された。

翌十五日も早朝〇四五〇より約四〇〇機、つづいて一二〇〇より約六〇〇機の小型機が東北、北海道地区に侵入し、函館、室蘭、小樽、大湊に超低空で機銃掃射を加えた。さらに爆弾、焼夷弾も投下し、飛行場、船舶、工場、鉄道を目標とし、漁村、農村まで攻撃した。またつづく第二波は青森、八戸、大湊、秋田を攻撃した。さらに下北半島尻屋海面に浮上した敵潜水艦は艦砲射撃を加えてきた。

これに対し、わが軍はほとんど沈黙に等しく、この二日で撃墜四二機、撃破二一機と発表されているが信頼度はひくい。

また、この大空襲のさなか、〇九三〇から一時間、室蘭は戦艦三隻、巡洋艦二隻、駆逐艦四隻よりなる敵艦隊により艦砲射撃を受け、主として町の工場施設に被害をうけた。

なおP51約一〇〇機は東海地区の飛行場、鉄道を攻撃し、九州地区は鹿児島、大分、宮崎、熊本、長崎、福岡、山口に沖縄から発進した戦爆一〇七機の攻撃をうけた。早暁からB29単機は宇治山田、四日市、福井を偵察した。またB29一機は別に〇七〇〇すぎより、平塚、八王子、川越、前橋、佐野、宇都宮、郡山、福島、白河、浦和、東京、横浜上空を約一時間半にわたり偵察。

七月十六日　雨　あければまた雨。

浜松飛行場はP51一〇〇機で攻撃された。九州は戦爆連合二三〇機で攻撃された。昨夜からの情報で夜はひきつづき〇二四〇まで待機。明け方より雨となり、〇六三〇飛行場の雨の中で食事をしてそのまま休務。壕舎で仮眠。

兵隊は全身泥にまみれ、私もその泥の兵隊のあいだに、そのまま横になって寝ると、新兵のころ、初めて体験した軍隊の兵士の罵声と喧騒に耐えがたく、夜となって、寝台の毛布をかぶったまま〝蒼空〟の曲を一人で口ずさんだことを思い出した。そのとき人間が生きるための情緒として、最小限のメロディーの必要性を痛感したことを思った。いまここではラジオから流れるたまさかの曲がいちばん聞きたい。

七月十七日　曇　昨夜二三三〇より本暁〇〇三〇まで、平塚、沼津がB29二〇〇機で焼夷弾攻撃をうける。小田原、辻堂、茅ヶ崎も攻撃される。別に桑名にB29九〇機が来襲。早朝〇五三〇より東京が空襲となる。

そのころからついに雨となる。夜二三五〇B29一機東京に。

今日は出動まったくなし。雨が降りはじめると兵隊は、つくづくこの戦争がいやになるといって苦笑した。私は〝泥と兵隊〟という言葉を想い出した。

早朝から、艦上機二〇〇機が福島、宮城に。関東地区にも同二〇〇機侵入。日立、水戸が艦砲射撃をうける。南九州に戦爆連合一五〇機来襲。

このごろは夜があけると、早朝より艦上機来襲。昼間は沖縄から戦爆連合での攻撃は必須。また夜が更けると、B29の都市焼夷攻撃。戦争には夜も昼もない。

＊平塚、桑名焼尽

十六日二三三〇より約二時間にわたり侵入したB29二〇〇機は、平塚を焼夷弾攻撃し、死者二三六名、負傷者三〇〇名、被害家屋六、八〇〇戸の被害を与え、町の六五パーセントを焼失した。全罹災者は二五、〇〇〇名であった。

このとき沼津もこのB29編隊に襲われ、死者三一八名、負傷者五九一名、被害家屋一二、一五四戸におよび、全罹災者は四四、三八七名に達した。この火災で駅、裁判所、学校、海軍工廠が焼けた。

桑名市は十六日二三〇〇ごろ（または十七日〇一〇〇ごろ）よりB29九〇機に襲われた。最初に投下した照明弾を合図に、約二時間の焼夷攻撃をうけ、全市猛火につつまれて、その八〇パーセントを焼かれ、この市の受けた最大の空襲となった。前後六回の空襲で死者四一六名、負傷者三六四名、全焼家屋六、九五〇戸におよび、桑名駅周辺、揖斐川鉄橋は大型爆弾によって爆破され、市内の全機能が一時失われた。そして最後まで残ったのは桑名郵便局、同警察署だけであった。

七月十五日東北、北海道を攻撃した敵機動部隊は、十七日朝、関東海面に出現し、早朝から関東地区、福島、宮城地区に対して艦上機四〇〇機を放って攻撃した。その後夜となり、その水上艦隊の一部は鹿島灘に現われ、陸岸近く近接し二三一五ごろより約一時間、日立、水戸に艦砲射撃を加え、工場、民家、学校に被害を与えた。

夜半至近の海上の敵艦から発射される砲弾の閃光を見た町の人々は、身近に迫った敵艦に恐怖した。

＊ポツダム宣言

七月十七日米、英、ソの三国の代表者がポツダムに会し、日本の「軍隊の武装解除」「領土縮小」「戦争犯罪人の処罰」等を要求する無条件降伏の相談を始めた。

七月十八日　晴　夜来の雨が晴れ、まぶしいほどの晴天となる。B29定期便の復活であろうか、一一三〇東京は空襲警報発令。しかし、これにつづく後続目標のB29大編隊北上中の情報。

やがて艦上機は茨城、千葉、埼玉、栃木、群馬、神奈川に来襲し、わが航空施設や軍事目標を攻撃。特に今日はこの小型機二五〇機で横須賀軍港を攻撃。わが軍反撃せず。その他東北地区も襲う。一八〇〇までの来襲機数一、二〇〇機なりという。昨日にひきつづき、房総の白浜が艦砲射撃をうけた。

夜はこともなく平穏にもどった。深更警報解除に兵隊は、そのまま飛行場で死んだように眠りこけた。

最近東京への来襲機はまったくなし。このことは首都東京の壊滅を意味する。私は「実質的にはこの戦争はすでに終熄している」と思った。今後わが隊の屠龍《とりゅう》は、全機敵上陸時の艦船体当りの特攻機編成になるだろうと噂が流れた。


七月十九日　晴　一一五〇東京へ不明機一機あり。夕方からまた雨となる。P51一〇〇機各務原、小牧、伊丹各飛行場を攻撃。

二三〇〇すぎ日立へB29八〇機、銚子に六〇機。同じくこのころ別にB29一三〇機福井に、五〇機は西宮に、また八〇機は岡崎に。いずれも市街地の焼夷攻撃なり。

福井がやられた。私の第二の故郷。

私が少年から青年に成長していった町。校舎は、足羽山は、九頭龍川は——。人々よ、街よ——。なにか祈らずにはおれない気持となる。そして「丹下よ、福井が焼けた」といまは亡き私の後輩の英霊に、心の中でささやいた。

六銭のコップ酒をあおり、たてつづけに四銭のうどんをすすり、頭からレインコートをかぶって下宿に駆けこむと、ひどく酔がまわったあのころ。丸通の半纏《はんてん》の人夫とまじって、制服の私は友と、大盛の〝ビックリぜんざい〟をすすった。甘い小豆を噛んだとき、近くの駅で汽笛が鳴った。初冬の北陸の町の夜半。福井は私たち学生の町であった。

夜間来襲にも出撃命令なし。警急待機のみ。

＊福井壊滅。西宮、岡崎も焼尽

十九日夜半から四六〇機余のＢ29はいっきょに一〇個所に来襲した。

マリアナを発進したＢ29一七五機は二三三〇ごろより二群に分かれ、一時間半にわたり近畿地区に来襲し、その主力一二〇機をもって福井市に焼夷弾攻撃を加え、全市の九五パーセントが焼失し、県庁、日赤、学校等が全焼した。そのため死者一、五七六名、負傷者一、五六七名、家屋被害は二二、八四七戸におよび全罹災者九二、三〇〇名に達し、全国戦災都市中でも被爆率は大きかった。同市は七月七日のＢ29二五機の来襲につづく爆撃で、この夜壊滅した。

また福井を襲ったＢ29編隊とともに侵入した約五〇機は西宮市の工場を爆弾をもって攻撃。西宮はこの日まで一〇回の来襲をうけ、死者八五二名、罹災者八六、五二四名に達した。特に川西航空機工場が狙われた。

また、この編隊の別の五機は若狭湾に機雷を投下した。

岡崎市は、福井市を爆撃したＢ29が渥美半島から洋上に脱去していた二十日〇〇〇〇すぎ、志摩半島から侵入したB29約八〇機により、〇四〇〇より二時間三〇分のあいだ六ポンド焼夷弾およびエレクトロン一〇〇キロ焼夷弾を投下された。そのため市街の周辺部の火災は、しだいに中心部に迫り、町の四五パーセントを焼失した。死者二一六名、負傷者三二七名、家屋被害七、五七二戸、全罹災者三一、〇一三名に達した。

夜があけ東の空が白みかけるころ、市街の火災はようやく下火となり、あたり一面は灰白色の煙でおおわれていた。午後三時ころからかなり強いにわか雨と変わり、焼跡にたたずむ被災者を無情にぬらした。

＊日立、銚子

関東地区に来襲したB29一五〇機は、二三一〇より約一時間三〇分にわたり、日立市を焼夷攻撃し、同時に高萩町、多賀町、豊浦町、大津町にも焼夷弾を投下した。この四町で死者七六名、罹災者六、九九七名の被害をうけた。

また、このB29につづいた第二梯団六〇機は、二十日〇〇三〇より〇二〇〇まで銚子を焼爆した。この町は三月九日、後の八月三日の空襲と合わせて、死者三四〇名、負傷者八五〇名、家屋被害五、七〇〇戸、全罹災者二五、〇〇〇名となった。この二十日の空襲被害は三回の空襲の中で最もはげしかった。

この夜のB29の一連の都市爆撃に対して、わが日本戦闘機は一機も出撃しなかった。

七月二十日　曇　〇七〇〇情報あり。その後B29一機東京に侵入したらしい。一一三〇すぎふたたびB29少数機東京に。一二三〇〇、〇一〇〇ごろも情報あり。最近のレーダー情報ははなはだ不明確なり。P51一〇〇機で小牧、岡崎両飛行場を攻撃。

夜半からまた雨となる。この夜私は静かに読書をした。

七月二十一日　雨　明け方より豪雨となる。待機のところついに警戒解除。休務となる。兵舎に帰り、着ていたすべてのものを脱ぎ、室の中につるすと、汗くさい雨のしずくがおちてきた。もう読む書籍はなし。ドイツ語文法だけ。兵食もきわめて窮迫。昼食にはまたさつま芋の煮付が出る。これが唯一の副食なり。

長い長い日照りのない今年の夏、この異常天候に、農作物はどうなるのかと、伊藤一等兵にきいたら、「ブンケツ（分蘖）は悪いしイモチ（※稲熱病）が出る、六分作以下」といった。彼の稲作の評価は哀しかった。

今日は情報なし、天に感謝す。夜、兵隊はつぎつぎと焼けおちてゆく中小都市のことを語り合った。私の部下でいままで故郷の町を焼かれたものは八名。

東京　磯村一等兵　横浜　上野伍長、中沢上等兵、山浦一等兵　大阪　小坂伍長

和歌山　阪本兵長　名古屋　鈴木一等兵　浜松　渥美兵長

七月二十二日　快晴　暑い、三三度の気温なり。まぶしいばかりの紺碧の空なり。その空に白い生きもののような積乱雲がわきたった。

兵隊はこの長雨から救われたように、飛行場の青い大気を胸いっぱい吸った。そして喜々として作業についた。

一二〇〇B29一機東京に侵入、久しぶりの青空に輝くばかりの白い飛行雲を引いていった。出動せず。中部地区にはP51来襲、くわしくはわからない（※P51二〇〇機で伊丹、吹田、奈良、岡山を攻撃）。最近、小型機は交通機関や市街地民家をもねらって攻撃してくるという。

七月二十三日　曇　風がつめたく、小雨さえまじった。

二二三〇、二三五〇B29単機来襲。このごろ、日々熾烈なる敵襲にも出動はなし。しかし何か気ぜわしく日記をあとでまとめて書くと、来襲機や、天候を忘失することがある。そのうえ昨秋から故障のままの腕時計も、補充のないままにはなはだ不都合。しかし、この連日のB29の都市攻撃や艦上機の大規模来襲に焼けただれてゆく日本の最後のさまは、どうしても記録せねばなるまい。これが私の兵隊の目で見る歴史であろうから。

＊日本本土上陸作戦

五月八日、ドイツの降伏で、日本は唯一の同盟国を失ったばかりか、ここで連合国は、莫大な陸海空の兵力を東亜に回航展開できることとなった。このころ、日本の空海の戦力はほとんど消磨し、残っているのは本土の陸軍戦力だけとなっていた。米軍は日本本土上陸戦として、昭和二十年十一月一日の九州進攻作戦（オリンピック作戦）と、また東京を目指して、昭和二十一年三月一日の本州進攻の主作戦（コロネット作戦）を策定していた。そして、この両作戦には約三〇個師団の米軍大兵力が予定されていた。

大本営はこのような米軍の最後の大進撃を予想して、陸軍の〝人間と爆薬〟の大和魂による地上作戦に最大の期待をかけ、また航空特攻による敵輸送船団の洋上覆滅も重視していた。

しかし、わが陸海軍の沖縄戦に投入した莫大な航空機の損耗も多く、又国内航空機の製作や石油の確保は、ほとんど絶望的であった。しかし大本営は七月中旬ごろ次のような決戦態勢を計画していた。即ち陸軍の航空総軍は、いまは練習機もふくめての三、三〇〇機、うち特攻二、一〇〇機を、さらにこれ以外に七、八月に特攻一、〇〇〇機を増強して、関東、四国、九州地区に配備しようとしていた。また海軍も総数約五、二二五機を準備する計画であった。

また大本営は本土決戦で、国軍は最後の一兵にいたるまで頑強に抗戦し、敵の闘志を消磨し、この戦争を断念させようとしていた。

七月二十四日　曇　〇八三〇、一二〇〇B29単機で東京に来襲。定期便がかならず昼食前に来るので、兵隊はヒステリックとなる。いま兵隊から食うことをとったらなにも残らない。食物のうらみは恐ろしい。

先日の基地攻撃に、厠《かわや》の中で、脱糞の最中に小型機の銃撃で撃たれた兵隊あり、このときだけは逃げもかくれもできない。これはきわめて恐ろしいことなそうな。以来きたない恐怖が兵隊のあいだで噂となる。

今日早朝から艦上機、P51約一、五〇〇機西日本を襲い飛行場や船舶が銃撃をうけた。また大阪にB29二〇〇機、名古屋には三〇〇機で来襲。桑名、姫路、岡山、和歌山、神戸、高知もB29の攻撃をうけた。めずらしく昼間攻撃なり。

わが国のこの内外の窮乏に敵勢は日に増強。私はこの猛攻は、物量以前に敵国の思想と軍事科学の先行があってのことと思った。

＊米軍の発表によれば、この日の来襲はB29六二五機をもって、艦上機の攻撃と呼応して行なわれたといわれている。日本側発表では、〇九〇〇より一一〇〇のあいだ、B29は主として名古屋三〇〇機、大阪二〇〇機でこの両地区に攻撃が集中され、その他桑名、姫路、岡山、和歌山、神戸、高知にも分散来襲した。このときのわが戦闘機の邀撃《ようげき》は明確ではなく、ただ戦果として撃墜七五機、撃破三八機と発表されているだけで、その詳細は不明である。

＊大阪の崩壊

大阪は十二月十八日の第一回爆撃からこの日まで、実に三〇回爆撃され、町の中心部は全焼し、全被害として死者は一〇、三八八名、負傷者三五、五四三名、罹災者一、一三五、一四〇名、家屋被害三二〇、九五五戸に達した。

七月二十五日　快晴　朝から快晴。一一二〇B29定期便一機東京に。二一〇〇ごろより敵機来襲、情報活発となる。二三〇〇より空襲、警急中隊出動、敵B29は川崎上空。月明の空にB29五〇機来襲し、〇〇三〇まで夜戦つづく。終夜の警戒と出動に兵は疲労困憊。

東海地区以西に小型機約一、〇〇〇機来襲。敵機跳梁日に激化す。

わが隊戦果撃墜一機、撃破三という（※日本側はこの日三五機が出動し、撃墜一二―一三機の戦果を報じている）。

今日は地方都市攻撃なし、おそらくサイパンは出動機の整備中なり。

七月二十六日　晴　〇八二〇警戒警報あり。正午東京にB29一機定期便来襲。

夜、永井軍曹と酒をのんだ。このものはいかがわしい代物で、白く濁っているが胸がほのぼのとあつくなった。絶品なり。陣中のボタ餅以上なり。だれかが朝鮮人部落で買ってきたものなり。残念ながら肴は芋。これには、二人思わず顔を見合わせて苦笑。

二三一〇B29一機新潟に。夜半九州にB29六〇機、大牟田爆撃。四国の松山、徳島にB

29五〇機で来襲、いずれも焼夷攻撃。

＊松山市全焼

この夜、松山市はB29五〇機で二三〇〇ごろより約二時間焼夷弾攻撃をうけた。死者二五一名、負傷者不明、被害家屋一四、三〇〇戸、罹災者六二、二〇〇名に達し、この町は全市焼け野原と化した。また、この日は、日本戦闘機の一六機が出動したが、戦果はなかった。その後さらに八月十二日に攻撃をうけ、死者は四一一名となり市街地の六三パーセントが被爆した。

大牟田もこの日B29六〇機で、大被害をうけた。

七月二十七日　晴　正午B29定期便一機東京に。二〇四〇、二二三〇情報あるも、さしたることなし。出動せず。

故郷の空は敵の空　この一事は戦史上稀有のこととなろう。過ぐる夜戦の邀撃に上がった（※飛行すること）梅田少尉が、乗機にB29の銃撃をうけ脱出し、もえる街の炎の中に落下傘降下し、あやうく危機を脱出した。しかもその降下地点は世田谷の彼の生家の近くであったという。彼はすでに灰燼と化した自分の生家の跡を、どんな想いで眺めたであろうか。

この本土が、故国が、まさに戦場と化したこれほど明確な切迫の事実を、かつてだれが体験したであろうか。故郷の空が敵の空、その空で死を賭けて戦う人の宿命。彼はそこから徒歩でこの基地に帰隊したと私に語った。

七月二十八日　晴　夜にかけ天気は下り坂。

〇八二〇B29一機東京に、〇九五〇P51三〇〇機関東全域に来襲。わが基地も攻撃される。正午B29一機の定期便あり。早朝のB29一機は小型機の誘導機とわかった。二〇五〇B29大編隊来襲の情報あるも、肩すかしで、東北地方に進攻。このごろの敵機来襲は急に様相一変し、随時、随所に、B29、P51、艦上機が単独にあるいは連合で全国規模で行動する。わが軍の制空能力いまやまったくなし。

今日艦上機は九州中部、東海地方を二、六〇〇機で襲う。

夜となり、情報をまつ。やがて一宮、大垣にB29一二〇機、その他一三〇機が宇治山田、津、下津、焼津、宇和島を攻撃。東北に向かったB29一二〇機は平、青森を焼夷攻撃したことがわかる。もはや地方都市の全滅も近い。

今日の小型機二、〇〇〇機、B29四〇〇機は最近の最大規模の進攻なり。わが軍はまったく邀撃せず。

今日の基地来襲の敵機は、「千葉の兵隊さん御苦労さん」で始まって、最後には「今年の秋の芋は食わせないぞ」と書いた伝単をばらまいていった。

＊二十八日の早朝〇五四〇ごろから、敵艦上機一八〇機（または二二二機）が東海軍管区に侵

入し、半田、名古屋、大井、浜松、清水、豊橋、明野などに来襲、また同時ごろおよそ四四〇機（ある資料によれば一、六六〇機）が中部軍管区に侵入し、松山、米子、八日市、広島などを行動し、主として飛行場を攻撃し、その一部は船舶、漁船も銃撃した。この日の来襲はかつてない大挙来襲で、わが軍はこれに抵抗する手段のないまま、日本戦闘機はまったく出撃せず、敵機の跳梁にまかせるだけであった。またP51は二七〇機で関東地区を襲った。

また、夜になると四二〇機のB29が、東北、東部、東海、中部各軍管区に来襲し、中小都市の焼夷攻撃を行なった。

二一三〇ごろから翌二十九日の〇三〇〇ごろまでB29約一〇〇機は姫路付近より本土に侵入し数群に分かれ、大垣、一宮、津、宇治山田を焼夷攻撃した。

＊大垣空襲

二十九日〇〇一〇ごろ、市の西方からB29約一二〇機は編隊を組むことなく、単機まちまちの高度で侵入し、焼夷弾を投下した。初め町の北方の神戸町、つづいて南の多芸島町に火の手があがった。やがて全市一帯に二一、〇〇〇発の焼夷弾が投下され、〇二〇〇ごろには全市猛火につつまれ、空をこがす炎の中に、大垣城が浮かび上がって影絵となった。

死者五〇名、負傷者一〇〇名、焼失戸数約四、九〇〇戸で市民の半数が焼け出された。大垣市役所、同郵便局、国民学校三校、近鉄大垣駅、住友電機、揖斐川電工の工場が焼けた。

この市は三月二日、六月二十六日、七月十三日、七月二十四日の四回の空襲に加えて、今日の大空襲により致命的な損害を受けた。

＊一宮空襲

この町の市民はすでに豊橋、岐阜、四日市と付近の町々が焼けおち、戦々兢々として、悪い予感におびえていた。二十八日夜半から警戒警報となり、翌二十九日〇一〇〇ごろかすかにB29の爆音をきいた瞬間、焼夷弾が市の中心部、上本町通りの真清田神社めがけて投下された。その後B29は波状攻撃で全市に油脂焼夷弾を投下し、全市街地が猛火につつまれるのに一時間もかからなかった。

約二時間余におよんだB29の攻撃に、前回七月十三日の第一回爆撃と合わせ、死者七二七人、負傷者四、一八七人、被災戸数は全市の八三パーセントの一〇、四六八戸におよび、全罹災者四一、〇〇〇人におよんだ。警察署、国鉄駅、真清田神社、学校六、川崎航空、日本毛織が焼失し、町はこの爆撃で壊滅した。来襲機数二六〇機といわれるが不詳。

＊宇治山田空襲

二十八日二三〇〇ごろ（または翌二十九日〇一〇〇ごろ）より〇三〇〇ごろまでB29一〇〇機余が主として山田方面に、約一三、〇〇〇発の焼夷弾を投下し、市内中心部はほとんど焼失し、町の四〇パーセントを焼き、死者七五人、負傷者一一七人、罹災者二二、六〇〇人におよんだ（『伊勢戦災復興誌』）。しかしこの数字には疑問が多いとされている。

＊津、下津、焼津、青森空襲

二十八日二三〇〇すぎから翌朝未明にかけて、B29一〇〇機余が照明弾を投下、のち焼夷弾攻撃し、同市を一面の焦土と化し、前七月二十四日の空襲の被害を合算すると、死者一、二三九人、負傷者約三、〇〇〇人、被害家屋一〇、二九五戸、全罹災者四〇、四三一人で被爆は全市の七三パーセントに達した。

また別にB29約六〇機は二十八日二三〇〇ごろから翌朝〇三一五まで、和歌山県下津市を攻撃した。このとき製油工場をねらい、前後三回の空襲と合算し死者五六名、被害家屋四二七戸、罹災者一、八五〇名の被害となった。またB29三〇機は焼津町を焼夷弾攻撃した。

また、この日東北地方に向かったB29一二〇機は、二十八日二〇三〇より二三〇〇まで青森市を焼夷攻撃し、市街地の七三パーセントを焼失した。そのため死者七四七名、負傷者八五九名、被害家屋一五、九三〇戸、全罹災者七四、二五八名におよんだ。

＊ポツダム宣言黙殺

このころ軍は、ポツダム宣言を断固拒否すべきだと主張した。しかし、心ある政府要人はみな、対外的にはポツダム宣言に対しては「ノーコメント」のほうが賢明と考えていた。

ところが、総理が「私はポツダム宣言は政府としてなんら重要視しない、ただ黙殺するだけである」と発表した言葉が外国に対しては、さらに強い意味で「拒否した」と伝えられた。それが米国のスチムソン陸軍長官を硬化させて、「そのためには日本に対し、原爆が最も適した武器である」と発言させた。

七月二十九日　晴　ようやく梅雨があがる。

〇八〇〇、〇九〇〇、一二〇〇B29各一機偵察来襲。

九州は戦爆連合約五〇〇機来襲（※熊本七五機、長崎五〇機、対馬五〇機、大分二六機、宮崎一六〇機、呉一二〇機。いずれも昼間来襲）。夜宇和島にB29二〇機。今日はサイパンと沖縄の両基地よりの来襲。もはや、敵はこの日本の空をわがもの顔に翔《か》けめぐる。わが隊、機を得るまで（※敵本土上陸時の決戦まで）いっさい出動せず。ただ戦力温存あるのみ。ひさしぶりに夜空に輝く月を見たが、まもなく空は曇り、星も消えて暗くなる。夜半敵巡洋艦、駆逐艦からなる機動部隊は浜松、新宮を艦砲射撃したという（※七月三十日新聞情報）。

＊空襲予告

この日ルメーは一宮、津、宇治山田、西宮、青森、大垣、郡山（福島県）、宇和島、久留米、札幌、函館の都市爆撃を予告してきた。

七月三十日　晴　朝からの小雨しだいにはれると、日中は灼けつくような炎熱の酷暑と変わった。

敵機動部隊またも本土近海に接近、終日小型機による大空襲。日本の空は夕方まで敵機のたえまない爆音と高射砲の迎撃音で今日の一日は暮れた。関東地区の来襲は、
第一波 〇五五〇警戒警報、〇六〇〇空襲警報、〇九〇〇解除。

第二波 〇九〇〇（※明らかに誤り）空襲警報、一〇三〇解除。

第三波 一一〇〇警戒警報、一一二〇空襲警報、一四二〇解除。

第四波 一五一〇空襲警報、一七〇〇解除。

となり、このほか東海、近畿地区に小型機、約二、〇〇〇機以上来襲。このうち硫黄島発進のP51約一〇〇機をふくむという。

九州には戦爆連合で約四〇〇機来襲。沖縄作戦終了で敵機動部隊は、いまは本土近海にその主力を回航し、日本全土がかつて九州地区がうけたとまったく同様の激しい空襲にさらされている。この水上艦隊はおそらく、艦砲射撃もまじえてくるであろう。

今日わが基地を襲ったのはグラマン、地上損害はなし。二三一〇B29一機東京に（※関東南方海上に近接した空母十数隻の主力は、三群ないし四群に分かれて行動し、グラマン、P51、P38をまじえた約二、〇〇〇機が関東、東海、阪神地区に来襲し、飛行場、船舶、鉄道、工場、都市、発電所が攻撃された。来襲は、早朝から夕方におよんだが、小型機の一部が特に夜間浜松、豊橋を攻撃したのは今日がはじめてであった。また沖縄基地発進の戦爆連合約四〇〇機が九州に

来襲、そのうち小型機約九〇機が大隅半島に、約三〇機が甑島《こしきじま》付近から侵入し、薩摩半島南端、宮崎県下を行動、船舶、交通機関、工場を攻撃した)。

この戦局の危急にも兵隊は一見、平静に見えるようなのはおかしい。これは平静ではなく、虚脱であるかもしれない。いま日本は九州から北海道までの全土を敵機の跳梁にまかせている。

兵隊の死に方 兵隊の戦場での死に方には、この日本軍隊ではむかしから一つの形式的な掛声があり、いちおうみな形だけは知悉しているが、兵士として死そのものを納得し、その本質をみつけたわけではない。いままで、いわゆる軍隊流の〇〇神社(※靖国神社)のことや、〇〇(※天皇)の御為という言葉は実際にはいまだ一度もきいたことがない。

いま兵隊は、この国の末期症状を目前にして、己につながる必然の死を予期し、この問題に対決してどのような解決を自分に与えているか、兵隊の内心は容易にうかがい知ることはむつかしい。彼らはただ不本意ながらこのまま死んでゆくのであろうか。しかしそれは人間として忍びがたいことであり、なんらかの自己納得が必要であろう。しかし結局は、どの兵隊も自己の係累や、愛する人の住む祖国のためにと妥協し、納得する同胞意識によりかかる以外に適当な解決方法もなさそうである。むかしから教えられた兵士の忠節や天皇への忠誠は、いま個人の感情において〇〇(※承知)しがたい矛盾にさいなまれる。「同胞意識」——私はこれがいちばんいい解決であり、そう思って死んでゆくという兵隊の気持は尊く、しかも真摯だと考えた。兵隊は死を前に、上官や部下のあいだではつねに孤独であり、かぎられた戦友との裸のつきあいの中で日ごろの哀歓を語り、未来を占い、明日を託しあっている。

二人のみの仲、私はこれを「兵隊の同性愛」といって笑ったが、実際は死んだら骨をたのむためのもので、兵隊はこの孤独の戦場に一人死んでゆく淋しさには耐えきれないらしい。

七月三十一日　晴　正午定期便のB29一機東京に。夜二〇三〇、二三〇〇B29少数機新潟に。九州には戦爆で四〇〇機来襲という。

昨日浜松が艦砲射撃された。むかし私がここの爆撃隊にいた思い出の町なり。あのむかしの空や山河がしのばれ胸がいたむ。

七月以降、連日敵機は日本全土をおおう。これほど敵襲が激化し情況が切迫すると、兵隊はこの国の運命と己の運命の連帯を想うあまりか、いまの苛酷な生活にもついぞ不平がましくいう者もなく、兵隊の心深く、この国の危急存亡の憂愁がみなぎっている。

基地周辺の村人に国の運命についての流言しきりなり。兵隊はこれを信ずることさえ恐ろしく、また理屈はともかく感情が許さない。

今日の空は平穏すぎる、明日はかならずなにかあるだろう。

＊大勢亦我ニ利アラス

七月は米空軍の一方的な攻撃のために圧倒され、九州から北海道にいたる日本全土の空は連日敵機におおいつくされた。その中でB29による中小都市の焼夷攻撃は、七月にはいりにわかにエスカレートした。それはB29約二、七六〇機をもって日本全土におよんだもので、七四都市を攻撃し、さらに七月下旬からは、この都市爆撃に事前の予告を行なって、国民に対する心理的効果をたかめていった。

一方、敵機動部隊は七月中常時日本近海を遊弋し、のべ一一、三〇〇機の艦上機を日本全土に放った。また硫黄島を基地とするP51ののべ約一、五〇〇機もこれに加わり、飛行場、船舶、工場、都市、交通機関を攻撃した。これは六月の来襲小型機数約一、〇〇〇機の一〇倍を上回る熾烈なものであった。

また、沖縄戦の終熄により、沖縄基地から九州全域を攻撃した戦爆は約三、三六〇機で、五月来襲の七〇機、六月の四〇〇機にくらべてとほうもない増加ぶりであった。九州各地の飛行場、軍事基地、都市の多くがこの攻撃により甚大な損害をうけた。

今まで執拗につづけられていたB29の機雷投下は、この七月中旬まで六回来襲しただけで、この作戦はほとんど完結に近く、このころ日本全土の港湾は完全に封鎖されていた。この米軍の組織的猛攻に対し、七月中のわが日本戦闘機の出動対決は、実に四〇〇機以下の無力であった。

以上のような七月の米軍の猛攻は、次期日本本土上陸作戦の前哨戦としての本土航空基地の撃滅と、あらゆる残存軍事能力破壊と官民の戦闘士気の破摧《はさい》をねらったものであった。

このとき日本はほとんどの近代軍事能力を失い、資源は枯渇し、国土は荒廃し、人心は混迷、まさに、「戦局必スシモ好転セス世界ノ大勢亦我ニ利アラス」(「終戦の詔勅」より)の窮地に追い込まれていった。

そして敵国は七月二十六日、ポツダム宣言を発表し、日本にその受諾を強要してきた。

XI　むなしき戦争

八月一日　晴　今日から八月。夏空。今日の酷暑の日中は平穏なり。ギラギラと白熱の太陽が灼《や》ける。夏旺《さか》んなり。飛行場の兵隊のすべての顔に流汗淋漓《りんり》。終日各隊出撃準備。

夜となり、情報もなく待機のところ、二〇三〇ごろB29編隊は、熊野灘より侵入した。また同時ごろ別に駿河湾をへて侵入し、実に六時間四波で攻撃。二〇五〇よりわが隊全機出動、数回にわたる繰り返し出撃。

最初鶴見にB29一五〇機、つぎに立川、八王子に一三〇機来襲。また別に水戸にも三〇機来襲。ひさしぶりの出撃応戦。撃墜破九機の戦果あり。またB29別動隊は五〇機で長岡に、富山に六〇機来襲。わが夜戦隊は二一〇〇より約五時間、三回繰り返し出動、息もつかせぬ激戦なり。

空に月が輝き、今夜の夜戦は凄壮なり。全員疲労多く、昨夜来だれひとり食事するひまもなく朝を迎えた。

早朝から九州は戦爆一四〇機に襲われた。午前中は大阪にP51約七〇機来襲。夜半沖ノ島、関門等に機雷投下。

敵B29の第一波一五〇機（※一三〇機の誤り）は鶴見、川崎の工場地帯を爆弾攻撃。火炎のない夜空に重苦しい炸裂音がとどろいた。レーダー爆撃なり。敵機続々頭上をすぎ洋上へ。二一五〇ごろ全機着陸の直後、B29第二波約一五〇機で立川、八王子を焼夷弾攻撃、ふたたび出動、その方向と思われる空が真赤に灼けた。ひさしぶりの夜戦なり。照空灯が交錯し、高射砲も火を吹いた。

「後続目標いぜん房総半島および伊豆半島より本土に侵入中」の情報がつづく。立川方向の夜空には巨大な黒煙が数条立ち昇り、その下は狂ったような炎が燃えつづけた。全弾を撃ちつくし帰還する機あり、また出撃離陸する機あり。わが基地は騒然。狂乱。

〇一三〇「南方洋上なお後続数目標あり」。〇三〇〇警報解除、実に前後六時間の大空襲、来襲B29約六〇〇機という。

＊一五センチ高射砲の威力

八月一日夜、B29の第二波約一三〇機が東京西地区（杉並地区）の上空にさしかかったとき、編隊中央でかつてない巨大な砲弾が破裂し、たちまち、B29二機が撃墜された。

これを撃ちおとした砲は昭和二十年四月に完成し、五月から東京久我山の陣地に二門で展開したものであった。それは口径一五センチ、射高二万メートル、有効射高約一・六万メートルの新威力で、従来の一二センチ砲の約二倍の性能であった。この日からB29はこの陣地上空をさけて本土侵入の航路を定めたという。もしも、この新鋭機が時機を得てわが陣地に充足されていたら、おそらく日本の空襲の様相は一変していたであろうと思われるほどのものであったが、僅か二門で敗戦をむかえた。戦後米軍はいち早くその一門を本国に送り精査し、かつて米独にもなかったこの砲の威力に驚嘆したという。

＊八王子空襲

この町は以前から、空襲予告のビラをまかれ、用心はしていたものの、いざとなっては、市民も八月一日の街の火炎に茫然自失した。

八月にしては涼しすぎるくらいの、雲間に月さえ見える早暁〇一〇〇すぎ、この町の万町《よろず》が初弾を浴びて一時に火の海となり、つづいてこの炎は子安町にひろがった。月明の夜空に続々侵入するB29約二〇〇機は、少数機の分散攻撃で約二時間のあいだ、油脂およびエレクトロン焼夷弾を投下した。町の西方から北にかけてひろがった火は南風になびき、ついには市中一面を焼きつくした。この町は一夜にしてその八〇パーセントを焼かれ、死者三九六名、負傷者約二、五〇〇名、罹災者七〇、四四三名の被害をうけた。

＊長岡、富山空襲

八月一日夜長岡に侵入したB29五五機は、夜間焼夷攻撃により町の八二パーセントを焼尽した。その中でおもなる被害建物は市役所、税務署、日赤病院、裁判所等であった。死者一、一四三名、負傷者三五〇名、被害家屋一五、一二三戸、全罹災者六〇、五九九名に達した。

富山市を同時刻攻撃したB29は六〇機で、焼夷弾が町のほとんど全部の九二パーセントを焼き、市民は大火災に逃げ場を失った。死者二、二七五名、負傷者は他に例をみない多数犠牲の七、九〇〇名、家屋被害二四、九一四戸、罹災者一〇九、五九二名に達した。

この市の人々は、こんな田舎の町がこのようなひどい空襲をうけようとは、だれひとり考える者もなかった。むしろ、大都会からこの町へ疎開してくる人はあっても、さらに安全な郡部にまで荷物すら分散する気になれないでいた。この夜、B29六〇機の集中爆撃により町は全滅した。一晩中逃げまどった焼跡には、焼けただれた死体だけが残り、土蔵も防空壕もくずれおちた。平均して一坪の面積に焼夷弾が二発以上も投下されていた。夜があけると市役所のトラックが、罹災者にオニギリを配給した。

八月二日　晴　本暁までの戦闘に疲れ果てた兵士は、壕舎の蒸し暑さをのがれるように基地の夏草の上に倒れるように伏し、まるで泥のように寝いった。目をさますとすでに陽は高く、朝八時に近かった。露に光るおおうように生い茂った夏草のむせるような草いきれが、あたり一面にただよってきた。私はこの草の褥《しとね》に腹ばい、一本の煙草に火を点けると、あの激闘の昨夜のことを思いだした。汗と脂の下着はベットリと身にまつわりつき、その上の油と泥にまみれたカーキ色の作業衣が、夏草の露でしっとりとぬれていた。

昨夜本土を襲った敵機は、かつてない広域行動で、また攻勢も熾烈をきわめ、この怒濤のように攻めよせる敵の迫力に立ち向かうわれわれの力は、これが最後のものであろうとさえ思えた。たがいにあくなき殺戮《さつりく》を繰り返す戦争の魔力にいまさらながら戦慄し、これは世界の人類の悲しむべき業かと思った。また今日のために、私は草の褥の兵隊を起こさねばならない。

一一五〇B29定期便一機東京に。夜はなにごともなし。

慰問隊の乙女　この空襲下、めずらしくも慰問の合唱隊来る。青空の下、木蔭の夏草に腰をおろして聞くこの乙女たちの歌声に兵隊は酔い、あらためて生きている実感をたしかめ、心うたれた。日ごろだれもが知っている歌の数々であったが、その歌声に、いままでひさしく忘れられていたものをさがしあてたように胸をゆすぶられ、深い感動を覚えた。そしてそのメロディーに、兵隊の心の中には、死地におもむく悲壮美がぼつぜんとして起こり、いつしかおのずからヒロイズムに誘われ、死の甘美な幻想さえ見た。しかし、

〝あーあ　あの顔で　あの声で手柄たのむと妻や子が　ちぎれるほどに振った旗……〟

と歌われたとき、さすが兵隊はそれぞれの今昔をしのび、はてしない郷愁に胸つまり、みな心で泣いた。終わって帰る合唱隊の粗末な姿の処女のうなじの白さが、なぜか私の胸にいたかった。

私には今日の合唱の中で〝お山の杉の子〟がもっともつよい印象で残った。

東海地区へP51一〇〇機余来襲　昨夜のB29進攻は混戦をきわめたが、東部軍は次のように発表した。

一、B29七十機は八月一日夜半約二時間に亘り熊野灘方面より波状侵入し、富山付近を焼夷弾攻撃の後遠州灘より脱去せり　又別に同夜二十一時頃より約三時間半の間において熊野灘より侵入し琵琶湖北陸方面を経て東部軍管区へ侵入したるもの五十機　更に駿河湾およびその南岸地区を通過し東部軍管区に侵入したるもの約八十機なり

二、本空襲により富山市各所に火災を生じたるも払暁《ふつぎよう》迄に概ね鎮火せり

八月三日　晴　一〇三〇P51一〇〇機で関東地区を襲う。一二五〇B29定期便一機東京に。

飛行場は乾ききって、目もくらむような炎天、積乱雲が白く、この空ようやく夏となる。午後からなにごともなし。昼は緑の夏木立の下に、ふるような蟬時雨、夕焼空にはせつないばかりの夕蟬。

夜が訪れると空に半月がかかり、私は敵襲ひとつない今夜の星空の夜涼にこころなごみ、ふと、「夏はよる、月のころはさらなり」の古い「枕草子」の一節を思い出し、これをかみしめ、夏の夜の瞬間の幸を味わった。そしてそのとき、忘れていた詩情が胸によみがえってきた。

氷西瓜に真白い砂糖が、こぼれるようにかかっていた。北陸の夏の夜。

よしず張りの川端の氷屋で、かき氷をたべると、隣りの女の人の白粉の香をまぜた夜風が頰をなぜた。灯に柳の枝が青く涼しかった。故郷の夜。

＊三日P51一〇〇機は、いっせいに厚木飛行場を襲った。本土決戦に備えて、場外に分散した海軍機は敵の銃撃をまぬかれた。しかしついに出動命令のない三〇二空の兵士は、目前の敵機に切歯扼腕《やくわん》した。

八月四日　晴　昨夜は情報なく、午前二時すぎ、警急隊をのぞいて就寝。ひさしぶりの快眠に、早朝目をさます。四時間の眠りはめずらしいことなり。風ひとつない飛行場は霧が深く、流れるような乳色の朝が迎えられた。

早朝の飛行場のしじまの中で、私はただひとりゆく雲をながめて読書にふけった。

一一五〇B29定期便一機東京に。

ああ少年の日　いま思うと、あのときの学校林に植えたのはたしか〝杉の子〟だったと思う。曇ったある初冬の寒い日、眼のとどくかぎりの山脈は全山の紅葉が凋落し、荒涼たる北国の冬が迫っていた。地が霜でぬれ、ところどころに赤土があらわな山路を、足をすべらせながら私たちは進んだ。

隊列はそのとき、ポテトーやピッグという名の先生が先頭を切っていた。その中には、だらしないどじょうひげの、馬占山というあだ名の少佐の配属将校も、赤い帽子でまじっていた。

やがて、手のとどくところに、湯田川の町をのぞむ街道の一本松の曲り角にさしかかると、ここから路は左に折れて雑木の山坂となった。登りつめた小高い山裾をひらいた山肌に、中学生は杉の香の強い冷い苗木を一本ずつ植えつけた。おりからの空は霙《みぞれ》まじりに変わり、なれない作業を終わっての、現地解散に、生徒は生色を取りもどし家路を急いだ。しばらく行くと、冷い霧のようなもやが糀山《こうじやま》一帯をつつみ、その峰には鉛色の空が迫り、緑という緑はいま凋落し、目にはなかった。

あれからもう十年、あの軍事教科の集団作業で植えつけた杉の子よりも、われわれ中学生はいち早く成長し、いま戦列にある。あまりにむなしいこの戦場に、すぎし故郷の山河があつく胸にせまった。


八月五日　晴　暑い。朝〇八二〇、一一二〇P51六〇機関東地区に来襲、さしたることはなし。夜二三〇〇より侵入目標あり、B29約一〇〇機とわかる。

わが隊全機離陸、関東北部上空へ出撃。今夜前橋、高崎焼夷弾攻撃をうける。両市ともに一夜にして壊滅の情報あり。

〇一四〇ふたたび空襲警報、出撃。今夜の戦果撃破三。

中部地区にはB29が西宮に一三〇機、また四国の今治五〇機、宇部七〇機で焼夷攻撃された。

今日も日本の都市が四つ焼けた。やがて、この祖国は丸裸の原野と化すであろう。もはや時間の問題なり。私の心の故郷前橋焼失、身を切られる想いなり。朝食をとり始めると朝が白み、冷い飯盒でみな急いで食した。

＊傷だらけの祖国

八月五日の夜二一三〇ごろから翌六日〇三〇〇まで、B29約二八〇機は三梯団に分かれて侵入、第一、第二梯団は主力をもって今治、宇部に焼夷弾攻撃し、またその一部は、日本海および瀬戸内海の要所に機雷を投下した。第三梯団はB29一三〇機で紀伊水道より西宮市を襲い、市街東西地区に爆弾、焼夷弾を投下した。このため火災は六日明方までつづいた。この夜、日本機は約七〇機で出撃し、撃墜八機の戦果を報じた。

関東地区はB29約一三〇機が前橋、高崎を爆撃し、相当の被害を出した。

九州には戦爆の三八〇機が来襲し、主としてわが航空基地を攻撃した。

＊西宮、今治、宇部、前橋焼爆

西宮はかねて八月五日の空襲を予告されていたが、この夜B29一三〇機の焼夷弾攻撃をうけ、市街は一〇〇パーセント焼失し、死者七一六名、負傷者一、三〇一名、被害家屋一五、二五二戸、全罹災者六七、八六七名に達した。この町は今日まで前後五回の空襲をうけていたが、この夜全滅した。

市民は大爆撃に逃げる先々が焼け、多くの人々は炎をくぐってのがれた。空襲が終わるとやがて大雨となり、人々は茫然と雨の焼跡にたたずんでいた。

今治は、四月二十六日、五月八日にすでに被災していたが、五日来襲したB29五〇機で市街の七六パーセントを焼かれ、事実上町は全滅した。五日までの損害は、死者五五一名、負傷者一八八名、被害家屋八、三九三戸、罹災者三四、五四〇名におよんだ。

宇部は前後八回の空襲を受け、五日B29七〇機がこの町に決定的な破壊を与え、旧市内全滅。町の三〇パーセントが焼かれ、工場がやられた。死者三二二名、負傷者五三七名、被害家屋六、二三三戸、全罹災者二四、三七一名に達した。

前橋も五日夜、初め照明弾が投下され、真昼のようになった町の上空から、B29約一三〇機の焼夷攻撃をうけ、町の中央部はほとんど焼け、八〇パーセントの被爆率となった。死者七〇二名、負傷者八一九名、被害家屋一一、九五六戸、罹災者六三、三〇七名で、町の八学校と裁判所が全焼した。


八月六日　晴　〇五四〇B29一機東京に。〇八〇〇P51一二〇機関東地区を襲う。高く遠い空にその編隊を見た。

昨夜の出動機の整備に一日をついやす。

夜、中沢上等兵と語る。彼はむかし長い歩兵部隊としての経験もあり、いまは無線係として敵の電波にもくわしく、兵隊としてのいまの戦況の判断はするどい。

すでに本土の大都市や、軍事施設が破壊され、その攻撃のほこ先は、いま中小都市や航空基地撃滅戦に指向されている。もはや、この国の軍事能力の完全破壊は、時間の問題と私は思っている。しかし彼に対し、「いつの日か日本は起死回生の作戦に出るだろう」としかいえなかったが、そのとき彼もさびしそうに、「そう思う」とだけ答えた。


八月七日　晴　昨日広島に新型爆弾投下。

〇〇四五B29一機東京に、〇八三〇またまた一機。一〇四〇P51来襲。

大本営は、昨日広島市にB29少数機が来襲し、「新型爆弾」を投下した、と発表した。

くわしくはわからない。午後おそくその正式発表があった。

大本営発表（昭和二十年八月七日十五時三十分）
一、昨八月六日広島市は敵B29少数機の攻撃により相当の被害を生じたり
二、敵は右攻撃に新型爆弾を使用せるものの如きも詳細目下調査中なり
豊川にB29七〇機、P51小田原、平塚に。九州は戦爆二五〇機で攻撃された。

＊原爆投下決定
七月二十八日、日本の鈴木首相がポツダム宣言を拒否したとみなしたトルーマン大統領は日本に原子爆弾の投下を命令した。この原爆は一九三八年八月から実に七年の歳月をかけて米国

で今日のために研究されてきたものである。

六月、かねて米本国で原爆投下の秘密訓練をうけていたポール・W・チベッツ大佐の第五〇九戦隊が、テニヤンの北飛行場に進出し、ひそかに第二〇航空軍に編入されていた。大統領の命令をうけた太平洋戦略空軍司令官スパーツ大将は、八月六日チベッツに原爆機の出動を命じた。

チベッツ大佐の指揮する原爆搭載機エノラ・ゲイ号は、八月六日早暁、〇一四五、秘かにテニヤン北飛行場を日本に向けて離陸した。これに先だってB29気象観測機三機がそれぞれ広島、長崎、小倉をめざして飛翔していた。

やがて先発観測機の一機が「広島低空および中空の雲量2／10、高度一五、五〇〇フィートの雲量2／10」と、この町の上空の気象状況を報告してきた。この瞬間、広島の運命は決まった。このとき、エノラ・ゲイ号の機首はただちに広島に向けられた。

この日広島の上空は晴であった。

チベッツ大佐は、予定時刻をわずか十七秒すぎた午前八時十五分十七秒に、三一、六〇〇フィートの高度から、重さ五トンの原子爆弾を、この町に投下した。この爆弾は五〇秒後、高度二、〇〇〇フィートで目もくらむような青白い閃光を発して大爆発した。そしてそれは巨大な火の球となり、やがて、沸《たぎ》るようなきのこ状の雲と化し、五万フィートの上空まで昇っていった。このとき広島市の地上のすべてのものはかつてこの世になかった魔性の放射線に焼きはらわれ、人口約三四万のこの町の市民の約七八、〇〇〇名が殺され、約三七、〇〇〇名が傷つけられ、行方不明約一四、〇〇〇名に達した（昭和二十一年十一月末広島県警察部調べ）。

その瞬間から、日本と世界の歴史が変わった。

投下の報をうけたトルーマン大統領は、「これは歴史の中で最も偉大なことだ」とのべた。

その翌八日、鈴木首相と東郷外相は天皇に「広島の惨事」を報告し、もはやポツダム宣言は受諾する外ないと奏上した。

＊豊川海軍工廠爆撃の大惨事

この日の〇九四五より一〇五〇の約一時間、豊川はB29七〇機、P51三〇機の戦爆連合に襲われた。そして海軍として最大規模のこの工廠が大被害を出した。空襲が終わると二、四七七名のバラバラの爆破死体が廠内に散らばり、負傷者は約一、〇〇〇名にもおよんだ。

敵はこの工廠が全海軍の火器の銃弾や、砲弾を製造する施設と知って、昼間精密爆撃とP51の低空機銃掃射で攻撃してきた。

この爆撃は本土空襲で、軍事目標をねらった最終的なものであった。これまで、富山市は八月二日の市街包囲焼夷攻撃で一夜にして二、二七五名の死者を出した。これは、中小都市の一夜の犠牲としては最大のものであった。

この日の豊川は富山の犠牲を上回る二、四七七名の死者を出した。それは七〇、〇〇〇名の廠員のほかに東北、信越、関東の学徒、徴用工員一五、〇〇〇名をまじえた工廠という名の人間のるつぼの中で行なわれた白昼の惨劇であった。特に涙をさそうことは、動員学徒四〇〇名と五〇名余の女子挺身隊員の犠牲であった。

その死体は強い爆傷をうけて散乱し、わずかに氏名の確認できた者の爪や頭髪や腰バンドの一片が遺骨代りに遺族に引き渡された。この死体は八月二十二日までかかって、廠内の松林に掘った巨大な穴の中に埋められ、遺族の手には還らなかった。

八月八日　晴　一五三〇より一七〇〇まで、Ｂ29一〇〇機は田無の中島飛行機工場を攻撃。わが隊出動せず。

二三〇〇ごろＢ29少数機来襲。

福山Ｂ29六〇機で焼夷弾攻撃をうける。Ｂ29約一〇〇機および沖縄からの戦爆連合で九州地区が攻撃されたという。

＊福山焼尽

この日、夜二一三〇ごろから約一時間、Ｂ29六〇機は単機または少数機で四国東南端より本土に侵入、西北進して阿波灘より広島県に向かい、福山市を焼夷弾攻撃した。そののち南進し、逐次四国東南端をへて南方洋上に脱去した。

市街は市役所、国鉄駅およびその付近一帯を焼き、福山城も失った。

死者二九七名、負傷者五八〇名、被害家屋一〇、一七九、罹災者四七、三二六名に達した。

八月九日　晴　〇六四五より小型機一、六〇〇機東北地方を襲う。〇八二〇同三〇〇機九州に。

今日正午ごろ、長崎にまた新型爆弾が投下されたと軍情報があった。

釜石が敵の艦砲射撃をうけたという。敵機動部隊の本土海域への近接いよいよ急、その奇襲の公算大となる。わが基地の温存機の分散掩蔽処置はいっそう厳重となる。

陸軍部隊戦意喪失 夜、広島出張の他隊の軍曹が帰隊し、「広島は新型爆弾の一発で壊滅し、そのうえわが陸軍部隊は完全に戦意を喪失した」と話したと聞いて、日本の軍隊の常識ではとうていありえないことと疑いながらも、ただならぬ愕《おどろ》きを感じた。

八月八日読売報知 だれいうとなく兵隊のあいだでささやかれている広島の惨禍の詳細はわからない。

昨日から飛行場に出る兵隊はつねに白い敷布を携行し、この新爆弾投下の閃光をさけるため、遮蔽に努めよとの飛行師団の指示が出た。私はこの敵弾の威力がそんな安易な手段でさけられるはずもないと思って、唖然とした。手をつくして入手した読売報知を見た。この新聞紙、兵隊のあいだでひっぱりだことなる。

○B29新型爆弾を使用

広島に少数機、相当の被害

○新型爆弾落下傘で空中爆発

家屋倒潰と火災

○正義は挫けず、見よ敵の残虐

六日午前八時過ぎ、B29少数機が広島市上空に侵入し少数の爆弾を投下した。このため相当数の家屋が倒壊すると共に市街地に火災が生じた。……

新型爆弾の威力について当局は早急に調査を進めている……敵は新型爆弾の使用により無辜《むこ》の国民を殺傷する人道無視の残虐性をいよいよ露骨に現わしたことは、敵が対日戦の前途を焦慮している証拠というべく、敵米国は日頃キリスト教を信奉する人道主義を呼称しながら、この非人道的残虐を敢てせることにより、未来永劫〝人道の敵〟の烙《らく》印《いん》を押されたもので、彼の仮面は完全に剝《は》げ落ち、日本は正義において既に勝ったというべきである……。

○一面上段今日〝大詔奉戴日〟として詔書がのった。

○「勝札一枚十円」只今売出中、一等十万円　大蔵省。

○「広島の教訓」侮るな少数機、適切な待避を。

○「酒今後はどうなる」当局に訊く。

タバコの配給が一日五本から三本に切り下げられたが、これは今後益々空襲が激化しても、あくまで配給を確保する方針……。

そこで〝酒はどうなる〟決戦下の酒のあれこれを大蔵省池田勇人主税局長にきく。月に二合七勺は確保、ビールはこの夏で勝利の日まで訣別。

＊第二回目の原爆投下は、スウイネイ少佐の搭乗する一機のB29ボックス・カー号によって行なわれた。その目標は小倉、長崎の二都市のいずれかであったが、この日長崎がえらばれた。長崎の上空はこの日雲量8／10で曇っていたが、わずかな雲の切れ目から、この町を目視照準して午前十時五十八分第二の原子爆弾を投下した。その一分後、この空にもまた悪魔の爆発がおこり、市民の二三、七五三人が死亡し、一、九二七人が行方不明となり、四〇、九九三人が重軽傷を負った。

＊聖断下る

この九日の一〇三〇に開かれた最高戦争指導会議で「抗戦か降伏か」の討議の最中、第二の原爆が長崎に投下された。そのためこの日の深夜二三五〇から異例の御前会議が開かれた。そこで天皇は「この際耐え難きを耐え、忍び難きを忍び、戦争を終結すべきである」と最後の決断を下した。

八月十日　晴　大空襲の日なり。〇六四〇より関東一帯を小型機が攻撃。〇九三〇P51一五〇機をともなったB29九〇機東京に、赤羽付近を爆撃。その軍事施設がやられた。一一五〇B29一機東京を偵察。今日の小型機は二、〇〇〇機という。東北地区も攻撃された。今日の日本の空にわが戦闘機の姿は一機もなし。

広島以来、B29の単機侵入は特別厳重警戒となり、東京上空は不断の警戒のため、二四時間、哨戒機二機をわが隊より差しだすこととなる。「東京は次の原爆攻撃にねらわれている」と横山中尉が私にいった。

これを彼らに求めることは無理であろうが、一五、六歳の少年兵がこの戦いに参加した動機や決心は、それほど明確なものはなく、ただいえることは、いま国家が彼らを強く要求したことだけにつき、したがって、その召募に応ぜずにはいられない国の重みを感じてのことにすぎない。この点応召の老兵は勝手知ったこの軍隊や長いあいだの戦場観のうえに、ともかくみずからの運命を納得しようとつとめている。

しかしとどのつまり、それは軍隊教育でむかしから教えられた〝兵士の義務〟とか〝国家への忠誠〟とかとは違った形のもので、ただ自分の肉親との関連において、人間としての死の納得を求めている。私はそれでいいと思うし、むしろ兵士としてよりも人間としていま死にたち向かうこの態度はりっぱなものと思えた。私も、自分がいまここで死ぬことが、祖国のためであり、それは私の愛する人々につながることに違いないと考えた。

しかし人間の決心がここまできても、本能的な生の執着は最後まで影のようにつきまとい強烈である。これはまだ燃えつきるには早い兵隊の生命の若さのためかとも思い、ひとしお戦いの哀しみを深くした。人間は思うほど平静に、容易に死にきれるものではない。

特攻隊員の残した辞世の美辞のみごとさは、追いつめられた兵士の最後の美辞であり、その真実ではないと思った。

ソ連軍侵入　昼食の飯盒を飛行場に届けて来た伊藤一等兵は、「ソ連が対日参戦した」と私に告げた。さらに聞くと、すでに国境線は突破されたという。私は流れる汗をぬぐう手を休め、ついに「もう一つの来るものが来た」と思って慄然とした。そして決意した。もうこの国の未来に賭けるものはひとつもない。私はいよいよこの若い生命で死なねばならないだろうし、また死んでゆこう。

真夏日の燃えるような空をあおぐと、木々の緑蔭からこぼれる夏の光が目にいたいほどにまぶしく、ただ肉体で生死をかけるだけの戦場のむなしさがひどく哀しかった。しかし勇をこして、「わが人生の終末をそこなってはならぬ」と、みずからにいいきかせた。そして、また、いまこそ、故郷の人々にひそかに別れを告げねばならないと思った。

大本営発表（昭和二十年八月九日十七時）

一、八月九日零時頃よりソ聯軍の一部は東部及西部満「ソ」国境を越え攻撃を開始し又其の航空部隊の各少数機は同時頃より北満及朝鮮北部の一部に分散来襲せり

二、所在の日満両軍は自衛の為之を邀《むか》え目下交戦中なり

＊連合軍側はこの十日の夜おそく、日本がポツダム宣言の最後通牒を受諾したとのニュースを傍受した。国内ではこれと反対に、この日午後七時から、「あくまで戦い抜く」という陸軍大臣布告がラジオ放送された。

八月十一日　晴　ようやく夏空が安定した。暑気ににわかにたかまる。〇一三〇、一一四〇B29一機で東京に。夜二〇三〇B29不明機数で来襲。〇三五〇警報あり。

九日長崎に投下したものは広島とまったく同型爆弾なり。米国のトルーマンはこの爆弾は「原子爆弾」であると演説したという。

軍情報では東京への原子爆弾投下が急に公算大といわれる。数日前からB29単機侵入も「特に警戒を要す」と放送された。

「またにぎやかになるぞ」の兵隊の冗談になにか沈痛なものを感じた。

八月十二日　快晴　B29一機で東京に侵入。終日待機なにごともなし。戦爆連合で松山市が焼夷弾攻撃をうけた。九州に戦爆二〇〇機来襲。

夜は日記の整理、来襲機のメモが混乱する。夜寝るとその夢の中でも哀しかったのであろうか、起きぬけの私の両頰をぬらしていたあついものに気がついた。その夢は幼い日の私の故郷の夢であった。目をさますと、私はたとえようもないわびしさに襲われた。

夢の中の故郷　その故郷の川の名は〝内川〟といって町の中央をいつものどかに流れていた。水は清冽で、ときおりハヤがすき透るような白い腹を見せ、キラリと水の中で光った。かたい小粒の黄色い花をつける青い水藻《みずも》のような水草が、川底一面をおおいつくし、行きかう小舟にゆらいでいた。少年たちはこれを〝ポッキ〟とよんだ。

流れをさかのぼると、右手の岸の小路をはさんだ白い石垣が川上の黒い橋までつづき、左手には川端の家なみが水に影をおとしていた。川岸のところどころには、ひとかかえもある柳の老樹が若緑の枝を水面すれすれまでに垂れていた。夏が来ると、その大樹に蟬やカブト虫を見つけては、少年の私はそれをとるのにすべてを忘れて熱中した。

右の河岸にそった小路をさらに進むと、もうひとつ上《かみ》の橋につきあたり、その橋を渡りきったところに大きい古い社《やしろ》があり、折り重なる大樹が暗く茂り、参道の石畳はこけむしてかげっていた。夕空の茜が水面《みのも》に落ち、そしてくだけるように映えるころ、暮色がせまり、私は家路についた。西の空が赤く赤く、雲が赤紫に夕焼け、目のとどくかぎりの川の流れの果てるところに黒い緑の金峰山がすでにたそがれていた。

川風の涼気が水の香をのせて水面を渡って日が暮れた。

白い半袖のシャツにパンツで草履をはいていた。私はそのとき少年であった。

この戦場の夢の中で、私は自分の生命の中に自分のすべてを打ち込めた平和な美しい少年の日のひとときをいま秘かに想起し、この人生の最後にいまも忘れがたい故郷の山河を胸に、あつき郷愁に身をふるわせた。そして、私には、あの少年の日以外に、あれほどたしかな人生がほかにあったであろうかと思った。

そしてどの兵隊もいまは夢の間に故郷の山河を見るだろうと思った。

受話機を手にデスクの前のトルーマン大統領の写真があり、「ツルーマン大統領日本国民に訴える」とし、「日本の降伏なきときは、広島や長崎に投下したと同様の原子爆弾をもって日本全土を焦土化するであろう」と書いた伝単が、今日空からふってきた。

八月十三日　晴　〇五三〇不明機来襲して正午まで空襲警報。のち小型機約九〇〇機で、関東地区飛行場を攻撃。この編隊は東北地方も襲う。わが基地にもグラマン来襲。別にB29も来襲しているらしい。

いっさい出動せず。

一七〇〇B29の誘導する小型機静岡地区を攻撃、つづいて東京にも一八〇〇まで来襲。二〇二〇B29一機東京に。

雨が降ってきた。またB29二四〇〇より約一時間来襲。伊豆下田が艦砲射撃をうけた。

不時着機救援　急遽、不時着機救援の命をうけ房総小湊海岸へ自動車行軍、兵八名。一六四〇基地出発。

八月十四日　晴（於小湊海岸）〇六三〇、〇七〇〇B29各一機で東京に。

昨夜、敵機をさけ、暗夜の自動車夜行軍で兵八名とこの海岸にくる。おりから月明の海岸線は一望の秘匿砲兵陣地でかためられ、海は黒く光り、近く、まま敵潜水艦の浮上するという凄壮な太平洋の波濤が岩をかみ、遠くの潮騒が無気味であった。早朝地図を頼りに見た不時着機は朝露にぬれ、被弾のまま山裾の松林の前に胴着擱座《かくざ》していた。

三重、岐阜飛行場にP51一〇〇機。九州、大阪にB29三〇〇機来襲。近畿には戦爆で七〇機で来襲。


八月十五日　快晴　朝少し曇り、のち快晴の炎暑。

今暁〇〇三〇B29四目標で侵入、高崎、伊勢崎、熊谷、福島、秋田、新潟、小田原に。高崎、熊谷は一夜にして焼尽。

早朝より小型機一五〇機（※二五〇機の発表もある）東京に。

早朝、太平洋の潮の香をのせて、濃く流れるような深い朝もやの中、機の不時着地点に進む。兵も丘も林も露でぬれた。

〇五四〇、突如海岸線をめざし迫るうんかの如き敵小型機編隊の爆音、その数三〇〇機（※約二五〇機の誤り）。太平洋の空を黒く掩《おお》うばかりこの海岸線の空にせまる。高度二、〇〇〇メートル。頭上はるか、錐でもむように本土要地上空に突きささってゆく。


正午、海岸線の洞窟陣地の前で、砲兵隊に合流して聞いたラジオが、「戦争終結」を告

げた。

一瞬、いま爆音のとだえた不思議な日本の夏空に気がつくと、それはきわみなく蒼く、その灼けるような炎天の下、目の前で化石のように無感動にたたずむ兵士の隊伍の上に、蟬しぐれが降るようにそそいでいた。隊列で、ただ一人、砲兵隊の老准尉が肩をおとして慟哭した。しかしこのとき夏日の炎熱の空気はそよとも動こうとはしなかった。

本隊を追及し、夏の白い炎天の途をトラックの砂塵をあげて急ぎ帰隊。

兵隊は、だれもつよい炎熱と砂塵をあびて黙々として語るものもなし。

日が落ち、遠く夜空にわが基地を望めば、はるかレーダー陣地よりごうごうと数条の火焰が立ち昇り、その先は細い一条の黒い煙に変わっていった。このときあまりにもはなやかなこの狂炎のむなしさと哀しさが強く胸に迫ってきた。機密文書を焼却しているに違いない。信じられないままにもこれを見て、「戦いは敗れた」とみずからの心にいいきかせた。このとき初めて熱涙が滂沱《ぼうだ》としてやまなかった。

それは悲しみの涙でも、喜びの涙でもなく、ただひたすらに、永い私の六年の青春を賭けた真摯な人の営みが、音をたててくずれて行く挫折に思う深い人間の感動の涙であった。

いまや、祖国の栄光も、私の青春もふたたび還らない。

すべて兵士は耳目をふさがれたまま「戦いは終わった」と遠くから突然降って湧いたような天の声には、すぐには、平和や帰還のよろこびを意識することのないまま、むしろ敗戦の国の前途の苦難と不安を想い、それが実感となって重く重くのしかかってきた。そして、兵隊は昨日まで身を空爆の下にさらした戦場の戦慄や辛苦よりも、いま「無条件降伏」の底知れぬ不安と恐怖に耐えかね、暗然たるものがある。

このさき、この国に、私の、そして人々の明日の住家はどこにあるというのであろうか。戦いは多くの人々の血を流して敗れた。今後このことはいったい歴史の中で何を意味するのであろうか。

高木一等兵がわれわれの仲間から離脱し、この軍隊から脱走したのに気がついたときは、夜十二時をすぎていた。

＊最後の空襲

十四日二三四〇すぎから、その翌十五日の早暁〇四四〇のあいだにB29二五〇機は七つの日本の都市を焼夷弾攻撃し、その町を破壊した。市民はまだ余燼の残る瓦礫の中で敗戦を知り、茫然として為すことを知らなかった。

＊高崎、熊谷、伊勢崎

日本最後の夜、B29に襲われたこの高崎の町は死者一四名、負傷者一六名、被害家屋七〇一戸、罹災者三、二六七名で、町の中心部の鞘町、連雀町、宮本町、白銀町、通町が焼けた。

熊谷は一夜にして町の七四パーセントを焼失し、死者二三四名、負傷者三、〇〇〇名、被害家屋三、六三〇戸、罹災者一五、三九〇名で、市役所、公会堂、郵便局、裁判所が全焼した。

伊勢崎は本町、旭町の町の中心部が焼かれ、死者二四名、負傷者八五名、被害家屋二、〇〇二戸、罹災者九、二一四名に達し、町の四〇パーセントを焼失した。

＊秋田、小田原

秋田は日石精油所がねらわれ、この爆撃で、死者七〇名、負傷者八〇名、被害家屋一四六戸、罹災者五〇〇名。

小田原はこの夜の空襲で青物町、高梨町、宮小路合わせて八・八ヘクタールを焼失し、死者四八名、負傷者四二名、被害家屋二〇〇戸（または罹災者一、八四四名、焼失戸数四〇二戸）の被害をうけた。

＊日本の落日

昭和二十年八月十五日、大本営は次の命令を下達した。
一、大本営ノ企図スル所ハ八月十四日詔書ノ主旨ヲ完遂スルニ在リ
二、各軍ハ別ニ命令スル迄各々現任務ヲ続行スベシ（以下略）
翌十六日午後四時大本営は関係軍司令官に対し、「即時戦闘行動ヲ停止スベシ……以下略」の命令を下達した。

昭和十九年十一月一日よりこの日までの九カ月半のあいだ、対日空襲に出動したB29はのべ

一七、五〇〇機、日本に落下した爆弾量は実に一六〇、〇〇〇トン余に達した。
その他戦爆約五、七〇〇機、小型機約二六、〇〇〇機が本土に来襲した。(日本側発表)

そして日本全国二〇六都市(昭和十九年二月現在市制施行)のうち九四都市(ただし被害僅少を除く)が焼きはらわれ、そのうえ重要施設の大部分が壊滅し、全国で、死者　約二六万名、負傷者　約四二万名、家屋の全焼全壊　約二二一万戸、家屋の半焼半壊　約九万戸、罹災者約九二〇万名(死傷者を含まず)(内務省防空総本部──昭和二十年八月二十三日現在)となった。

ついにこの神州に神風は吹かなかった。建国以来国民の忠誠勇武にたくした国の栄光は地に墜ち、

『我国は昔から一度も外国のために国威を傷つけられたことはありません。

これは御代代々の天皇の御稜威《みいつ》と我等祖先が忠誠勇武であったことによります。我等も祖先が心を一つにして守護して来た国を守って光栄ある歴史を汚すことのないようにしなければなりません』(国民の義務──其の一──尋常小学校修身書巻六　文部省)

の訓は、いまや一片の空文と化した。八月十六日の大命にもとづき、航空総軍は戦闘を停止し、われわれ兵隊の戦争は終わった。

そしてこの日から、日本の新しい平和のために人々の不幸な幸福《しあわせ》の日がひらけていった。

私はあの日から二十八年をすぎた今日も、あの東京の空の戦いの絶望を決して忘れることができない。

全国都道府県被害状況

（『太平洋戦争による我国の被害総合報告書』〈昭24・4〉経済安定本部発行より）

銃後人口被害	空襲被害					艦砲射撃その他被害				
被害	小計	死亡	重傷	軽傷	行方不明	小計	死亡	重傷	軽傷	行方不明
全国	六六五、〇三三	二九七、七四六	一四五、八四六	一六六、四九一	二三、九六四	三、二八二	一、七三九	三五八	八二七	四六
			三〇、九八六					三一二		
北海道	八七五	四四八	二三四	一八八	五	五六四	三八七	一〇五	五七	一五
青森	一、八二二	九三二	四〇七	四八三	〇	〇	〇	〇	〇	〇
岩手	一八四	一二〇	七	四七	一〇	一、一七八	五六八	六三	五四七	〇
宮城	三、一八八	一、一七〇	三六六	一、五七〇	八二	〇	〇	〇	〇	〇
秋田	八二	七三	九	〇	〇	〇	〇	〇	〇	〇
山形	五三	一六	三	三四	〇	〇	〇	〇	〇	〇
福島	一、二三二	七七〇	二五八	一五〇	五四	二九	一三	四	〇	一二
茨城	五、四七二	二、三二七	七八一	二、三〇七	五七	四〇四	二九九	三七	六五	三

栃木	一、七二四	五四三	二八六	八九五	〇	〇	〇	〇	〇	〇
群馬	二、六四七	一、一〇九	五一四	一、〇二四	〇	〇	〇	〇	〇	〇
埼玉	一、六七六	七一三	四五二	五〇三	八	〇	〇	〇	〇	〇
千葉	三、六三六	一、六九一	九五七	九四六	四二	三六	二八	二	四	二
東京	二六、九八八	九七、〇三一	五六、六二九	五二、九三八	六、〇三四	〇	〇	〇	〇	〇
			｛四、三五六							
神奈川	三、八三九	六、六三七	一六、二〇二	〇	〇	〇	〇	〇	〇	〇
新潟	一、六六〇	一、一八八	三九七	七五	〇	〇	〇	〇	〇	〇
富山	五、九七五	二、一七四	四一	三、三九〇	〇	〇	〇	〇	〇	〇
石川	〇	〇	〇	〇	〇	六〇	三五	一六	九	〇
福井	三、六七九	一、七五八	八二	一、〇八六	一四	〇	〇	〇	〇	〇
山梨	二、一一三	一、〇二七	一八六	八九九	〇	〇	〇	〇	〇	〇
長野	七〇	二九	二	二〇	〇	八	三	五	〇	〇
岐阜	二、四七一	一、三七七	三七八	六九三	一三	〇	〇	〇	〇	〇
静岡	一五、八一三	六、二一三	二、五七三	七、〇〇六	一〇	四八九	二五〇	一一六	一一三	〇
愛知	二七、一二〇	一一、三三四	三、九一三	一一、六五二	二三一	〇	〇	〇	〇	〇
三重	七、三四九	三、六〇〇	一、四一五	二、三三四	〇	〇	〇	〇	〇	〇

<table>
<tr><th></th><th></th><th></th><th></th><th></th><th></th><th></th><th></th><th></th><th></th><th></th></tr>
<tr><td>滋賀</td><td>一八七</td><td>一〇二</td><td>二七</td><td>五二</td><td>七</td><td>〇</td><td>〇</td><td>〇</td><td>〇</td><td>〇</td></tr>
<tr><td>京都</td><td>三八一</td><td>二二</td><td>九七</td><td>一七三</td><td>〇</td><td>〇</td><td>〇</td><td>〇</td><td>〇</td><td>〇</td></tr>
<tr><td>大阪</td><td>三九、四三六</td><td>二、〇八九</td><td>八、八六六</td><td>一九、四八一</td><td>〇</td><td>〇</td><td>〇</td><td>〇</td><td>〇</td><td>〇</td></tr>
<tr><td>兵庫</td><td>三、八六五</td><td>二、二四六</td><td colspan="2">二、六一九</td><td>〇</td><td>〇</td><td>〇</td><td>〇</td><td>〇</td><td>〇</td></tr>
<tr><td>奈良</td><td>一九〇</td><td>六八</td><td>九〇</td><td>三二</td><td>〇</td><td>〇</td><td>〇</td><td>〇</td><td>〇</td><td>〇</td></tr>
<tr><td>和歌山</td><td>七、〇三七</td><td>一、七九六</td><td>一、三二七</td><td>三、九一九</td><td>五</td><td>二九</td><td>一〇</td><td>七</td><td>一三</td><td>〇</td></tr>
<tr><td>鳥取</td><td>〇</td><td>〇</td><td>〇</td><td>〇</td><td>〇</td><td>四四一</td><td>三〇</td><td colspan="2">三二</td><td>九</td></tr>
<tr><td>島根</td><td>二四</td><td>一八</td><td>三</td><td>三</td><td>〇</td><td>二</td><td>一</td><td>二</td><td>八</td><td>〇</td></tr>
<tr><td>岡山</td><td>三、〇三三</td><td>一、七八二</td><td>九六六</td><td>一五八</td><td>一二七</td><td>〇</td><td>〇</td><td>〇</td><td>〇</td><td>〇</td></tr>
<tr><td>広島</td><td>一四七、二〇七</td><td>八六、一四二</td><td>二、一三一</td><td>三五、五四一</td><td>一四、三九四</td><td>〇</td><td>〇</td><td>〇</td><td>〇</td><td>〇</td></tr>
<tr><td>山口</td><td>六、五八五</td><td>二、五五四</td><td>一、一一七</td><td>二、七五八</td><td>一五六</td><td>三</td><td>一四</td><td>一</td><td>二</td><td>五</td></tr>
<tr><td>徳島</td><td>二、二三八</td><td>五七八</td><td>四二五</td><td>七八五</td><td>四五〇</td><td>三</td><td>三</td><td>〇</td><td>〇</td><td>〇</td></tr>
<tr><td>香川</td><td>二、一四七</td><td>九二七</td><td>一、〇三四</td><td>〇</td><td>一八六</td><td>〇</td><td>〇</td><td>〇</td><td>〇</td><td>〇</td></tr>
<tr><td>愛媛</td><td>三、五六五</td><td>一、三四六</td><td>九六七</td><td>一、二五二</td><td>〇</td><td>〇</td><td>〇</td><td>〇</td><td>〇</td><td>〇</td></tr>
</table>

高知	一、七四五	六四七	二七四	七八一	四三	○	○	○	○	○
福岡	九、六三四	四、六二三	五、〇二二		○	○	○	○	○	○
佐賀	四一七	二三五	五七	一二五	○	○	○	○	○	○
長崎	六九、二九八	二六、二三八	三〇、四〇〇	一〇、七一三	一、九四七	○	○	○	○	○
熊本	二、〇三九	一、〇〇〇	三九一	六三三	一五	八	八	○	○	○
大分	一、〇八七	五五〇	一一三	四〇九	一六	○	○	○	○	○
宮崎	一、二六七	七〇八	一七〇	三八九	○	○	○	○	○	○
鹿児島	五、九八六	三、七一九	一、一八二	一、〇三七	四八	○	○	○	○	○

参考文献

『戦中派不戦日記』山田風太郎著　番町書房
『東京被爆記』朝日新聞社
『日本空襲記』一色次郎著　文和書房
『東京大空襲救護隊長の記録』久保田重則著　潮出版
『東京空襲19人の証言』有馬頼義編　講談社
『名古屋大空襲』毎日新聞社
『日本空襲』毎日新聞社
『日本列島大爆撃』加藤美希雄著　仙石出版
『わだつみの声はわが胸に』どくふれん編　若樹書房
『原爆の落ちた日』戦史研究会編　文藝春秋
『東京大空襲』早乙女勝元著　岩波書店
『B29――日本本土の大爆撃』カール・バーガー著　サンケイ新聞社
『超空の要塞B29』益井康一著　毎日新聞社
『ドキュメント東京大空襲』雄鶏社
『東京空戦記』寺村純郎著　土曜通信社
『戦争中の暮しの記録』暮しの手帖社

『疎開学童の日記』中根美宝子著　中央公論社
『炎の街——東京空襲3月10日』都教組江東支部編　鳩の森書房
『東京都戦災誌』東京都編
『東京消防庁記録』消防庁編
『お天気日本史』荒川秀俊著　文藝春秋

＊

公刊戦史『本土防空作戦』防衛庁戦史室編　朝雲新聞社
『米国戦略爆撃調査団報告』航空自衛隊幹部学校
『太平洋戦争による我国の被害総合報告書』経済安定本部編
『あゝ航空隊』毎日新聞社
『太平洋戦争陸戦概史』林三郎著　岩波書店
『大日本帝国の興亡』ジョン・トーランド著　毎日新聞社
『天皇の決断』アービン・クックス著　サンケイ新聞社
『日本の歴史』上・下　井上清著　岩波書店
『太平洋戦争』家永三郎著　岩波書店
『帝国陸軍の最後』伊藤正徳著　文藝春秋
『私観太平洋戦争』、高木惣吉著　文藝春秋
『大本営発表の真相史』富永謙吾著　自由国民社
『太平洋戦争』上・下　児島襄著　中央公論社

『太平洋戦争』新名丈夫著　新人物往来社
『戦争100年の記録』読売新聞社

文庫版解説

吉田　裕

この本の著者、原田良次氏は、一九一七（大正六）年に山形県鶴岡市に生まれた。福井高等工業学校（現、福井大学工学部）を卒業した後、陸軍第一航空教育隊に入隊し、一九四四（昭和一九）年五月からは、飛行第五十三戦隊所属の下士官として松戸飛行場で戦闘機「屠龍」の整備を担当した。著者は、同戦隊在隊中、所持していた文庫本の余白に日々の体験を書き留めており、それに戦後調査したことを加筆して本書をまとめている。日本本土防空戦に関する貴重な記録である。陸軍の第十飛行師団に属する飛行第五十三戦隊は、所沢で編成された後、松戸飛行場に進出し、夜間戦闘を主任務とした防空戦闘機部隊としてB29に対する迎撃戦に従事した。松戸飛行場は、調布・立川・柏飛行場とともに関東地方の防空にあたる「根拠飛行場」である。この戦隊に配備されていたのが、エンジン二機を搭載した二人乗りの二式複座戦闘機「屠龍」であり、B29による本土空襲が始まる一九四四年一一月の時点で同戦隊は二五機を保有していた。「屠龍」は機首に三七ミリ機関砲一門、操縦席の後方に上向き三五度の角度で二〇ミリ機関砲二門を装備している。この二〇ミリ機関砲はB29の下方に占位して、同航しながら機体下腹部に機関砲弾を撃ち込むためのものである。なお、「屠龍」に関しては渡辺洋二『双発戦闘機「屠龍」』（文春文庫、二〇〇八年）が、松戸飛行場に関しては、旧松戸飛行場を市域にかかえる千葉県鎌ヶ谷市の『鎌ヶ谷市史（下）』（二〇一七年）が詳しい。後者の執筆を担当したのは栗田尚弥氏だが、栗田氏には松戸飛行場と飛行第五十三戦隊に関する数多くの論考がある。

本書の内容に関しては、次の二点が重要だと思う。一つは戦争体験を日々、記録するという面で、著者がすぐれた資質を持っていたことである。エンジニアということも関係していると思うが、著者は、常に合理的、科学的思考に徹しながら、精神主義に支配された日本軍の現実を冷静に観察している。敗戦もかなり早い段階で予感していたようだ。「比較」という視座も一貫している。米軍機と日本軍機の性能の比較、撃墜されたB29の機体の中に残されていた兵士への配慮が行き届いた救命具に対する観察、徹底した砲爆撃の後に上陸してくる米軍の強襲上陸作戦能力に対する着眼など、下士官に与えられた限られた情報の中で、見るべきものをしっかりと見ているのが印象的である。もう一つは、どのような状況の下でも自分を見失わず、軍務に励みながらも兵士としてよりも人間として生きることを重視する姿勢で一貫していることである。戦争の渦中にありながら、日々の体験や感慨をこまめにメモし、手紙を書き、本を読み、ドイツ語を学習する。そこには人間として生きる場所と時間をどうしても確保したいという凜とした決意が感じられる。そして、そうした姿勢は、「軍人精神」を体現しているかのように振舞う陸軍士官学校出身の職業軍人や高級将校に対する批判的なまなざしにつながっている。

内容の面では、戦時下の軍隊生活の苛酷さに関する生々しい記述が目を引く。米軍による本土空襲が始まると、戦闘機の整備を担当する著者は、部下とともに兵舎を離れて飛行場に急造された地下壕舎の中での生活を余儀なくされる。床のない地面の露出した壕舎であり、就寝時は軍服を着たままの雑魚寝である。さらに状況をいっそう悲惨なものとしたのは、昼夜逆転生活である。夜間戦闘を主任務とした飛行第五十三戦隊では、視力が暗闇に対応できるように、昼間に睡眠をとり、夜は訓練にあたるという変則的な生活をパイロットたちに強いた。このため「航空神経症（ノイローゼ）患者が頻発し」たという（山本茂男ほか『B29対陸軍戦闘隊』今日の話題社、一九八五年）。整備兵の生活もこれに合わせた逆転生活となった。午後六時の起床とともに「朝食」をとり、真夜中の「昼食」をはさんで整備作業に従事し、明け方に「夕食」をとるという生活である。昼間に迎撃のため戦闘機が出撃することもあり、一睡もとらないまま一日が終わる日もあった。壕舎での食生活も飢餓線上にあった。パイロットたちには十分な食事が保障されていたが、一般の兵士たちは軍から給与される食糧だけでは最低限の食生活すら維持することができず、農家から私費で農産物を買い、時には盗んで飢えをしのいでいる。著者のメモには、ストーブ用の薪として兵士たちが村の神社の鳥居を盗んできた事実が記されているが、もはや軍隊としての態をなしていないというほかはない。さらに、日本陸軍の防空戦闘機隊が新鋭大型爆撃機B29に対抗することができない現実も本書から浮かび上がってくる。機体や装備の不具合という点だけからみても次のような事態が記録されている。すなわち、寒冷時には始動の際に負荷がかかるためか、「屠龍」のエンジンの故障が相次ぐ、高高度で使用する酸素ボンベが故障したため呼吸ができなくなったパイロットが殉職する、「屠龍」が装備している大型の三七ミリ砲は発射の際の反動が大きく発射後は機体各部に「弛緩や変調」をきたす、また、高高度では凍結するなど、機関砲の故障が絶えない、戦闘機の補充がないため整備兵は現有機の修理や整備に全力をあげるが、必要な部品がないため戦闘機の稼働率が著しく低下する、夜間作業に必要不可欠な懐中電灯の電池の補充がないため作業が遅滞する、などなどである。

＊

本書の背景となっている日本本土防空戦についても簡単に見ておきたい。大型の最新鋭爆撃機、B29による日本本土空襲が始まるのは、米軍のサイパン島への上陸作戦が開始された一九四四年六月一五日のことである。この時は、中国の成都にある基地を発進したB29が北九州を爆撃した。その後、七月七日に同島の守備隊が全滅しマリアナ諸島の全域が米軍の支配下に入ると、米軍はここにB29用の巨大な基地群を建設する。マリアナ基地群を発進したB29が、日本本土（東京）を初空襲するのは一一月二四日のことであり、以後は同基地のB29部隊が日本本土空襲の主役となった。マリアナ諸島を基地としたB29による本土空襲は次の三期に区分することができる（奥住喜重『中小都市空襲』三省堂選書、一九八八年）。第一期は一九四四年一一月二四日から一九四五年三月四日までの時期である。この時期、B29は編隊を組んで高高度から目標上空に進入し、目視による昼間爆撃を行った。航空機工場などを最優先目標とする精密爆撃であり、主に使用した爆弾は五〇〇ポンドの高性能爆弾である。爆撃にレーダーを使用しなかったのは、高高度からのレーダー照準爆撃の精度がまだ高くなかったからである。この第一期の末期にあたる四五年二月一六、一七日には、空母から発進した米軍の艦載機が関東地方に来襲し、第十飛行師団は大きな損害を蒙った。以後、陸軍は戦力温存のため米軍戦闘機に対する迎撃戦を抑制する方針をとった。第二期は一九四五年三月一〇日から同年六月一五日までの時期である。この時期のB29は、編隊を組まず単機ずつ低高度で目標上空に進入し、夜間爆撃を実施した。焼夷弾を使った都市部に対する無差別絨毯爆撃がこの時期の特徴である。レーダーの精度があがる低高度からの爆撃のため、低くたれこめた雲の上からなどのレーダー照準爆撃が実施されている。三月一〇日の東京大空襲がこの期を象徴する爆撃である。また、四五年三月に硫黄島の日本軍守備隊が全滅すると、同島を基地とする米軍の最新鋭戦闘機P51が

B29の護衛に当たるようになった。P51の日本本土への初来襲は四月七日のことだが、性能の著しく劣る「屠龍」はP51に手も足も出なかった。第三期は六月一七日から八月一五日までである。すでに第二期までに東京などの大都市は壊滅しており、爆撃目標が中小都市に拡大された時期である。爆撃の態様は第二期とほとんど変わらない。

＊

日本側の防空部隊についても見ておこう。陸海軍間の協定によって、陸軍が重要都市などの防空を、海軍が軍港などの防空を担当することになっていたため、本土防空の中心は陸軍だった。しかし、陸軍は攻勢作戦を重視し防空戦を軽視したため、防空体制の整備は大きく立ち遅れることになる。防空戦闘機に関して言えば、一万メートルの高高度で空中戦を展開できるだけの性能を持った高高度戦闘機を保有していなかったことがあげられる。高高度での機動に不可欠な排気タービン過給機（エンジンの出力を高めるための装置）の開発に失敗したことが原因である。もう一つは戦闘機に装備するレーダーの実用化に失敗したことである。このため夜間戦闘の際に、パイロットは照空灯（サーチライト）が捉えた目標のB29を目視で攻撃するしかなかった。また、天候不良で上空が雲で遮られている時には照空灯は全く役に立たなかった。本書でもこうした事情は生々しく記録されている。

なお、レーダーの開発と実用化という面で日本軍が後れをとったことはよく知られている。それでも本土空襲の段階では「警戒機乙」と呼ばれたレーダーが八丈島や太平洋沿岸の各地に配備されていた。しかし、最大で約二〇〇キロ先の目標を探知できる性能しかなかったし（ただし飛行高度の測定はできない）、基地を発進した「屠龍」が一万メートル上空に達するまでに約一時間もかかった。そのため、日本の防空戦闘機隊は、B29が目標に到達する前に攻撃を加えるだけの時間的余裕がないという苦しい戦いを強いられることになる。

ちなみに、マリアナを基地としたB29の喪失機数（戦闘だけでなく事故や故障による喪失を含む）は、第一期が七五機、第二期が一九四機、第三期が四九機、合計三一八機である（小山仁示訳『米軍資料　日本空襲の全容』東方出版、一九九五年）。日本側発表よりはるかに少ないが、それでもかなりの喪失数である。それにはいくつもの原因があるが、サイパン島と東京までの距離が約二二〇〇キロもあったことが大きい。長い航続距離を誇るB29にとっても本土空襲はその行動圏内ぎりぎりの作戦行動であり、北海道はその行動圏外にあった。B29による空襲の「北限」は青森市である。また、日本の高空を吹くジェット・ストリームも大きな障害となった。この強い気流に逆らって飛行すれば風に流されるだけでなく燃料の消費量が増大する。逆に気流に乗ってしまえば速度が出すぎて爆撃の際に正確な照準が困難になる。強風を避けるために高度を下げれば、日本軍の戦闘機部隊や高射砲部隊の反撃を受ける。つまりB29がその高高度性能を十分に発揮できる高度一万メートルでの行動が著しく制約されたのである。さらに大都市の場合は照空灯による照空区域がかなり広かったことも重要である。東京の場合、「立川から千葉まで、約一〇〇キロに及ぶ区域に照空部隊が配置されていた」ため、悪天候でなければ、照空灯の光が捉えたB29を目視で攻撃することが可能だった。一方、照空部隊の配備がほとんどない地方都市の場合は、夜間戦闘機による攻撃はほとんど不可能となる（前掲『B29対陸軍戦闘隊』）。中小都市を爆撃目標にした第三期に入るとB29の喪失数が激減しているのは、このことが影響している。

著者は、日本陸軍による防空戦闘の中でも、B29に体当たり攻撃をする「震天制空隊」の編成にとりわけ大きな怒りを感じていた。高高度性能ではB29に太刀打ちできないため、「屠龍」などから機関砲・防弾鋼板などの装備を撤去し機体の重量を軽くする。その改造機で体当たりをする一種の特攻隊である。著者は本書の執筆を終えたころから「震天制空隊」の調査と関係者に対する取材を始め、八年の間に約一三〇人の関係者から取材をしたという。その成果は『帝都防空戦記』（図書出版社、一九八一年）にまとめられている。この戦記を読むと、原田氏の原点が改めて確認できる。無謀な作戦を強行した軍幹部に対する激しい怒りと、苛酷な状況の中で、自らの人生を「納得しがたいままに納得させて」死んでいった若者たちに対する深い哀惜の念である。なお、著者の没年は二〇〇九年である。

（よしだ・ゆたか　一橋大学特任教授）

本書は、中央公論社（現・中央公論新社）より一九七三年六月に刊行された『日本大空襲（上）』（中公新書３２６）と、同年七月に刊行された『日本大空襲（下）』（中公新書３３１）を併せて一冊にしたものである。

滞日十年（上） ジョセフ・C・グルー 石川欣一訳

日米開戦にいたるまでの激動の十年、どのような外交交渉が行われたのか。駐日アメリカ大使による貴重な記録。上巻は１９３２年から１９３９年まで。

滞日十年（下） ジョセフ・C・グルー 石川欣一訳

知日派の駐日大使グルーは日米開戦の回避に奔走。下巻は、ついに日米が戦端を開き、１９４２年、戦時交換船で帰国するまでの迫真の記録。（保阪正康）

東京裁判 幻の弁護側資料 小堀桂一郎編

我々は東京裁判の真実を知っているのか？ 準備されたものの未提出に終わった膨大な裁判資料から18篇を精選。緻密な解説とともに裁判の虚構に迫る。

頼朝がひらいた中世 河内祥輔

軟禁状態の中、数人の手勢でなぜ源頼朝は挙兵に成功したのか。鎌倉幕府成立論に、史料の徹底的な読解から、新たな視座を提示する。（三田武繁）

一揆の原理 呉座勇一

虐げられた民衆たちの決死の抵抗として語られてきた一揆。だがそれは戦後歴史学が生んだ幻想にすぎない。これまでの通俗的理解を覆す痛快な一揆論！

甲陽軍鑑 佐藤正英校訂・訳

武田信玄と甲州武士団の思想と行動の集大成。大部から、山本勘助の物語や川中島の合戦など、その白眉を収録。新校訂の原文に現代語訳を付す。

機関銃下の首相官邸 迫水久常

二・二六事件では叛乱軍を欺いて岡田首相を救出し、終戦時には鈴木首相を支えた著者が明かす、天皇・軍部・内閣をめぐる迫真の秘話記録。（井上寿一）

増補 八月十五日の神話 佐藤卓己

ポツダム宣言を受諾した「八月十四日」や降伏文書に調印した「九月二日」でなく、「終戦」はなぜ「八月十五日」なのか。「戦後」の起点の謎を解く。

考古学と古代史のあいだ 白石太一郎

巨大古墳、倭国、卑弥呼。多くの謎につつまれた日本の古代。考古学と古代史学の交差する視点からその謎を解明するスリリングな論考。（森下章司）

江戸はこうして造られた　鈴木理生

家康江戸入り後の百年間は謎に包まれている。海岸部へ進出し、河川や自然地形をたくみに生かした都市の草創期を復原する。（野口武彦）

お世継ぎのつくりかた　鈴木理生

多くの子を存分に活用した家康、大奥お世継ぎ戦争の行方、貧乏長屋住人の性意識。性と子造りから江戸の政に迫る仰天の歴史読み物。（氏家幹人）

増補 革命的な、あまりに革命的な　絓《すが》秀実

「一九六八年の革命は「勝利」し続けている」とは何を意味するのか。ニューレフトの諸潮流を丹念に跡づけた批評家の主著、増補文庫化！（王寺賢太）

戦国の城を歩く　千田嘉博

室町時代の館から戦国の山城へ、そして信長の安土城へ。城跡を歩いて、その形の変化を読み、新しい中世の歴史像に迫る。（小島道裕）

性愛の日本中世　田中貴子

稚児を愛した僧侶、「愛法」を求めて稲荷山にもうでる貴族の姫君。中世の性愛信仰・説話を介して、日本のエロスの歴史を覗く。（川村邦光）

琉球の時代　高良倉吉

いまだ多くの謎に包まれた古琉球王国。成立の秘密や、壮大な交易ルートにより花開いた独特の文化を探り、悲劇と栄光の歴史ドラマに迫る。（与那原恵）

増補 倭寇と勘合貿易　田中健夫　村井章介編

14世紀以降の東アジアの貿易の歴史を、各国の国内事情との関連で論じたグローバル・ヒストリーの先駆的名著。（村井章介）

世界史のなかの戦国日本　村井章介

世界史の文脈の中で日本列島を眺めてみるとそこには意外な発見が！　戦国時代の日本はそうとうにグローバルだった！（橋本雄）

増補 中世日本の内と外　村井章介

国家間の争いなんておかまいなし。中世の東アジア人は海を自由に行き交い生計を立てていた。私たちの「内と外」の認識を歴史からたどる。（榎本渉）

ちくま学芸文庫

日本大空襲《にほんだいくうしゅう》　本土制空基地《ほんどせいくうきち》隊員《たいいん》の日記《にっき》

二〇一九年七月十日　第一刷発行

著者　原田良次（はらだ・りょうじ）
発行者　喜入冬子
発行所　株式会社　筑摩書房
東京都台東区蔵前二―五―三　〒一一一―八七五五
電話番号　〇三―五六八七―二六〇一（代表）
装幀者　安野光雅
印刷所　株式会社精興社
製本所　株式会社積信堂

ISBN978-4-480-09933-4 C0121